Lena Wolf stammt aus Norddeutschland und hat bereits unter dem Namen Mia Morgowski sehr erfolgreich Romane veröffentlicht. Mit «Ein Sommer auf Sylt» landete sie einen weiteren *Spiegel*-Bestseller. Nach «Ein Zuhause auf Sylt» nimmt uns Lena Wolf nun erneut mit auf ihre Lieblingsinsel. Ihren Urlaub verbringt sie dort am liebsten mit der Familie. Im Gegensatz zu ihren Protagonistinnen träumt sie allerdings noch von einem eigenen Zuhause auf Sylt.

Lena Wolf

Winterzauber auf Sylt

ROMAN

Rowohlt Taschenbuch Verlag

Originalausgabe
Veröffentlicht im Rowohlt Taschenbuch Verlag,
Hamburg, Oktober 2023
Copyright © 2023 by Rowohlt Verlag GmbH, Hamburg
Redaktion Katrin Fillies
Covergestaltung ZERO Werbeagentur, München
Coverabbildung Myriam Schöfer; Shutterstock
Satz aus der DTL Dorian ST
bei Pinkuin Satz und Datentechnik, Berlin
Druck und Bindung CPI books GmbH, Leck
ISBN 978-3-499-01192-4

Die Rowohlt Verlage haben sich zu einer nachhaltigen Buchproduktion verpflichtet. Gemeinsam mit unseren Partnern und Lieferanten setzen wir uns für eine klimaneutrale Buchproduktion ein, die den Erwerb von Klimazertifikaten zur Kompensation des CO_2-Ausstoßes einschließt.
www.klimaneutralerverlag.de

1
Ein Flokati in Orange

«Sie möchten also zum Dünenpfad Nummer 3a?», fragt der Taxifahrer spöttisch und drückt sich kraftstrotzend gegen die Lehne seines Sitzes, sodass ich unwillkürlich meine Knie ein Stückchen zu mir heranziehe. Im Rückspiegel streift mich sein überheblicher Blick. «Nicht vielleicht doch eher zur Nummer 3?»

3 oder 3a – wird schon kein Kilometer dazwischenliegen, denke ich, zerre aber dennoch mein Handy aus der Handtasche und scrolle durch die letzten Nachrichten. Recht bald finde ich, wonach ich gesucht habe: die WhatsApp meiner Tante Matilda, in der sie mir ihre Adresse mitteilt. «Nein», gebe ich freundlich, aber entschieden zurück. «Hier steht ausdrücklich 3a, und das a wurde mit einem Ausrufezeichen versehen. Es muss also wichtig sein. Liegt übrigens in Rantum», führe ich sicherheitshalber aus. Nicht, dass er mich bei der falschen Düne absetzt. Als ich kurz aufblicke, um meinen Worten Nachdruck zu verleihen, bekomme ich gerade noch mit, wie der Fahrer sein stoppeliges Kinn vorschiebt und mit den Augen rollt. Ich übergehe es, wer weiß, was ihm über die Leber gelaufen ist. Auch bei mir stapeln sich zurzeit die Sorgen.

Demonstrativ wende ich den Kopf zur Seite und schaue aus dem Fenster. Karge Winterlandschaft zieht an mir vorbei,

Heidekraut vermutlich. Dazwischen vereinzeltes Dünengras, struppig und blass. Alles wirkt etwas trostlos – und passt damit wunderbar zu meiner Stimmung. Einzige Aufmunterung in der Szenerie: Die Sonne strahlt von einem klaren, blauen Himmel zu uns herunter, ein bisschen so, als wolle sie sich für die unspektakuläre Kulisse entschuldigen. Angesichts dieser Vorstellung muss ich ein wenig schmunzeln. Da ich das Handy noch in der Hand halte, gelingt mir ein schnelles Foto durch die Scheibe.

Wie lange lebt Tante Matilda inzwischen auf Sylt?, überlege ich. Seit wir uns das letzte Mal gesehen haben, müssen fünfzehn Jahre vergangen sein. Kann das sein? Ich versuche, meinem Gedächtnis auf die Sprünge zu helfen, vermag mich aber beim besten Willen nicht zu erinnern. Auch wie sie aussieht, weiß ich nur noch schemenhaft. Ihre Haare waren blond und lang, oft zu einem Zopf geflochten.

Matilda ist die ältere Schwester meiner Mutter, hat mit Mama aber kaum Gemeinsamkeiten. Daran entsinne ich mich immerhin noch sehr gut.

Denn während Mama meist verbissen für alles kämpfte, schien Matilda dem Leben mit einem Lächeln zu begegnen. In meiner Erinnerung erledigte sie ihren Alltag mit lässiger Erhabenheit, stets bemüht, auch dem schlimmsten Unglück eine Prise Gutes abzugewinnen. Jeder wollte mit ihr befreundet oder in ihrer Nähe sein, als sei sie von einer bunten, glückgeschwängerten Aura umgeben. Doch trotz aller Leichtigkeit hatte Matilda etwas Verbindliches, sie brachte Angefangenes zu Ende, ruhte in sich selbst. Im Nachhinein glaube ich, dass meine Tante der Typ Frau ist, der Mama gern gewesen wäre.

Mein Papa verkörpert in unserer Familie den Ruhepol. Mit sehr viel Geduld und einer Beharrlichkeit, die man auf diesem

Planeten wahrscheinlich kein zweites Mal findet, löst er so ziemlich jedes Problem. Zumindest, wenn es handwerklicher Natur ist. Da er dabei sehr pingelig vorgeht, kann das Resultat allerdings eine gewisse Zeit auf sich warten lassen. Die Reparatur unserer Kaffeemaschine hat beispielsweise zwei Jahre in Anspruch genommen, wobei das Timing im Grunde perfekt war, da die Fertigstellung exakt in jene Woche fiel, in der das zwischenzeitlich neu angeschaffte Modell seinen Geist aufgab. Papa ist weder ein Freund großer Worte, noch liebt er Veränderungen. Bis zu seiner Pensionierung im letzten Jahr war er als Ingenieur für dieselbe Firma in Bremerhaven beschäftigt. Noch heute wohnt er am Stadtrand in unserem kleinen Häuschen, in dem ich vor etwas über 32 Jahren meine ersten gebrabbelten Laute von mir gegeben habe.

Meine Mutter hingegen meistert alles, was ansteht, fix und hektisch. Sie ist süchtig nach Wandel und neuen Herausforderungen, genauso wie nach ihrer täglichen Joggingeinheit. Das einzige Hobby, das sie sich gönnt. Mama hasst zeitraubende Tätigkeiten, wie beispielsweise Kochen. Als Wirtschaftsprüferin arbeitet sie rund um die Uhr, inzwischen hauptsächlich im Ausland. Aber sie jettete eigentlich auch schon in meiner Kindheit ständig um die Welt. Oft brachte sie mir von ihren Reisen lustige Souvenirs mit, um die mich meine Freundinnen beneideten.

So manches Mal habe ich mir allerdings gewünscht, sie würde stattdessen mehr Zeit mit mir verbringen. Warum meine Eltern sich überhaupt Nachwuchs wünschten, ist mir bis heute ein Rätsel, denn sie hatten im Grunde nicht die nötige Muße für ein Kind. Und so kam es, dass sie bald nach meiner Geburt Matilda zu uns holten.

Aus Erzählungen weiß ich, dass meine Tante damals ledig

war, nicht weit von uns entfernt wohnte und als Nachtschwester in einem Krankenhaus arbeitete, wo sie sich auf Mamas Drängen für die Wochenendschichten eintragen ließ. In der übrigen Zeit wurde sie zu meinem Kindermädchen, für mich ein echter Glücksfall. Matilda und ich unternahmen die tollsten und aufregendsten Dinge, sie hatte immer geniale Ideen. Wir liebten es, zusammen Fahrrad zu fahren und Picknicktouren mit meinen Kuscheltieren zu unternehmen. Aber auch wenn wir einfach einen ruhigen Tag zu Hause verbrachten, fühlte ich mich bei ihr wohl und geborgen. Dann backte sie uns ihre magischen Zimtschnecken, garniert mit Wundersahne und Zauberstreuseln, die uns in unserer Fantasie in knallbunte Abenteuerländer beförderten. Abends übergab sie das Ruder an Papa, während Mama ihre Karriere vorantrieb.

Doch leider war Matilda eines Tages nicht mehr da. Wann genau es geschah, daran kann ich mich partout nicht entsinnen. Ich weiß aber noch, dass ich bereits das Gymnasium besuchte und meine Tante ohnehin nur noch am Nachmittag kam, um etwas zu kochen oder ein Auge auf meine Hausaufgaben zu werfen. Warum diese einzigartige Zeit zu Ende ging, will mir auch nicht mehr einfallen. Ich weiß nur, dass Matilda irgendwann fortzog. Von da an beschränkte sich unser Kontakt auf Telefonate, dann schrieben wir uns eine Zeit lang Briefe, und noch später wurden aus mehrseitigen Schriftstücken sporadische Urlaubspostkarten, E-Mails oder Handynachrichten. Meist hörten wir zum jeweiligen Geburtstag voneinander, tauschten einen Dreizeiler aus und endeten damit, dass wir versprachen, uns bald wiederzusehen. Wozu es niemals kam.

Inzwischen scheint es eine Ewigkeit her zu sein, dass Matilda und ich uns *wirklich* unterhalten haben, darum bin ich fast aus allen Wolken gefallen, als ich in der vergangenen Woche plötzlich eine Nachricht von ihr erhielt. Und zwar mit der Einladung, sie auf Sylt zu besuchen. In ihrem Haus im Dünenpfad 3a.

Verrückt, denke ich, dass sie sich nach der langen Funkstille bei mir gemeldet hat, ausgerechnet jetzt, da ich ihre Unterstützung bitter nötig habe.

Noch einmal durchforste ich unsere letzte Korrespondenz auf meinem Telefon. Matilda schrieb mir, dass sie neuerdings töpfere und ihre Werke nun mit meiner Hilfe über das Internet vermarkten möchte. Fotos ihrer Schöpfungen hat sie keine angefügt, aber ich kann mir vorstellen, was mich erwartet: dickwandige Tonkrüge und Becher in Braun- und Orangetönen. Nicht so unbedingt mein Fall. Andererseits soll ich die Sachen ja nicht kaufen, sondern sie für andere Interessenten attraktiv in Szene setzen, und in dieser Hinsicht bin ich zuversichtlich. Eine Website und ein Instagram-Account mit ansprechenden Bildern – und schon wird Matilda Abnehmer finden, da bin ich mir sicher.

Ich arbeite nämlich als sogenanntes Social-Media-Double und kenne mich mit den sozialen Netzwerken folglich aus. Für meine Kunden betreue ich deren Accounts und fülle sie stellvertretend mit Leben. Vor allem Soloselbstständige, die zwar Tag und Nacht schuften, haben oftmals kaum Zeit, sich und ihre Firma im Netz zu präsentieren. Also übernehme ich diese Aufgabe. Solange die Produkte ethisch vertretbar sind, mache ich den Job gern, auch wenn ich selbst keinen Cent dafür ausgeben würde. Schon häufig hat meine Geschäftspartnerin Meike Klienten akquiriert, deren Waren ich so gar nichts abgewinnen konnte. Am Ende zeigten sich aber immer alle mit meiner Arbeit zufrieden.

Meike. Bei dem Gedanken an sie rumort es in meinem Magen. Meike ist oder besser *war* nicht nur meine Geschäftspartnerin, sondern auch eine sehr gute Freundin. Zudem wohnten wir in einer Berliner WG, gemeinsam mit Martin, dem Dritten im Bunde.

Meike und Martin. Zu meinem Magengrummeln gesellt sich ein Stechen in meinem Herzen. Obwohl ich es die gesamte Zugfahrt von Berlin bis nach Westerland geschafft habe, nicht über die beiden nachzudenken, trifft mich die Erinnerung nun umso heftiger. *Meike und Martin, MM.* Passt perfekt, denke ich voller Ironie, und mein Herz verkrampft sich erneut. Denn *Olivia und Martin* hätte ich mir bis vor Kurzem auch sehr gut vorstellen können. Aber Pustekuchen, wie konnte ich nur so naiv sein?

Das Taxi hält an einer Ampel, und ich blicke auf einen Aushang links von mir, der an einem Zaunpfahl befestigt ist und den Tannenbaumverkauf auf irgendeinem Hof ankündigt. Oben auf dem Pflock landet eine Möwe. Sie legt den Kopf schief und schaut mich neugierig durch die Fensterscheibe an, dann reckt sie den Hals und gibt ihr unverkennbares Geschrei von sich. Fast so, als würde sie meinen Schmerz nachempfinden. Oder lacht sie mich aus, weil ich so dumm war?

Während das Lichtzeichen auf Grün springt und unser Wagen mit quietschenden Reifen losbraust, versuche ich verbissen, mich auf andere Gedanken zu bringen, doch es ist zu spät. Martin und ich ... zu allem Überfluss steigen mir Tränen in die Augen. Ich kann es nicht verhindern, dass mir Bilder vom Nachbarschaftsfest wie ein Diavortrag durch den Kopf jagen. Von jener Party, auf der vor vier Wochen alles begann. Es war Anfang November, viel zu warm für die Jahreszeit und somit perfekt, um ein letztes Mal im Innenhof unseres Wohnblocks zusammenzukommen. Kurzfristig und unkompliziert, wie es in Berlin so üblich ist. Es gab, was sich auf die Schnelle organisieren ließ: Alkohol, Bratwurst und laute Musik. Wir wollten gemeinsam feiern, Meike, Martin und ich, mit Freunden und weiteren Hausbewohnern. Doch dann lag Meike mit Fieber im Bett. «Geht ruhig allein», forderte sie uns auf und wünschte mit triefender Nase noch «viel Spaß».

Also gingen wir. Nur kurz, nahmen wir uns vor, doch wie immer, wenn man nicht lange bleiben will, wurde es richtig nett. Und spät. Martin und ich tanzten miteinander, zunächst wild, später eng umschlungen. Irgendwann küssten wir uns, es war ja nichts dabei. Das dachte ich zumindest. Hätte ich geahnt, was wirklich los war, ich wäre doch nie ...

Nun habe ich keinen Job und kein Zuhause mehr und kann nur hoffen, dass mir in den nächsten Tagen eine zündende Idee für meine Zukunft kommt.

Ich wische mir eine Träne aus dem Augenwinkel und betrachte einen Moment lang die vorbeiziehenden Felder und Reetdachhäuser. Es erscheint mir surreal. Noch heute Morgen stand ich mitten im Berliner Hauptbahnhof, um mich herum wimmelte es von hektisch hin und her rennenden Menschen. Für meine Kundentermine reise ich viel mit dem Zug, sodass mir das Durcheinander vertraut ist. Ich mag es sogar. Und jetzt bin ich auf dieser Insel im Winterschlaf. Sie hat mich nie sonderlich gereizt, ein Paradies für Ornithologen oder für alle, die Schickimicki lieben, aber nicht für eine Großstadtpflanze wie mich. Dass Matilda hier lebt, machte Sylt zwar ein wenig attraktiver, doch selbst für einen Kurztrip fehlte mir bislang die Zeit. Und nun verhält es sich wie erwartet: Die Weite und Einöde erschlagen mich, und ich würde einiges dafür geben, mich durch den Berliner Dschungel zu schlängeln.

Ich kaue auf meiner Unterlippe. So ein Tapetenwechsel wird dir guttun, Olivia, spreche ich mir im Geiste Mut zu. Hier lenkt dich nichts ab. Du kannst neue Kraft schöpfen und Pläne schmieden.

«Ich weiß natürlich, dass der Dünenpfad in Rantum liegt», holt mich der Taxifahrer aus den Gedanken. Sein Tonfall klingt pikiert. «Was ich allerdings nicht wusste, ist, dass die Nummer drei noch vermietet wird. Ich hab da nämlich schon länger keinen Fahrgast mehr rausgelassen und auch sonst niemanden gesehen. Könnte mir vorstellen, dass es da drinnen gewaltig müffelt.» Demonstrativ kneift er sich mit Daumen und Zeigefinger die Nase zu.

Ich stoße einen genervten Seufzer aus. «Tja, dann habe ich ja Glück, dass ich in die 3a will.»

Er räuspert sich. «Also nur damit Sie hinterher nicht behaupten, ich hätte Sie nicht gewarnt», raunt er verschwörerisch. «In der 3a wohnt eine alte Scha…»

Hinter uns wird gehupt, und er beeilt sich, den Lieferwagen zu überholen, der an einer Einfahrt stehen geblieben war.

Eine alte was?, überlege ich. Eine alte Schachtel? Doch wohl nicht … *Schabracke?*

«Wollen Sie etwa zu der?», hakt er sensationssüchtig nach. «Zu der Alten? Sind sie vom Amt oder so?»

Vom Amt? Wovon redet er? «Ich … also … nein!»

Während ich nach Worten suche, plappert er munter weiter. «Wissen Sie, hier in meinem Wagen und überhaupt auf der Insel wird viel geredet. Über Gott und die Welt. Darum dachte ich, Sie arbeiten vielleicht für die Behörde und sehen mal nach dem Rechten. Gerade erst letzte Woche war ich auf ein Bier in der Ankerklause, und da hat mir der Postbote Petersen doch glatt erzählt, dass …»

Mehr erfahre ich nicht, denn in diesem Moment erhält er einen Funkspruch aus der Zentrale.

Dankbar für die Störung, wende ich mich wieder der Umgebung zu, lehne meinen Kopf an die Fensterscheibe und muss gähnen. Linker Hand erstrecken sich ein paar Neubauten im Friesenstil, *nett*. Dann biegen wir ab. Die Ausläufer eines Örtchens erscheinen, und langsam werde ich aufmerksamer. Kleine Kapitänshäuser in winzigen verwunschenen Gärten reihen sich wie selbstverständlich an gediegene Reetdachvillen, die inmitten pompöser Grundstücke thronen. Ich bin verblüfft über die vielfältige Bauweise und fotografiere alles. Zwischen den Häusern glaube ich manchmal, das Meer zu sehen, doch es ist nur der Himmel, der mit der Landschaft zu verschmelzen scheint.

«Wissen Sie, was sich die Sylter außerdem erzählen?», der Fahrer hat das Gespräch mit der Zentrale beendet und will offenbar bei der Geschichte mit dem Postboten anknüpfen, doch er verstummt, als ihn mein tadelnder Blick im Rückspiegel trifft. Was auch immer die Leute reden, denke ich, es interessiert mich nicht. Hat es noch nie. Ich mache mir lieber mein eigenes Bild. Wobei ... in Bezug auf Martin hätte ich gern jemanden gekannt, der mich vor ihm warnt. Doch nun ist es zu spät.

«Na, dann eben nicht», tönt es von vorn. Der Fahrer setzt den Blinker, gibt noch einmal Gas, biegt in eine Auffahrt ein und bremst kurz darauf mit Schwung vor einem Doppelhaus.

«So, da wären wir. Dünenpfad Nummer 3 und 3a. In Rantum.» Er betont es, als sei ich schwer von Begriff. «Viel Erfolg, was auch immer Sie dort vorhaben.»

Ich ignoriere die Ironie in seiner Stimme und reiche ihm wortlos einen Hunderter nach vorne, den ich in Westerland aus einem Automaten gezogen habe.

Nach kurzer, kritischer Überprüfung lässt er den Schein in

der Hosentasche verschwinden. «Wechselgeld hab ich im Kofferraum», brummt er, «sicher ist sicher.»

Wir steigen beide aus. Mit geübtem Griff befördert er mein Gepäck aus dem Auto, unterdessen betrachte ich neugierig das endlich erreichte Ziel: ein altes, reetgedecktes Haus mit verwaschenem rotem Klinker und verblichenem Dach. Über dem Giebel hängt ein Wetterhahn derart windschief, man möchte meinen, er übergibt sich gerade.

«Hey, hallo, sind Sie noch frei?» Ein Typ, schätzungsweise Mitte dreißig, mit dunkelblondem, zurückgekämmtem Haar, hetzt in diesem Moment aus der linken Haushälfte. Während die Tür hinter ihm ins Schloss fällt, eilt er mit Riesenschritten durch den Vorgarten auf uns zu. «Perfektes Timing», japst er, wirft einen raschen Blick auf seine Armbanduhr und grapscht dann nach der Beifahrertür. «Ich muss ganz schnell nach Hörnum.»

Mit geradezu provozierender Gelassenheit schiebt sich ihm der Taxifahrer in den Weg. «So *ganz schnell* läuft das hier aber nicht», grunzt er und verschränkt die Arme vor der Brust.

Der fremde Typ hält inne. Er ist einen guten Kopf größer als der Taxifahrer und um einiges schlanker. Sichtlich ungehalten fährt er sich durch die Haare, wobei sich eine Strähne löst, die er ungeduldig wieder glatt streicht. «Ach, und wie läuft es stattdessen?»

Er steht inzwischen so nah vor mir, dass ich gar nicht anders kann, als ihn anzustarren. Von oben bis unten. Der Kerl trägt einen ausladenden Wollmantel in Dunkelblau, darunter einen Businessanzug, von dem ich zwar nur die Hosenbeine erkennen kann, der aber selbst auf dem kurzen Stück teuer aussieht und es vermutlich auch war. Schließlich sagt man doch, dass dies die Insel der Reichen ist. Um seinen Hals baumelt ein blau gemusterter Schal, wahrscheinlich aus Kaschmir. Was allerdings so gar nicht zu dem gediegenen Auftritt des Typen passt, ist die Tatsache, dass er eine eigenartig gebeugte Haltung eingenommen hat und sich den rechten Arm irgendwie umständlich vor den Bauch hält. Als habe er Schmerzen. Oder müsste mal aufs Klo.

«Na ja», der Taxifahrer reibt sich über die nackten Unterarme, zieht dann eine Basecap aus seiner hinteren Hosentasche und stülpt sie sich über den Kopf. «Es läuft nur ohne den da.» Er deutet mittels Kopfbewegung auf die Körpermitte des Fremden. «Keine Hunde. Ist Vorschrift.»

Hat er Hunde gesagt? Ich werfe einen verwunderten Blick auf den Mann vor mir, kann aber keinen Vierbeiner entdecken.

Während die beiden Herren sich mit versteinerter Miene taxieren, trete ich fröstelnd von einem Bein auf das andere. Ist mir ohnehin egal. Meinetwegen kann er einen Esel in die Karre zwängen, Hauptsache, die Kerle kommen mal zu Potte. Ich würde mir ja gerne einfach meine Reisetasche schnappen und mich schleunigst in Richtung Haus aufmachen. Dummerweise schuldet mir der Fahrer aber noch eine nicht unerhebliche Summe Wechselgeld. Und da ich zurzeit keinen Job habe, bin ich auf jeden Cent angewiesen. Gerade als ich mich in Erinnerung bringen will, bewegt sich etwas unter dem Mantel des fremden Mannes. Ungeniert starre ich auf seine Bauchgegend, kann aber noch immer nichts ausmachen.

«Sie wollen mir allen Ernstes die Beförderung verweigern, nur wegen eines Hundes?», höre ich ihn sagen. Er dreht sich leicht, hebt seinen rechten Arm, und zum Vorschein kommt ... ein orangefarbenes Lammfellkissen. Ich kneife die Augen zusammen, um schärfer sehen zu können.

«Ach du je», platzt es aus mir heraus, «das ist ja tatsächlich ein Hund!» Ich gerate aus dem Häuschen. Nicht nur hat das winzige Tierchen die Haare eines Flokatis, der Hund ist in der Tat knallorange. «Der ist aber niedlich.»

Ich hätte es besser wissen müssen. *Niedlich* ist so ziemlich das letzte Adjektiv, mit dem ein Mann sein Hab und Gut beschrieben haben möchte. Entsprechend vorwurfsvoll ist der Blick, der mich kurz streift.

Man könnte eine Stecknadel fallen hören, so still wird es plötzlich. Für einen Moment beäugt jeder den anderen.

«Gehen Sie doch zu Fuß», beende ich die gemeinsamen Schweigesekunden. «Der Hund wird es Ihnen danken.» Wobei ich weder eine Ahnung habe, wo genau Hörnum liegt, noch, ob der Fiffi wirklich Lust hat, die Strecke auf seinen kurzen Beinchen zu laufen.

«Sehe ich aus, als sei ich für einen Strandspaziergang angezogen?», blafft mich das Herrchen an. «Von hier aus wäre ich gut vier Stunden unterwegs.» Dann wendet er sich zum Taxifahrer: «Wenn Sie mich schon nicht mitnehmen, würden Sie dann so gütig sein und einen Kollegen rufen, und zwar am besten einen, der keine Angst vor Zwergpudeln hat?»

«Ich habe keine Angst», bäumt sich der Chauffeur auf, «es ist nur so –»

«Ähm. Könnte ich vielleicht mal schnell mein Wechselgeld erhalten», grätsche ich dazwischen. Augenblicklich richtet sich der Groll des Fahrers gegen mich.

«Ständig diese gestressten Touris», bekomme ich zu hören. Aber immerhin: In Zeitlupe fummelt er sein Geldtäschchen aus dem Kofferraum und streckt mir die entsprechenden Scheine entgegen.

Mechanisch greife ich danach. «Danke», sage ich knapp, und obwohl ich den Männern eigentlich keine Erklärung schuldig bin, deute ich mit vager Geste auf das Haus und sage: «Meine Tante erwartet mich. Einen schönen Nachmittag noch.» Ich schnappe mir meine Tasche und will mich gerade in Richtung Vorgarten umdrehen, da registriere ich, dass mich vier aufgerissene Augen anstarren.

«Ihre Tante?», gluckst der Taxifahrer und scheint sich innerlich zu kringeln. Der fremde Typ hingegen wirkt plötzlich ein bisschen blass um die Nase. Er wirft mir einen Blick der Marke *Auch das noch* zu, atmet einmal tief ein und ... wendet sich von mir ab.

2
Matilda

Die Blicke der Männer brennen mir im Rücken, während ich so lässig wie möglich durch das hüfthohe grüne Gartentor schlüpfe, das der Kerl nachlässig hat offen stehen lassen. Anschließend stapfe ich mit meinen derben Winterboots, die für Sylt vermutlich nicht schick genug sind und laut Aussage von Meike an meinen dünnen Beinen wie zwei Elefantenfüße wirken, den schmalen, gepflasterten Weg Richtung Haus entlang. Nebenbei frage ich mich, was um alles in der Welt die beiden Typen für ein Problem haben. Vollkommen albern! Ich sehe zu, dass ich außerhalb ihrer Reichweite gelange, und bremse auch nicht, als es mich juckt, ein Foto zu knipsen. Denn dieses antike Gebäude mit seinen zwei Wohnhälften ist definitiv das schönste Friesenhaus, das ich seit meiner Ankunft auf der Insel gesehen habe.

Es verläuft über Eck, also eigentlich in einer Kurve, in der Mitte befindet sich eine pompöse grüne Eingangstür, genau genommen sind es zwei: 3 und 3a. Der gemeinsame Garten vor den Haushälften macht um diese Jahreszeit nicht viel her. Aber im Sommer, wenn alles grünt und blüht, sieht es hier bestimmt herrlich verwunschen aus.

Als ich vor der Haustür auf der rechten Seite stehe, werfe ich noch einen schnellen Blick auf die Terrasse. Sie wurde durchgehend angelegt, also entlang beider Vorgärten, abgetrennt werden die Bereiche lediglich durch den gepflasterten Eingangspfad, über den ich gekommen bin. Und von ein paar brusthohen Kiefern, die allerdings etwas aus der Form geraten sind. Die linke Gartenseite wirkt unbewohnt, fast verwaist und dadurch aufgeräumt. Wohingegen auf der anderen Seite, also in Matildas Refugium, Töpfe mit welken Hortensien und Rosenbüschen sowie mehrere große Windlichter kreuz und quer herumstehen.

Hier hat meine Tante also die vergangene Zeit gelebt, denke ich und werde auf einmal schrecklich nervös. Mir klopft das Herz beinahe bis zum Hals, als ich meinen Finger nach dem leicht verrosteten Klingelknopf ausstrecke. Was, wenn Tante Matilda und ich nicht mehr miteinander klarkommen? Wenn wir einander womöglich sogar unsympathisch sind? Denn nur weil wir uns vor Jahren sehr nahestanden, bedeutet das ja nicht, dass wir uns ein Leben lang mögen. Außerdem – ich war ein Kind. Kinder mag man immer irgendwie. Inzwischen habe ich mich aber verändert und sie sich sicher auch.

Unter meinem Parka beginne ich zu schwitzen. Die Frage, warum sie damals von uns fortging, kommt mir wieder in den Sinn. Ich weiß, dass ich meinen Vater nach dem Grund gefragt habe, und zwar mehrfach, doch ich kann mich an keine plausible Antwort von ihm erinnern. Trotz der Kälte öffne ich den Reißverschluss meiner Jacke, um besser Luft zu bekommen.

Reiß dich zusammen, Olivia, ermahne ich mich. Tante Matilda hat dich eingeladen, also wird sie auch Lust haben, dich zu sehen. Außerdem hast du keine infrage kommende Alternative. Denn selbst wenn ich zurückwollte, wüsste ich nicht, wohin. Aus der WG bin ich rausgeflogen, und die meisten meiner Freunde leben selbst nur zur Miete in Wohngemeinschaften.

Mein einziger Notfallplan sähe darum vor, bei meinen Eltern unterzuschlüpfen, also bei Papa, denn Mama ist todsicher irgendwo unterwegs. Doch auch wenn ich mich wirklich gut mit ihm verstehe – wer bitte schön möchte mit Anfang dreißig wieder in seinem Kinderzimmer einziehen?

Ich straffe die Schultern, gebe mir einen Ruck und klingele. Das rostige Teil hat es mir angetan, sodass ich die aufkommende Nervosität damit überbrücke, geschwind ein paar Fotos zu schießen. Dabei entgeht mir, dass die Haustür einen Spaltbreit von innen aufgeschoben wird. Kurz schreie ich auf, als ich eine dürre Hand in der Öffnung erspähe, die meinen Unterarm umschließt und mich mit festem Griff ins Haus zieht. Ich schaffe es gerade noch, mit der freien Hand meine Reisetasche zu schnappen, und schon lande ich samt Gepäck in einem leicht modrig riechenden Flur. Mit hämmerndem Puls warte ich, dass meine Augen sich an das schummrige Licht gewöhnen.

Könnte mir vorstellen, dass es da drinnen gewaltig müffelt, kommen mir die Worte des Fahrers wieder ins Bewusstsein, noch ehe ich scharf sehen kann und meine Tante erspähe, die vor mir steht und lächelt. Mit einer Hand umfasst sie weiterhin meinen Arm, während sie mit der anderen schwungvoll die Haustür ins Schloss wirft.

«Meine Kleine!» Matilda schnappt sich nun auch noch meine andere Hand. Auf Armeslänge hält sie mich fest, sodass wir uns in die Augen schauen können. Trotz der dürftigen Beleuchtung erkenne ich ihre vertrauten Gesichtszüge sofort wieder. Auch ihre wilden, dunkelblonden Haare. Sie trägt sie noch immer lang, doch sind sie inzwischen von grauen Strähnen durchwoben. Schmal ist sie geworden, auch das erfasse ich auf Anhieb. Sie hat eine lange Hose an, irgendein gemustertes Shirt mit dezent funkelnden Glitzersteinchen im Dekolletébereich und dazu eine wadenlange, braune Strickjacke, die sie noch schlaksiger und schmächtiger macht. In meiner Erinnerung war Matilda kurvig und durchaus mit ein paar Pölsterchen ausstaffiert, was ihr bestens stand. Nun ähnelt sie Mama und erscheint mir fast ein wenig klapprig. Ihr ehemals pausbäckiges Gesicht hat sich zu einem Oval geformt, aus dem ihre feine Nase wie eine kleine Felsspitze emporragt. Einzig Matildas volle Lippen sind geblieben. Sie wirken durch einen Kranz zarter Fältchen nur umso reizender.

«Tante Tilda», entfährt mir wie selbstverständlich die Koseform ihres Namens.

Schon drückt sie mich an ihre Brust und sagt mit einem Lächeln in der Stimme: «Lass doch bitte die *Tante* weg, Livi. Diese Bezeichnung mochte ich ehrlich gesagt noch nie, und nun macht sie mich außerdem noch alt.»

Dass sie mich Livi nennt, so wie früher, gefällt mir hingegen. Für ein paar Sekunden hält sie mich so fest, als wolle sie mit mir verschmelzen, dann schiebt sie mich ein winziges Stückchen von sich fort, damit wir uns erneut ansehen können.

Meine Pupillen haben sich inzwischen vollends an die Lichtverhältnisse gewöhnt, und ich kann weitere Details ausmachen. Zum Beispiel Matildas samtige, grüne Augen, die ich als Kind so geliebt habe und auf die ich immer ein bisschen neidisch war. Meine sind braun und gefallen mir erst, seit ich mich auch mit meinen Sommersprossen und den brünetten Haaren arrangiert habe. In meiner Schulklasse gab es damals zahlreiche wunderschöne Mädchen mit goldenen Locken. Lange hegte ich den sehnlichen Wunsch, so engelsgleich auszusehen wie sie.

Ich muss schlucken. Fast vergessene Gefühle regen sich, und ein glückseliges Kribbeln geht mir durch den Körper. Mit

Matilda an meiner Seite fühlte ich mich stets wie in einen sicheren Kokon gebettet. Sie gab mir Geborgenheit und Halt, sie war mein Vorbild und meine beste Freundin. Außerdem Mutterersatz. Mein Herz scheint auf einmal zu summen. Ein wenig verlegen blicke ich zu Boden.

Meine Tante umschließt mein Gesicht mit ihren Händen. «Müde siehst du aus, Livi, und immer noch viel zu dünn. Trotzdem bist du wunderhübsch. Die langen Haare stehen dir!» Ihre Augen strahlen so viel Wärme und Güte aus, dass ich zu Tränen gerührt bin. «Ich bin überglücklich, dass wir uns endlich wiedersehen!» Sie lächelt ihr schönstes Matilda-Lächeln, und ich bilde mir ein, die bunte Aura um sie herumschweben zu sehen.

«Ich freu mich auch so sehr!», gestehe ich ergriffen. Und als habe mich jemand in eine Zeitmaschine verfrachtet, fühle ich mich plötzlich in meine Kindheit zurückversetzt. Ich bin wieder zwölf und gerade vom Schlittschuhlaufen heimgekehrt. Matilda steht in unserem langen, weiß gefliesten Hausflur, zupft mir die Handschuhe von den eisigen Fingern und reicht mir einen dampfenden Becher Kakao, der mich sofort von innen wärmt. Mir läuft ein wohliger Schauer über den Rücken.

«Wie lange haben wir uns bloß nicht gesehen?», stammele ich, weil mir im Rausch der Emotionen nichts Besseres einfällt.

«Vierzehn Jahre und sechs Monate. Es war zu deinem achtzehnten Geburtstag, als ich dich in dem Lokal besucht habe, in dem du seinerzeit gekellnert hast.»

Mir klappt die Kinnlade herunter. «Du liebe Zeit – ja! Das hatte ich ganz vergessen!» Während meiner letzten Schuljahre jobbte ich in einem Restaurant in Bremerhaven. Ich liebte es schon damals, andere zu bekochen und zu bewirten, und war fast jede freie Minute dort, um auszuhelfen, auch an dem Tag, als ich volljährig wurde. «Aber zu der großen Party ein paar Tage später konntest du nicht kommen», fällt es mir wieder ein. «Warum eigentlich nicht?»

Sie übergeht die Frage und drückt mich erneut an sich. Ich atme ihren vertrauten Duft ein. Sie trägt immer noch dasselbe Parfüm. Vanille und schwarzer Pfeffer, so hat sie es mir einmal erklärt, mit einem Hauch Zitrus.

In meinem Kopf entstehen aufs Neue Bilder. Ich sehe Matilda und mich, wie wir beide dick eingemummelt auf dem Balkon unseres Hauses sitzen, mit Blick auf den Garten. Es lag Neuschnee, doch ich durfte nicht mit den anderen Kindern spielen, da ich die Windpocken hatte. Ich war kaum zu trösten, doch Matilda wusste Rat: Als wäre sie Mary Poppins, zauberte sie vor meiner Nase eine Art Weihnachtsmarkt. Mit Laternen am Geländer, Vanillekipferln und Kinderpunsch. Und über allem lag der Duft von Zitrus und schwarzem Pfeffer.

«Schön hast du es hier.» Obwohl ich außer der Hausfassade und dem Vorgarten noch nicht viel gesehen habe, verspüre ich den Drang, etwas zu sagen. Pflichtschuldig lasse ich daraufhin meinen Blick durch den Flur schweifen, in dem es dummerweise gar nicht *schön* aussieht. Im Gegenteil. Um mich herum herrscht das reinste Chaos. Auf die Schnelle erblicke ich eine alte Stehlampe ohne Schirm, zwei Säcke mit Altkleidern und eine Bodenvase, in der ein piksiger, verstaubter Blumenstrauß darauf wartet, endlich entsorgt zu werden. Außerdem entdecke ich einen Garderobenständer aus Holz, der einem Wiener Caféhaus entsprungen sein könnte und der mit einer Wolldecke, diversen Regenschirmen und einem zusammengeknoteten Paar Straßenschuhen behangen ist. An seinem Fuß stapeln sich Bücher, als habe meine Tante den Schiefen Turm von Pisa gleich mehrmals nachbauen wollen. Pappkartons in jeder

Größe stehen kreuz und quer auf dem Boden und scheinen keinerlei Funktion zu haben, außer den Durchgang zu versperren.

Mistet Matilda aus?, überlege ich. Denn eigentlich war sie immer ein ordentlicher Mensch und erzog mich auch dementsprechend. Sie trug mir nie etwas hinterher und rührte auch in meinem Zimmer nichts an, war aber stets darauf bedacht, dass ich mein Spielzeug nicht überall liegen lasse.

«Ach, so richtig nett ist es hier schon lange nicht mehr.» Matilda blickt verschämt durch den Flur und scheint nach Worten zu suchen. Doch dann streicht sie sich mit Schwung eine Haarsträhne aus dem Gesicht und lacht mich an. «Komm, lass uns in die Küche gehen. Dort ist es gemütlicher.» Rasch zwängt sie sich an mir vorbei. «Deine Tasche kannst du erst mal hier deponieren und die Jacke an die Garderobe hängen. Nachher zeige ich dir dein Zimmer.»

Ich nicke. «Okay.»

Vorsichtig, um das hölzerne Teil nicht zum Umstürzen zu bringen, schaufele ich meinem Parka einen Haken am Kleiderständer frei. Mein Gepäck findet zwischen zwei Kartons Platz. Zum Glück habe ich nur wenig mitgenommen, denke ich. Bei meinem überstürzten Aufbruch in Berlin habe ich auf die Schnelle diese Reisetasche und zwei Koffer gepackt, die aber per Post an Papa gingen.

Mit großen Augen folge ich meiner Tante. Vom Flur gehen links und rechts jeweils zwei Räume ab, doch die Türen sind geschlossen, also kann ich nur ahnen, was genau sich dahinter verbirgt. Wohnzimmer, Bad und Küche, nehme ich an. Vielleicht auch Matildas Schlafzimmer? Am Ende des Korridors schlängelt sich eine steile Holztreppe nach oben. Sie ist meerblau getüncht, der Handlauf weiß lackiert, und sieht ein bisschen aus, als würde sie direkt ins Wasser führen. Oder in den Himmel.

«Dort oben befindet sich dein Zimmer», erklärt mir Matilda, die im letzten Türrahmen lehnt und auf mich wartet. Sie schiebt die Tür auf und erntet dafür ein widerwilliges Quietschen. «Das olle Ding wollte ich längst ölen», knurrt sie.

Schmunzelnd betrete ich den Raum. Und fühle mich verzaubert. Nicht weil er sonderlich hübsch oder aufgeräumt wäre, denn das ist er nicht. Doch mich empfängt eine behagliche Wärme und der Duft nach frisch aufgebrühtem Kaffee. Ich sauge den Geruch tief ein, während ich mich weiter umblicke. Das Highlight ist definitiv die bodentiefe Fensterfront, durch die ich den Vorgarten und ein niedliches, gut frequentiertes Vogelhäuschen entdecke. Beides konnte ich bei meiner Ankunft nicht sehen, da die verkrumpelten Kiefern es verdeckten. Umso überraschter bin ich nun von dem Idyll. Draußen dämmert es bereits, und die Vögel scheinen sich vor der Nacht noch schnell die Bäuche vollschlagen zu wollen.

«Ach herrje», seufzt Matilda neben mir, als würde sie des Chaos, das uns umgibt, in diesem Moment erst so richtig gewahr. «Warte, ich räume uns ein Plätzchen frei.»

Ich wende mich zu ihr und sehe, dass sie zu einem Hochtisch aus Holz eilt, der vor dem Fenster steht und vor Papieren förmlich überquillt. Beherzt schiebt sie das Sammelsurium zu einem Stapel zusammen, den sie anschließend, wenig umsichtig, auf einem der Sitzhocker deponiert. «Setz dich. Möchtest du auch einen Kaffee, oder soll ich dir lieber Tee machen?»

«Gern Kaffee.» Während ich ihrem Wunsch nachkomme und mich auf einen der barhockerartigen Stühle niederlasse, fällt mein Blick auf einen kupferfarbenen, überdimensionierten Gasherd. Er sieht aus, als habe er ein Vermögen gekostet.

«Nicht schlecht!», staune ich, «offenbar kochst du immer noch so gern.» Die Küche im Landhausstil hat ihre besten Jahre eindeutig hinter sich, doch der Herd ist definitiv neu. Er wirkt zwischen den Schränken wie ein Fremdkörper. Ihm gegenüber, mitten im Raum, befindet sich eine schmale Kochinsel, aus deren Unterbau Matilda Becher, Milch und Zucker hervorholt.

«Geht so», gibt sie lapidar zurück.

Kein Wunder, denke ich. Wie soll man sich in diesem Chaos auch zurechtfinden? Denn sogar hier lagern Bücherstapel und kleinere Kartons.

«Kann ich dir helfen?», biete ich an, um nicht untätig herumzusitzen.

«Auf keinen Fall!» Matilda klingt entrüstet. «Du bist mein Gast und sollst erst einmal in Ruhe ankommen.» Sie hat inzwischen ein Tablett vollgeladen und bringt es an den Tisch. Mit flinker Hand verteilt sie die Becher.

Ich stutze und sehe sie mir genauer an. «Die sind ja traumhaft schön!» Mein Blick wandert zu meiner Tante.

«Freut mich, wenn sie dir gefallen. Dann hat unsere Zusammenarbeit ja eine gute Basis.»

«Wie? Hast du die selbst gemacht?» Ich schnappe mir einen der Becher, ehe sie ihn befüllen kann. Staunend drehe ich ihn in meinen Händen. Dann greife ich mir den zweiten und vergleiche sie miteinander. Beide sind farbig lasiert, in unterschiedlichen Fliedertönen, die Kanten jedoch blieben unbehandelt, was einen gelungenen Kontrast ergibt. Doch herausragend ist die Art der Lasierung: In beide Becher wurden außen Pflanzendetails geprägt, in den einen Grashalme und in den anderen Blütenstände, vermutlich Heidekraut. Der modellierte Bereich wurde hauchzart in einem abweichenden

Farbton bemalt, und zwar bewusst nachlässig. Diesen Stil habe ich noch nirgends gesehen.

«Krass, die Idee mit der Prägung», begeistere ich mich. «Das sind ja echte Unikate!»

Matilda ist sichtlich verlegen. Sie deutet auf ein Wandregal oberhalb des Herdes, auf dem sich Müslischalen und Teller stapeln. «Da drüben findest du weitere Exemplare. Und im Wohnzimmer stehen auch noch große Schalen.»

Sofort springe ich auf und inspiziere die Stücke auf dem Küchenregal. Kein einziges von Matildas Werken erinnert an die dickwandigen Schöpfungen der Siebzigerjahre. Ich ziehe ein paar der Schälchen hervor, positioniere sie zu einem Turm und fische mein Handy aus der Hosentasche. Dann knipse ich erste Fotos. Zugegeben, das Licht ist nicht perfekt, und im Hintergrund müsste man definitiv für Ordnung sorgen, doch ich nutze flink die geeigneten Filter und bin fürs Erste zufrieden.

«Setz dich wieder hin, Livi, du bist eben erst angekommen und sollst dich nicht gleich verausgaben.» Matilda schenkt uns ein.

«Hm-m», murmele ich und trabe folgsam zum Tisch zurück. Gerade noch kann ich sehen, dass meine Tante mich mit einem versonnenen Lächeln auf den Lippen beobachtet. Ich setze mich ihr gegenüber, schließe meine Hände um den Becher und spüre, wie mich eine angenehme Wärme durchströmt. Danach greife ich nach meinem Handy. «Schau, deine Schalen sind sehr fotogen!» Ich strahle Matilda an. «Wo, sagtest du, finde ich noch mehr davon?»

Sie deutet augenrollend auf eine verschlossene Flügeltür, die von der Küche abgeht. «Drüben im Wohnraum. Aber ehrlich, Schätzchen, erzähl doch jetzt mal von dir.»

«Mach ich gleich.»

Schon stehe ich im Wohnzimmer. Auch dieser Raum ist nicht sonderlich groß und besticht ebenfalls durch die imposante Fensterfront. Hier ist sie zur Hälfte von schweren, graublauen Samtvorhängen verdeckt. Dahinter führt eine Tür auf die Terrasse. Es dauert eine Weile, bis ich dahinterkomme, warum das Zimmer so viel kleiner wirkt, als es ist. Doch dann registriere ich die Deckenbalken, die naturbelassen wurden, und zwar dunkelbraun, und die einen förmlich erdrücken. Außerdem kommt auch hier die Unordnung hinzu: Auf einem geschwungenen, pistazienfarbenen Sofa schichten sich Klamotten, ebenso auf dem nebenstehenden Sessel. Und der schmale Esstisch, der stiefmütterlich an die Wand geschoben wurde, wird von ein paar verstaubten Wandlampen und allerlei Pappkartons buchstäblich begraben.

Sprachlos verharre ich einen Moment. Bis mein suchender Blick fündig wird: In der oberen Etage eines ehemaligen Weinkühlschranks, der nun offenbar als Sideboard dient, stehen die Schüsseln. Vollgestopft mit losen Papieren und aufgerissenen Briefumschlägen. Kurz wundere ich mich über den Umstand, dass der Schrank umfunktioniert wurde. Aufgrund diverser Jobs in der Gastronomie habe ich nämlich eine ungefähre Ahnung, wie viel Geld für derartige Kühlschränke verlangt wird. Aber was soll eine solche Anschaffung, wenn man sie gar nicht nutzt? Doch dann richte ich meine Aufmerksamkeit auf Matildas Werke.

«Wow», rufe ich so laut, dass sie mich in der Küche hören kann. «Die sind ja der Hammer!»

Ich schnappe mir eine Schale, stopfe den Inhalt kurzerhand auf den frei gewordenen Glaseinlegeboden in den Schrank und kann gar nicht fassen, wie professionell und kunstvoll sie gestaltet ist. Bei diesem Exemplar diente offenbar eine Hortensienblüte als Prägevorlage. Mit Sorgfalt setze ich die Schale auf dem Boden ab, um mich ihrem cremefarbenen Pendant zu widmen. Nachdem ich auch dieses Kunstwerk von allerhand Krimskrams befreit und anschließend ausgiebig betrachtet habe, stelle ich beide Gefäße behutsam ineinander.

Meine Tante hat in der Zwischenzeit ein Schüsselchen mit Weihnachtsgebäck auf dem Tisch deponiert. Sie knabbert an einem Keks, während ich die Schalen vor der Terrassentür auf dem Boden in Position bringe. Es ist ein alter, ausgeblichener Holzboden, vermutlich Eiche, der für meinen Geschmack als perfekter Untergrund dient. Leider ist es inzwischen draußen dunkel geworden, doch die Kamera lässt sich entsprechend einstellen, und mithilfe einiger Kniffe sind die Bilder am Ende gar nicht übel.

Ich trete zu meiner Tante und präsentiere ihr die Aufnahmen. Mit geneigtem Kopf betrachtet sie Foto für Foto. Am Ende seufzt sie ergriffen. «Ich wusste, warum ich dich um Rat gefragt habe, Livi. Diese Farben …» Sichtlich beeindruckt blickt sie zwischen den Fotos und dem Arrangement auf den Dielen hin und her. «Aber wie kann das sein? Mein Boden sieht doch ganz anders aus?»

«Das lässt sich alles mit Filtern bearbeiten», erkläre ich ihr den hellen Hintergrund. «Kein Hexenwerk.» Ich schnappe mir ein Vanillekipferl, und noch während es auf meiner Zunge zergeht, werde ich fünfundzwanzig Jahre zurück in meine Kindheit katapultiert. Matilda hatte schon damals das Rezept dahingehend abgewandelt, dass die Kekse nicht so süß, dafür aber umso mehr nach Vanille schmecken. Köstlich. Am liebsten würde ich mich in die Schale hineinknien.

«Morgen, wenn hoffentlich die Sonne scheint, mache ich

mich wieder ans Werk. Du wirst staunen, was natürliches Licht ausmacht.» Ich werfe ihr einen prüfenden Blick zu. «Willst du die Stücke eigentlich erst mal nur präsentieren? Um Aufmerksamkeit zu erlangen? Wenn du nämlich einen echten Verkaufsaccount einrichten möchtest, müsstest du dich auch mit so Sachen wie einem Gewerbeschein und Steuern befassen.»

Ich sehe, wie Matildas Augen nervös zu flackern beginnen. «Ich habe mir ehrlich gesagt noch keine Gedanken darüber gemacht», gesteht sie, fügt aber nach einigem Nachdenken hinzu: «Lieber zunächst nur abbilden. Ich glaube, es wird sich eh niemand dafür interessieren.»

«Da behaupte ich aber das Gegenteil», entgegne ich und kann nicht umhin, einen weiteren Keks zu stibitzen. «Wie dem auch sei – morgen überlegen wir uns, wie wir dich und deine Arbeiten in Szene setzen.»

«Mich?» Ein Ausruf des Entsetzens kommt von meiner Tante. «Muss das sein? Ich bin kein bisschen fotogen.» Matilda fährt sich durch die Haare. «Und beim Friseur war ich auch seit Ewigkeiten nicht, also nein – ohne mich.»

«Keine Sorge», ich zwinkere ihr zu. «Wenn du nicht möchtest, musst du nicht Modell stehen. Deine Produkte sprechen für sich. Aber vielleicht kannst du auf dem einen oder anderen Bild eine Schale halten, sodass deine Hände im Fokus sind. Oder dein Kopf im Profil. Vertrau mir, das wird richtig toll.»

Meine Tante sieht wenig begeistert aus, schenkt mir aber dennoch ein warmes Lächeln. Bis ihre Miene plötzlich ernst wird. «Wie die Zeit vergeht! Ich schlage vor, dass wir etwas essen, oder bist du nicht hungrig?» Sie schmunzelt. «Als kleines Kind warst du jedenfalls immer unersättlich.»

«Und darum ziemlich pummelig ...»

«Aber kerngesund.»

Wir müssen lachen.

«Wie wäre es mit einer großen Portion Arme Ritter?», überlegt Matilda laut, und ich reiße sogleich erfreut die Augen auf.

«Au ja!» Diese in Ei gebackenen Brote waren meine Leibspeise. Auf einmal spüre ich meinen knurrenden Magen.

«Die süße Variante? Mit Zimt und Zucker? Oder herzhaft?»

Wir wechseln einen schnellen Blick und sagen wie aus einem Mund: «Lieber süß als Gemüs'.» Danach prusten wir los. Den Reim habe ich als Kind erfunden, weil ich kein Grünzeug mochte, sondern am liebsten nur Süßes.

«Na dann!» Matilda schlägt sich mit Elan auf die Schenkel und steht auf. Plötzlich fällt ihr etwas ein: «Ich habe übrigens deinen … äh … *Blog* gelesen.» Das moderne Vokabular scheint ihr nicht so geläufig zu sein. «Diese Seite, auf der du übers Kochen schreibst. Schon ein paar Mal habe ich ein Gericht nachgekocht, sofern mir die Zutatenliste nicht zu lang und zu ausgefallen war.» Sie hält kurz inne. «Da du selbst so gerne kochst – hast du das Rezept des alten Klassikers womöglich längst modernisiert?» Neugierig sieht sie mich an.

«Ich habe die Ritter seit bestimmt zwanzig Jahren nicht gegessen», erkläre ich und denke kurz nach. «Das letzte Mal war, als du sie für mich zubereitet hast.»

«Es war dir vermutlich zu schlicht, um es nachzukochen?»

«Papperlapapp», gebe ich entrüstet zurück. Die Wahrheit ist: Ich hatte das Gericht glattweg vergessen.

Matilda beginnt, die Zutaten aus dem Kühlschrank zusammenzusammeln. Es juckt mich in den Fingern, ihr zur Hand zu gehen. Kochen ist noch immer mein Hobby. Nein, es ist eigentlich viel mehr, es ist meine große Leidenschaft. Denn sosehr ich meinen Job im Social-Media-Bereich auch mag, hätte ich die Wahl, würde ich mich ohne zu zögern fürs Zubereiten von Speisen entscheiden. Ich durfte in Restaurants zwar nie an den Herd, weil mir die Ausbildung fehlte, aber beim Catering war ich voll involviert. Von der Planung bis zur Auslieferung – und ich liebte es.

Doch noch mehr gefiel es mir, eigene Gerichte zu kreieren. In Berlin kochte ich, sooft es ging, für die WG und Nachbarn. Sie waren meine Versuchskaninchen und Kritiker, dank ihnen rief ich eines Tages den Foodblog ins Leben. Er kam überraschend gut an, brachte aber kein Geld ein, sodass ich ihn nur als Hobby betreiben konnte. Das war kein Problem, im Job verdiente ich von Anfang an genug. Gleichzeitig floss aber all meine Zeit in die Projekte, und zum Kochen kam ich kaum mehr.

«Gibst du mir mal den Zimt, du findest ihn bei den Gewürzen im Schrank», ruft mir Matilda über die Schulter zu. «Und die Rührschüssel ist ...» Sie blickt sich suchend um. Irgendwann schnappt sie sich einen alten Milchtopf, der vor ihrer Nase steht. «Ach, ich nehme einfach den hier.»

Doch bevor sie mit der Zubereitung loslegt, macht meine Tante ein paar Schritte auf mich zu und drückt mir einen Kuss auf die Wange. «Ach Kindchen, ich bin ja so glücklich, dich hier bei mir zu haben.»

Verwundert sehe ich sie an. Ihr Tonfall ist mir plötzlich fremd, und als sich unsere Blicke begegnen, stelle ich fest, dass Matilda Tränen in den Augen stehen. Ich atme tief ein. Etwas Schweres hat sich auf meine Brust gelegt. Ich kann mir nicht erklären, woher das Gefühl kommt, aber gerade war mir, als stecke hinter Matildas Worten mehr als nur ein Anflug von Rührung.

3
Freundschaft mit gewissen Vorzügen

«Soll ich die Eiermilch anmischen?» Ich lauere an der Küchenarbeitsplatte, in der Hoffnung, endlich mitwirken zu dürfen.

Matilda, die mit dem Kopf in einem schmalen Schrank neben dem Kühlschrank klemmt, den sie ihre *Speisekammer* nennt, antwortet dumpf: «Nein, Schätzchen. Du lässt dich verwöhnen. Ich schau nur schnell, was ich an altem Brot habe oder ob wir Toast nehmen.»

Offenbar herrscht auch in den Tiefen großes Durcheinander, denn ich höre meine Tante geräuschvoll Vorräte hin und her schieben. Es dauert eine Weile, dann krabbelt sie mit einem Paket Röstbrot und dem Toaster unter dem Arm wieder heraus. «Ein Glück, wir haben alles da.»

Sie marschiert zum Herd, reckt sich, um an das darüber montierte Wandregal zu gelangen, und zerrt aus der zweiten Reihe ein tragbares CD-Radio hervor. «Musik?», fragt sie und drückt auf mein Kopfnicken hin einen der Knöpfe. Leise Klänge ertönen, irgendetwas Weihnachtliches, das gut zum Tagesausklang passt.

«Dann mal los!» Matilda stellt eine Waage auf die Arbeitsfläche, außerdem Eier, Milch, Zucker und Salz. Sie wiegt alles ab und beginnt nach und nach, die Komponenten zu verquirlen. Zimt und Zucker mischt sie separat in einem ihrer Schälchen.

Für mich sieht das alles so entzückend aus, dass ich jeden Arbeitsschritt fotografieren muss. Mir gelingt es sogar, Matilda zu einem Schnappschuss ihrer schlanken, faltigen Hände zu überreden, wie sie die Brotscheiben halten. Ein wunderschönes Motiv.

Danach füllt sie die Eiermilch in einen flachen Suppenteller, schnappt sich das Brot und lässt es im Anschluss in dem Gemisch einweichen.

Matilda summt vor sich hin und schaut mich plötzlich grinsend an. Sie hat bemerkt, dass ich mich nicht mehr zurückhalten kann. Also überreicht sie mir eine Pfanne, und ich mache mich mit Wonne daran, die Scheiben nach und nach goldbraun zu braten.

Ich bin in meinem Element. Erst recht, als der appetitliche Duft von gebratenem Ei den Raum erfüllt. Ein glückseliges Lächeln macht sich auf meinem Gesicht breit. Während andere Menschen bei der Meditation oder in der Sauna entspannen, schöpfe ich beim Zusammenstellen einer Mahlzeit neue Kraft.

Auch Matilda wirkt beschwingt. Sie ist dazu übergegangen, den Hochtisch für uns einzudecken, und zwar im Tanzschritt. Mit fließenden Bewegungen schwebt sie durch den Raum, schnappt sich Besteck und Gläser, außerdem eine Flasche Weißwein und einen Krug Wasser. Immer wieder bleibt sie stehen und reckt schnuppernd die Nase in die Höhe. Als wolle sie auf diese Weise sichergehen, dass alles seine Richtigkeit hat. Dann suchen wir noch ein paar Kerzen zusammen, dimmen das Licht, und während Frank Sinatra im Radio *I'll Be Home for Christmas* anstimmt, sitzen wir mit Heißhunger vor einem riesigen Berg köstlich kross gebratener Brote. So einfach das Gericht hinsichtlich seiner Zutaten sein mag – für uns ist es ein Festmahl.

«Jetzt aber, Schätzchen, wie geht es dir in Berlin? Ich lese zwar deine Rezepte im Internet, aber leider schreibst du nur so selten etwas und dann natürlich auch kaum Persönliches, was ich verstehe», plappert Matilda von der Leber weg. «Außerdem sehe ich ab und zu ein Foto von dir auf WhatsApp.» Sie schenkt uns Wein ein, und wir stoßen kurz an. «Dummerweise kann ich ja dieses Instagram nicht, darum entgeht mir sicherlich einiges.» Fragend sieht sie mich an.

Ich habe den ersten Toast wie eine Verhungernde in mich hineingeschaufelt und bemühe mich beim zweiten, ein wenig gesitteter vorzugehen. Daher bleibt mir mehr Zeit zum Reden. «Einen Instagram-Account wollte ich dir sowieso einrichten, bestimmt lernst du schnell, ihn zu bedienen», tröste ich sie. «Ansonsten weiß ich gar nicht, was ich erzählen soll.» Ich überlege, wo ich anfangen könnte. Es sind so viele Jahre vergangen, und gerade in letzter Zeit ist eine Menge passiert. Hilfe suchend blicke ich zu meiner Tante.

Matilda schiebt sich noch einen Toast auf den Teller und nickt wissend. «Ich weiß, was du meinst. Sieht man sich oft, hat man stundenlang Gesprächsstoff und tauscht die winzigsten Details aus, um sie von allen Seiten zu beleuchten. Doch wenn mehr Zeit zwischen den Treffen vergeht, fehlen einem die Anknüpfungspunkte. Man hat das Gefühl, es gibt nichts Neues, weil im Grunde alles neu ist.»

Ich nicke. «Genauso empfinde ich es.» Versonnen streiche ich über die Tischplatte.

Matilda greift nach meiner Hand und drückt sie. «Hoffentlich bleibst du ein Weilchen mein Gast, sodass wir ausreichend Zeit haben, uns auf den aktuellen Stand zu bringen.»

Und plötzlich, vermutlich durch diese Geste oder die Wärme ihrer Haut, legt sich in meinem Inneren ein Schalter um.

«Ich hatte gehofft, dass du das sagst», gestehe ich kleinlaut. «Es ist nämlich so ...», ich hole tief Luft, «dass ich gerade kein richtiges Zuhause habe. Außerdem muss ich mir über ein paar existenzielle Dinge klar werden.» Mit einem Seufzen atme ich aus.

Matilda, die mich aufmerksam beobachtet hat, bekommt große Augen. Sie sagt kein Wort, sondern lässt mich reden. Und mir liegt einiges auf der Seele. Plötzlich ist es doch so, als hätten wir uns gestern zuletzt gesehen. Ich fühle mich Matilda so nah, dass ich ihr die Geschichte von Meike und Martin bis ins letzte Detail anvertraue. Ich erzähle ihr von der Party, dem Kuss und dass ich fast mit Martin im Bett gelandet wäre. Und von dem großen Schock, der mir immer noch in den Knochen sitzt: «Dabei waren die beiden zu der Zeit längst ein Paar. Zwei Monate haben sie es mir verschwiegen.» Meine Stimme zittert, während ich Matilda mein Herz ausschütte.

«Du liebe Zeit! Aber warum haben sie denn nicht mit dir geredet?» Tilda hält weiterhin meine Hand und streichelt mit ihrem Daumen meinen Handrücken.

«Ich schätze, damit die Stimmung nicht kippt und wir noch ein paar Jobs in Ruhe zu Ende bringen», schnaube ich enttäuscht. «Ich hatte nicht den Hauch einer Ahnung. Was wohl reichlich naiv von mir war, im Nachhinein betrachtet. Aber ehrlich», ich schaue Matilda fest in die Augen, «auch nach tagelangem Kopfzerbrechen finde ich nicht den geringsten Anhaltspunkt, der auf eine Beziehung hindeutete. Denn sonst ...» Ich schüttele den Kopf. «Sonst hätte ich Martin doch nie geküsst.»

Und dann erzähle ich Matilda noch das dicke Ende der ganzen Geschichte, nämlich dass Meike zu diesem Zeitpunkt bereits schwanger war und mir deswegen nahelegte auszuziehen. Schließlich wären sie ja bald zu dritt. Mir wird unvermittelt warm ums Herz. «Kurz darauf kam deine Nachricht. Es fühlte sich wie Schicksal an, dass du mich zu dir eingeladen hast.»

«Vielleicht ist es das, wer weiß?» Matilda zieht ihre Hand zurück und lächelt stattdessen. «Bleib so lange, wie du magst. Wenn es nach mir ginge ...», unvermittelt treten ihr erneut Tränen in die Augen, die sie jedoch mit einer forschen Handbewegung wegwischt. «Wenn es nach mir ginge, dürftest du für immer bei mir auf Sylt wohnen.»

Einen Moment hängen wir schweigend unseren Gedanken nach.

Wenn es nach ihr ginge ... Was meint sie denn damit?, frage ich mich, während ich mit meinem Fingernagel einen Wachsfleck von der Tischplatte pule. Vermutlich ist es Vorschrift, dass sie Besuch, der sich für längere Zeit bei ihr einquartiert, bei den Vermietern anmeldet. Gleich darauf erinnere ich mich an die Szene beim Kochen, als meine Tante schon mal mit den Tränen kämpfen musste. Ist es wirklich nur die Wiedersehensfreude, die sie so emotional werden lässt, oder steckt am Ende mehr dahinter?

«Diesen Tisch mit den Barhockern hat übrigens Bruno gebaut», erklärt Matilda irgendwann in lockerem Plauderton. Sie hat sich offensichtlich wieder gefangen. Und ihr ist nicht entgangen, dass ich seit geraumer Zeit über das Holz streiche. «Überhaupt gehört hier vieles ihm, darum sieht es dermaßen chaotisch aus. Ich ...», sie gerät ins Stocken, «ich habe es einfach noch nicht geschafft, seine Sachen durchzusehen und auszusortieren.»

Oh weh, denke ich. Das nächste schwierige Thema. Bruno war Matildas Ehemann, den ich jedoch niemals kennengelernt habe. Er starb vor etwa zwei Jahren. Ich weiß das von Mama, Matilda selbst hat nie viel von ihm gesprochen. *Zwei Jahre.* Und noch immer herrscht seinetwegen Chaos? Ich hatte angenommen, die Kisten mit den Papieren und die herumfliegende Post gehen auf Matildas Kappe.

Leicht bedröppelt sage ich: «Wenn du magst, kann ich dir in den kommenden Tagen beim Aufräumen behilflich sein.» Ich will ihr nicht zu nahe treten, aber eventuell benötigt meine Tante einen Anstoß, um die Sache anzugehen. Ist doch so: Wenn man vor einem Berg Arbeit steht, findet man manchmal keinen Anfang, das weiß ich aus Erfahrung. Und wenn, wie in Matildas Fall, außerdem zu befürchten ist, dass dabei Erinnerungen wachgerufen werden, schiebt man die Konfrontation erst recht auf die lange Bank.

Matilda sieht mich nachdenklich an. Nach einer Weile sagt sie: «Gern.»

Ich habe Sorge, dass ihr erneut die Tränen kommen könnten, darum versuche ich, ihre Gedanken auf etwas Schönes zu lenken. Mit etwa demselben fröhlichen Tonfall, den sie eben an den Tag gelegt hat, sage ich: «Jetzt bist du an der Reihe.» Ich zwinkere ihr aufmunternd zu. «Zum Beispiel wüsste ich gern, was dich eigentlich damals nach Sylt verschlagen hat? Gab es dafür einen speziellen Grund?»

Matilda lässt sich auf den Themenwechsel ein. «Ja, den gab es tatsächlich», sagt sie und nickt. Sie knispelt mit ihren Fingern an einer der Kerzen, weil der Docht im Begriff ist, im heißen Wachs unterzugehen. «Ich kam nach Sylt zur Kur, weil es in meinem Alltag seinerzeit einiges gab, das ich aufarbeiten musste.» Der kurze, schräge Blick, den sie mir zuwirft, irritiert mich. Dann widmet sie sich wieder der Kerze und fährt fort: «Mein Arzt hatte mir einen Tapetenwechsel verordnet, um den Kopf freizubekommen. Also ging ich viel spazieren, manchmal über Stunden.»

Sie hält inne, weil ihr wohl auffällt, dass sie knapp am Thema vorbeiredet. Denn den Grund für ihre Reise hat sie, bewusst oder unbewusst, nicht genannt. Ich tue so, als habe ich es nicht bemerkt.

«Bei einer dieser Wanderungen lief ich Bruno über den Weg. Wir kamen ins Gespräch – ich glaube, es drehte sich um die außergewöhnliche Wolkenformation, die an jenem Tag über dem Meer hing –, und ich hörte sofort heraus, wie sehr er Sylt liebte. Seit Jahren verbrachte er seinen Urlaub auf der Insel, und sein größter Wunsch war es, hier nach dem Renteneintritt sesshaft zu werden.»

Matilda atmet tief ein. «Tja, was soll ich sagen? Wir mochten uns. Es war keine Liebe auf den ersten Blick und auch nicht die klassische Romanze. Stattdessen würde ich es eine ...» Sie denkt kurz nach, ehe sie mit einem Schmunzeln auf den Lippen fortfährt: «Wie sagt man so schön? Eine Freundschaft mit gewissen Vorzügen nennen.»

Ich hebe fragend eine Augenbraue.

«Wir trafen uns in den darauffolgenden Ferien erneut, bis wir schließlich regelmäßig Zeit miteinander auf der Insel verbrachten. Denn auch mir gefiel es hier außerordentlich gut. Als Bruno dann zwei Jahre später pensioniert wurde, stand für uns fest, dass wir zusammenbleiben und dass wir uns gemeinsam nach einer dauerhaften Behausung auf Sylt umsehen.»

Matilda knibbelt sich Wachs von den Fingern. Der Docht ist gerettet, und die Kerze erstrahlt in hellem Licht. «Das Leben hier war allerdings schon damals nicht ganz billig, sodass wir uns schwertaten, eine Wohnung oder ein Häuschen zu finden.»

«Aber irgendwann hat es offenbar doch geklappt», nehme ich die Pointe vorweg.

«Ganz genau.» Matilda nickt mehrmals. «Bei einem Kurkonzert lernten wir ein ausgesprochen liebenswertes Ehepaar aus Bochum kennen, wobei nur sie aus Bochum kam, er stammte ursprünglich aus Esbjerg. Wir tanzten und feierten den gesamten Abend, tranken am Ende Brüderschaft und wurden dicke Freunde.» Die Erinnerung an jene Zeit bringt ihr Gesicht für einen Moment zum Leuchten.

«Du warst ja schon immer eine Frohnatur», bemerke ich, «kein Wunder, dass du gleich Anschluss gefunden hast.»

Matilda kichert. «Ja, so ist es wohl. Marta und Hannes, so hießen die beiden, waren uns jedenfalls sofort gewogen. Er hatte gerade geerbt, genau genommen eine Immobilie, ein Haus auf Sylt.» Sie schaut zu mir. «Dieses Haus.»

Ich bin baff. «Echt? Und es stand zufällig leer?»

«So in etwa. Sie vermieteten beide Haushälften an Feriengäste. Zum Winter gab es für die rechte Seite keine Buchungen, sodass wir am ersten Dezember einziehen konnten.» Etwas ergriffen angesichts der Erinnerungen, braucht sie einen Moment, ehe sie weiter ausführt: «Es war eine Win-win-Situation, denn Marta und Hannes suchten eh gerade nach einer Agentur, die sich um die Vermietung kümmert. Zwar hatten sie einen Sohn, den ich aber nie kennengelernt habe. Er steckte mitten im Studium, irgendein neumodischer Kram, und war darum mit Lernen beschäftigt. Also boten Bruno und ich an, die Verwaltung zu übernehmen. Schlüsselübergabe, Endreinigung, Wartung. Je nachdem, was so anfällt.»

Sie zuckt mit den Schultern. «Unsere Freunde waren sofort angetan von der Idee, und so kam es, dass wir als Gegenleistung zu einer überaus erschwinglichen Miete hier wohnen durften.»

Ich staune nicht schlecht. «Heißt das, du kümmerst dich nun allein um die Vermietung und alles andere?»

Matilda wirkt plötzlich angespannt. «Ja, das tue ich.» Sie schaut an mir vorbei zum dunklen Fenster.

«Oha.» Langsam wird mir einiges klar. «Dabei fällt sicher haufenweise Arbeit an.» Nicht wirklich überraschend, dass im Haushalt manches liegen geblieben ist. Mitfühlend streiche ich über ihren Arm.

Matilda rührt sich nicht. Wie erstarrt blickt sie weiter nach draußen in die Dunkelheit, bis sie sich schließlich zu mir dreht und das Thema wechselt. «Was hältst du davon, wenn ich dir dein Zimmer zeige? Ich sehe schon seit einer Weile, wie dir die Augen zufallen.»

«Da hast du recht», sage ich nach kurzem Zögern. Aber im Grunde sehe ich, dass sie es ist, die sich müde und erschöpft fühlt. «Doch erst räume ich den Tisch ab.»

«Wie geht es eigentlich deinem Vater?», erkundigt sich Matilda, als wir eine Viertelstunde später Seite an Seite die Treppe emporsteigen. «Und was macht sein kranker Fuß?»

Ich muss grinsen, obwohl die Angelegenheit nur bedingt witzig ist. Seit geraumer Zeit betreibt mein Vater nämlich ein seltsames Hobby. In jeder freien Minute baut er Flugdrachen, die er bei Wind und Wetter in die Lüfte steigen lässt. Als habe er zu viel Zeit oder müsse sich beruhigen oder Gott weiß was, widmet er sich dieser Bastelei. Nachdem er dabei allerdings über ein herumliegendes Stück Totholz gestolpert ist und sich das Sprunggelenk verknackst hat, zieht er den linken Fuß ein wenig nach.

«Keine Ahnung», gebe ich wahrheitsgemäß zurück. «Seit der Scheidung wirkt er irgendwie rastlos auf mich.»

Papa ist neuerdings wie verwandelt. Nicht mehr von stoischer Gelassenheit wie früher, sondern fahrig und nervös. Als sei er auf dem Sprung, wisse aber nicht, wohin. Er ist der Einzige, dem ich von dem geplanten Besuch bei Matilda erzählt habe, hauptsächlich, um ihn zu bitten, meine Koffer entgegenzunehmen. Und auch bei diesem Wortwechsel reagierte er eigenartig.

«Um dein Gepäck kümmere ich mich», sagte er, «aber du willst zu Matilda? Das geht nicht.»

«Aber sie hat mich eingeladen.»

«Es geht trotzdem nicht.»

«Aha. Und warum nicht?»

Einen Moment dauerte es, dann antwortete Papa: «Weil sie Geburtstag hat.»

«Wunderbar!», freute ich mich, «dann feiere ich mit ihr.»

Daraufhin brummte er nur undeutlich etwas vor sich hin und hatte es mit einem Mal sehr eilig, die Unterhaltung zu beenden.

In Gedanken an dieses Gespräch schüttele ich belämmert den Kopf und merke erst dann, dass Matilda nicht mehr neben mir ist, sondern drei Treppenstufen weiter unten steht und mich mit offenem Mund anstarrt.

«Beata und Wolfgang lassen sich scheiden?»

Jetzt bin ich es, die überrascht guckt. Da sie von Papas Fußverletzung weiß, nahm ich an, dass sie ebenfalls über die Trennung informiert ist. Doch ich scheine mich geirrt zu haben. «Ist schon passiert», erkläre ich meiner Tante. «Letzten Monat.»

«Warum das denn plötzlich?» Sie klingt geschockt.

«Tja … also … keine Ahnung.» Weiß Matilda nicht, dass meine Eltern die vergangenen zwanzig Jahre ohnehin nur nebeneinanderher gelebt haben? Offenbar nicht. Gedankenverloren hopse ich die Stufen bis zu meiner Tante hinunter, hake sie unter und animiere sie zum Weitergehen. «Wenn es einen speziellen Grund gab, kenne ich ihn nicht», wiegele ich ab. Ich wundere mich ja eher, dass Mama und Papa es überhaupt so lange miteinander ausgehalten haben, möchte das Thema aber nicht vertiefen.

Tante Matilda hingegen zeigt sich äußerst interessiert. «Vielleicht hat einer von den beiden einen neuen Partner?», überlegt sie laut.

Ich grinse schief. «Machst du Witze? Nein, das halte ich für ausgeschlossen.» Kurz zwinge ich mich, mir den Gedanken dennoch durch den Kopf gehen zu lassen. Wirkt mein Vater darum so rastlos? Gibt es eine neue Frau in seinem Leben? Nein, undenkbar. Mal abgesehen davon, dass ich ihn mir bei aller Fantasie nicht beim Flirten vorstellen kann, spricht außerdem sein Temperament, das dem einer Schildkröte gleicht, dagegen. Bei seiner Vorgehensweise müsste er diese Frau vor zwanzig Jahren kennengelernt haben. Das wäre mir mit Sicherheit nicht entgangen. Und meine Mutter? Ebenfalls abwegig. Mama ist zu beschäftigt für einen Freund.

Wir nehmen die letzte Treppenstufe und stehen in der oberen Etage. Das Haus verjüngt sich zum Dach, sodass dieses Geschoss, im Vergleich zur unteren Etage, sehr viel kleiner und schmaler anmutet. Auch weil seitlich eine weitere Stiege steil nach oben führt.

«Unter dem Dach befindet sich mein Atelier», erklärt Matilda mit einer vagen Handbewegung. «Früher war es Brunos Zimmer, doch seit seinem Tod nutze ich den Raum zum Sortieren und Trocknen von Blumen und Pflanzenteilen, ehe ich diese später in die Töpferwerkstatt mitnehme.»

«Ach, du fertigst die Sachen gar nicht hier im Haus?»

«Nein», Matilda schüttelt den Kopf, «ich wollte erst einmal

sehen, ob das Töpfern mir liegt, ehe ich mir eine Scheibe und einen speziellen Ofen anschaffe. Die Geräte sind nämlich nicht gerade günstig. Außerdem benötigt man dafür Bewegungsfreiheit. So viel Platz gibt es dort oben aber nicht.» Sie zuckt mit den Schultern. «Zum Glück befindet sich in der Nachbarschaft die *Töpfermuschel*, eine private Werkstatt, die von ein paar Sylter Frauen betrieben wird. An diesem Ort lasiere ich auch.»

«Also ich glaube, dass dir das Töpfern nicht nur liegt, sondern dass du darin deine Bestimmung gefunden hast», sage ich voller Inbrunst.

«Lieb von dir», Matilda lächelt und drängt an mir vorbei, um mir mein Zimmer zu präsentieren. Es scheint der einzige Wohnraum zu sein, geht nach rechts ab und ist erstaunlich aufgeräumt, dafür dass das Erdgeschoss einer Messi-Behausung gleicht.

Erleichtert blicke ich mich um. Die Grundfläche ist ausreichend groß, aber nicht riesig, die Wände sind weiß getüncht, ebenso wie alle Möbel. Ich erblicke eine antike Kommode mit verzierten Schubladengriffen, einen puristischen Sekretär und das Bett, auf dem sich unter einer gehäkelten Tagesdecke das Federbett wölbt. Zwei leicht schräge Giebel rahmen einen winzigen Balkon ein, den ich nur deshalb in der Dunkelheit erkenne, weil vor der Tür eine Lichterkette glimmt. Ich fühle mich sofort pudelwohl.

«Kann ich dir noch irgendetwas Gutes tun?», fragt Matilda. «Heiße Milch mit Honig?»

Wir tauschen ein inniges Lächeln aus. Als ich klein war, reichte meist die Erwähnung dieses Schlummertrunks, und ich schlief ein, ehe Matilda mit dem Becher zurück war.

«Nein danke», sage ich und muss gähnen. «Die ist heute definitiv nicht nötig. Ich hole nur noch schnell mein Gepäck von unten, dann verschwinde ich in den Federn.»

«Mach das, Schätzchen. Gleich gegenüber findest du dein Badezimmer. Es ist winzig, verfügt aber über alles, was man braucht.» Matilda deutet auf die Tür vis-à-vis. «Draußen auf dem Flur gibt es neben der Tür außerdem einen Einbauschrank. Ich räum dir darin noch etwas Platz frei, während du deine Tasche holst.»

Eine halbe Stunde später sitze ich an dicke Kissen gelehnt im Bett und klappe den Laptop vor mir auf. Er versinkt fast in der kuscheligen Daunendecke. Auch wenn ich hundemüde bin, will ich noch schnell einen Instagram-Account für Matilda erstellen. Ich nenne ihn *Tildas Pöttery*, eine Wortschöpfung, die sich aus dem englischen Wort für Keramik und der Mehrzahl von Pott, also Pötte, zusammensetzt.

Als das erledigt ist, verspüre ich das Bedürfnis, auf meiner eigenen Blogseite etwas hochzuladen. Ich habe seit Ewigkeiten nichts Neues gepostet. Die Bilder von den Armen Rittern und besonders die Nahaufnahme von Matildas sehnigen, faltigen Händen sind einfach so bezaubernd. Ich entscheide mich, sie in Schwarz-Weiß umzuwandeln, schreibe danach aus dem Kopf das Rezept auf, das ja im Grunde vollkommen unspektakulär ist. Darum lasse ich mir zu guter Letzt noch einen kurzen Text einfallen, mit Erinnerungen an meine Kindheit. Wann Matilda mir das Gericht kochte und was ich damit verbinde: Geborgenheit pur. Und das Ganze kröne ich mit der Überschrift *Lieber süß als Gemüs'*.

Erst nach Mitternacht stelle ich den Artikel online und fühle mich so glücklich wie lange nicht mehr.

Im Zimmer ist es jetzt stockfinster, aber die Lichterkette

vor dem Fenster brennt weiter, und so habe ich vom Bett aus direkte Sicht auf mein eigenes, klitzekleines Sylter Sternuniversum.

4
Knight Rider

Am nächsten Morgen wache ich erst spät auf. Halb neun zeigt mein Handy an! Ich brauche einen Moment, um mich zu orientieren. Als mein Blick dann aber auf die Lichterkette vor der Balkontür fällt, die müde blinkt, als könne sie sich nicht recht entschließen, den Tag anzugehen, weiß ich sofort wieder, dass ich mich auf Sylt, bei Matilda, befinde. Ich gähne und denke, wie erleichtert ich mich fühle, dass meine Tante und ich uns nach all den Jahren so gut verstehen. Als hätten wir erst gestern gemeinsam über meinen Hausaufgaben gebrütet oder die leckersten Kuchen gebacken. Auch über Jungs sprach ich in der Pubertät mit ihr – Matildas Ratschlag bedeutete mir so viel mehr als die verrückten Souvenirs, die meine Mutter mir von ihren Reisen mitbrachte und die wohl dazu gedacht waren, mir zu beweisen, dass sie mich unterwegs nicht vergisst.

Mama war in Sachen erste Liebe ohnehin keine gute Ratgeberin. Ich höre sie noch sagen: «Olli, wenn ein Mann dir den Rücken kehrt, dann drängle dich wieder vor ihn.» Vermutlich ist das per se kein schlechter Tipp, doch ein gebrochenes Herz heilt er leider nicht.

Das Thema Herzschmerz lässt mich gegen meinen Willen an Martin und Meike denken. Und an den Moment, als Meike mir nahelegte, mein Zimmer zu räumen. Für das Baby. Es fiel ihr schwer, das konnte ich sehen, doch sie blieb hart und drängte mich wegen der geplanten Renovierung sogar explizit zur Eile.

Ich weiß noch genau, dass es mir förmlich den Boden unter den Füßen wegzog. Die Information über ihre Schwangerschaft ebenso wie das Gefühl, hintergangen worden zu sein. Es erwischte mich dermaßen eiskalt, dass ich zu keinem klaren Gedanken fähig war. Denn eigentlich hätte ich ihr sagen müssen, welch falsches Spiel Martin spielt. Dass er mit mir gefeiert hat, als gäbe es kein Morgen, und dass genau genommen sie es ist, die hintergangen wurde. Von ihm! Während sie krank und schwanger im Zimmer nebenan lag, hatte er mich zum Sex überreden wollen. Einzig die Tatsache, dass ich in puncto One-Night-Stand etwas … nun ja … unspontan bin, hat uns alle drei vor Schlimmerem bewahrt.

Nichtsdestotrotz dürfte es für Meike eine Rolle spielen, nicht zuletzt, weil sie beabsichtigt, mit ihm ein Kind großzuziehen. Doch in jenem Augenblick wäre es mir wie Rache vorgekommen, darum habe ich geschwiegen.

Um mich abzulenken, checke ich kurz meine Mails und will gerade gewohnheitsmäßig bei Instagram nach Neuigkeiten schauen, da besinne ich mich eines Besseren. Höchstwahrscheinlich würde ich im Netz mit Bildern meiner ehemaligen Mitbewohner konfrontiert, denn jetzt, da sie ihre Beziehung nicht mehr vor mir geheim halten müssen, posten sie vermutlich jeden ihrer gemeinsamen Schritte inklusive des Fortschreitens der Schwangerschaft und der Renovierung. Das möchte ich mir nicht ansehen. Andererseits kann ich mich aber auch nicht dazu durchringen, die beiden aus meinem Followerkreis zu löschen, darum lege ich kurzerhand das Handy zur Seite und steige aus dem Bett. Mir ist nach Kaffee, und ich kann es kaum erwarten, Matildas Keramik in Szene zu setzen. Außerdem will ich wissen, wie Matilda meine Idee, *Tildas Pöttery*, gefällt.

Gedankenverloren tapse ich im Pyjama die Treppe hinunter und stecke meinen Kopf durch die Küchentür in der Annahme, Matilda dort anzutreffen. Doch Fehlanzeige, die Einzigen, die hier frühstücken, sind zwei Amseln draußen im Vogelhäuschen. Meine Tante ist weit und breit nicht zu sehen. Schläft sie noch?

Der Kaffeebereiter steht sauber und gebrauchsfertig auf der Arbeitsfläche. Ich überlege nicht lange. Da ich Matilda nicht wecken möchte, mache ich mich auf eigene Faust ans Werk. Kurze Zeit später sitze ich mit einem Becher köstlichem Milchkaffee am Hochtisch und blicke durch das Fenster in den Vorgarten. Eine zuckrige Schneedecke hat sich über den gepflasterten Weg und die Topfpflanzen gelegt. Die Amseln hopsen jetzt auf den Steinen herum, wobei sie mit den Läufen ulkige Muster im Raureif hinterlassen.

Ich bin es gar nicht mehr gewohnt, Tiere um mich zu haben. Die WG befand sich im zweiten Stock, und wir hatten weder Garten noch Balkon. Mein einziger Kontakt mit der Natur fand statt, wenn ich mich für meine Kunden gezielt auf Motivsuche begab. Ich habe die Erfahrung gemacht, dass die meisten Accounts, also genau genommen deren Feeds, davon profitieren, wenn man von Zeit zu Zeit anstelle ständiger Produktfotografie Fotos einbaut, die aus dem Raster fallen.

Darum bin ich im Grunde fortwährend am Knipsen, um mir einen möglichst vielseitigen Bildvorrat anzulegen. Manches Mal fahre ich extra mit der S-Bahn bis an den Stadtrand, lichte Details von Pflanzen und Blumen im Grunewald ab und kehre mit meiner Ausbeute wieder zurück an den Schreibtisch, wo ich alles auf meinen Computer überspiele und dort akribisch sortiere. Wenig romantisch, aber okay, denn ich bin ohnehin keine große Spaziergängerin.

Ich bin dermaßen tief in das Beobachten der Vögel versunken, dass ich vor Schreck fast vom Hocker falle, als es plötzlich an der Haustür klingelt. Wie erstarrt sitze ich da und lausche erwartungsvoll. Ob Matilda eventuell doch schon auf den Beinen ist und dem Besucher öffnet? Ihr Schlafzimmer befindet sich gegenüber der Küche. Sollte sie noch im Bett liegen, dürfte der Lärm sie geweckt haben. Ich warte einen Moment, doch es geschieht nichts. Im Haus herrscht Totenstille. Bis es erneut schellt. Schläft meine Tante womöglich mit Ohrstöpseln? Oder ist sie gar nicht zu Hause, sondern in ihrer Töpferwerkstatt? Hat sie ihren Schlüssel vergessen? Während ich die Möglichkeiten gegeneinander abwäge, wird energisch gegen die Tür geklopft.

Seufzend lasse ich mich von meinem Stuhl gleiten, nehme noch schnell einen Schluck Kaffee und eile anschließend in den Flur. Im Zickzack umschiffe ich die Unordnung und reiße im selben Moment die Haustür auf, in dem es aufs Neue klingelt.

«God morgen.» Der Kerl vom Vortag, der mein Taxi übernehmen wollte, steht vor mir. Wieder sichtlich gehetzt. Sein dunkelblondes Haar ist zerzaust, er trägt denselben Mantel wie gestern und auch dieselben unpraktischen Schuhe, die viel zu kalt sind für diese Jahreszeit. Der orangefarbene Fluffi drückt sich gelangweilt gegen eines von Herrchens Hosenbeinen. «Dürfte ich mal telefonieren? Mein Akku ist leer.» Er hält mir sein Handy vor die Nase. Das Display ist schwarz.

«Äh ... wie bitte?», stottere ich, weil mein Hirn noch nicht wach ist und ich verschiedene Dinge gleichzeitig zu begreifen versuche. *God morgen?* Ist er betrunken? Das würde zumindest erklären, warum er mich aufscheucht, anstelle zu Hause einfach mal sein Ladegerät zu benutzen. Oder hat er es verloren? Er wirkte ja gestern schon ein wenig neben der Spur, hoffentlich dreht er jetzt nicht komplett durch.

Und während ich ihn so anstarre, drängt ein sanfter, aber eisiger Luftstrom von draußen herein. Schlagartig wird mir bewusst, dass ich noch meinen Pyjama trage. Himmel!

Ehe ich mir jedoch den Parka von der Garderobe angeln kann, drückt der Typ vor meinen Augen wahllos ein paar Tasten seines Handys und präsentiert mir erneut das Telefon. «Tot.» Zur Untermalung seiner Worte fährt er sich einmal mit dem Zeigefinger über die Kehle. «Ich hatte es über Nacht an der Steckdose, doch die ist anscheinend defekt. Nun hat mein Wecker nicht geklingelt, und ich bin verdammt spät dran.» Er verzieht gequält das Gesicht. «Ist einiges im Argen da drüben.»

Ich bin immer noch sprachlos, inzwischen hauptsächlich wegen meiner Eisfüße. Außerdem – was soll nebenan bitte schön nicht in Ordnung sein?

«Hallo?» Er starrt mich unverwandt an. «Ich hätte jetzt wirklich gern ein Taxi. Und zwar eins, in dem man Hunde transportieren darf.» Mit dem Kopf deutet er in Richtung seiner Füße, wo der Hund nun, wie auf Kommando, freundlich mit dem Schwanz wedelt.

Einen Moment lang betrachte ich verzückt das flauschige Fell, ehe ich meine Aufmerksamkeit wieder auf das Herrchen lenke. Wir schauen uns in die Augen. Seine sind grün. Nein, hellbraun. Grünbraun. Also eigentlich sind sie olivfarben. Es liegt etwas Schwermütiges in ihnen, das mich irgendwie betroffen macht.

«Und ich wüsste *wirklich gern* erst einmal, wer Sie überhaupt sind», krächze ich mit rauer Stimme. Er kann sich ja wenigstens mal vorstellen, wenn er hier schon einen solchen Wirbel veranstaltet.

Seine Lippen kräuseln sich. Ich kann sehen, dass er zu einer Antwort ansetzen will, doch ehe er ein Wort hervorbringt, registriert er meinen Pyjama. Sein Augenmerk bleibt auf dem Oberteil hängen, wo ein Bild von K.I.T.T., dem sprechenden Auto von David Hasselhoff, also eigentlich von Michael Knight, prangt. Mama hat mir das schlabbrige Baumwollteil vor gar nicht mal sooo langer Zeit von einer ihrer Auslandsreisen mitgebracht. Keine Ahnung, wo man derartige Geschmacklosigkeiten noch kaufen kann und ob sie sich nicht darüber im Klaren war, dass ich inzwischen erwachsen bin. Auf jeden Fall trage ich das Teil nun nachts. Sieht mich ja keiner. Bis eben jedenfalls.

Um die Mundwinkel des Fremden beginnt es zu zucken, und ich möchte vor Scham im Boden versinken.

Dummerweise muss ich nun aber grinsen, weil der Hund an meinem großen Zeh leckt. Es kitzelt. Heute schaut der kleine Kerl beinahe noch aufgeplusterter aus als gestern. Wie frisch geföhnt. Kann aber nicht sein, weil die Steckdose ja kaputt ist.

Seufzend wird mir eine ausgestreckte Hand ins Blickfeld geschoben. «Entschuldigung, ich bin Kaj», sagt er und scheint einen Moment zu überlegen, ob er seinen Nachnamen hinzufügen soll, entscheidet sich dann aber dagegen. «Ich ... wohne gerade nebenan.»

Und plötzlich fällt es mir wie Schuppen von den Augen. Die andere Haushälfte gehört ja Matildas Freunden – und meine Tante soll sich kümmern! Ach du Elend, wie unangenehm. Mechanisch ergreife ich seine Hand. «Guten Tag. Ich ... ähm ...

bin Olivia. Liv. Die Nichte von … meiner Tante. Der Vermieterin … äh … Verwalterin.» Ich ringe mir ein Lächeln ab.

Während ich ihm ins Gesicht schaue, bemerke ich, wie kantig und gleichzeitig fein gezeichnet es ist. Er ist frisch rasiert, hat eigenwillig geschwungene Lippen und eine schmale, aristokratische Nase. Man könnte sagen, er sieht gut aus. Im weitesten Sinne. Wären da nicht ein paar tiefe Sorgenfalten auf seiner Stirn.

«Okay, Olivia.» Sein Blick wird einen Tick gnädiger. «Würden Sie mich nun bitte telefonieren lassen? Es ist nämlich so, dass ich gerade eine wichtige Besprechung verpasse. Und ich kann mich nicht bei meinen Kunden entschuldigen, weil alle meine Kontaktdaten in diesem Telefon stecken.» Erneut bekomme ich das Teil unter die Nase gehalten. «Es ist ein Ortsgespräch, aber Sie dürfen es mir gern in Rechnung stellen.»

Macht er Witze? Telefonieren kostet doch heutzutage nichts mehr. Allerdings hat seine Stimme einen derart drängenden Unterton, dass ich nicht an einen Scherz glaube, sondern instinktiv einen Schritt zurücktrete. «Ich schau mal, wo das Telefon ist. Kommen Sie doch für einen Moment herein, bei der Kälte …», sage ich, wirbele herum und schlängele mich einigermaßen geschickt an der Unordnung vorbei. Langsam bekomme ich Übung in dem Parkourlauf. In der Zwischenzeit schießen mir tausend Gedanken durch den Kopf. Hat Matilda überhaupt ein Festnetztelefon? Falls nicht, soll ich ihm dann mein Handy überlassen? Und was, bitte schön, hat er für schöne Augen? Komplette Verschwendung, wenn man bedenkt, dass der Rest des Kerls so trübsinnig daherkommt.

Ich schaue mich im Wohnzimmer um, und glücklicherweise steht das Mobilteil des Telefons da, wo es hingehört: in seiner Ladeschale auf dem Weinkühlschrank. Mit dem Apparat in der Hand kehre ich zu Kaj zurück. Sofort erkenne ich meinen Fehler. Ich hätte ihn niemals hineinlassen dürfen!

Im höchsten Maß verstört, schaut er sich mit entsetztem Gesichtsausdruck im Flur um.

«Verzeihen Sie die Unordnung, aber ... wir misten gerade aus», plappere ich drauflos. «Meine Tante entschuldigt sich im Übrigen vielmals für die defekte Steckdose, sie ...» Ich will noch einen kleinen Wiedergutmachungsschwindel hinzufügen, da grapscht er mir das Mobilteil aus der Hand.

Mit konzentriertem Blick tippt er eine Nummer ein, wie sich herausstellt, die der Auskunft. Ich werde Zeugin, wie er sich mit einem Laden namens *Seepferdchen* verbinden lässt, wobei er mir nebenbei mit strenger Miene zu verstehen gibt, ich möge Diskretionsabstand wahren.

Auch wenn ich mit meinen Füßen inzwischen Fisch kühl lagern könnte, bleibe ich an Ort und Stelle und verschränke die Arme vor der Brust. Das kann er vergessen. Nie und nimmer lasse ich ihn in Matildas vier Wänden aus den Augen. Nicht, dass er noch in den Kisten herumwühlt und Gott weiß was findet.

Mit knappen Worten erklärt er jemandem am anderen Ende der Leitung die Sachlage. Danach ruft er ein Taxi für sich und den Hund. Der kleine Kerl tippelt interessiert von Karton zu Karton und wackelt dabei unermüdlich mit der Nase. Im Gegensatz zu seinem Herrchen scheint er der Unordnung einiges abgewinnen zu können.

«Danke», sagt Kaj, reicht mir das Telefon und schnappt sich mit flinker Bewegung den Hund vom Boden. «Viele Grüße an Ihre Tante. Sie möge bitte zeitnah einen Elektriker vorbeischicken. Sonst ...»

Den Rest verstehe ich nicht mehr, denn er hat sich längst

von mir abgewendet und schreitet schnellen Schrittes voran zur Tür.

Draußen macht es auf mich den Eindruck, als wolle er noch etwas sagen, doch ich bekomme nur einen kryptischen Blick zugeworfen, der im Grunde alles bedeuten kann. Von «*Komische Füße haben Sie*» bis hin zu «*Ihr Pyjama ist ein wenig geschmacklos*». Dann ist er fort.

Einen Moment bleibe ich baff in der offenen Tür stehen. Was meinte er denn mit *Sonst* …? Sonst was? Er will ja wohl keinen Preisnachlass erzwingen wegen einer derartigen Nichtigkeit, oder?

Nachdenklich mache ich mich auf den Weg ins Wohnzimmer, um das Telefon wegzubringen. Und um meine Füße zum Leben zu erwecken.

Plötzlich geht die Tür von Matildas Schlafzimmer auf, und meine Tante steckt den Kopf heraus. «Guten Morgen, Livi», flüstert sie mit Blick in Richtung Haustür. «Ist er fort?»

5
Tildas Pöttery

Perplex sehe ich sie an. «Ja, ist er.»

Augenblicklich tritt Matilda in den Flur. Sie ist bereits vollständig angezogen, trägt ein grünes Wollkleid mit silbern glitzernder Lurexkante, dazu blickdichte lila Strumpfhosen und Fellpantoffeln. Ich schmunzle. Ein bisschen schräg, aber na ja, bald ist schließlich Weihnachten.

«Na dann.» Ihr entfährt ein seltsam schrilles Lachen. «Soll ich uns einen Kaffee kochen?»

«Ich ... ähm ... habe vorhin schon einen aufgebrüht, allerdings ist er inzwischen vermutlich kalt.» In meinem Kopf überschlagen sich die Gedanken. Woher weiß sie, wer geklingelt hat? Hat sie gelauscht? Und warum verschanzt sie sich dann in ihrem Zimmer, statt sich bei dem Mieter für die Unannehmlichkeiten zu entschuldigen? Und wäre es in Ordnung, sie danach zu fragen?

Ich kann mich nicht dazu durchringen und sage stattdessen: «Ich soll dir von deinem Nachbarn ausrichten, dass er gern einen Elektriker bestellt hätte. Eine Steckdose ist offenbar defekt.»

Meine Tante wird auf einmal knallrot im Gesicht. «Kann er nicht eine andere benutzen?» Gedankenverloren schüttelt sie den Kopf. «Aber wenn er darauf besteht – bitte. Bestellen wir ihm halt einen Handwerker.» Sie streicht mir über die Wange. «Aber jetzt erzähl mir lieber, wie du geschlafen hast.» An den Schultern schiebt sie mich in Richtung Küche. «Bist du schon lange auf den Beinen?»

Noch immer leicht irritiert, lasse ich es geschehen, dass sie mich zum Hochtisch manövriert und wartet, dass ich Platz nehme. Dann setzt sie neuen Kaffee auf, wobei ihre Bewegungen auf mich unkontrolliert und ein wenig fahrig wirken. Im Stillen beschließe ich, ihr keine unangenehmen Fragen bezüglich des Nachbarn zu stellen. Auch wenn ich neugierig bin, aus welchem Grund sie nicht zur Tür gegangen ist, als es klingelte.

«Dein Mieter war ziemlich von der Rolle», fasse ich stattdessen die bizarre Begegnung zusammen. «Der war gestern bereits so komisch, als er mein Taxi übernehmen wollte.» Ich schaue meine Tante abwartend an. Und irgendwie kann ich es doch nicht lassen, ich möchte wissen, ob da was nicht stimmt. «Er faselte etwas davon, dass drüben einiges im Argen sei. Hast du eine Ahnung, was er meint?»

Meine Tante zieht die Mundwinkel nach unten und schüttelt stumm den Kopf.

Dachte ich es mir doch. Ich habe Matilda als friedliebenden, unbescholtenen Menschen in Erinnerung, der es gern jedem recht macht. Wenn sie auch nur geahnt hätte, dass nebenan die Elektronik nicht intakt ist, wäre es ihre erste Amtshandlung gewesen, einen Handwerker zu rufen, davon bin ich felsenfest überzeugt.

Der Blick meiner Tante geht an mir vorbei aus dem Fenster. «Weißt du, ich habe richtig Lust, nachher mit dem Aufräumen loszulegen. Du hattest ja angeboten, mir zu helfen.» Über ihren Becherrand lächelt sie mich verschwörerisch an. «Außerdem bin ich gespannt, was du heute so im Internet für mich zauberst.»

«Das wirst du gleich sehen.» In schenke mir von dem köstlichen Kaffee nach und beginne, Matilda ein paar persönliche Daten abzufragen. So kann ich ihr neben dem Instagram-Profil auch sofort eine Domain einrichten. Obendrein melde ich sie bei PayPal an. Das ein oder andere ihrer Kunstwerke wird sie ohne Gewerbeschein verkaufen dürfen. Danach können wir entscheiden, wie es weitergehen soll. «Schau, ich war gestern noch fleißig und habe deinen Account ins Leben gerufen.» Stolz präsentiere ich ihr die ersten Bilder ihres Feeds. Und den Namen.

«*Tildas Pöttery*», liest sie laut und klatscht begeistert in die Hände, wie ein junges Mädchen. «Livi, du bist eine Wucht!» Mit Schwung bekomme ich einen Kuss aufgedrückt, dass ich beinahe meinen Kaffee verschütte. Sie deutet in Richtung Kühlschrank. «Sollen wir etwas frühstücken? Eier oder Toast?» Matilda sieht mich fragend an.

«Ehrlich gesagt würde ich am liebsten sofort mit dem Fotografieren beginnen», erkläre ich voller Ungeduld. Außerdem», ich reibe mir über den Bauch, «bin ich noch satt von gestern.»

«Geht mir ganz genauso.» Meine Tante bläst die Backen auf. «Normalerweise esse ich nicht so viel zu Abend.»

Das lag auf der Hand, wenn man sich ihre schmale Statur ansieht. Ich schaue auf die Uhr. Bereits zehn! «Musst du denn gar nicht zur Arbeit?», erkundige ich mich. «Bist du nicht mehr im Krankenhaus tätig?»

Matilda, die gerade aufgestanden war, um aus dem Küchenunterschrank ein paar selbst gemachte Teller und vom Regal die Schüsselchen zu nehmen, lässt sich Zeit mit der Antwort. Sie schaltet das Radio ein, dreht die Musik einen Tick leiser und wendet sich zu mir um. «Nein, ich bin schon eine ganze Weile nicht mehr als Pflegerin beschäftigt. Ich hatte es am Rücken, konnte nicht mehr schwer heben und auch nicht lange stehen. Ich bin inzwischen in Frührente.» Bedauern liegt auf ihrem Gesicht.

«Oh», sage ich betroffen. «Und wie kommst du damit klar?»

«Na ja.» Sie stapelt die Schüsseln zu einem Turm, den sie gleich darauf wieder auseinanderbaut. Dann richtet sie sie in Reih und Glied nebeneinander aus. Es ist deutlich zu sehen, dass Matilda das Thema unangenehm ist.

«Kannst du nicht etwas Ähnliches finden? Ohne körperliche Belastung? Ich könnte dir im Internet bei der Suche helfen.»

«Ach, lass nur, Livi. Das ist … Also, momentan muss ich mich um anderes kümmern.» Sie blickt zu Boden und sieht auf einmal kraftlos und vollkommen verloren aus. Nach einer Weile gibt sie sich einen Ruck. Sie hebt den Kopf und schenkt mir ein Lächeln, das ihre Augen jedoch nicht erreicht. «Zum Beispiel um meine Keramik.»

Etwas stimmt nicht, denke ich. Aber ich habe nicht den leisesten Schimmer, was es sein könnte. Und da ich nicht annehme, auf Nachfragen eine Antwort zu bekommen, halte ich meinen Mund. Vorerst.

Ich stehe vom Tisch auf. «Dann werde ich mal loslegen», verkünde ich frohen Mutes. «Bestimmt sehen deine Werke im Sonnenschein noch schöner aus als gestern im Halbdunkel.»

Und so ist es. Aufs Neue bin ich fasziniert, wie kreativ meine Tante ist und wie wunderschön jedes ihrer Unikate aussieht. Es gibt einen Teller mit angedeuteten Mohnblumen, einen mit feinsten Zweigen vom Strandhafer und einen, der von Heckenrosen geziert wird und mir besonders gut gefällt. Matilda bringt mir außerdem noch Suppenteller mit Seesternen, mit

Sanddorn und zwei mit Hortensien, wie in der cremefarbenen Schale.

«Du kannst die Sachen unmöglich weggeben», jammere ich, «sie sind viel zu schön. Ich wünschte, ich hätte den Platz und das Geld, sie dir alle abzukaufen.»

Meine Tante amüsiert sich. «Das war bereits früher dein Problem, du konntest dich nicht von Gegenständen trennen. Nicht einmal, wenn sie kaputt waren.»

«Aber das hier ist etwas vollkommen anderes», entgegne ich stur und fahre mir durch meine langen Haare. Sie sind noch von der Nacht zerzaust, aber ich ignoriere es. «Bei deiner Keramik handelt es sich nicht um einen alten Anorak, der nicht mehr passt. Oder um eine Hose mit Flicken auf den Knien. Es sind Kunstwerke!»

Schweren Herzens schnappe ich mir die beiden Schalen von gestern, dieses Mal arrangiere ich sie kunstvoll und immer wieder neu. Mal dekoriere ich Besteck darin, mal einen Lärchenzweig. Irgendwo auf der Terrasse finde ich sogar einen Tannenzapfen. «Schade, dass zurzeit nicht Sommer ist, sonst würde ich gern dieselbe Blüte in das jeweilige Gefäß hineinlegen, die du abgebildet hast.»

Matilda streicht sich versonnen über das Kinn. «Eine schöne Idee. Dann bleib doch einfach so lange», schlägt sie lachend vor.

Ich werfe ihr einen zweifelnden Blick zu. Zwar habe ich für die folgenden Monate keine Pläne, aber das nächste halbe Jahr hier im Stillstand auf der Insel zu verbringen, erscheint mir vollkommen abwegig. «Ehrlich gesagt hoffe ich, bald eine Lösung für meine Wohnsituation zu finden», sage ich und sehe, dass Matilda ihr Lächeln nur mit Mühe aufrechterhält. Schnell füge ich hinzu: «Aber wer weiß? Erstens kommt es anders …», setze ich an, und meine Tante vollendet: «und zweitens, als man denkt.»

In den folgenden Stunden probiere ich weitere neue Arrangements aus. Währenddessen beginnt Matilda zaghaft mit dem Aufräumen. Sie sammelt lose Zettel zusammen und stapelt sie. Ebenso verfährt sie mit den Briefen. Außerdem sortiert sie das herumliegende Zeugs: Lappen, Kleidung, Schuhe – alles wird von ihr zumindest schon mal in die richtigen Räume geschleppt.

Als ich zu ihr ins Wohnzimmer stoße, bemerke ich, dass Matilda erschöpft aussieht. Sie seufzt.

«Ach, Tantchen», ich schlage mir die Hand vor den Mund, weil sie so ja eigentlich nicht genannt werden möchte, aber mir rutscht die Bezeichnung aus liebevoller, alter Gewohnheit leider immer wieder heraus. Tröstend lege ich ihr meinen Arm um die Schultern. «Du weißt doch: Gut Ding will Weile haben. Und geteiltes Leid ist halbes Leid. Also, wie kann ich dir helfen?» Ich zeige auf einen kniehohen Bücherstapel. «Was ist zum Beispiel mit denen?»

Ohne ihre Antwort abzuwarten, greife ich nach dem obersten Exemplar und stöbere gedankenverloren darin herum. Es handelt sich um einen Sylter Bildband, der mit zahlreichen Rezepten ausstaffiert wurde. «Hast du ein spezielles Regal für die?»

Während ich frage, flattern zwei handbeschriebene DIN-A4-Zettel heraus. Eigentlich will ich sie schuldbewusst wieder an Ort und Stelle legen, da springt mir die Überschrift ins Auge: «Brunos Sylter Bouillabaisse». Ich bin sofort neugierig. «Darf ich?», erkundige ich mich bei Matilda und halte die Papiere in die Höhe.

«Aber sicher, Schätzchen.» Meine Tante kneift die Augen

zusammen, um zu erkennen, wofür genau ich mich interessiere. «Ist das eine von Brunos Aufzeichnungen?»

«Scheint so», sage ich, und meine Kopfhaut beginnt vor Aufregung zu kribbeln. «Da steht Sylter Bouillabaisse, offenbar ein Rezept von ihm.»

«Ja, er liebte das Kochen.» Ein Glitzern liegt in ihrem Blick. «Er war wie du, er verbrachte Stunden am Herd, um Neues auszuprobieren. Am Ende konnte er die Gerichte nur leider kein zweites Mal zubereiten, weil er stets improvisierte und keine Notizen anfertigte.» Sie kichert. «Aber die Zutaten der Bouillabaisse, die hat er sich notiert. Die Suppe war mir dennoch vollkommen entfallen.»

Ich überfliege Brunos Niederschrift. Soweit ich weiß, wird Bouillabaisse gern als provenzalische Fischsuppe oder Fischgericht bezeichnet, je nachdem, ob zusätzlich gegarter Speisefisch gereicht wird oder der Eintopf für sich steht. Brunos Sylter Variante ist, wenn ich es auf den ersten Eindruck richtig einschätze, eine Mischung aus beidem. Mit viel Gemüse und nordischen Fischen.

Mir läuft das Wasser im Mund zusammen, während ich weiter versuche, Brunos Handschrift zu entziffern. Dann streiche ich sanft das Papier glatt. «Sag mal, Tilda», setze ich vorsichtig an, «hättest du Einwände, wenn ich diese Suppe mal nachkoche? Sie klingt fantastisch.»

Meine Tante reißt erstaunt die Augen auf. «Was? Nein, also ja ... selbstverständlich habe ich nichts dagegen! Sicher wäre es Bruno eine Ehre, wenn du sein Rezept aufleben lässt.» Und dann ergänzt sie leise: «So ist er irgendwie auch ein bisschen bei uns.»

Wir schweigen einen Moment, vermutlich, weil wir beide nicht wissen, was wir sagen sollen. Denn urplötzlich steht die Frage im Raum, warum Bruno und ich uns niemals kennenlernten. Aus welchem Grund herrschte nur so lange Zeit Funkstille zwischen Matilda und der restlichen Familie? Sie lud uns damals nicht mal zur Beerdigung ein. Irgendetwas muss doch vorgefallen sein? Ich knete meine Hände. Zu gern möchte ich Matilda darauf ansprechen, doch irgendwie ... mir scheint es zu früh, darum schlucke ich die Frage kurzerhand herunter. Sicher wird sich bald ein geeigneter Moment ergeben, sie zu stellen.

Den übrigen Tag verbringe ich in der Küche an meinem Laptop. Ich bearbeite Bilder, überlege mir ein Konzept für das Feed-Design von *Tildas Pöttery* und bastele Fotocollagen. Die ganze Zeit schaffe ich es, nicht nach meinem eigenen Instagram-Account zu schauen. Ebenso gelingt es mir, die Portale meiner Kunden zu ignorieren. Denn seit unserem Zerwürfnis betreut Meike die Aufträge. Leicht fällt mir das nicht, und immer wieder erwische ich mich, wie ich nur einen Klick davon entfernt bin, doch zu spionieren.

Darum bin ich mehr als dankbar, als Matilda sich plötzlich mit zwei Bechern heißer Schokolade vor mir aufbaut. «Hast du Lust, dir das restliche Haus anzusehen?» Sie zwinkert. «Inzwischen kann man überall einigermaßen zutreten. Und da du hoffentlich noch eine Weile bleiben wirst, sollst du dich hier wie zu Hause fühlen.»

Augenblicklich bin ich Feuer und Flamme. «Ach Tantchen», necke ich sie liebevoll, «mir geht es bestens hier bei dir.» Im Stillen füge ich an: *Mein Zuhause ist ohnehin dort, wo mein Laptop gerade steht. Alles andere ist nicht so wichtig.* Trotzdem bin ich neugierig, mehr von ihrem schönen Refugium kennenzulernen.

«Na, dann los!» Mit den Bechern in den Händen schlendern

wir durch das Erdgeschoss. Stolz präsentiert mir Matilda ihr aufgeräumtes, blütenweißes Schlafzimmer sowie das anliegende Badezimmer, das im Friesenstil gestaltet ist und das man sowohl vom Flur als auch von ihrem Zimmer erreichen kann. Beide Räume sind mit einer Tür verbunden, was erklärt, warum meine Tante sich heute Morgen unbemerkt von mir und dem Nachbarn fertig machen konnte.

«Schau, dahinten gibt es noch einen winzigen Garten.» Sie zeigt nach draußen.

«Winzig finde ich den aber nicht», lache ich. «Für Kreuzberger Wohnverhältnisse ist das ein Schlossgarten.» Immerhin haben ein Schuppen, eine verschnörkelte Holzbank mit Metallgestell und eine schlanke Kiefer dort Platz.

«Wenn es im Sommer mal extrem heiß wird, findet man hier Schatten», führt Matilda aus. «Die Sonne steht meist auf der anderen Seite des Hauses.»

Wir verlassen das Schlafzimmer und erklimmen die Holztreppe zur ersten Etage, stapfen dieses Mal aber weiter bis nach ganz oben. Direkt unter dem Dach liegt Matildas Atelier.

Ich bin vollkommen baff, als ich den spitzgiebeligen Raum betrete. Wenn ich überhaupt etwas erwartet hatte, dann ein dunkles Loch, vollgestopft mit Krimskrams. Wie bei meinem Papa, eine Tüftler-Kemenate halt. Doch stattdessen empfängt mich ein strahlend helles Zimmer mit weiß getünchten Wänden und naturbelassenen, tragenden Balken. Zwei großformatige Gaubenfenster sorgen für perfekte Lichtverhältnisse. Die Giebelseite ist mit einem maßgezimmerten Regal versehen, ebenfalls in Weiß. In dem Bord finden sich unzählige kleine Kartons, allesamt sorgfältig gestapelt und akribisch von Hand beschriftet.

Ich muss lächeln. So kenne ich Matilda. Ordentlich und mit

Liebe zum Detail. Neben den Pappschachteln entdecke ich diverse fingerdicke Bücher, die meine Tante offenbar zum Pressen ihrer Blumen benutzt, denn aus einem der Schinken lugt ein trockenes Blütenblatt hervor. Ich bin beeindruckt. Der Raum ist behaglich und … inspirativ! Genau richtig, um seiner Kreativität freien Lauf zu lassen.

«Schau mal, Livi.» Meine Tante nimmt einen Schluck Kakao und deponiert ihren Becher anschließend im Regal. Dann öffnet sie eines der Dachfenster. Eiskalte Luft strömt ins Zimmer, doch Matilda schert sich nicht darum. «Wenn du auf Zehenspitzen balancierst und ein wenig den Kopf drehst, kannst du trotz der einsetzenden Dämmerung das Meer sehen.»

«Wirklich?» Fast habe ich vergessen, dass ich mich auf einer Insel befinde. Erwartungsvoll stelle ich mich neben Matilda, recke meinen Hals, schaue in dieselbe Richtung, und siehe da: Ein Fitzelchen Dunkelblau, wie ein Fleck auf einer Landkarte, blitzt inmitten zweier kahler Bäume hervor. Es scheint mit dem Spätnachmittag verschmelzen zu wollen.

«Wie schön», seufze ich und bin selbst verwundert, dass mich der winzige Streifen Ozean derart umhaut. Ein warmes Gefühl der Erinnerung durchströmt mich. Als Kind liebte ich es, wenn wir Ausflüge auf die Ostfriesischen Inseln unternahmen, meist war Matilda mit von der Partie. Manchmal auch Papa oder beide. Sandburgenbauen stand bei mir hoch im Kurs, aber ich mochte auch die gewaltigen Herbststürme, wenn man beinahe vom Wind fortgetragen wurde.

Ich werde ein bisschen wehmütig, wenn ich mich an diese lange zurückliegende Zeit erinnere. Seit ich in Berlin lebe, also etwas mehr als zehn Jahre, bin ich nicht mehr an der See gewesen. Peinlich berührt trete ich einen Schritt zurück, und Matilda schließt das Fenster.

Sie schnappt sich ihren Becher, und wir steigen im Gänsemarsch die Treppen wieder hinab. Unten angekommen, bekomme ich noch schnell vor Einbruch der Dunkelheit den vorderen Garten präsentiert, den ich ja schon von meiner Ankunft kenne. Aufgrund der Kälte bleiben wir in der geöffneten Küchentür stehen. «Ziemlich viel Platz», stelle ich fröstelnd fest, «nutzt du die Fläche im Sommer als Terrasse?»

Meine Tante schüttelt den Kopf. Sie hat die Arme um den Leib geschlungen. «Nein. Na ja doch. Als Bruno noch lebte, sperrten wir bei Sonnenschein meist die Türen weit auf, und oft kamen Freunde oder auch Fremde vorbei, die wir über den Zaun einluden, sich zu uns zu gesellen. Das war richtig schön.»

Die Sylter Bouillabaisse kommt mir wieder in den Sinn. «Hat Bruno in eurer Beziehung eigentlich das Kochen übernommen?»

«Wo denkst du hin?» Matilda winkt grinsend ab. Sie schließt die Tür. Wir setzen uns an den Tisch und leeren unsere Becher. «Bruno liebte es zwar, herumzuprobieren», fährt sie fort. «Manchmal klappte das gut, aber nicht immer. Es gab ein paar Gerichte, die beherrschte er aus dem Effeff. Dann wiederum scheiterte er daran, schlichte Spiegeleier zu braten.» Sie wirft die Arme in die Luft.

«Das kenne ich von mir aber auch», breche ich eine Lanze für Bruno, «schade, dass ich ihn nie kennengelernt habe. Scheint ja so, als hätten wir einiges gemein.»

Plötzlich sieht Matilda aus, als würde eine zentnerschwere Last auf ihrer Seele liegen. «Ja, das ist ein Jammer. Es war … Es lag an …» Ein hilfloser Blick streift mich. «Nun, es ergab sich damals einfach nicht.»

Es entsteht eine betretene Pause. Ich bin mir inzwischen sicher, dass sie mir etwas verschweigt. Während ich fieberhaft überlege, was ich sagen könnte, kommt sie mir zuvor.

«Ich denke, es ist besser, wir lassen das Thema auf sich beruhen.»

Einerseits bin ich froh, dass wir nicht länger über Bruno sprechen und ich somit nicht tiefer ins Fettnäpfchen treten kann. Andererseits versetzt es mir einen Stich, dass meine Tante sich mir nicht anvertrauen mag.

Matilda steht schwungvoll auf und schnappt sich eine Kochschürze. «Ich weiß ja nicht, wie es dir geht, aber ich habe langsam Hunger. Was meinst du, ist wieder Platz in deinem Bauch für einen Klassiker der Matilda-Cuisine?»

Obwohl mir unser Gespräch auf dem Magen liegt, hätte ich in diesem Moment allem zugestimmt, was die Stimmung anhebt.

Wir entscheiden uns zum Abend für Apfelpfannkuchen, ein weiteres Leibgericht aus meiner Kindheit. Und während Matilda Äpfel schält und den Teig anrührt, fotografiere ich sie dabei. Inzwischen ist sie schon viel entspannter vor der Kamera und lässt sogar zu, dass ich ihr Gesicht von der Seite abbilde. Aber immer will sie das Foto sehen und ist beinahe eitler als ein Teenager.

Nach dem Essen widmen wir uns beide noch für eine Weile unserer Arbeit. Irgendwann merken wir nahezu zur selben Zeit, dass die Luft raus ist. Matilda ist die Erste, die vorsichtig andeutet, dass sie sich müde fühlt, und wirkt richtiggehend erleichtert, als ich nicht enttäuscht reagiere, sondern mich ihr anschließe.

Oben im Bett kann ich es kaum erwarten, meinen Foodblog mit den neuesten Pfannkuchen-Bildern und ein paar kurzen

Texten auszuschmücken. Dann lösche ich das Licht und bin über mich selbst erstaunt, weil ich noch immer der Versuchung widerstehe, Martin oder Meike auf Instagram zu stalken.

6
Immer schön die Häufchen einsammeln!

Ich träume nicht oft oder kann mich nur selten an Details erinnern, aber als ich am nächsten Morgen aufwache, ist es, als hätte ich in der Nacht Schwerstarbeit geleistet. Das Finale meines Albtraums sehe ich noch vor meinem inneren Auge: Ich stehe mit Martin vor dem Traualtar, Meike sitzt unter den Gästen. Sie springt auf, als der Pfarrer die bedeutsame Frage nach Einwänden stellt, und schwenkt eine monströse Glocke über ihrem Kopf. So groß wie eine Kirchturmuhr und beinahe ebenso laut.

Mit klopfendem Herzen setze ich mich im Bett auf und massiere mir die Schläfen. Und schon wieder läutet es in meinen Ohren, schrill und nervtötend. Ich schaue durch die Balkontür, draußen ist es stockfinster. Gähnend lasse ich mich zurück in die Federn sinken, doch kaum erreicht mein Kopf das Kissen, höre ich das Klingeln erneut. Und endlich begreife ich: Es kommt von der Haustür.

Mit halb geschlossenen Lidern taste ich auf meinem provisorischen Nachtschrank, einem alten Holzstuhl, nach dem Handy und reiße entnervt die Augen auf, als ich die Uhrzeit erblicke. Halb sieben! Heiliger Bimbam, denke ich, geht das hier jeden Morgen so lebhaft zu? Dagegen fühlt sich der Start in den Tag in Berlin-Kreuzberg ja geradezu idyllisch an. Jedenfalls bis circa halb zwölf. Danach sind auch dort alle wach.

Ich spitze die Ohren, doch abermals erweckt es den Eindruck, als habe Matilda nicht vor, sich zur Tür zu bewegen. Sie hat ohne Zweifel einen beneidenswerten Schlaf. Seufzend schwinge ich meine Beine aus dem Bett.

Das wird hoffentlich nicht wieder dieser Nachbar sein, überlege ich auf dem Weg nach unten. Dieser Kaj.

Kopfschüttelnd tapse ich durch den Flur, und da ich aus meinem gestrigen Fehler gelernt habe, schnappe ich mir im Vorbeigehen den Parka, stülpe ihn über den Pyjama und öffne mit aufgesetztem Lächeln die Haustür. Wie befürchtet: Draußen steht Kaj. Er sieht verfroren aus.

«Jetzt ist auch noch die Heizung ausgefallen», blafft er los, statt mich zu begrüßen.

Als sei ihm sein harscher Tonfall unangenehm, senkt er schnell den Kopf. Mit dem Ergebnis, dass er heute seinen Blick zu meinen nackten Füßen wandern lässt. Einen Moment verharrt sein Interesse auf meinen grün lackierten Nägeln, dann konzentriert er sich wieder auf seine Beschwerde. «Der Brenner ...» Er sieht mir ins Gesicht und gerät ins Stocken. Offenbar traut er mir nicht zu, dass ich von der Technik Ahnung habe. Womit er zwar recht hat, aber dennoch ...

«Ich möchte gern mal das Wartungsprotokoll sehen.» Seine olivfarbenen Augen funkeln mich gefährlich an.

Das *was*? Ich verstehe ja, dass er genervt ist. Bei diesen Temperaturen keine funktionierende Heizung zu haben, dürfte mir auch die Laune verhageln. Nichtsdestotrotz finde ich seinen Wunsch reichlich eigenartig. Das Wartungsprotokoll? Normalerweise würde man doch wohl einen Klempner verlangen, aber kein Protokoll. Davon wird es schließlich auch nicht wärmer.

«Ähm …» Ich rufe mir in Erinnerung, dass die Nachbarbehausung Matildas Freunden gehört, und bemühe mich um einen freundlichen Tonfall. «Also, mit dem gewünschten Papier kann ich leider so spontan nicht dienen», quassele ich drauflos, in der Hoffnung, dass Matilda mir gleich zu Hilfe eilt. «Aber in meiner WG in Berlin …» Ich bringe tatsächlich ein echtes, strahlendes Lächeln zustande. «Ich komme nämlich aus Berlin, und wenn dort mal die Heizung nicht richtig warm wird, dann drehen wir an diesem kleinen Rädchen, und bald darauf wird es wieder –» Ich verstumme, als mir bewusst wird, wie angespannt der Kerl ist.

«Sie wollen mir jetzt nicht erklären, wie man Heizkörper entlüftet, oder?» Er beißt sich auf die Lippen.

Lacht er mich etwa aus? Fassungslos starre ich ihn an. Urplötzlich fühle ich mich von ihm einfach nur ungerecht behandelt. Dies ist schließlich nicht mein Haus und nicht meine Heizung. Ich trage keine Schuld. Und selbst wenn dem so wäre, könnte er sich mal zusammenreißen.

Aber da ist noch mehr. Irgendetwas piesackt mich. Warum müssen Männer mich neuerdings wie fiese Schufte behandeln? Ich habe niemandem etwas getan, im Gegenteil. Zu meinem Entsetzen spüre ich, dass mir unvermittelt Tränen aufsteigen. Herrje, denke ich, es liegt an dem Traum. Meike und Martin … es war vielleicht alles ein bisschen viel in der letzten Zeit. Ich will mich diskret wegdrehen, doch es ist zu spät. Schluchzend wie ein Schulmädchen stehe ich vor Matildas Nachbarn und kann mich einfach nicht wieder beruhigen.

Kaj sieht auf einmal schrecklich betroffen aus, soweit ich es durch meine verheulten Augen erkennen kann. «Du liebe

Zeit», stottert er. «Bitte entschuldigen Sie mein ... äh ... forsches Auftreten, das kam wohl etwas ungehobelt rüber. Ich ... bin selbst ein wenig unter Druck, darum ...» Er rudert mit den Armen. «Ich hatte mir ein paar Tage Auszeit genommen, doch aufgrund der Energiekrise ist in der Firma der Teufel los und ...»

«Das tut mir echt total leid», jaule ich auf, weil nun auch noch sein Kummer auf meinen Schultern lastet. «Bei mir ist es genau andersherum. Ich wünschte, ich hätte noch Arbeit. Doch stattdessen ...» Ich ziehe die Nase hoch. «Ich habe gerade meinen Job und mein Zuhause verloren. Mir wurde mein WG-Zimmer gekündigt, weil meine Mitbewohner eine Affäre miteinander haben. Nein ...» Ich korrigiere mich. «... weil sie ein Paar sind und ein Baby bekommen. Genau genommen hatte ich die Affäre, und zwar mit dem Kindsvater.» Eine Wimper hat sich in mein Auge verirrt, und ich versuche, sie fortzuplinkern. Nebenbei quassele ich unbeirrt weiter. «Wobei ich nicht wusste, dass er Vater wird. Nicht mal, dass er mit meiner Freundin eine Beziehung führt ...» Das Härchen ist erwischt, und ich blicke hoch. Durch einen Tränenschleier erkenne ich das vollkommen verstörte Gesicht von Kaj. Er sieht aus, als bereue er es zutiefst, sich für das Ferienhaus nebenan entschieden zu haben.

«Entschuldigung», murmele ich und fächere mir mit der Hand Luft zu. «Ich bin normalerweise nicht so emotional.»

Kaj blickt noch immer reichlich perplex drein, doch jetzt sammelt auch er sich und sagt mit unbewegter Miene: «Schade. Ich mag gefühlvolle Menschen.»

Mir schießt das Blut in den Kopf. Verlegen schaue ich zu Boden, wo sich der orangefarbene Flauschhund hinter seinem Herrchen zu einem winzigen Knäuel zusammengerollt hat.

«Wie ... ähm ... geht es denn Ihrem Hund?», schlage ich eine Brücke der Versöhnung.

«Wie Sie sehen, friert auch er.»

Und da wären wir wieder beim Thema. Ich hebe meinen Blick und sehe Kaj in sein sorgenvolles Gesicht. «Sobald meine Tante aufgestanden ist, werde ich ihr ausrichten, dass Sie ein Problem haben. Sicherlich wird sie sich umgehend melden.»

«Nicht *ich* habe das Problem, sondern die Heizung», korrigiert er mich, schmunzelt dabei aber ein wenig.

Sein Lächeln wirkt auf mich wie ein zarter Sonnenstrahl, der durch eine dichte Wolkendecke drängt. Doch im nächsten Moment sehe ich ein Runzeln auf seiner Stirn, und dem Lichtschein geht die Kraft aus.

«Zum Glück kenne ich mich auf Sylt aus», lässt er mich wissen. «Große Gästehäuser arbeiten mit festen Klempnerfirmen zusammen, sodass diese auf der Insel angesiedelt sind. Alle anderen Herbergen müssen Fachkräfte vom Festland beauftragen. Ehrlich gesagt habe ich aber wenig Lust, bis Montagnachmittag zu frieren, darum habe ich ein paar Beziehungen spielen lassen und ...»

Angeber, schießt es mir durch den Kopf.

«... bereits eine Firma verpflichtet. Ich wollte, dass Sie darüber informiert sind.»

«Das ... ist sehr nett.»

«Schließlich bekommen Sie ja anschließend die Rechnung präsentiert. Wird sicher nicht günstig. Wochenendzuschlag und die sogenannte Leihgebühr für die Fremdarbeiter.»

Ich bin schlagartig hellwach.

«Noch können Sie Ihr Veto einlegen. Und mir einen Alternativvorschlag unterbreiten. Einen, der die Bude nebenan», er deutet mit dem Anhalterdaumen hinter sich, «so schnell es geht, aufheizt.»

Wochenendzuschlag? Leihgebühr? Ach du Elend. Ich sehe Rechnungen vor mir, so umfangreich wie ELSTER-Formulare. Auf wie viel Geld mag sich so ein Spezialeinsatz belaufen? Und wie wird Matilda wohl zu der Angelegenheit stehen? Unter keinen Umständen würde sie den Kerl zwei Nächte frieren lassen, so viel ist sicher. Am Ende zahlt das ja vermutlich ohnehin der Eigentümer. Und dennoch …

«Ich … äh, ich kann das nicht entscheiden», erkläre ich und verziehe gequält das Gesicht, als ich wieder sein Stirnrunzeln registriere. Wo bleibt denn bloß Matilda? Ich muss sie wecken, sage ich zu mir, ehe sie am Ende Kosten an der Backe hat, für die sie eine vergoldete Töpferscheibe hätte kaufen können.

«Und ich kann da oben bei den Temperaturen nicht arbeiten», zieht er gleich. Und setzt dann noch einen drauf: «Aus diesem Grund werde ich mich für den restlichen Tag mit meinem Computer in ein Café begeben, um dort wenigstens das Nötigste abzuarbeiten.» Er macht eine Pause, kramt kurz in seiner Hosentasche und steckt mir anschließend einen zusammengefalteten Zettel zu. «Einen Zweitschlüssel wird Ihre Tante wahrscheinlich besitzen, aber hier haben Sie die Telefonnummer des Klempners. Sollte Ihre Tante eine andere Firma bevorzugen, müssten Sie ihm absagen.»

Und dann, als ich schon glaube, er würde sich nun endlich zum Arbeiten aufmachen, zaubert er noch einen Stoffbeutel aus einem Mantel hervor, den er mir mit unbewegter Miene vor die Brust schiebt. Außerdem überreicht er mir den Hund, also genau genommen das Ende der Leine. «Hunde sind in dem Café nicht erwünscht, darum kann ich Lola leider nicht mitnehmen. Aber am Abend bin ich wieder zurück. Bis dahin passen Sie bitte gut auf sie auf.»

Wie in Trance ergreife ich Tragetasche und Leine.

Kaj beugt sich vor, um seinem Hund den Kopf zu tätscheln, gleichzeitig erteilt er mir weitere Anweisungen. «Ist alles ganz easy, *du kan gøre det*. Am Mittag müssten Sie mal 'ne kleine Runde mit ihr drehen, ansonsten wissen Sie eventuell, dass Hunde achtzig Prozent des Tages schlafen. Bitte keine Ballspiele, die schüren ihren Jagdtrieb. Und immer schön die Häufchen einsammeln. Futter bekommt sie gegen sechzehn Uhr. Noch Fragen?» Er richtet sich auf. Aus seinen olivfarbenen Augen wirft er mir einen freundlichen, wenn auch knappen Blick zu.

Ähm ... *du kan gøre det*? Was soll das denn bitte schön sein, eine Hunde-Geheimsprache? Davon abgesehen – klar habe ich Fragen. Ich bin ein einziges Fragezeichen! Und ich bin empört!

«Moment mal», stottere ich, «ich habe keine Zeit, mich um das Tier zu kümmern.»

Aber er hört mir nicht mehr zu. Mit unbewegter Miene zieht er sein Telefon aus der Tasche, dreht sich um und ... geht! Sprachlos starre ich ihm hinterher, dann wandert meine Aufmerksamkeit zu Lola. Falls es sie überraschen sollte, dass am anderen Ende der Leine plötzlich eine fremde Person hängt, lässt sie es sich nicht anmerken. Voller Hingabe schleckt sie an meinen Füßen. Es kitzelt, und ich muss kichern, obwohl ich im Grunde meines Herzens schreien möchte. Und zwar gar nicht mal unbedingt, weil Kaj mir seinen Hund aufs Auge gedrückt hat. Und dass die beiden nebenan frieren, tut mir sogar leid. Aber er könnte wenigstens fragen! Stattdessen behandelt er mich, als sei ich seine Angestellte, unfassbar! Mit Schwung schließe ich die Tür und stapfe, mit Lola im Schlepptau, durch den Flur.

Beinahe wäre ich mit meiner Tante zusammengestoßen, die gerade aus ihrem Badezimmer tritt. Sie trägt einen schillernd bunten Morgenmantel, der aussieht, als sei er aus Seide, und der eindeutig schon bessere Tage gesehen hat.

«Guten Morgen, mein Schatz», begrüßt sie mich erfreut, «du bist ja bereits auf den Beinen.» Ihr Blick wandert zu Lola, die sich auf die Hinterbeine gestellt hat, weil sie sich für den Seidenüberwurf interessiert. «Was ist denn das für ein Hund?»

Ich starre sie an. Will sie allen Ernstes behaupten, nichts von den Geschehnissen im Flur mitbekommen zu haben? Dann ist ihr Schlaf nicht einfach nur beneidenswert, sondern fast schon beunruhigend tief.

«Guten Morgen», wünsche auch ich, gleichermaßen irritiert von ihren Worten und dem Paradiesvogelmuster ihres Gewandes. «Ich ... also ... vielleicht trinken wir beide jetzt erst mal einen Kaffee?», schlage ich vor und marschiere bereits voran in die Küche. Lola und Matilda folgen mir.

«Nebenan ist die Heizung ausgefallen», beginne ich. «Der Mieter wird darum außer Haus arbeiten und kann den Hund nicht mitnehmen.»

Ich warte auf eine Reaktion, doch Matilda zuckt mit keiner Wimper. Hoch konzentriert widmet sie sich der Kaffeezubereitung. Offenbar ist ihr der Umgang mit schwierigen Bewohnern geläufig.

«Der Typ hat bereits einen Klempner bestellt. Könnte aber sein, dass dieser einen Sonntagszuschlag berechnet.» Besorgt linse ich zu Matilda, doch sie lässt sich immer noch nicht aus der Ruhe bringen. Unerschütterlich lädt sie den kleinen Kocher auf ein Tablett, stellt Milch und Becher dazu und balanciert die Ansammlung anschließend zum Tisch.

«Na dann», sagt sie schulterzuckend und nimmt Platz.

Ich atme erleichtert aus. Auch wenn ihre Worte auf mich ein wenig resigniert wirken, was ich angesichts ihres vermutlich nervenaufreibenden Verwalterjobs durchaus nachvollziehen kann, entspanne ich mich. Dachte ich es mir doch. Meine Tante hat alles im Griff. Auch die regelmäßige Instandhaltung.

«Wenn du die Kostenrechnung an deine Freunde, die Eigentümer, weiterleitest, füge am besten die Kopie des Wartungsprotokolls an», schlage ich vor. «So sehen sie, dass du hier die Fäden fest in der Hand hältst.»

Täusche ich mich, oder zog gerade für einen winzigen Moment ein Schatten über Matildas Gesicht? Kurz bin ich verunsichert, dann kommt mir ein Gedanke. Vielleicht nervt sie mein altkluges Geschwätz? Sie weiß natürlich selbst, was zu tun ist, darum rudere ich schnell zurück. «Sorry, dass ich mich einmische», sage ich kleinlaut, schnappe mir verlegen den Kaffeezubereiter und drücke den Stempel runter. «Der Auftritt des Nachbarn hat mich *etwas* aus der Fassung gebracht.»

Vorsichtig schenke ich uns beiden ein. Matilda greift sich ihren Becher, lässt den Kaffee aber noch abkühlen. Im Plauderton will sie über das Thema hinweggehen, doch ihre Stimme zittert ein klein wenig, als sie sagt: «Ist doch wunderbar, das mit dem Hund. So kommst du auch mal raus hier aus der Bude und kannst dir ein bisschen die Insel ansehen.» Mit ihren Händen umschließt sie die Tasse und pustet hinein. «Gleich um die Ecke gibt es den Strandweg, der zum Meer führt. Es dauert keine zehn Minuten, und schon bist du am Wasser.» Sie nimmt einen vorsichtigen Schluck, dann bemerkt sie meinen zweifelnden Blick. «Sei unbesorgt, Schätzchen, der Abschnitt, den du gestern durch das Dachfenster gesehen hast, ist ein anderer. Viel weiter weg.»

«Eigentlich habe ich keine Zeit zum Spazierengehen», gebe

ich zu bedenken. Und noch weniger Lust, aber das verschweige ich. Meine Tante weiß vermutlich auch so Bescheid. Sie konnte mir schon immer tief in die Seele schauen.

Mit schief gelegtem Kopf mustert Matilda mich von der Seite. «Wenn du magst, begleite ich dich ein Stückchen und zeige dir die Umgebung. Ich wollte nachher in die Töpferwerkstatt, um weitere Teller zu brennen. Der Weg ist fast derselbe.»

«Ach, das wäre wundervoll.» Meine Stimmung hebt sich einen Hauch. Wenn ich nämlich etwas noch furchtbarer finde, als spazieren zu gehen, ist es, *allein* durch die Gegend zu latschen. Dann wandert mein Blick zu Lola. «Hast du ein altes Handtuch, damit wir der kleinen Maus ein Ruheplätzchen einrichten können? Angeblich schlafen die Tiere den halben Tag.»

Matilda hat sofort ein Herz für das herrenlose Hündchen. «Aber selbstverständlich. Nimm dir irgendeins aus dem Bad, die sind alle oll.»

Ich springe auf.

«Links im Schrank», ruft sie mir noch hinterher, als ich nebenan geräuschvoll Türen öffne. In der Tat sind die meisten Frotteetücher nicht mehr neu, im Gegenteil. Teilweise verfügen sie über eine beträchtliche Anzahl Löcher. Umso besser, denke ich. So kann der Hund nichts kaputt machen.

Ich schnappe mir einen Stapel und wandere damit, eskortiert von Lola, ins Wohnzimmer. Neben der Couch räume ich ein paar Kartons aus dem Weg, drapiere die Handtücher auf dem Boden und bedeute der kleinen Maus, sich hinzulegen. Sie begreift sofort. Hocherfreut hopst Lola auf ihr neues Plätzchen, dreht sich ein paar Mal suchend um die eigene Achse und rollt sich schließlich zufrieden in der Mitte zusammen. Ich löse die Leine, hänge sie auf dem Rückweg an die Garderobe und marschiere zurück zu meiner Tante.

«Es will mir immer noch nicht in den Kopf, dass nebenan angeblich so viel im Argen ist», mokiere ich mich über den Mieter, während ich meinen Stuhl zurechtrücke. Ich setze mich. «Vielleicht sollten wir erst einmal nachsehen, ob es überhaupt stimmt, was er behauptet.»

«Nein, schon gut.» Matilda winkt erschöpft ab. Das Thema geht ihr nahe, so viel ist mir inzwischen klar, auch wenn ich nicht verstehe, warum.

«In Ordnung. Aber ich werde mir auf jeden Fall anhören, was der Monteur zu der Angelegenheit sagt.»

«Hm, ja, gute Idee.» Matilda nickt zögernd. Ihr Gesicht wirkt gelblich-fahl und faltig, wie ein verblichenes Kastanienblatt. Vermutlich sind dies die Augenblicke, in denen ihr die auferlegte Verwaltertätigkeit zu schaffen macht.

«Sorg dich nicht.» Ich streiche ihr sanft über den Arm. «Bestimmt handelt es sich nur um eine Kleinigkeit. Du wirst sehen, heute Abend ist die Heizung repariert, und dann hören wir bis zu seiner Abreise nichts mehr von dem Nörgler.» Aufmunternd nicke ich ihr zu.

Dann fällt mir ein, dass ja noch die Steckdose defekt ist, aber offenbar ist Kaj inzwischen auf die glorreiche Idee gekommen, eine andere zu benutzen. Matilda kann die Elektrik also in Ruhe überprüfen lassen, wenn die Haushälfte wieder frei ist.

7
Wellness fürs Hirn

Den restlichen Vormittag bin ich mit Matildas Account beschäftigt. Ich stelle Fotos online und beantworte die ersten Fragen, die zu der cremefarbenen Schale aufkommen.

Wie immer vergeht die Zeit am Computer wie im Flug, sodass ich überrascht bin, als sich Lola mittags bei mir meldet. Leise kommt sie in die Küche getapst und starrt mich erwartungsvoll an. Eine Weile schaffe ich es, die flehenden Hundeaugen zu ignorieren, dann gebe ich seufzend auf.

«Schon klar, du möchtest raus», sage ich und muss lachen, als Lola beim Klang meiner Worte interessiert den Kopf neigt. Ich schmelze dahin. Diese zuckersüße Hundedame passt überhaupt nicht zu Kaj, der ständig so ernst guckt und die falschen Schuhe zum Spazierengehen trägt. Ich hätte ihm eher einen unauffälligen schwarzen Labrador zugetraut. Und nicht ein Wollknäuel, das die Farbe einer Leuchtboje hat.

Immer noch unmotiviert, erhebe ich mich von meinem Stuhl und schlurfe in den Flur. Lola tippelt gut gelaunt hinterher.

«Geht es los?» Matilda betrachtet das tänzelnde Hündchen mit wohlwollendem Schmunzeln. «Zum Glück hat die Kleine einen wärmenden Pelz.» Ihr Blick gleitet zu mir. «Mummel du dich bloß auch dick ein, Schätzchen. Am Meer weht ein eisiger Wind. Du kennst das ja.»

Ich nicke. Und kämpfe gegen meinen inneren Schweinehund. Als Kind habe ich es geliebt, in der Natur herumzustromern. Aber inzwischen empfinde ich grundloses Umherwandern als Zeitverschwendung. Folter geradezu.

«Dein Herrchen hat vielleicht Nerven», beschwere ich mich bei Lola. «Der will mir doch glatt weismachen, es gäbe auf Sylt kein Café, in dem dir der Zutritt gestattet ist.»

Dass ich nicht lache, denke ich. Es passt ihm nur nicht in den Kram, weil er höchstwahrscheinlich in Ruhe Kaffee trinken und nebenbei im Internet surfen möchte. Ich hingegen muss wirklich arbeiten! Leider habe ich vorhin nicht geschaltet, sondern mich eiskalt von ihm überrumpeln lassen. Mistkerl.

«Aus dir ist ja ein richtiger Stubenhocker geworden», schimpft Matilda, als sie registriert, dass ich noch immer tatenlos im Flur rumstehe. Mit gespielter Strenge hebt sie den Zeigefinger. «Offenbar wurde es Zeit, dass dich mal jemand auf Trab bringt.» Sie schreitet zur Garderobe, angelt sich meinen Parka und hält ihn so, dass ich direkt hineinschlüpfen kann. «Der Strand ist wirklich grandios, Livi, und um diese Jahreszeit menschenleer.»

Ohne mich aus den Augen zu lassen, wirft sie sich ebenfalls in ihren Mantel. «Menschen wie du, die ständig unter Strom stehen, werden durch den Blick aufs Wasser geerdet. Wellness fürs Hirn, wie Meditation. Eigentlich solltest du das wissen.» Als sie meinen skeptischen Augenausdruck wahrnimmt, legt sie noch einmal nach: «Glaub mir, das Meer macht etwas mit einem.»

«Hm-m.» Ich kann mich noch immer nicht recht begeistern.

Mit einem theatralischen Seufzer, der wohl bedeuten soll, dass ich ein hoffnungsloser Fall bin, zerrt Matilda nun einen enormen Schlüsselbund aus ihrer Manteltasche hervor und überreicht ihn mir. «Hier hast du die Generalschlüssel. Ich wäre dir sehr dankbar, wenn du nachher den Handwerker reinlässt. Und ein Auge auf ihn hast.»

Während ich das schwere Teil in meine Jackentasche stopfe, schlüpft Matilda in ihre Schuhe und stülpt sich ganz zum Schluss noch eine bunte Bommelmütze auf den Kopf. Schnell greife auch ich nach Mütze und Boots, lege Lola ihre Leine an und hake mich bei Matilda unter. Arm in Arm spazieren wir zur Tür hinaus.

Draußen empfängt uns eine zauberhafte Winterlandschaft. Millionen federleichter weißer Flocken tanzen über unsere Köpfe hinweg, und als ich mein Gesicht zum Himmel recke und die kalten Kristalle auf meine Haut treffen, prickelt es. Ich muss lachen.

«Aha, der Inselzauber zeigt schon Wirkung», feixt Matilda und drückt kurz meinen Arm.

Ein behagliches Gefühl durchströmt mich, und in stummer Zustimmung drücke ich zurück. «Hier sieht ja auch alles aus wie in einer Schneekugel.» Ich breite die flache Hand aus und warte, dass ein paar Flöckchen darauf landen. Augenblicklich lässt die Wärme meiner Handinnenfläche sie schmelzen. «In Berlin schneit es leider viel zu selten. Und wenn doch, taut der Schnee entweder sofort wieder weg oder färbt sich von den Abgasen schwarz.»

Die Straße, in der meine Tante wohnt, ist wenig frequentiert. Große wie kleine Reetdachhäuser, allesamt Feriendomizile, wie mir Matilda erzählt hat, liegen munter verstreut hinter ausgeblühten Hortensienbüschen oder verschneiten Heckenrosen, deren dunkelrote Beeren lustige Farbakzente setzen. Auf das Weiß von gestern hat sich eine dünne Schicht frischer Flocken gelegt, wie ein neues, sauberes Kleid.

Trotz des Niederschlags empfinde ich die Luft nicht als kalt. Meine Kleidung schützt mich perfekt, und auch Lola sieht aus, als ginge es ihr gut. Übermütig vollführt sie ein paar Bocksprünge, ehe sie mich, die Nase schnüffelnd am Boden, von Ecke zu Ecke zerrt. «Nicht so schnell!», rufe ich lachend, «sonst verpassen wir am Ende die Abzweigung zum Meer.»

Matilda winkt ab. «Keine Sorge, ich achte auf euch.» Dann erklärt sie mit ihrem typischen sanften und zugleich festen Tonfall: «Rantum ist vermutlich der schmalste, aber für mich auch der schönste Teil der Insel. Hier kann man innerhalb weniger Minuten sowohl die Wattseite als auch das offene Meer erreichen, und zwar zu Fuß. Einfach fantastisch.»

Die Hände tief in den Taschen, stapfen wir eine Weile schweigend nebeneinanderher. Die Umgebung ist ein Traum. Gerade hat meine Tante uns nach links in eine ruhige Parallelstraße geleitet. Fast ein Feldweg. Neben uns erstreckt sich eine stoppelige Ackerfläche, über die ich Lola rennen lasse. Sie gibt ordentlich Gas, schlägt Haken wie ein Hase und tobt so ausgelassen und glücklich, dass ich ihr stundenlang zugucken könnte.

«Obwohl ich erst seit gut zehn Jahren auf Sylt lebe, fühle ich mich tief mit der Insel verwurzelt», sagt Matilda irgendwann. Sie wirkt auf einmal in sich gekehrt, und ihre Stimme hat alle Unbeschwertheit verloren. «Ich kann mir nicht vorstellen, jemals von hier fortzugehen.» Im Gehen kickt sie gegen einen verschneiten Heckenzweig, aus dem daraufhin eine Schneewolke stobt. Lola prescht kurz heran, um sich auf die herumwirbelnden Eisklümpchen zu stürzen, dann flitzt sie wieder Richtung Wiese.

«Musst du ja zum Glück nicht», gebe ich zurück, verwundert über ihren Sinneswandel. «Du kannst machen, was du willst, und bist keiner Menschenseele Rechenschaft schuldig. Das hat was.»

Als ich Matilda einen kurzen Seitenblick zuwerfe, bin ich überrascht, wie angespannt ihre Miene ist. Meine Tante hat das Kinn vorgeschoben, und ihre Gesichtszüge erscheinen beinahe wie versteinert.

«Oder fühlst du dich einsam?», frage ich, einer spontanen Eingebung folgend. Das könnte ich sehr gut nachvollziehen. Insbesondere im Winter, wenn die Tage kaum hell werden, kann man auf einer Insel vermutlich einen Koller bekommen.

«Einsam …», wiederholt meine Tante, «nein, ich bin gern allein. Es ist nur so, dass … Es gibt da etwas …» Matilda verstummt, ihr Blick ist starr auf den Boden gerichtet.

Ein einzelner Spaziergänger kommt uns entgegen. Er hat seinen Schal bis über die Ohren und die Mütze tief ins Gesicht gezogen, sodass er aussieht, als befände er sich auf einer Polarexpedition. Nichtsdestotrotz grüßt er im Vorbeigehen freundlich, wobei die Worte nahezu in den Lagen seiner Kleidung ersticken.

Nach einer Weile meldet Matilda sich wieder zu Wort: «Nicht immer hat man es in der Hand, wie das Leben verläuft. Im Guten wie im Schlechten. Manchmal treffen andere eine Entscheidung, der du dich fügen musst. Ob du willst oder nicht.»

Ich finde, sie spricht in Rätseln. Aber ich mag sie nicht drängen, darum sage ich lediglich: «Falls du Kummer oder Sorgen hast: Ich bin eine gute Zuhörerin.»

Das bin ich wirklich, und ich möchte für Matilda da sein. Es tut so gut, sie wiederzusehen, und ich glaube, ihr geht es genauso. «Ich schätze, ich bin in puncto Sesshaftigkeit das genaue Gegenteil von dir», sage ich, um meine Tante ein wenig von ihren trüben Gedanken loszueisen. «Im Grunde fühle ich mich nirgendwo fest verankert, aber das bedeutet in meinen Augen nur Gutes. So kann ich die Welt erobern!» Mit übertriebener Geste breite ich die Arme aus, um Matildas Stimmung zu heben. Doch es ist meine feste Überzeugung. «Mein Laptop ist mein Zuhause», erkläre ich, «wo immer ich Strom und einen Internetzugang finde, kann ich existieren.»

Ich ernte einen kritischen Blick. «Und ich dachte, du benötigst zum Glücklichsein einen Herd und einen Gemüsemarkt in der näheren Umgebung», entgegnet Matilda trocken. «Und Menschen, mit denen du gesellig beisammen sein kannst.»

Sie hat mich eiskalt erwischt. Urplötzlich färbt ihr Stimmungstief auf mich ab, und mich fröstelt. Der Schnee hat meine Haare, die unter meiner Mütze herausschauen, durchnässt, sodass mir nun feuchtkalte Strähnen im Gesicht kleben.

«Erzähl mir von Berlin», fordert Matilda mich nun ihrerseits auf. Ihr ist mein Schweigen nicht entgangen. «Wo genau wohnst du? Bist du glücklich in der Großstadt?»

Ich schaue auf die schneebestäubte Wiese, auf der Lola inzwischen das Tempo gedrosselt hat und nur noch interessiert herumschnüffelt. Auch hier zäunen kahle Heckenrosen mit ihren roten, kugeligen Samen das Areal ein. Rechter Hand unseres Pfades übernehmen diese Aufgabe knubbelige Friesenwälle, Natursteinwände aus runden Findlingen. Sie stecken die anliegenden Gärten ab und sehen aus, als habe jemand sie mit feinstem Weizenmehl bestäubt.

Es juckt mich schon seit geraumer Zeit, meine Kamera zu zücken, doch meine Hände wollen nicht aus den warmen Taschen hervorgeholt werden. Außerdem fände ich die Unterbrechung Matilda gegenüber unhöflich. Also speichere ich die Eindrücke mit meinen Sinnen ab.

«Berlin ist genial», sage ich nach einer Weile. «Und Kreuzberg sowieso. Ehrlich.» Noch während ich spreche, merke ich, wie emotionslos meine Worte klingen. Der Gedanke an Berlin hebt meine Stimmung leider kein bisschen. Eher im Gegenteil. Es schmerzt noch immer, dass mich zwei Menschen, denen ich vertraute, hintergangen haben. Doch das scheint mir nicht der Grund für mein mulmiges Gefühl zu sein. Irgendetwas hat sich klammheimlich zwischen mich und meine ehemalige Heimat geschoben, wenngleich ich nicht den leisesten Schimmer habe, was.

«Es ist essenziell, wenn man zwei wichtige Angelpunkte in seinem Leben verliert», ergreift Matilda wieder das Wort. «Das Zuhause und den Job.» Sie wirft mir einen bedeutsamen Seitenblick zu. «Vielleicht gelingt es dir, dies als Chance zu sehen?»

Ich atme tief ein.

«Mir fällt auf, dass du kaum über das Kochen sprichst», fährt Matilda mit eindringlicher Stimme fort und hakt sich wieder bei mir unter. «Warum eigentlich nicht?»

«Ich hatte zu wenig Zeit, mich der Sache zu widmen, und Geld kann ich damit eh nicht verdienen.»

«Hast du es denn versucht?»

«Schon, aber es gab nur Absagen. Mir fehlt leider die Ausbildung, um auch wirklich an den Herd gelassen zu werden. Und ewig nur anderen zuarbeiten ...» Ich verziehe das Gesicht.

Matilda neigt abwägend den Kopf. «Heutzutage gibt es doch in nahezu jedem Beruf Quereinsteiger. Wenn du nicht auf Gedeih und Verderb zur Chefköchin im Kempinski avancieren möchtest, stehen dir garantiert einige Türen offen. Sei kreativ. Das ist doch sonst deine Stärke.»

Ich seufze. «Wie hast du es vorhin formuliert? Nicht immer hat man es in der Hand, wie das Leben verläuft. Das unterschreibe ich blind. Ich habe gerade keinen Plan, wie es weitergehen soll. Und nur wenig Energie. Ich weiß, dass ich eine neue Wohnung brauche, aber ohne Job ... das wird schwierig.»

«Die Karten wurden neu gemischt», beharrt Matilda. «Du hast jetzt ein anderes Blatt auf der Hand. Mach etwas daraus. Denn alles ist möglich.» Sie fasst mich am Arm und dreht mich, damit wir uns ansehen können. Ihre Nase und die Wangen sind vor Kälte gerötet, doch die tiefgründigen, grünen Augen strahlen eine wohltuende Wärme aus. «Bleib auf Sylt, solange du magst, du wirst sehen, dass du hier schnell eine ungetrübte Sicht auf die Dinge bekommst. Dir wird klar, woran du festhalten möchtest und von welchem unnötigen Ballast du dich besser trennst.» Ihr Blick wird eine Spur intensiver. «Und wenn du dann noch den Mut findest, daraus eine Lehre zu ziehen und deinem Leben eine neue Richtung zu geben, kommt am Ende alles wieder ins Lot.»

Sie hebt den Arm, um an mir vorbei nach links zu deuten. «Dort vorn ist der Strand am schönsten. Wenn du dir und dem Hund etwas Gutes tun willst, würde ich vorschlagen, dass ihr hier zum Wasser abbiegt. Ich muss weiter geradeaus, um zur Werkstatt zu gelangen.»

Ich nicke, und wir nehmen uns fest in den Arm. Es liegt mehr in dieser Geste als nur ein Abschiedsgruß. Wir sind ein Stück dichter zusammengerückt.

«Ich hoffe, dein Fell hält so warm, wie es aussieht, und du hast genügend Hornhaut unter den Füßen», sage ich zu Lola, nachdem Matilda weitergegangen ist und ich die Abzweigung nehmen will.

Am Strand ist der Boden vermutlich noch eine ordentliche Spur kälter als oben an der Straße. Kurz leine ich Lola an, damit sie nicht hinter Matilda herläuft. Und erst jetzt, als mir dabei die festgeknotete Plastiktüte in die Finger gerät, die schon die ganze Zeit munter im Wind herumflattert, begreife ich, dass es sich hierbei um einen Gassi-Beutel handelt.

Ich bin heilfroh über die Entdeckung, denn dazu, dass ich größere Geschäfte des Hundes einsammeln soll, hatte mich Herrchen ja ermahnt. Und wie auf Bestellung erledigt Lola besagtes Häufchen in der Nähe eines Mülleimers, sodass ich die Tüte nicht nur schnell los bin, ich könnte auch auf der Stelle umdrehen und nach Hause laufen.

Doch irgendwie … Es zieht mich zum Wasser. So flott es der verschneite Untergrund zulässt, biege ich nach links in einen Holzbohlenweg, der zunächst kurz ansteigt und mich dann hinab an den Strand führt. Er scheint die Funktion einer Wetterscheide innezuhaben, denn ohne Vorwarnung bläst mir mit einem Mal eisiger Wind entgegen.

Das Meer liegt vor mir, rau und gewaltig, und raubt mir im wahrsten Sinne den Atem. Wie in einer sich ständig wiederholenden Filmsequenz rollen fortwährend aus weiter Ferne Wellen an, die sich mit imposantem Getöse am Ufer brechen. Wie von einem Magneten angezogen, marschiere ich zur Wasserlinie. Meine langen Haare peitschen mir ins Gesicht, aber ich genieße die Kraft der Natur, und auch Lola wirkt wie berauscht. In ihrem Fell tobt der Wind, während sie, flink wie ein Wiesel, durch den Sand tollt, Löcher buddelt und vor lauter Übermut bellt.

Ich löse die Leine, und mir geht das Herz auf angesichts ihrer zur Schau gestellten Lebensfreude. Ein paar Mal versucht sie, Schaumkronen zu fangen, die der Wind vor sich herträgt, doch sie gibt auf, als ihr schmächtiger Körper fast von einer Rückströmung erfasst und ins Meer gezogen wird. Rasch nehme ich sie auf den Arm. «Bei mir bist du in Sicherheit, kleine Maus», spreche ich mit ruhigen Worten auf sie ein, obwohl das Meer unter meinen Stiefeln am Sand zerrt.

Ich trete etwas zurück. Wie Matilda es prophezeit hat, ist der Strand menschenleer. In diesem Moment gibt es nur Lola und mich. Ich atme tief ein und aus, stapfe ein paar Schritte durch den Sand, der an dieser Stelle nur dünn beschneit ist. Dann halte ich inne, weil in meinem Herzen ein Wunsch lauert. Kurz überlege ich, ob das, was ich vorhabe, eine gute Idee ist, doch ich kann nicht anders: Ich *muss* mich kurz setzen. Zum Glück reicht mein Parka ein gutes Stück über den Po, sodass ich halbwegs geschützt bin, als ich mich im nassen Sand niederlasse. Lola platziere ich auf meinem Schoß. Und dann gebe ich dem inneren Drang nach, grabe meine Fingerspitzen in den eiskalten Boden neben mir und schließe meine Augen. Ich spüre die Körnchen, die mir zwar nicht leise durch die Finger rieseln, sondern in feuchten Klumpen von meinen Händen herabfallen. Aber das ist mir egal. Schon immer habe ich es geliebt, im Sand herumzuwühlen, und ich mag das Gefühl noch heute.

Während ich auf die endlose Weite des Meeres schaue, fühlt sich mein Hirn plötzlich sonderbar aufgeräumt an. Alles, was mir in letzter Zeit die Kraft geraubt hat, scheint augenblicklich belanglos oder zumindest weniger bedeutsam zu sein. Als hätten die Wellen meine Sorgen für einen Moment fortgespült. *Der Blick aufs Wasser ist Wellness für dein Hirn*, höre ich Matilda sagen. Wie recht sie hatte.

Ich wünschte, ich könnte diesen Zustand noch länger genießen, doch die Kälte kriecht von unten durch meinen Parka, und auch die Hundedame auf meinem Schoß hat zu zittern begonnen. Ich stehe auf, öffne den vorderen Reißverschluss meiner Jacke und schiebe Lola hinein, um sie mit meinem Körper zu wärmen. Sofort wird die kleine Maus ruhig. Und das ist die nächste überwältigende Erfahrung, die ich am heutigen Tag mache. Nie zuvor hatte ich die Verantwortung für ein anderes Lebewesen. Es ist ein vollkommen neues und unfassbar schönes Gefühl.

«Weißt du was, du süße Krabbe?», flüstere ich Lola ins Ohr, während ich über ihr zerzaustes Köpfchen in Richtung Horizont schaue. «Ich fühle mich gerade genauso winzig, wie du es bist. Und gleichzeitig großartig. Ich schätze mal, du ahnst, wovon ich spreche.»

Ich lege den Kopf in den Nacken und blicke zum Himmel. Es hat aufgehört zu schneien. Möwen, die sich von der Kälte nicht beeindrucken lassen, ziehen über uns hinweg, und die Tragflächenbeleuchtung eines Urlaubsfliegers tanzt in unendlicher Entfernung in den Wolken. Der Hund beginnt zu zappeln, und ich drohe, das Gleichgewicht zu verlieren, darum sehe ich wieder nach vorn.

«Tschüss, du wunderschöner Ozean», flüstere ich. «Bis ganz bald!»

8

Jonte Dönnerschlach

Den Rückweg legen Lola und ich im Eiltempo zurück. Ich schätze, wir können es beide kaum erwarten, ins wohlig warme Haus zu gelangen. Doch der Wunsch soll sich offenbar nicht erfüllen, jedenfalls nicht für mich. Denn als wir im Dünenpfad ankommen, sehe ich vor der Nachbarstür bereits den Heizungsmonteur frierend von einem Bein aufs andere treten. Er trägt einen dünnen blauen Overall, darüber eine wattierte Jacke und an den Füßen Sicherheitsschuhe. Zwischen seinen Beinen klemmt eine unförmige Werkzeugkiste, die aussieht wie ein Überseegepäckstück. Als ich mich dem Mann vorstelle, wirkt er erleichtert.

«Moin.» Mit zwei Fingern tippt er sich gegen den Rand seiner dunkelblauen Wollmütze. «Büschen frisch hier draußen.» Er ist ein freundlicher, untersetzter Kerl, schätzungsweise Ende fünfzig, der mir ungefragt seinen Firmenausweis unter die Nase hält. Jonte Dönnerschlach heißt der Mann.

«Das kann man wohl sagen», gebe ich zurück und beeile mich, das dicke Schlüsselbund aus meinem Parka hervorzuziehen.

Der Monteur beäugt mich kritisch. «Is de Mieter nich to Huus?»

«Äh … nein. Ich sperre Ihnen auf.»

«Tilda auch nich?»

«Nein, sie ist unterwegs.» Mit klammen Fingern schließe ich die Tür auf und trete einen Schritt zur Seite, um den Handwerker an mir vorbeizulassen. Eigentlich wollte ich ja die Reparaturarbeiten beaufsichtigen, aber nun steht mir der Sinn doch mehr nach einer heißen Tasse Tee.

«Nee, nee, mien Deern, so löppt dat hier nich. Ik gah dor nich alleen rin in dat Huus. So 'n Dösbaddel bün ik nich.»

«Ahm …» Ist ja nicht so, dass ich noch nie Plattdeutsch gehört hätte, schließlich stamme ich von der Küste. Doch offenbar bin ich ein bisschen aus der Übung, oder aber der Kerl spricht einen der zahlreichen Dialekte, der mir nicht geläufig ist. Entsprechend überfordert gucke ich aus der Wäsche.

«Ja-ha!», macht er, «hat mit Versicherung zu tun.»

Ich will etwas sagen, aber Herrn Dönnerschlach liegt noch mehr auf dem Herzen. «Nich to glöven, wat die Lüüd hier in ehr Hüser opwahren doot.» Er fuchtelt mit dem erhobenen Zeigefinger vor meiner Nase herum. «Un du glöövst erst recht nich, *wo*.»

Himmel, denke ich. Kann er mal langsamer sprechen?

«Ik heff al mal en groten Geldbüdel in en Aven funnen. Harr ik binah wegsmeten. Hillige Klabautermann, bi de Lüüd, dor is Hoppen un Molt verloren.»

Mit versteinerter Miene lausche ich seinen Worten, habe aber, um ehrlich zu sein, keinen Schimmer, wovon er redet. Wenn er nur endlich mal loslegen oder wenigstens mal das Haus betreten würde!

Doch der Monteur verharrt auf der Türschwelle. Offenbar ist ihm gerade die Erleuchtung gekommen, dass ich seinem Gerede nicht recht folgen kann, darum wechselt er ins Hochdeutsche. «Im Ofen habe ich das Geld gefunden! In einer ollen

Tüte! Sollte wohl ein Versteck sein.» Er schüttelt verständnislos den Kopf. «So was bringt man doch zur Bank! Manche Leute haben zu viel Penunsen.»

Er beugt sich zu mir vor und fixiert mich aus wasserblauen Augen. «Soll ich dir mal was sagen? Es ist nämlich so: Wenn irgendwo Geld fehlt, ist immer der Klempner schuld.» Nach einer vielsagenden Pause folgt sein Resümee, und zwar wieder auf Platt: «Dor speel ik nich mit. Ik laat mi doch nich för blöd verkopen!» Gefährliche Röte steigt ihm ins Gesicht. Offenbar ein heikles Thema. Ich nicke verständnisvoll.

«Und darum ...» Listig funkelt er mich an. «... do ik mi afseker un gah nich mehr alleen in so 'n Huus rin. Blot noch mit en Tüüg.»

«Einem ... was?»

«Einem Zeugen.»

«Ah, okay. Absolut verständlich», lobe ich, und nach einem längeren Moment des Begreifens wird mir bewusst: Dieser Zeuge bin heute ich.

Ich schreibe den heißen Tee in den Wind, schließe fix Matildas Haustür auf, um Lola hineinzuschieben, und stehe eine halbe Minute später bereit, um gemeinsam mit Herrn Dönnerschlach die fremde Haushälfte zu betreten.

Der Grundriss nebenan entspricht exakt dem von Matildas Refugium, nur eben spiegelverkehrt. Allerdings wirkt die Fläche sehr viel größer, was vermutlich daran liegt, dass hier weder Kisten noch aussortierte Möbel herumstehen. Überdies scheint Kaj ein ordentlicher Zeitgenosse zu sein oder einfach nur nicht viele Klamotten zu besitzen. Zwei Paar Schuhe stehen sorgfältig entlang der Wand aufgereiht, zu meiner Überraschung finden sich darunter sogar schwere Boots zum Spazierengehen. An der Garderobe, die aus ein paar modernen Wandhaken besteht, baumelt ein einzelner Schal, außerdem sein dicker Wollmantel und eine Ersatzleine für Lola.

Neben mir beginnt der Monteur damit, ein Maler-Vlies auf dem Untergrund auszubreiten. Erst als es exakt liegt, schleppt er den Werkzeugkoffer von draußen herein. Schnaufend stellt er das Monster darauf ab. Dann zieht er sich die klobigen Schuhe von den Füßen und positioniert sie ebenfalls auf dem Stoff. «Is gesünder für den Fußboden», kommentiert er meinen überraschten Blick. «Sodennig gifft dat keene Schrammen.»

«Toll», sage ich anerkennend und denke, dass es kaum der Sinn von Sicherheitsschuhen ist, sie vor der Arbeit auszuziehen. Und mir fällt auf, dass auf Sylt offenbar ein anderer Wind weht als in Berlin. Es kam jedenfalls nie irgendwer zu uns in die Wohnung, der sich um die Sauberkeit oder Unversehrtheit unseres Bodens geschert hat. Weder Gäste noch Handwerker.

Unruhig knibble ich an meinen Fingern. Ich komme mir reichlich überflüssig vor. Helfen kann ich ganz sicher nicht, andererseits widerstrebt es mir, ungefragt durch die Räume zu stromern. Also lasse ich einfach nur neugierig meinen Blick durch den Flur schweifen. Hell und modern wirkt der Eingangsbereich. Die Wände wurden glatt verputzt und cremefarben gestrichen, weiße Akzente setzen Türrahmen und Fußleisten. Sie bilden zudem einen gelungenen Kontrast zu den derben Natursteinfliesen. Auch die Holzbalken an der Decke passen sich in das Gesamtbild ein. Weiß lasiert wirken sie elegant und trotzdem gemütlich. Ich bin positiv überrascht. Hier zieht man nicht, wie bei Matilda, unwillkürlich den Kopf ein, aus Angst, die Balken könnten auf einen herabfallen.

«Wo is'n die Heizungsanlage?», werde ich aus meinen Überlegungen gerissen. «Keller?»

Verunsichert schaue ich den Monteur an. «Ehrlich gesagt: keine Ahnung.» Danach hätte ich Matilda besser mal fragen sollen, schießt es mir durch den Kopf. Schnell schlüpfe auch ich aus meinen Boots und mache mich gemeinsam mit Herrn Dönnerschlach auf die Suche nach einer Kellertür. Vergeblich. Was wir hingegen finden, ist ein Vorhang am Ende des Flurs. Hinter ihm verbirgt sich die Anlage.

«Ah», sagt er, «nu kamen wi de Saak dichterbi. Wunnerbor.» Schnurstracks verschwindet er in dem dunklen Loch.

Ich verstehe zwar nur jedes zweite Wort, habe aber den Eindruck, dass er nun ohne Zeugin weiterkommt. Und da ich nicht abschätzen kann, wie lange er für seine Arbeit benötigen wird, wage ich mich doch vor bis ins Wohnzimmer.

Der Raum hat es mir sofort angetan. Wände und Boden gleichen dem Flur, allerdings bedecken hier drei farblich aufeinander abgestimmte Teppiche im Used-Look einen großen Teil der Fliesen. Eine sandfarbene Couchecke aus derbem Leinen sowie ein Eck-Kamin sorgen für zusätzliche Gemütlichkeit.

Wie es aussieht, haben Matildas Freunde lediglich eine Seite des Hauses regelmäßig renoviert, weil die 3a ... Tja, die könnte als Filmkulisse eines 80er-Jahre-Tatorts dienen. Während ich mich weiter umsehe, fällt mein Blick auf ein Bücherregal aus hellem Holz, und ich muss schmunzeln. Auf einer weißen Klappkarte, die auf dem mittleren Regalbrett platziert wurde, steht geschrieben: *Gern dürfen Sie sich bei der Lektüre bedienen, sofern Sie diese pfleglich behandeln.* Die Handschrift ist von Matilda, die geschwungenen Buchstaben erinnere ich nur zu gut aus meiner Kindheit. Wie nett, denke ich. Besonders an Schlechtwettertagen stelle ich es mir wunderbar vor, eine kleine Auswahl an Schmökern vorzufinden. Ich überfliege die Buchtitel. Vom Krimi über Belletristik bis hin zu Reiseführern ist von allem etwas dabei. Ich ziehe an einer Wanderkarte für Touren über die Insel und entdecke daneben ein ähnliches Heftchen mit Radtouren.

Bis irgendwann ein Fotoalbum meine Aufmerksamkeit erregt: Der Buchrücken ist leicht zerfleddert, überhaupt wirkt der gesamte Einband altmodisch und fleckig. Als habe man das Album oft in der Hand gehalten. Neugierig hole ich es hervor und beginne, darin zu blättern. Der Hauch eines Parfums – Vanille und schwarzer Pfeffer – flattert mir in die Nase, als ich die geprägten Pergamentblätter umschlage, die die dicken Pappseiten voneinander trennen. Manche von ihnen sind eingerissen, und auf einer der Trennseiten prangt ein vergilbter Kaffeefleck.

Was auch immer ich erwartet hatte in dem Buch vorzufinden, vermutlich alte Schwarz-Weiß-Fotografien von unbekannten Urlaubern, die sich in komischer Badekleidung in die Fluten stürzen, es hätte mich nicht mehr aus der Fassung bringen können als das, was ich nun sehe. Tatsächlich handelt es sich in dem Bildband um alte Fotos – und zwar von *meiner* Familie!

Bereits auf der ersten Seite springt mir ein Porträt von Papa entgegen, das ich nie zuvor gesehen habe. Auf dem Bild hat er doch glatt einen Vollbart! Ich bin dermaßen baff, dass ich mich setzen muss. Vorsichtig bleibe ich auf der Kante der Couch sitzen, um ja keine Spuren zu hinterlassen. Papa hatte sich zu Hause stets akribisch rasiert, offenbar ist dies ein seltener Urlaubsschnappschuss. Er trägt Jeans und eine Öljacke, außerdem einen Südwester auf dem Kopf. Breit grinsend strahlt er in die Kamera.

Ich weiß nicht, warum, aber irgendetwas an diesem Album kommt mir merkwürdig vor. Als sei ich einem Geheimnis auf der Spur, blättere ich mit klopfendem Herzen weiter. Auf dem nächsten Bild sind wir drei abgebildet: Papa, Tilda und ich. Wir stehen mit bunt verschmierten Mündern vor einem Eiswagen an einer Uferpromenade. Ich kneife die Augen zusammen und entdecke, dass auch Mama in einiger Entfernung am Strand zu sehen ist. Allerdings nur von hinten.

Olivias erster Ausflug, steht unter dem Bild. Es ist fein säuberlich in Matildas akkurater Handschrift notiert. Meine Finger zittern ein klein wenig, als ich die folgenden Seiten aufschlage. Auf der überwiegenden Zahl der Bilder bin ich im Fokus, meist allein oder auf Papas Arm. Manchmal hält mich Matilda. Viele der Aufnahmen kommen mir bekannt vor, vermutlich, weil wir zu Hause ein ähnliches Album besitzen. Doch ein paar der Exemplare habe ich nie zuvor gesehen.

Nachdenklich schlage ich das Buch zu. Ob meine Tante weiß, dass sich der Band hier drüben befindet? Vielleicht sollte ich es nachher mitnehmen? Keiner von den Gästen wird etwas damit anfangen können, aber Matilda und ich könnten am Abend gemeinsam darin blättern. Das stelle ich mir witzig vor.

«So, ik heff di dat torechtfummelt.» Der Monteur steht plötzlich im Raum. Als ich aufblicke, sehe ich seine gerunzelte Stirn. «Die Anlage muss bald neu», erklärt er knapp, «den Winter schafft sie noch, aber über kurz oder lang wird der Brenner den Geist aufgeben. Dann benötigt die gute Matilda allerdings eine Solaranlage. Ist jetzt Vorschrift.» Er kratzt sich am Kinn. «Wegen des Reetdaches hat sie aber noch Galgenfrist.»

Dann verdunkelt sich seine Miene. Mit zusammengekniffenen Augen starrt er auf das Fotoalbum in meinen Händen. «Nu sla Gott den Düvel dood!», ruft er entsetzt und schaut mich beschwörend an, «leg sofort das Buch wieder an seinen Platz, junge Dame. Ich komm in Teufels Küche, wenn hier wat fehlt!»

Ich will ihm erklären, dass es sich um ein Familienalbum handelt und dass auch Matilda auf den Bildern zu sehen ist, doch Jonte Dönnerschlach sieht nicht so aus, als würde er mit sich verhandeln lassen. Um in keine Diskussion zu geraten, schiebe ich das Album zurück ins Bücherbord.

Der Mann atmet hörbar aus.

«Danke für Ihre Arbeit», versuche ich, seine Laune zu heben, «schicken Sie die Rechnung bitte an meine Tante.»

Zum zweiten Mal an diesem Tag macht der Monteur einen gequälten Eindruck. «Hast du kein Bargeld?»

Ich rolle mit den Augen. Weiß doch jedes Kind, dass man den Handwerker nur per Überweisung bezahlt. Das dürfte ihm wohl klar sein, wo er doch sonst so korrekt ist. Einen Moment starren wir uns an, dann gibt er nach.

«Na gut, übernimmt hoffentlich der Eigentümer.» Er kratzt sich verlegen am Kopf. «Wär trotzdem schön, wenn du Tilda ... also ... sie hat noch einen Rückstand aus dem Juli offen. Ging um den Außenwasserhahn.»

«Oh, okay», sage ich schnell. «Meine Tante macht drüben überall klar Schiff. Bestimmt hat sie die Rechnung verlegt. Schicken Sie ihr die Forderung am besten noch mal, und die heutige stecken sie gleich mit in den Umschlag. Ich kümmere mich dann darum.»

Herr Dönnerschlach sieht inzwischen aus wie ein geprügelter Hund. Das Thema schmeckt ihm ganz und gar nicht. Er lässt seine Unterlippe vor- und zurückflutschen, während er tief in Gedanken versinkt. «So maakt wi dat», beschließt er irgendwann. Offenbar hat die Tatsache, dass ich mich der Sache annehme, den Ausschlag gegeben. «Allens kloor.» Jovial klopft er mir auf die Schulter. «Den Sonntagszuschlag vergessen wir», erklärt er hinter vorgehaltener Hand, «aber den Rest müsste ich leider Gottes einstreichen.» Er streckt den Rücken durch. «Fründschop hen, Fründschop her – dat Geld mutt rullen.»

Als ich kurz darauf wieder hinüber in Matildas Haushälfte husche, hat sich Dämmerung über den Tag gelegt. Schräg gegenüber, auf der anderen Straßenseite, hat jemand dezente Weihnachtsbeleuchtung in Form mehrerer Sterne in einen Baum gehängt. Sie sind aus Matildas Küchenfenster zu sehen und wirken auf die Entfernung, als seien sie vom Himmel gefallen und hätten sich drüben im Geäst verfangen.

Auch meine Tante ist inzwischen zurück. Sie hat einen Zettel für mich auf dem Küchentisch deponiert, auf dem geschrieben steht, dass sie oben in ihrem Atelier zu finden ist. Kurz überlege ich, ihr direkt die Botschaft von Herrn Dönnerschlach zu überbringen, doch auf mich wartet noch haufenweise Arbeit, und so schiebe ich die unangenehme Aufgabe auf den Abend. Gemeinsam mit Lola mache ich es mir in der Küche gemütlich. Ich koche mir einen Tee, stelle mein Laptop so, dass ich die festlichen Lichter sehen kann, und will nur eben dem Hündchen sein Futter geben, als es an der Haustür klingelt.

«Das wird dein Herrchen sein», informiere ich die kleine Maus, die daraufhin in aufgeregtes Gebell ausbricht. Schnell schnappe ich mir den Stoffbeutel, greife im Vorbeigehen nach der Leine, die am Kleiderständer baumelt, und eile zum Eingang. Grinsend öffne ich die Tür.

Und wie ich es prophezeit hatte, steht Kaj draußen, zitternd vor Kälte. Augenblicklich werde ich daran erinnert, dass seine warmen Klamotten – Wollmantel und Winterboots – nebenan an der Garderobe warten. «Du liebe Zeit», rufe ich entsetzt, «sind Sie etwa zu Fuß gegangen?» Ungläubig starre ich auf seine rote Nase.

«So in etwa», gibt er bibbernd zurück, ehe er sich bückt, um den Hund zu begrüßen.

Ohne groß darüber nachzudenken, schnappe ich mir sein Handgelenk und ziehe ihn rasch in den Flur. Es ist nur eine winzige Berührung unserer Hände, und seine wirken, als seien sie halb erfroren, trotzdem habe ich das Gefühl, als durchzuckte mich ein heißer Blitz. Irritiert schließe ich die Tür.

«Ich dachte, ich sei abgehärtet, und wollte unterwegs ein paar Gedanken sortieren.» Er stößt ein freudloses Lachen aus. «Hab mich wohl überschätzt.»

Ich beiße mir auf die Lippen, um nicht allzu breit zu grinsen. Ich kann mir nicht helfen, aber dieses klitzekleine Eingeständnis von Schwäche finde ich ausgesprochen sympathisch. Überhaupt wirkt er viel zugänglicher als sonst. Sogar die Traurigkeit in seinem Blick scheint einen Tick abgemildert.

«Unsinn», springe ich ihm bei, «Sie haben nur die falschen Sachen an. Wie lautet noch mal die Küstenweisheit?»

«Es gibt kein schlechtes Wetter, nur unpassende Kleidung», kommt es prompt zurück.

«Exakt!» Dann deute ich an ihm herunter. «Dabei hängt Ihre Wintermontur ja griffbereit an der Garderobe.»

Kajs Augen verengen sich misstrauisch, und ich beeile mich zu erklären: «Ich war drüben, um den Monteur hereinzulassen. Er wollte die Wohnung nicht allein betreten, und so habe ich ihn begleitet und in diesem Zusammenhang die Sachen an den Haken hängen gesehen. Zufällig.» Dass ich später gezielt im Bücherregal gestöbert habe, muss er ja nicht wissen.

«Die Heizung schnurrt mittlerweile übrigens wie ein Kätzchen», plappere ich weiter, «sodass Sie und die kleine Dame sich wieder wohlfühlen können.» Ich deute auf Lola, die es sich zwischen unseren Füßen gemütlich gemacht hat. Dann sehe ich hoch und lande mit meinem Blick direkt in Kajs Augen. Einen Tick zu lang sehen wir uns an.

«Danke», sagt er irgendwann und wirkt auf einmal müde, was er durch einen gewollt humorigen Tonfall zu überdecken versucht: «Ich hoffe, Lola hat sich benommen?»

Ich gehe in die Hocke und streichele das weiche Fell des Hundes. «Absolut! Dank ihr habe ich es heute sogar ans Meer geschafft.» Ich richte mich wieder auf. «Gerade wollte ich sie füttern, bin aber nicht so weit gekommen», erkläre ich und schiebe Kaj den Stoffbeutel vor die Brust. «Ich fürchte, ihr knurrt bereits der Magen.»

«Genau wie mir», gesteht er, «ich hatte den ganzen Tag keine Möglichkeit, etwas zu essen.»

Und das, obwohl er in einem Café saß?, schießt es mir durch den Kopf. Der Typ ist mir wirklich ein Rätsel. Nichtsdestotrotz verspüre ich plötzlich, stellvertretend für meine Tante, den Anflug eines schlechten Gewissens. Oder es ist die meditative Ruhe, die das Meer in mir ausgelöst hat. Auf jeden Fall habe ich eine Idee: «Möchten Sie vielleicht später zum Abendbrot zu uns kommen? Ich weiß zwar nicht, was unser Kühlschrank noch hergibt, aber ein Restemenü werde ich unter Garantie zustande bringen.» Mein Herz beginnt unerwartet höherzuschlagen. «Ich koche gern und auch gar nicht so übel, also trauen Sie sich», setze ich noch einmal nach und lächele ihn erwartungsvoll an.

9

Letzte Mahnung

Es dauert einen Moment, ehe Kaj reagiert. Schließlich schenkt er mir ein herzliches Lächeln und … lehnt ab. «Ich hab noch zu viel zu tun, darum muss ich wohl oder übel mit einer Salami und einer Dose Bier vorliebnehmen.»

Ich fühle einen Stich der Enttäuschung. «Tja dann …» Mir gelingt es, nicht allzu frustriert zu klingen. «Hört sich nach einem Schlemmermenü an. Ich wünsche guten Appetit.»

«Danke.» Verlegen sieht er mich an. Seine Augen werfen das schummrige Licht des Flurs zurück, wie zwei Edelsteine. «Auch für die Einladung.»

Ich bekomme einen trockenen Hals. «Gerne», räuspere ich mich. «Und falls Sie es sich anders überlegen sollten», nehme ich einen letzten Anlauf, «kommen Sie gern noch spontan rüber.» Ich dränge mich an ihm vorbei, um die Haustür zu öffnen. Es ist das Zeichen zum Abschied.

Kaj schnappt sich den Hund, tritt durch die Tür, dreht sich im Gehen aber noch einmal um. «Und nochmals danke, dass Sie sich um Lola gekümmert haben.»

Dann ist er weg.

Ich starre auf die Stelle am Boden, an der er eben noch gestanden hat. Warum enttäuscht mich seine Absage dermaßen? Was hatte ich mir erhofft?

Matildas Sätze von heute Mittag sickern in mein Bewusstsein: *Und ich dachte, du benötigst zum Glücklichsein einen Herd und einen Gemüsemarkt in der näheren Umgebung. Und Menschen, mit denen du gesellig beisammen sein kannst.*

Ich schlucke. Womöglich steckt in ihren Worten doch mehr als nur ein Fünkchen Wahrheit. In der Tat hatte ich es mir schön vorgestellt, mit Kaj und meiner Tante gemeinsam zu essen. Nachdenklich schlurfe ich in die Küche und zum Kühlschrank, da erscheint Matilda. Ich drehe mich zu ihr um und sehe, wie sie suchend den Fußboden abscannt.

«Hat der Nachbar seinen Hund abgeholt?»

«Ja, vor etwa fünf Minuten. Ich hatte ihm aufgrund der Unannehmlichkeiten angeboten, mit uns zu essen, allerdings traut er sich wohl nicht, es mit zwei Frauen aufzunehmen.»

Meine Tante zuckt belustigt mit den Schultern. «Er weiß ja nicht, was er verpasst.»

«Vielleicht doch», entgegne ich mit einem Kopfnicken in Richtung der überraschend leeren Kühlschrankfächer. «Morgen gehe ich erst einmal einkaufen.»

«Untersteh dich!», schimpft Matilda. «Das ist meine Aufgabe. Ich wollte nur abwarten, bis du hier bist. Und nach deinen Vorlieben fragen.» Sie blickt ein wenig beschämt zu Boden. «Um ehrlich zu sein, hatte ich befürchtet, dass dir inzwischen nur noch nach Haute Cuisine zumute ist und ich dich mit meinen ollen Gerichten langweile.»

«Wie bitte?» Kopfschüttelnd schlinge ich meine Arme um sie. «Ich kenne weit und breit keinen Menschen, der so gut kocht wie du. Gegen deine süßen Mohn-Nudeln kann niemand bestehen.»

Matilda wird ein bisschen rot, was ich so niedlich finde, dass ich ihr einen Kuss auf die Wange drücke.

«Diese Spezialität musst du auf jeden Fall zubereiten, solange ich hier bin», bedränge ich sie.

«Aber nicht heute. Am Abend gibt es wohl oder übel Bunte Beute, was meinst du?»

Verblüfft starre ich sie an. *Bunte Beute!* Den Ausdruck hatte ich vollkommen vergessen. Er ist unsere gemeinsame Kreation, und zwar fürs Resteessen, das in der Regel ein Haufen bunt zusammengewürfelter Überbleibsel ist.

«Aber mit richtig viel Käse», insistiere ich. Schon als Kind wollte ich so ziemlich alles damit garnieren.

«Mit richtig viel Käse», bekräftigt Matilda und wirft mir einen Blick zu, der gleichermaßen amüsiert wie erleichtert ist.

«Aber morgen gehe ich trotzdem einkaufen», erkläre ich und spüre dabei ein freudiges Kribbeln im Bauch. «Für Brunos Bouillabaisse!»

Meine Tante mit ihrem sechsten Sinn, denke ich. Sie hatte vollkommen recht. Ich brenne geradezu darauf, endlich wieder für andere zu kochen.

Am nächsten Morgen bin ich bereits vor der Dämmerung wach. Draußen glimmt tapfer die Lichterkette, und ich höre dumpf einen Wagen durch die Straße tuckern. Im Haus hingegen herrscht Totenstille. Nicht einmal Kaj klingelt heute, denke ich belustigt. Und merke gleichzeitig, dass ich fast ein bisschen enttäuscht darüber bin. Aber egal, ich habe nachher etwas Wunderbares vor mir: Brunos Bouillabaisse. Voller Elan flitze ich ins Bad, springe unter die Dusche und föhne mir im Anschluss ungeduldig die Haare. Bei dem Wetter muss es leider sein. Danach schlüpfe ich in meine Lieblingsjeans und einen wärmenden Wollpulli.

Die ganze Zeit dreht sich in meinen Gedanken alles ums Kochen. Ob Matilda meine Kreation schmecken wird? Denn ein wenig abwandeln werde ich Brunos Suppe ganz sicher. Ob ich ihm dennoch das Wasser reichen kann? Schnell trage ich noch einen Hauch Make-up auf, dann hält mich hier oben nichts mehr. Eilig mache ich mich auf den Weg ins Erdgeschoss, wobei mir bereits auf der Treppe der köstliche Duft von Gebackenem in die Nase steigt. Und siehe da: Als ich die Küchentür öffne, stoße ich auf eine fröhlich herumwirbelnde Matilda.

«Guten Morgen, Schätzchen», flötet sie, hievt ein Backblech mit dampfenden Zimtschnecken aus dem Ofen und deponiert es auf dem ausgeschalteten Gasherd. «Ich dachte mir, ich sorge für eine Grundlage, damit du nicht mit leerem Magen einkaufen gehen musst.» Sie strahlt mich an.

«Also ... wow», staune ich. «Die sehen ja fantastisch aus! Genau wie früher. Und wie sie duften.» Ich atme geräuschvoll durch die Nase ein.

Matildas Augen blitzen regelrecht, als sie vorschlägt: «Wollen wir gleich mal eine Kostprobe zum Kaffee nehmen?» Ohne meine Antwort abzuwarten, greift sie sich mit einer Spaghettizange zwei Schnecken, platziert die Teile sorgfältig auf einem Teller und überreicht mir diesen. «Ich bin es nicht mehr gewohnt, Gesellschaft zu haben, darum frühstücke ich meist nicht. Doch mit dir genieße ich jede Sekunde.»

«Ich esse normalerweise auch nichts am Morgen, aber mir geht es wie dir», pflichte ich ihr bei, während ich sie gleichzeitig kritisch beäuge, «gemeinsam ist es viel schöner.»

Auch wenn Matilda bei unserem Spaziergang noch behauptete, dass ihr die Einsamkeit einerlei ist, frage ich mich nun, ob sie mich ein klein wenig angeflunkert hat. Doch warum hat sie dann nie Kontakt mit uns, ihrer Familie, aufgenommen? Zwar weiß ich, dass Tante Tilda und Mama sich nie sonderlich nahestanden, aber mit Papa kam meine Tante eigentlich immer gut zurecht. Nachdenklich deponiere ich den Teller mit den Schnecken auf dem Tisch.

«Gestern habe ich mich mal an etwas anderes gewagt und eine Blumenvase in Angriff genommen», schnackt Matilda munter drauflos, als wir kurze Zeit später sitzen. Voller Tatendrang reibt sie sich die Hände. «Gleich nach unserem provisorischen Frühstück werde ich oben in meinem Atelier ein paar passende Trockenblumen für die Dekoration aussuchen. Ich will unverzüglich lackieren, damit du das fertige Teil knipsen kannst.» Matilda nippt vorsichtig an ihrem Kaffee.

Während ich in eine köstliche Zimtschnecke beiße, überlege ich, wie es weitergehen könnte, wenn ich eines Tages nach Berlin zurückkehre. Die Bilder ließen sich von dort zwar problemlos bearbeiten, doch das Fotografieren müsste meine Tante selbst übernehmen. Momentan zeigt sie allerdings wenig Interesse, mir dabei über die Schulter zu gucken.

«Die Zimtschnecken sind der Wahnsinn», verkünde ich mit vollem Mund, «total fluffig und vor allem – nicht zu süß.» Ich zwinkere ihr verschwörerisch zu. «Du hast die Messlatte ziemlich hoch gehängt, ich hoffe, dass ich später mit der Bouillabaisse mithalten kann.»

«Ach, Livi», Matilda streicht sich versonnen über das Kinn, «willst du die Zutaten wirklich selbst besorgen? Ich besitze ja kein Auto, und das von Bruno habe ich verkauft. Seitdem nutze ich nur noch mein Lastenfahrrad. Ich leihe es dir gern. Hier auf Sylt ist Fahrradfahren gang und gäbe.»

Ich überlege kurz. «Klar, warum nicht? Du müsstest mir nur verraten, wo ich auf der Insel am besten einkaufen kann. Du kennst doch sicher einen Geheimtipp? Den Rest erledigt Google.»

Meine Tante denkt scharf nach. Mit dem Zeigefinger umwickelt sie eine Haarsträhne. «Bruno fuhr immer ganz rauf nach List», erinnert sie sich. «Seinen Lieblingsladen gibt es inzwischen allerdings nicht mehr. Aber hier im Umkreis findest du einen Supermarkt, wo man so ziemlich alles bekommt. Auch Fisch. Nur eben tiefgefroren.»

Ich schüttele den Kopf. Nichts gegen TK-Ware, aber wenn ich schon mal wieder direkt am Meer bin, würde ich gern einen Blick auf den frischen Fang werfen. «Weißt du, ich kümmere mich jetzt erst mal um die Fotos und überlege mir währenddessen, wohin ich fahre.»

«Na gut.» Sie nimmt einen beherzten Biss von ihrer Zimtschnecke. «Aber das Brot besorge ich. Keine Widerrede!»

Eine halbe Stunde später hat Matilda die Stufen in ihr Atelier erklommen, und ich hocke allein in der Küche am Hochtisch und trinke meinen zweiten Becher Kaffee. Nebenbei bearbeite ich die gestrigen Aufnahmen, stelle sie online und fotografiere ein paar neue Objekte.

Als auch das erledigt ist, drängt es mich, Brunos Rezept für den Einkauf abzufotografieren. Dafür muss ich es allerdings erst einmal finden. Denn in das Buch, in dem es gestern steckte, habe ich es offenbar nicht zurückgelegt. Ich lupfe so ziemlich jeden herumliegenden Zettel, den ich in die Hände bekomme. Und das sind viele! Selbstverständlich könnte ich meine Tante fragen, nur fürchte ich, dass sie ebenfalls keine Ahnung hat und ich sie nur unnötig von der Arbeit abhalte. Darum forsche ich weiter. Dabei bemühe ich mich, lediglich einen oberflächlichen Blick auf alle Papiere und die Post zu werfen, die sich teilweise richtiggehend stapelt.

Bis ich bei der fett gedruckten Betreffzeile auf einem Brief aufmerksam werde. **Letzte Mahnung**, steht dort geschrieben. Und obwohl eine innere Stimme mir sagt, ich solle mich nicht in Matildas Angelegenheiten einmischen, schaue ich genauer hin. Denn das darunterliegende Blatt ist gelb und ganz offensichtlich von höherer Stelle. Es trägt einen fetten Stempel vom Amtsgericht. Du liebe Zeit! In den Händen halte ich den offiziellen Mahnbescheid zu der Rechnung. Mir wird flau im Magen. In meinem gesamten Leben hatte ich noch nie mit dem Gericht zu tun. Offenbar hat meine Tante die Reparatur ihrer Waschmaschine nicht bezahlt, und nun sind zu der ursprünglichen Erhebung diverse Verzugszinsen und Mahnkosten hinzugekommen.

Mich beschleicht angesichts des übrigen Papierstapels ein mehr als ungutes Gefühl. Die Stimme in meinem Kopf kreischt inzwischen zwar immer lauter «Stooopp», doch ich bin wie in Trance. Schlimmer als ein Dieb durchkämme ich Blatt für Blatt, wobei ich immer wieder innehalte und lausche, ob sich mir Schritte nähern. Ich finde weitere Kostennoten und sehe, dass Matilda offenbar einiges hat schleifen lassen. Instinktiv sortiere ich alles nach Absender. Manche Forderungen scheint sie beglichen zu haben, andere wurden angemahnt. Auch die Rechnung von Herrn Dönnerschlach ist darunter: Knapp hundert Euro will er haben, hat sich aber bislang zu keiner Mahnung durchgerungen. Als ich sogar ungeöffnete Briefkuverts zwischen den Papieren entdecke, überkommt mich schiere Verzweiflung. Warum liest Matilda die Post nicht? Glaubt sie, den schlechten Nachrichten dadurch entgehen zu können?

Ich stutze, als mir ein handschriftlich adressierter Umschlag in die Hände fällt. Die Strichführung kenne ich! Ich drehe das Teil um und schaue nach dem Absender: Wolfgang Metz. Mein Vater. Irritiert inspiziere ich die Marke. Sie wurde im Juni abgestempelt. Mittlerweile haben wir Dezember, und Matilda hat den Brief noch immer nicht geöffnet – was hat das zu bedeuten?

Ehe ich mir einen Reim darauf machen kann, sticht mir auf einem der Stapel die Ecke eines schwarz umrandeten Büttenpapiers ins Auge. Brunos Todesanzeige. Ich recke mich, um sie mir näher anzusehen, doch noch während ich danach greife, komme ich urplötzlich zur Besinnung. Was um alles in der Welt tue ich hier? Mir wird ganz heiß vor Scham, als ich mir bewusst mache, dass ich gerade die Privatsphäre meiner Tante aufs Schärfste verletze. Wie konnte ich mich dermaßen gehen lassen? Andererseits gibt es da aber auch einen Winkel in meinem Herzen, der froh ist, von dem Schlamassel erfahren zu haben, in dem Matilda steckt. Denn nur so kann ich ihr helfen!

Doch dann erstirbt der Anflug von Erleichterung sogleich wieder, als mir klar wird: Ich habe mich in eine Sackgasse manövriert. Wie soll ich meine Tante auf die Rechnungen und Mahnungen ansprechen, ohne mich als Schnüfflerin zu entlarven? Frustriert beginne ich, die Papiere zunächst durcheinanderzubringen, um sie gleich darauf willkürlich auf mehrere Stapel zu verteilen. Mir ist speiübel, ich fühle mich wie eine Verräterin. Erst recht, als mir dabei zu guter Letzt, wie zum Hohn, das Rezept für die Fischsuppe vor die Füße flattert.

Vollkommen neben der Spur, vermag ich keinen klaren Gedanken mehr zu fassen außer: weg hier! Nicht auszudenken, wenn ich in dieser Verfassung Matilda in die Arme laufe, sie würde mir an der Nasenspitze ansehen, dass etwas nicht stimmt. Doch ehe ich sie auf die Rechnungen anspreche, muss ich meine Eindrücke sacken lassen. Und einen Plan schmieden. Schnell fotografiere ich die Zutatenliste und hetze anschließend in den Flur, wo ich meinen Parka von der Garderobe zerre und quasi noch während des Anziehens in meine Boots steige. Die Jacke halb offen, eile ich den Vorgarten entlang bis zur Pforte. Ich verwerfe die Idee mit dem Lastenfahrrad, denn höchstwahrscheinlich erfordert die Benutzung eine Einführung oder zumindest einen Schlüssel und scheidet somit aus. An der Straße angekommen, biege ich zunächst nach rechts bis zur nächsten Querstraße, dann schwenke ich nach links. In meiner Erinnerung müsste sich dort irgendwo eine Bushaltestelle befinden. Noch immer rast mein Puls, als sei ich auf der Flucht.

Tief in Gedanken, bemerke ich es daher nicht, dass ein Wagen langsam neben mir hertuckert. «Hej, Olivia», ruft irgendwann jemand, und ich bleibe perplex stehen.

Als wäre Matilda hinter mir her, um mich zur Rede zu stellen, linse ich voll schlechtem Gewissen in Richtung Fahrzeug. Und breche kurz darauf in hysterisches Gelächter aus, als ich sehe, wer aus dem Inneren eines dunklen Smart zu mir spricht.

Die Stimme gehört Kaj. Vergnügt winkt er mir durch das geöffnete Seitenfenster zu. «Benötigen Sie eine Mitfahrgelegenheit? Eine Person passt hier noch rein.» Auffordernd lächelt er mich an.

Nachdem sich der erste Schreck gelegt hat, beuge ich mich leicht vor, um ihn genauer sehen zu können. Als sich unsere Blicke treffen, kommt mir augenblicklich seine Absage von gestern Abend wieder in den Sinn. Offenbar hat er heute aber bessere Laune, denn er hört nicht auf zu lächeln. Und wenn ich hier so schnell wie möglich fortmöchte, um Matilda nicht über den Weg zu laufen, sollte ich sein Angebot …

«Wenn Sie noch lange überlegen, holt sich der Hund vermutlich eine Erkältung.» Er deutet auf Lola, die im Fußraum sitzt und lustige Verrenkungen vollführt, weil sie meine Witterung aufgenommen hat und mich begrüßen will. Kaum habe ich meinen Kopf ein Stückchen durch das Beifahrerfenster gesteckt, schleckt mir eine rosa Zunge über die Wange. Und dann ist da noch eine sanfte Brise Aftershave, die mir in die Nase flattert.

«Guten Morgen», sage ich erst in Lolas und schließlich in Kajs Richtung. «Ich dachte, Sie besitzen gar kein Auto.»

Ein seltsam verzweifelter Blick streift mich. «Ein Leihwagen. Ich hatte das Taxifahren satt. Die ständigen Diskussionen wegen des Hundes ...» Er rollt mit den Augen, während er mich mittels einer knappen Geste dazu einlädt, den Beifahrersitz zu begutachten. «Sehen Sie ein einziges Haar? Nein? Ich sage Ihnen, warum: Dieser Hund haart nicht. Das Fell wächst zwar wie Unkraut, aber es geht nicht aus. Das will aber niemand begreifen. Die Leute glauben allesamt, es sei dieselbe Mär wie: Der tut nix, der will nur spielen.» Fragend hebt er die Augenbrauen. «Also, was ist? Trauen Sie sich mit Ihrer Hose auf das Polster?»

«Kommt darauf an», gebe ich schmunzelnd zurück, «wo fahren Sie denn hin? Ich möchte nämlich Fisch kaufen in ... äh ...»

«Bei Gosch?»

«Vielleicht.» Hilflos zucke ich mit den Schultern. «Ehrlich gesagt habe ich keine Ahnung.»

«Dann sind Sie bei mir goldrichtig», sagt er aufmunternd. «Ich kenne den besten Fischhändler auf der Insel. Also steigen Sie endlich ein, Lola und ich erfrieren sonst gleich. Und Sie auch.»

Ertappt reibe ich mir über die Arme. In der Tat versagt mein Kreislauf langsam, was ich auf mein schlechtes Gewissen zurückführe. Ich gebe mir einen Ruck und krabbele auf den Sitz, dann befreie ich Lola von ihrer Leine und hebe sie aus dem Fußraum auf meinen Schoß. Kaum habe ich die Beifahrertür geschlossen, werde ich von wohliger Wärme umfangen. Und von Kajs Duft. Mein Herz, das sich gerade ein wenig beruhigt hatte, fängt nun wieder an, schneller zu schlagen. Ich atme tief ein, lasse mich in das Sitzpolster sinken und frage mich, ob es eine kluge Entscheidung war, bei Kaj einzusteigen.

10

Wuperlecka!

«Gut festhalten», sagt Kaj. «Also den Hund. Ich schätze, über kurz oder lang benötige ich eine Transportbox. Aber da dies nicht mein Wagen ist, habe ich Lola provisorisch da unten am Sitzgestänge festgebunden.» Er deutet kurz auf den Boden, schaut dann aber zu mir. Einen Augenblick sehen wir uns an, und ich bemerke wieder den Schmerz in seinen Augen. Er scheint aus tiefster Seele zu kommen und ist in diesem Moment so gegenwärtig, dass ich ihn beinahe körperlich spüren kann.

«Ich werde die kleine Maus ganz sicher nicht loslassen», versichere ich mit brüchiger Stimme.

Kaj nickt stumm. Er startet den Motor, und wir fahren los. Während ich versuche, Tasche, Hund und Anschnallgurt zu koordinieren, luge ich zwischendrin immer mal zu Kaj hinüber. Heute ist er salopper gekleidet als sonst: Jeans, Pullover und darüber der blaue Mantel, den er offen stehen hat. Die Schuhe kann ich nicht erkennen, tippe aber auf die Business-Treter. Gedankenversunken streichle ich Lolas weiches Fell. Wie mag er bloß an sie geraten sein? Die beiden sind ein eigenartiges Paar und definitiv noch kein bisschen aufeinander eingespielt.

«Wenn Sie guten Fisch einkaufen möchten, kann ich Ihnen Familie Schlüter ans Herz legen», setzt er nach einer Weile zu einem Gespräch an. «Sie sind beziehungsweise waren Freunde meiner Eltern. Ihr Geschäft ist zwar nicht so bekannt wie Gosch, aber mindestens so gut.»

«Das hört sich fantastisch an», willige ich sofort ein, muss im Anschluss aber noch einen kurzen Moment über seine Worte nachdenken. *Sie waren Freunde seiner Eltern? Und dann ist was passiert? Haben sie sich zerstritten? Fischvergiftung?* Ich beschließe, nicht nachzuhaken, sondern sage: «Hauptsache, ich habe am Ende des Tages diese Einkaufsliste abgearbeitet.» Aus meiner Jackentasche krame ich das Handy hervor, öffne meine Foto-App und präsentiere Kaj das Rezept, als wir an einer Kreuzung zum Stehen kommen.

«*Brunos Bouillabaisse?*», liest er. «Wer ist Bruno? Der Typ, mit dem Sie Ihre Freundin betrogen haben?»

Wie bitte? Was soll denn das jetzt? «Wir haben uns lediglich geküsst», stelle ich richtig, «außerdem heißt er Martin. Und ich habe Meike nicht hintergangen, weil ich gar nicht wusste, dass sie eine Beziehung mit Martin führt. Wenn überhaupt bin ich die Verliererin.» Ich fühle, wie Wut in mir aufsteigt, und ich ärgere mich, dass ich Kaj in einem schwachen Moment von meiner Misere erzählt habe.

«Tut mir leid», rudert er sofort zurück. «Ich wollte keine alten Wunden aufreißen.» Er sucht meinen Blick. «Bitte glauben Sie mir. Es ist mir so herausgerutscht.»

Überrascht von seinem beschämten Tonfall und darüber hinaus tief verunsichert von dem intensiven Ausdruck, mit dem er mich gerade angesehen hat, richte ich mein Augenmerk auf Lola. Sie hat sich auf meinem Schoß zu einer kleinen Kugel zusammengerollt, und ich kraule sie sanft hinter dem Ohr. «Schon okay», murmele ich. «Ich hätte gar nicht davon anfangen dürfen.»

Eine Weile fahren wir schweigend weiter. Ich schaue aus dem Fenster und stelle fest, dass ich mich langsam an die Einöde gewöhne.

«Vielen Dank übrigens, dass ich Tagesmutti für Lola sein durfte», sage ich, als mein Blick im Vorbeifahren auf einen verschneiten Garten fällt, der aussieht wie mit Puderzucker bestreut und eine Top-Spielwiese für Lola bieten würde. «Ich habe bislang so gut wie nichts von Sylt gesehen. Jetzt kenne ich zumindest den Hundestrand. Und den Weg dorthin.» Ehe Kaj etwas dazu sagen kann, kommt mir ein ganz anderer Gedanke. «Ist Lola eigentlich der Hund Ihrer Freundin?», platzt es aus mir heraus.

Kaj schaut mich an, als sei ich mit Anlauf ins Fettnäpfchen gesprungen. «So ähnlich», brummt er.

Oha, denke ich. Hat sie ihn betrogen? Oder verlassen? Auf jeden Fall ist er nicht gut auf sie zu sprechen.

Während ich noch überlege, wie ich die Stimmung retten könnte, piepst mein Telefon. Jemand hat *Tildas Pöttery* mit einem «like» versehen. Ich sehe mir den Account an und verteile ebenfalls ein paar Herzen.

«Ich dachte, Sie würden sich für die Insel interessieren», tönt es plötzlich vom Fahrersitz. Kaj wirft mir einen kurzen Seitenblick zu. «Gehören Sie etwa zu der Sorte Mensch, die den lieben langen Tag auf ihr Handy starrt?»

«Das ist mein Job», verteidige ich mich, stecke aber in einem Anflug von schlechtem Gewissen das Telefon zurück in meine Jackentasche.

«Warum kennen Sie Sylt eigentlich noch nicht?», fragt er nun interessiert. «Ihre Tante lebt doch hier.»

Dieses Mal wäge ich sehr genau ab, was ich ihm erzähle und inwieweit ich ihn in die Familienhistorie einweihe. Ich entscheide mich für die Kurzfassung: «Es ergab sich einfach nicht.»

Dann piepst tatsächlich sein Handy mit einer eingehenden Nachricht. Hektisch nestelt er in der Manteltasche herum, zieht das Telefon hervor und wirft einen Blick auf das Display. Ich muss an mich halten, um keinen spöttischen Kommentar von mir zu geben.

«Wie es aussieht, hätte ich Zeit, Sie in den Fischladen zu begleiten. Vorausgesetzt, es ist Ihnen recht», sagt Kaj und schielt zu mir rüber. «Mein Termin wurde kurzfristig abgesagt. Ich habe noch nichts gefrühstückt, und ein Fischbrötchen wäre jetzt …»

«Dort gibt es Fischbrötchen?», rufe ich und bin hin und weg. «Ich habe seit Ewigkeiten keins mehr gegessen!»

Kaj schmunzelt. «Na wunderbar. In etwa zehn Minuten sind wir da.»

Ich nutze die Zeit nun doch, um meine Mails zu beantworten. Ist mir egal, was er von mir denkt. Allerdings werfe ich in regelmäßigen Abständen pflichtschuldig einen Blick aus dem Fenster. Ich sehe, dass wir den Westerländer Bahnhof passieren, dann einen Flughafen und uns schließlich Richtung Wenningstedt einfädeln. Als wir eine junge Mutter mit einem Lastenfahrrad überholen, in dem zwei dick eingepackte Kinder mit roten Bäckchen die verschneite Landschaft betrachten, werde ich an Matilda erinnert. Die Schuldgefühle bezüglich meiner Stöberei haben sich ein klein wenig gelegt – es steckte ja keine böse Absicht dahinter. Trotzdem wünsche ich mir, eine Lösung für ihre Notlage zu finden, ohne dabei übergriffig zu wirken.

«Dort vorn ist es», holt Kaj mich aus meinen Gedanken. Wir nehmen Kurs auf ein frei stehendes Geschäft mit ausgefahrener grün-weißer Markise. *Sylter Delikatessen*, wurde auf die Schabracke gedruckt, die heute windstill und gut leserlich herabhängt. Trotz Kälte hat jemand drei runde Bistrotische samt Stühlen vor dem Schaufenster aufgestellt, die Sitzflächen allesamt mit kuscheligem Plüschfell bezogen. Ich bekomme spontan Lust, dort draußen zu sitzen, um zu essen.

Doch erst einmal parkt Kaj den Wagen, und gemeinsam mit Lola betreten wir den Verkaufsraum. Er ist nicht sonderlich groß, aber ausgesprochen urig. Die Rückwand aus alten, wunderschönen Delfter Kacheln ist der Blickfang. Davor steht ein imposanter Verkaufstresen, die Auslage randvoll gespickt mit Eiswürfeln und einer beträchtlichen Auswahl an Meerestieren.

Eine rundliche Frau, etwa Mitte sechzig, die im Begriff ist, den Tresen blank zu wienern, schaut hoch, als die Ladenklingel uns ankündigt. Sie erstarrt in der Bewegung und reißt die Augen auf, als sei ihr ein Geist erschienen. «Dat gifft dat nich», stammelt sie, «de Jung!»

Für einen Moment befürchte ich, dass sie in Ohnmacht fällt. Doch sie sammelt sich und kommt auf uns zu. Schneller und schneller, bis sie zu einer Art Hechtsprung ansetzt und Kaj in die Arme stürzt. «Dass du uns besuchen kommst.» Sie schiebt ihn von sich, hält ihn auf Armeslänge fest und sieht ihm prüfend ins Gesicht. Dann zieht sie ihn erneut an sich und vergräbt ihren Kopf an seiner Schulter. «Wie geht es dir? Nach allem, was passiert ist.»

Ihre Worte werden fast von dem dicken Schal verschluckt, den Kaj um den Hals trägt. «Wir alle können es noch immer nicht fassen.» Dann plötzlich holt sie tief Luft und brüllt über ihre Schulter hinweg: «Horst, komm doch mal und sieh dir an, wer hier ist!»

Während die Verkäuferin wohlwollend mit beiden Armen über Kajs Jackenärmel rubbelt, zuckelt ein ebenfalls rundlicher

Kerl aus dem hinteren Bereich des Ladens heran. Im Gehen erhellt sich seine Miene. Er streift sich mit geübter Bewegung zwei lange, rosafarbene Gummihandschuhe von den Händen und pfeffert sie mit präzisem Schwung auf die Tresenmitte. Dann drängelt er sich vor und nimmt nun seinerseits Kaj in die Arme. «Junge!», sagt er. Mehr nicht. Und so verharren die Männer ein Weilchen.

Ich bin sprachlos. Betroffen beobachte ich die Szene und fühle mich von Minute zu Minute unwohler. Die Stimmung ist auf einmal gedämpft, etwas liegt in der Luft, etwas extrem Bedrückendes.

«Oh», sagt die Frau plötzlich und schaut mich an. «Wie schön, du bist nicht allein, Kaj.» Ihr Tonfall klingt ein wenig hölzern. Als sei es ganz und gar nicht *schön*, dass ich hier stehe. Verlegen räuspere ich mich.

«Guten Tag.» Mehr bringe ich nicht heraus, denn in diesem Moment glaube ich, die Zusammenhänge zu begreifen. Kaj wurde von seiner Freundin verlassen. Die Andeutung vorhin im Auto, der Hund, der nicht seiner ist, und dann der Spruch der Ladeninhaberin: *nach allem, was passiert ist.* Auch dass das Paar mich so entgeistert ansieht, ergibt für mich nun Sinn. Sie kannten seine Freundin, mochten sie höchstwahrscheinlich gern, und nun denken sie, ich sei die Neue. Oh Mann, wie unangenehm.

Schnell trete ich einen Schritt vor. Mit einem herzlichen Lächeln reiche ich der Frau die Hand, um die Sache aufzuklären. «Ich bin Olivia Metz und …» Weiter komme ich nicht, denn neben mir schlängelt sich Kaj aus der Umarmung des dicken Mannes und fällt mir ins Wort.

«Olivia ist eine Anhalterin. Ich habe sie eben in Westerland am Bahnhof aufgelesen.» Er nickt, als wolle er sich selbst von dem Unsinn überzeugen. «Es ist ihr erster Besuch auf Sylt, und sie möchte eine Fischsuppe kochen.»

Mein Lächeln erstirbt. Was redet er da?

«Ach wirklich?», die Augen der Ladeninhaberin beginnen zu leuchten. «Na, mit diesem Wunsch bist du bei uns goldrichtig, junge Dame.» Sie tätschelt meinen Ärmel. «Ich bin Käthe Schlüter, und das hier», es folgt eine Kopfbewegung nach rechts, «ist Horst, mein Mann.» Sie streckt den Rücken durch und drückt sich hinter den Verkaufstresen, wobei sie im Vorbeigehen ihrem Mann den Hemdkragen zurechtzupft. Anschließend schaltet sie in den Geschäftsmodus: «Dann wollen wir mal sehen, was wir Schönes für dich haben. Wie wäre es mit einem freundlichen Winterkabeljau?»

Ich bekomme kein Wort heraus. Glaubt sie allen Ernstes die Geschichte vom Anhaltermädchen, das eine Suppe kochen will? Wo denn wohl, auf dem Campingkocher? Ich will etwas sagen, die Sache irgendwie geraderücken, da stößt Käthe Schlüter unvermittelt einen Schrei des Entsetzens aus: «Jasses nee.» Sie hält sich die Hände ans Gesicht und starrt mit aufgerissenen Augen auf den Boden vor meinen Füßen. «Der Hund!» Mit dem ausgestreckten Zeigefinger deutet sie auf Lola. Gleichzeitig stammelt sie: «Ist das *ihr* Hund?»

Und dann bekreuzigt sie sich.

Also doch, denke ich. Lola gehört Kajs Freundin. Oder besser: *gehörte*, denn nun ist die Herzdame fort. Das erklärt auch den wiederkehrenden Schmerz in seinen Augen. Ich werfe Kaj einen wissenden Blick zu, unter dem er sich entsprechend windet.

«Ja», antwortet er knapp auf Käthe Schlüters Frage, «das ist *ihr* Hund.» Und nach einer Pause fügt er hinzu: «Ich möchte aber nicht darüber sprechen.»

Das Ehepaar nickt einvernehmlich.

«Na klar, mein Bursche.» Horst Schlüter fährt sich durchs schüttere Haar. Sichtbar bewegt murmelt er: «Absolut verständlich.»

Einen Moment herrscht betretenes Schweigen. Die Chefin des Ladens fängt sich als Erste. «Tritt näher, mien Deern, un vertell mir mal, was dir vorschwebt.»

In den folgenden zehn Minuten bekomme ich einen Kurzvortrag über die einheimischen Fische zu hören, und sie erklärt mir, welche Sorte sich gut in einer Suppe macht. Ich entscheide mich für Wolfsbarsch und Kabeljau. Nach dem Abwiegen lädt sie mir noch eine Gratisportion Shrimps obendrauf. «Soll ja keiner hungrig aufstehen.»

Nachdem ich meine Einkäufe bezahlt habe, ordern Kaj und ich noch schnell unsere Fischbrötchen. Sie werden frisch belegt, und ich schlage vor, diese draußen zu essen. Die Sonne hat sich durch die Wolken gekämpft und lächelt mild auf uns herab. Ihre Strahlen haben zwar kaum wärmende Kraft, schon gar nicht unter der Markise, doch man hat Lust, sich an der klaren Luft aufzuhalten.

«Ich bringe Lola eben ins Auto», sagt Kaj, als er bemerkt, dass die kleine Maus sich nicht dazu durchringen kann, auf dem kalten Boden zu sitzen. Mit angelegten Ohren steht sie mitten auf dem Gehweg und wirft uns anklagende Blicke zu. Ich beobachte Kaj, wie er den Hund vorsichtig hochnimmt und zum Fahrzeug trägt. Sorgfältig platziert er das Hündchen auf dem Beifahrersitz und streicht ihm zu guter Letzt noch einmal übers Köpfchen. Bestimmt hängt er noch sehr an Lolas Frauchen, überlege ich, während Kaj mit großen Schritten zu mir zurückkehrt.

Ihre Freundin kann sich glücklich schätzen, dass der Hund in so liebevollen Händen ist, will ich sagen, als er sich setzt. Mich fasziniert die Geschichte, doch andererseits möchte ich nicht, dass er meine Neugier falsch interpretiert und hinterher noch denkt, ich sei an ihm interessiert. Stattdessen frage ich ihn mit süffisantem Unterton: «Gabeln Sie öfter mal Anhalterfrauen aus Westerland auf und bringen sie in Schlüters Delikatessenladen? Coole Masche.»

Kaj schneidet eine Grimasse. Und schnappt sich sein Brötchen. Ich fotografiere meins zunächst aus mehreren Perspektiven, ehe ich auch genussvoll reinbeiße. Es schmeckt köstlich.

«Die Sache verhält sich anders, als Sie denken.» Mit gerunzelter Stirn scheint er sich die nächsten Worte zurechtzulegen. «Schlüters sind, wie schon erwähnt, alte Bekannte. Ich wollte nicht, dass sie annehmen ...» Hilfe suchend blickt er zum Himmel. «Die Angelegenheit ist kompliziert.»

Okay, das habe ich spätestens jetzt begriffen. Betreten nehmen wir jeder noch einen Bissen und kauen eine Weile schweigend darauf herum. «Hmmm ... wuperlecka», sage ich irgendwann mit vollem Mund, «lange nich mehr son gudes Fiffbrötchen gögessn.»

Grinsend sieht Kaj mich von der Seite an. Seine Augen sind grüner denn je, was vermutlich an der Markise liegt, und sie werden von einer Vielzahl winzigster Fältchen eingerahmt. «Freut mich, dass es Ihnen schmeckt.» Kurze Zeit später erhebt er sich. «Bin sofort wieder da», sagt er und verschwindet im Laden.

Während ich ihm überrascht hinterhergucke, fällt mir auf, wie schön die Sonne den Schriftzug auf der Markise anstrahlt und ihn förmlich zum Leuchten bringt. Ich stehe auf und halte den Augenblick mit der Kamera fest. Obendrein knipse ich eine leere Pommes-Verpackung, die im Rinnstein liegt und in der sich das stachelige Blatt eines Ilex verfangen hat. Auch von Kaj schieße ich ein Bild, als er zurückkehrt. In seinen Händen balanciert er ein Tablett mit je zwei Gläsern Wein und Wasser. Begeistert stecke ich mein Handy weg und helfe ihm, alles auf dem Tisch zu verteilen.

«Ich weiß, die Jahreszeit verlangt eher nach Kakao oder Glühwein. Aber zum Fisch wäre keins dieser Getränke meine erste Wahl.» Fragend hält er ein Weinglas in die Höhe. «Magst du?»

Noch während ich nicke, beißt er sich verschämt auf die Lippen.

«Ist schon okay, das Du», sage ich sofort. «Vorname und Sie war ohnehin ziemlich oldschool.»

Kaj lacht erleichtert. «Das stimmt allerdings.» Unsere Hände berühren sich, als er mir den Wein überreicht, und mir läuft ein heißer Schauer über den Rücken. «Auf das Du», verkündet er, und wir stoßen an.

Ich kann ihm dabei nicht in die Augen sehen, denn seine Nähe macht mich seltsam nervös. Hastig nehme ich einen großen Schluck Wein, stelle das Glas ab und drehe den Stiel einen Moment nachdenklich zwischen meinen Fingern. «Du scheinst aber häufiger nach Sylt zu reisen?», frage ich. «Nicht nur kennst du dieses geniale Fischgeschäft samt Inhabern, du weißt überdies, welche Klempner sonntags arbeiten. Und mit der Ferienwohnung neben meiner Tante hast du dir eine supermoderne und vermutlich nicht zu teure Bleibe gebucht.» Ich gehe mal stark davon aus, dass die Vermieter, wenn sie Matilda gegenüber so großzügig waren, auch ansonsten keine Halsabschneider sind. «Meine Tante ist obendrein ein ausgesprochen gewissenhafter Mensch, der alles tipptopp in Schuss hält und für Probleme stets ein offenes Ohr hat.»

Meine Worte hängen noch in der Luft, da tauchen vor meinem geistigen Auge Bilder auf, die sich damit kaum vereinbaren lassen. Das Karton-Chaos beispielsweise, außerdem der Stapel unbezahlter Rechnungen, den ich heute Morgen entdeckt habe. Beides nicht gerade Indizien dafür, dass Matilda ein ordnungsliebender, pflichtbewusster Mensch ist, der sein Leben unter Kontrolle hat. Schnell nehme ich einen Schluck Wein.

Als wüsste er von dieser Diskrepanz, hat Kaj eine vollkommen verkrampfte Körperhaltung eingenommen. Seine Hände krallen sich um die Tischplatte, dass die Fingerknöchel weiß hervortreten, und er presst die Kiefer aufeinander. Man kann quasi dabei zusehen, wie sich seine Miene mehr und mehr verfinstert.

11
Konversation mit einem Anlageberater

Schweigend betrachtet Kaj ein Möwen-Duo, das gegenüber auf dem Gehweg nach Nahrung sucht. «Hast du nachher Lust auf einen Spaziergang?», fragt er unvermittelt, ohne seinen Blick von den Tieren zu lösen. Mit Daumen und Zeigefinger streicht er sich über das glatt rasierte Kinn.

Ich bin dermaßen erleichtert, dass er das Thema mit der Ferienwohnung nicht vertiefen möchte, dass ich sofort einwillige. Allerdings nicht, ohne kurz meine Vorbehalte zu äußern: «Im Grunde gehe ich nicht sooo gern spazieren», gestehe ich kleinlaut.

Kaj starrt mich an, als habe ich ihm eröffnet, nicht gern zu atmen. «Du reist nach Sylt, kannst dich aber nicht für die Natur begeistern?» Ohne mich aus den Augen zu lassen, führt er sein Glas zum Mund und trinkt einen großen Schluck.

«Das habe ich nicht gesagt», stelle ich klar. «Ich bin sehr wohl gerne an der frischen Luft. Zum Beispiel in einem Café sitzend. Oder so wie jetzt, beim Essen.» Triumphierend sehe ich ihn an.

«Und ich dachte schon, dass du nicht gern draußen bist, weil dir entweder die Sonne die Sicht auf deinen Handybildschirm erschwert oder du keinen Datenempfang hast.»

Ich fixiere ihn mit zusammengekniffenen Augen. Kann er

mal aufhören, mich wie ein unmündiges Schulkind zu behandeln? «Manche Menschen müssen Geld verdienen», gebe ich schnippisch zurück.

«Entschuldige, das war blöd. Was arbeitest du denn, wenn ich fragen darf?»

Sein Blick zeugt von ehrlichem Interesse, darum erkläre ich es ihm. Und kann mir zum Schluss eine spitze Bemerkung nicht verkneifen: «Ich kenne an diesem Tisch übrigens noch jemanden, der seine Zeit lieber mit Arbeiten verbringt, als sich der Landschaft zu widmen.»

«Touché», sagt Kaj schuldbewusst. «Das ist aber nur vorübergehend so extrem.»

Jaja, denke ich. Red dich nur raus. In seinem feinen Zwirn macht er auf mich nicht unbedingt den Eindruck eines Naturburschen. Schweigend nehmen wir beide einen Schluck Wein.

Kaj muss meine Gedanken gelesen haben, denn als er sein Glas absetzt, erklärt er: «Ich bin nicht immer so gekleidet. Schon gar nicht im Urlaub. Aber zurzeit ist in meinem Betrieb die Hölle los, und darum habe ich hier gerade keine so entspannte Zeit und …» Er verstummt. «Ich will dich nicht langweilen.»

«Tust du nicht.» Ich schüttele den Kopf. «Kennt man denn die Firma, in der du tätig bist?»

Einen winzigen Augenblick zögert er. «Eher nicht. Ich *bin* die Firma.» Als er meinen verdutzten Gesichtsausdruck registriert, fügt er hinzu: «Ich arbeite als Berater.»

Okay, denke ich und kämpfe gegen einen Anflug von Enttäuschung. War ja irgendwie klar. Auf Sylt ist man Finanzberater, damit das Vermögen der Reichen weiter ansteigt. Klischeehafter geht es kaum. Es entsteht ein Moment des Schweigens, weil ich nicht weiß, was ich darauf sagen könnte.

Und wie soll das gleich bei unserem Fußmarsch werden? Ich meine, schlimmer als Spazierengehen ist ja wohl, Konversation mit einem Anlageberater betreiben zu müssen. Mir fehlen ja jetzt schon die Worte. Andererseits ist er ein gut aussehender Berater, der noch dazu …

«So», sagt Kaj plötzlich, und ich fahre zusammen. «Den wichtigsten Teil für deine Suppe hast du ja nun, aber ich schätze, es gehört außerdem noch etwas Grünzeug hinein? Und Gewürze?» Er sucht meinen Blick. «Nicht weit von hier gibt es einen tollen Hofladen. Wollen wir? Lola freut sich bestimmt.»

Das hört sich gut an. Zum einen habe ich Lust, mir das Sortiment von besagtem Geschäft anzuschauen, zum anderen möchte ich ihm aus einem mir unerklärlichen Grund beweisen, dass ich mich durchaus bewegen kann. Schließlich wohne ich in Berlin. Da ist man grundsätzlich zu Fuß oder mit der Tram unterwegs, alles Weitere wäre Zeit- und Geldverschwendung. Und es gibt noch einen Antrieb: Für Lola bin ich inzwischen bereit, einiges zu tun. Auch spazieren gehen. «Sehr gern», antworte ich darum schnell, «danke für den Tipp.»

Kaj wirft mir einen leicht skeptischen Blick zu, dem ich grinsend standhalte. Auf ein stummes Kommando leeren wir unsere Gläser. Offenbar hatte er schon bezahlt, denn mit einem knappen Handzeichen durch das Fenster verabschiedet er sich von den Schlüters. Auch ich winke freundlich, dann marschieren wir erst zum Auto und schließlich mit Lola die Straße entlang. Die Sonne hat ihren höchsten Stand wieder verlassen, mit trägem Schein taucht sie die verschneite Umgebung in eine weiße Glitzerlandschaft.

Plötzlich wird die Gegend regelrecht dörflich. Die Gehwege sind aus Kopfsteinpflaster, hohe Bäume stehen Spalier. An einem verwitterten Zaun baumelt ein gezimmertes Holzschild, auf dem *Hofladen* geschrieben steht, darunter ein Pfeil, der uns schräg nach links leitet.

«Wir sind gleich da», informiert mich Kaj, und wie zum Beweis biegen wir nun tatsächlich ab. Ein wunderschönes, altes Reetdachhaus, weiß getüncht und mit meerblauen Fensterläden, gerät in mein Blickfeld. Es thront auf einem flachen Hügel, ein breiter Treppenaufgang führt geradewegs nach oben zu dem Gebäude mit dem Hofladen im Erdgeschoss. Windlichter sowie ein schmiedeeisernes Geländer säumen die Stufen. Die Kerzen flackern einladend im schummriger werdenden Nachmittagslicht.

«Ein Traum», bestaune ich den Anblick und zücke mein Handy. «Wie charmant der Laden ausschaut.» Ich stiefele die Treppe hoch und drehe mich im Kreis, um die Umgebung von allen Seiten in mich aufzusaugen und um sie mit meiner Kamera festzuhalten. Kaj beobachtet mich dabei kopfschüttelnd. Auf der letzten Stufe angekommen, bemerke ich auf der Wiese vor dem Reetdachhaus noch ein weiteres, schmales Häuschen, das aussieht wie aus Lebkuchen. Ein Glühweinstand, der allerdings heute leider geschlossen hat. Nichtsdestotrotz will ich ein Bild von der süßen Bude.

«Achtung!», ruft Kaj plötzlich, als ich mich nach hinten beuge, um mein Foto so zu gestalten, dass ich sowohl das verschnörkelte Treppengeländer als auch das Hutzelhäuschen auf dem Motiv habe. Doch seine Warnung erreicht mich zu spät. Für die bestmögliche Perspektive trete ich zurück, und zwar so lange, bis ich beim letzten Schritt zu dicht an eine Stufe gerate und wegknicke. Ich verliere das Gleichgewicht, falle rückwärts und stoße, kurz bevor ich am Boden aufschlage, mit dem Kopf gegen das Metallgeländer. Kaj ist zwar sofort neben mir, kann den Fall aber nicht mehr verhindern. Ohne Zögern schlingt er seinen Arm um meine Taille und hilft mir, mich aufzurichten.

«Autsch.» Mein Hinterkopf schmerzt, und das Fußgelenk sticht, als sei ich barfuß in ein Nadelkissen getreten. Vor Schreck versagt mir jetzt auch noch mein Kreislauf. Eisige Kälte überkommt mich, und ich zittere. Kaj begutachtet mich zwei Sekunden mit kritischer Miene, dann knöpft er sich den Mantel auf und schiebt sich mit einer geübten Bewegung kurzerhand meine Arme unter seinen Pullover. Augenblicklich werde ich von der Wärme seines Körpers eingehüllt. Sie hat etwas ungemein Tröstliches, sodass ich instinktiv meine Finger in das Hemd kralle, das er unter dem Pulli trägt, und mich an ihn presse. Einen Moment verharren wir in dieser Position.

Bis Kaj mich ein Stück von sich wegschiebt und mir ins Gesicht sieht. «Alles okay, Olivia? Hast du dich verletzt?» Sein Blick versenkt sich in meinem, und mir wird erneut schwummrig. «Tut dir was weh?», sein Tonfall ist rau, und er muss sich räuspern, um weiterzusprechen. «Ist dir übel? Oder schwindelig? Sag doch bitte etwas!»

«Ich ... bin okay», krächze ich. Kajs Hand legt sich an meine Wange, mit dem Daumen streicht er sanft über meine Haut. Ich bin so überwältigt von dieser Geste, dass mir wieder fast die Stimme versagt. «Wirklich, alles gut.» Noch nie hat mich ein Mann dermaßen intensiv angesehen. Während ich wie hypnotisiert in seine samtigen Augen starre, schlägt mir das Herz bis zum Hals.

Ganz langsam nimmt Kaj die Hand von meinem Gesicht und führt mich, noch immer in seinen Armen, in Richtung einer Treppenstufe, damit ich mich setzen kann.

«Aua!» Beim Versuch, mit dem Fuß aufzutreten, fährt mir ein weiterer stechender Schmerz durch den Knöchel.

Kaj mustert mich besorgt. «Soll ich dich zu einem Arzt fahren? Möglicherweise hast du dir neben dem verstauchten Fuß eine Gehirnerschütterung zugezogen. Besser, das schaut sich jemand an, der vom Fach ist.»

Ich schüttele den Kopf. «Mir geht es gut. Der Kopf tut nicht weh, und mir ist auch nicht übel. Und den Fuß habe ich mir bestimmt nur gezerrt.» Ich starte einen erneuten Versuch aufzutreten, doch die Beschwerden sind unverändert.

«Und wie sieht es mit Einkaufen aus? Willst du allen Ernstes heute noch die Suppe kochen?»

Ich nicke mit Nachdruck. «Ganz sicher.»

«Wie du meinst.» Kaj runzelt nachdenklich die Stirn. «Dann haben wir zwei Möglichkeiten: Entweder ich schultere dich bis in den Laden, wo du dann auf einem Bein hinkend die Besorgungen erledigst, oder du wartest mit Lola hier draußen, und ich gehe für dich shoppen.»

Ich bin baff. Er will mich tragen? Auf gar keinen Fall! «Ich harre lieber mit dem Hund hier aus.»

«Gut. Dann brauche ich deine Einkaufsliste.»

Wir tauschen Handynummern aus, und ich sende ihm das Foto. Er wirft mir einen letzten, prüfenden Blick zu, zieht den Mantel um meine Schultern fester und überreicht mir die Hundeleine. Dann taucht er in dem Hoflädchen ab, und ich sehe ihm frustriert hinterher. Ich könnte mich ohrfeigen. Nur zu gern hätte ich selbst die Einkäufe getätigt und die regionalen Angebote unter die Lupe genommen. Verdammt! Seufzend fahre ich Lola über das plüschige Fell. Auch sie verfolgt Kaj mit den Augen und scheint mit seinem Fortgehen ganz und gar nicht einverstanden zu sein. Entsprechend hingebungsvoll begrüßt sie ihn, als er etwa fünfzehn Minuten später zurückkehrt. Er schwenkt einen Jutebeutel wie eine Trophäe. «Hab alles bekommen», verkündet er. «Wie geht es dem Fuß?»

«Ich kann ihn bewegen, aber Auftreten tut noch weh», antworte ich, nachdem ich ein paar Tests unternommen habe. «Ich werde ihn zu Hause hochlegen und kühlen.»

«Ja, das solltest du tun. Und bis dahin helfe ich dir.» Kaj schlingt sich erneut meinen Arm um die Taille. Sein Griff ist entschlossen, aber zugleich vorsichtig.

Fest gesichert, humpele ich die Treppenstufen hinab. Unten angekommen, bleibe ich an einen Baum gelehnt stehen, während Kaj gemeinsam mit Lola das Auto holt.

Auf der Rückfahrt sitzen wir schweigend nebeneinander. Kaj wirkt nachdenklich, und ich wüsste zu gern, was in ihm vorgeht. Bei unserem Eintreffen im Dünenpfad schaltet er den Motor aus, springt aus dem Wagen und hilft mir beim Aussteigen. Arm in Arm schleppen wir uns durch das Gartentor und über den gepflasterten Weg bis zum Haus.

«Tausend Dank», verabschiede ich mich im Eingang und greife nach der Tragetasche. «Was schulde ich dir für die Einkäufe und für Wein und Fischbrötchen?»

«Passt schon», wehrt er ab. «War ja nicht viel.»

Ich denke kurz nach. «Vielleicht magst du ja heute zum Abendessen kommen?», sage ich und schaue flink auf die Uhr. Halb sechs. In zwei Stunden dürfte ich mit Kochen durch sein, wenn der Fuß mitmacht. «Wie wäre es um acht?»

Kaj sieht mich lange gedankenversunken an. Als hätte ich eine extrem komplizierte Frage gestellt, die es nun in Ruhe abzuwägen gilt.

«Frau Schlüter hat mir viel mehr Fisch eingepackt, als das Rezept vorsieht», versuche ich, mögliche Bedenken zu zerstreuen. «Es ist garantiert genug für alle da. Und du willst ja wohl nicht wieder mit Salami und Dosenbier den Tag beenden.»

Ich kann sehen, wie es in Kaj arbeitet. Seine Augenlider flattern, bis er sich einen fixen Punkt auf den Schuhspitzen sucht und schließlich, ohne hochzublicken, sagt: «Danke, das ist sehr freundlich von dir, aber … also es wäre nicht richtig, weil …» Er bricht ab und schaut mir in die Augen. «Es geht einfach nicht», murmelt er.

Er wendet sich zum Gehen, dreht sich aber wie ferngesteuert noch einmal um und sagt: «Falls du starke Schmerzen hast oder dir doch noch übel wird, steht mein Angebot. Ich fahre dich zum Arzt. Ruf jederzeit an, du hast ja meine Nummer.» Mit diesen Worten macht er endgültig kehrt, um Lola aus dem Wagen zu holen.

Mal wieder stehe ich reichlich verdattert im Flur und versuche, Kajs Verhalten zu deuten. Der Nachmittag erschien mir so wunderbar – seine herzliche Hilfe und die intensiven Blicke. Habe ich mir das alles nur eingebildet? Warum mag er nicht mit uns essen? Gedankenverloren streife ich mir die Schuhe von den Füßen, wobei ich sorgfältig darauf bedacht bin, das Gelenk nicht zu überdehnen. Als ich danach auf Socken durch den Flur humpele, merke ich, dass der Schmerz bereits ein wenig nachlässt.

Erst als ich mit den Einkäufen unter dem Arm die Küche betrete, kommen mir Matildas offenstehende Rechnungen wieder in den Sinn. Denn dort sitzt meine Tante mit finsterer Miene am Küchentisch und wartet anscheinend auf mich.

«Es ist etwas geschehen, das ich nicht begreifen kann», sagt sie mit einer Stimme, als wäre gerade jemand gestorben.

Prompt sackt mir das Herz in die Hose. Oh nein. Sie hat herausgefunden, dass ich in ihren Unterlagen gestöbert habe, und nun will sie mich zur Rede stellen. Mit einem flauen Gefühl im Magen lasse ich den Jutebeutel auf den Boden plumpsen und hinke zum Hochtisch. Meine Beine fühlen sich auf einmal bleischwer an, und es kostet mich alle Kraft, mich auf einen der Stühle zu hieven.

«Ich kann dir das erklären», setze ich zu einer Beichte an, doch meine Tante unterbricht mich.

«Habe ich das eben richtig gesehen? Humpelst du, Schätzchen?»

Ich starre sie an. Ob ich … *was*? Dann fällt bei mir der Groschen. «Ach so, das ist nicht der Rede wert.» Ich winke ab. Und will erneut zu meinem Geständnis ansetzen, doch Matilda hat nur Augen für meine Füße.

Besorgt steht sie auf, umrundet den Tisch und kniet vor mir nieder. «Welcher ist es? Was ist geschehen?»

«Der linke. Ich habe eine Treppenstufe übersehen und bin umgeknickt. Der Schmerz lässt aber bereits nach.»

Mit Argusaugen inspiziert sie den Übeltäter.

Mir ist irgendwie nicht wohl dabei, dass sie mich umsorgt. Lieber würde ich mir mein schlechtes Gewissen von der Seele reden.

«Tut das weh?» Matildas Stirn liegt in tiefen Falten, als sie ein paar sanfte Drehbewegungen ausprobiert. Dann biegt sie die Ferse in alle Richtungen und tastet zu guter Letzt noch den Knöchel ab. «Ich bin zwar eine pensionierte Krankenschwester, aber es scheint sich in der Tat nur um eine Verstauchung zu handeln.» Sie schenkt mir einen ermutigenden Blick und steht auf. «Nichtsdestotrotz kann so etwas sehr schmerzhaft sein.» Kurzerhand zieht Matilda einen weiteren Stuhl heran, schnappt sich mein Bein und legt es vorsichtig ab. «Halt dich gut fest, nicht dass du mir auch noch vom Hocker fällst.»

Als Nächstes eilt sie zum Kühlschrank, zaubert aus dem Gefrierfach eine Gelkompresse hervor, wickelt diese in ein sauberes Geschirrhandtuch und kehrt zu mir zurück. Sie drapiert beides geschickt um meinen Fuß. «Kühlen ist das A und O», bekomme ich zu hören, ehe Matilda ins Bad verschwindet, um Schmerzgel und Tabletten zu holen.

«Zum Glück verfüge ich über eine gut sortierte Hausapotheke», sagt sie schmunzelnd, als sie kurz darauf zurückkehrt. «Warte, ich hole dir noch ein Glas Wasser.» Nachdem ich eine Pille genommen habe, widmet sie sich den Einkäufen, die noch im Jutesack auf dem Boden stehen.

«Worüber wolltest du denn vorhin mit mir reden?», erkundige ich mich, während Matilda Fisch und Gemüse im Kühlschrank verstaut. Ich bringe es nicht fertig, von selbst zu meiner Beichte anzusetzen. Lieber höre ich mir an, was sie zu sagen hat.

12
Brunos Bouillabaisse

«Tja, weißt du», setzt Matilda nachdenklich an. «Ich war ja am Nachmittag draußen, um Brot zu besorgen. Als ich nach Hause kam, konnte ich mein Portemonnaie nirgends finden. Ich habe schon überall herumtelefoniert, doch niemanden erreicht, denn die Läden haben inzwischen geschlossen.» Sie zuckt unbeholfen mit den Schultern. «Nun kann ich dir das Geld für den Fisch erst morgen zurückgeben, wenn ich bei der Bank war.»

«Du liebe Zeit», bricht es aus mir heraus. «Vergiss das Geld! Den Einkauf wollte ich eh bezahlen. Was aber viel wichtiger ist: Warst du bei der Polizei?»

«Nein, ich habe da nur angerufen. Bislang Fehlanzeige.»

Ich überlege. «Hast du hier im Haus alles abgesucht? Vielleicht hattest du die Börse gar nicht dabei?»

«Oh doch.» Mit dem Daumen deutet sie in Richtung Arbeitsfläche, wo ein frisches Baguette liegt. «Das habe ich noch daraus bezahlt.» Sie atmet tief durch. «Gott sei Dank waren keine Kontokarten darin. Nur mein Rentenausweis. Und etwas Bargeld.»

Das ist schon unerfreulich genug, denke ich. «Wir sollten den Weg absuchen und schauen, ob es dir unterwegs aus der Tasche gefallen ist. Hast du eine Taschenlampe?» Als ich voller Tatendrang aufspringe, schmerzt mein Knöchel kaum noch.

Meine Tante schüttelt den Kopf. «Nein. Lass uns das auf morgen verschieben. Dann ist es hell. Ich ärgere mich vor allem, dass ich es nicht bemerkt habe.»

«So was passiert», sage ich tröstend. Ich kann den Fuß bereits wieder recht gut belasten, sodass ich meine Tante zum Tisch schiebe und selbst zum Kühlschrank schlurfe, um mir die Flasche Wein zu schnappen, die auf meiner Einkaufsliste stand. «Am besten trinkst du auf den Schreck erst mal ein Gläschen. Ich kann mir gut vorstellen, dass ein ehrlicher Finder die Börse heute Abend noch zur Polizei bringt und man dich morgen benachrichtigt. Mach dir nicht zu viele Sorgen», sage ich aufmunternd, während ich mit der Suppe starte.

Trotz ihres Missgeschicks lässt es sich Matilda nicht nehmen, und wir kochen gemeinsam. Ich habe das Radio eingeschaltet, und zu einem winterlichen Mix von Michael Bublé schnippeln wir Tomaten, Suppengemüse und Fenchel. Wir dünsten Zwiebeln und Knoblauch an, fügen das Gemüse hinzu und löschen am Ende alles mit Fischfond und Weißwein ab. Ein köstlicher Duft breitet sich in der Küche aus, und unsere Wangen sind gerötet vom Arbeitseifer und der Vorfreude auf die fertige Fischsuppe.

«Wenn Bruno das sehen könnte ...», seufzt Matilda, die ihre Sorgen inzwischen ad acta geschoben hat. Sie bringt ein Lächeln zustande.

«Sicher hätte er noch einen hilfreichen Tipp für uns», sage ich, während ich Tomatenmark, zwei Lorbeerblätter und eine Prise Safran in den Sud gebe. Dann erhebe ich mein Wasserglas. «Auf Bruno! Den Erfinder der Sylter Bouillabaisse.»

Matilda stößt mit ihrem Wein an und genehmigt sich einen ordentlichen Schluck. «Auf Bruno, dem ich das alles hier verdanke.»

War das ... ironisch gemeint? Ihr Tonfall hörte sich danach an. Ich habe keine Zeit zum Nachdenken, denn plötzlich klingelt es an der Haustür. Meine Tante und ich tauschen einen fragenden Blick aus.

«Also, wenn das wieder der Kerl von nebenan ist, glaube ich langsam, dass er ein Auge auf dich geworfen hat», sagt Matilda augenzwinkernd, und mein Herz beginnt bei dem Gedanken an Kaj ein paar Takte schneller zu schlagen.

«Ich wüsste nicht, was jetzt noch drüben defekt sein sollte», überlege ich laut. «Vielleicht will er sich erkundigen, wie es meinem Fuß geht? Ich sehe mal nach.»

Mit einem erwartungsvollen Grinsen tapse ich vorsichtig durch den Flur, öffne schwungvoll die Tür – und starre in zwei verfrorene Gesichter, die mich höchst interessiert mustern. Zwei ältere Damen stehen vor mir, beide schätzungsweise Matildas Jahrgang, die eine groß und schlank, die andere untersetzt und einen Tick kleiner. Sie tragen dicke Wollmäntel, die ihnen bis zu den Knöcheln respektive der Wade reichen und zu denen sie farblich passende Handtaschen über dem Arm hängen haben.

«Ah, kiek mal een an, Gerda, dat is bestimmt die lütte Deern ut Berlin», sagt die größere des Duos und deutet mit einem behandschuhten Zeigefinger auf mich. «Moin, bist du Olivia? Wir sind Gerda und Sieglinde aus Tinnum.»

«Äh ...», stottere ich und zügele meine Enttäuschung. «Guten Abend. Ja, ich bin Olivia.»

«Sühst du», sagt diejenige, die offenbar Sieglinde heißt, «ik heff dat glieks wusst.»

«*Ich* habe es gewusst», kontert Gerda. Freundlicherweise auf Hochdeutsch. Na ja, oder Ähnlichem. Eigentlich ist es mehr ein Mischmasch, den die beiden von sich geben und den ich überraschend gut verstehen kann.

«Du hast es nicht gewusst, sondern die Neuigkeit von Lasse gehört, der mal wieder seinen Sabbel nich halten konnte.»

Beide sehen zu mir. «Der Taxifahrer hat 'n büschen geplaudert, daher wussten wir, dass du hier bist.»

«Und er hat nich übertrieben, als er uns vertellt hat, dass sie hübsch ist, die Deern, was, Sigi?» Soweit es der dicke Mantel zulässt, stößt Gerda ihre Freundin mit dem Ellenbogen in die Seite.

Ich räuspere mich. «Was kann ich denn für Sie tun?»

Die beiden Damen nehmen mich noch einen Moment unter die Lupe, bis Gerda sich anschickt, eine winzige Geldbörse aus der Handtasche zu kramen. «Die gute Matilda war vorhin bei *diesem neuen Discount-Bäcker*.» Sie betont die Worte, als handele es sich bei besagtem Bäcker um den leibhaftigen Teufel. «Keine Ahnung, warum sie dort war, auf jeden Fall», mit Mühe reckt sie den eingemummelten Arm in die Höhe, «hat sie zur Strafe ihr Portemonnaie dort verloren.»

Oha, denke ich. Matilda scheint ziemlich ins Fettnäpfchen getreten zu sein, wenngleich ich noch nicht ganz begreife, in welches.

«Sie hat wohl gedacht, ich krieg das nich spitz, aber düsse Insel is een Dörp. Vor allem im Winter.»

Jetzt schiebt Sieglinde sich vor. «Wie dem auch sei – wir haben ihrn Geldbüdel funnen und bringen ihn nu vorbei.»

Meine Miene erhellt sich.

«Nee», sagt Gerda und steckt das Teil wieder ein. «Also eigentlich hat der Bäcker, der Dööskopp, es gefunnen. Der hat rinkeken und Matildas Ausweis entdeckt. Dann hat er es seiner Tochter gegeben, und die hat es mien Naver bröcht.» Sie holt tief Luft. «Und so isses dann bei mir gelandet.»

Ich strahle sie an. Mal abgesehen von der etwas wirren Geschichte, verstehe ich, dass Matildas Geldbörse aufgetaucht ist. «Das ist ja fantastisch! Matilda wird sehr glücklich sein.»

Statt einer Antwort tauschen die zwei Damen sachkundige Blicke aus. Dann sagt Sieglinde: «Schön, dass mal jemand aus der Familie vorbeigekommen ist.»

Gerda nickt. «Tilda wird langsam wunderlich. Vermutlich die Einsamkeit.»

Wie abgesprochen recken beide Frauen plötzlich die Hälse und schauen an mir vorbei. «Wo ist sie denn, unsere Tilli?»

«In der Küche», sage ich und komme mir so was von unhöflich vor. «Treten Sie doch ein.» Mit einer einladenden Geste motiviere ich die zwei, mir in die Wohnung zu folgen. Sicher wird meine Tante sich persönlich bedanken wollen.

Die Damen lassen sich nicht zweimal bitten. Als hätten sie nur darauf gelauert, stapfen sie neben mir durch den Flur, bleiben aber vor der Kartonwand stecken.

«Was hat das zu bedeuten?», will Sieglinde wissen und betrachtet das herumstehende Gerümpel. «Sind das Möbel?»

«Setz deine Brille auf, Sigi!», kommt es prompt von Gerda. «Das sind Kartons.» Und zu mir gewandt, erkundigt sie sich: «Will Tilda ausziehen?»

«Ach, son Tüdelbüdelkram, Gerda. Keine zehn Pferde bekommen unsere Tilli von hier fort.» Sieglindes Blick wandert zu mir. «Ist doch so, Kindchen, nicht? Matilda is wie 'ne alte Kiefer. Die krichste hier nich weg.»

Ich muss schmunzeln. Meine Tante verwendete auf unserem Spaziergang ähnliche Worte. *Sie sei tief mit der Insel verwur-*

zelt. «Da haben Sie recht», sage ich und werde Zeugin, wie die zwei Frauen plötzlich die Nasenflügel blähen.

«Wonach duftet das denn hier?», fragt Gerda mit erhobenen Augenbrauen.

«Lecker riecht das», findet Sieglinde. Die beiden setzen sich nacheinander in Gang, und wir betreten gemeinsam die Küche. Matilda steht am Herd und hat schon den Fisch zum Sud gegeben. Gerade rührt sie vorsichtig in dem riesigen Topf. Es duftet in der Tat köstlich.

«Ach», sagt sie, als sie die Frauen erblickt. Nichts weiter. Nur «Ach». Ich spüre, dass es ihr ganz und gar nicht recht ist, die zwei in ihrer Küche zu sehen. Ich erkenne es an der Art, wie sie sich die Haare hinter die Ohren klemmt. Diese schwungvolle Bewegung war schon immer das Zeichen für ein herannahendes Gefühlstief. Wenngleich Matilda nur sehr selten schlechter Laune war.

«Die Damen haben dein Portemonnaie gefunden», erkläre ich schnell. «Du hast es offenbar beim Einkaufen liegen lassen. Ist es nicht nett, dass sie es vorbeibringen?»

Matilda schaut zwischen Gerda und Sieglinde hin und her und sagt schließlich: «Ja, das ist nett.»

«Und wo hast du es vergessen, mien Leve? Hm? Beim Billigbäcker!», pocht Gerda auf den Tatsachen. «Nicht in *meiner* Bäckerei.» Sie fixiert meine Tante mit empörtem Blick.

«Es ist schon lange nicht mehr dein Laden», grummelt Matilda. «Bist wohl 'n büschen bregenklöterig.»

«Was Gerda meint, is Folgendes», springt Sieglinde ihrer Freundin bei, «du bist en echte Stubenhocker geworden. Und wenn du mal vor die Tür trittst, gehst du uns aus dem Weg. Nur darum warst du beim Discounter. Was stimmt nicht mit dir, Tilli?»

«Ich werde wohl mein Brot kaufen dürfen, wo ich will», verteidigt sich meine Tante, doch die Damen sind bereits beim nächsten Thema.

«Mann in de Tünn», ruft Garda in blankem Erstaunen, «is dat Fischsupp?» Sie reißt die Augen auf. «Segg nich, dat is de Supp, de Bruno jümmer kaakt het?»

Vollkommen baff verfolge ich den Dialog.

«Wie lange haben wir die Suppe nich mehr gegessen?», erkundigt sich Gerda erst bei Sigi und schaut dann zu Matilda. «Ein Jahr? Oder wann hett he den Löpel afgeven?»

«Vor zwei Jahren», sagt meine Tante schmallippig. «Bruno ist zwei Jahre tot.»

«Ohaua ha», murmelt Gerda. «Dat is al lang her.»

Es entsteht ein betretener Moment der Stille, den ich nutze, um den Damen an Matildas Stelle ein wenig Dankbarkeit zu zollen: «Vielleicht haben Sie beide Zeit und Lust, ein Schälchen mit uns zu essen?»

Zwar habe ich Gerda und Sieglinde erst vor fünf Minuten kennengelernt, aber sie wirken auf mich nicht bösartig. Allerhöchstens etwas schrullig. Doch trotz allem Gemotze macht es auf mich den Eindruck, als würden die drei Frauen sich im Grunde ihres Herzens gernhaben.

Und ich anscheinend den richtigen Riecher. Mit einem Achselzucken, das von einem tiefen Seufzer begleitet wird, schenkt meine Tante den beiden plötzlich ein zaghaftes Lächeln. «Dat ji mi besöcht, dor heff ik 'n Lücht vun brannen sehn», murrt sie. «Kaamt rin. De Mantels künnt ji in 'n Flur ophangen.»

Schnell wende ich mich ab, weil ich grinsen muss. Die spleenige Unterhaltung der drei amüsiert mich. Meine Tante hat es offenbar kommen sehen, dass Gerda und Sigi sie irgendwann besuchen, nur kann sie ihre Freude darüber schlecht zeigen.

Zehn Minuten später haben unsere Gäste die Stühle des Hochtischs erklommen und erwecken nicht den Anschein, als würden sie dort auf absehbare Zeit wieder runterklettern wollen. Matilda durchforstet ihre Speisekammer nach einer weiteren Flasche Wein, während ich den Tisch eindecke, und zwar komplett mit Matildas selbst gemachtem Geschirr. Platzteller, Suppenschälchen und dazu eine ovale Schale, auf der ich geröstetes und mit Butter bestrichenes Brot serviere, das mit Knoblauchzehen abgerieben wurde. Genau wie es in Brunos Rezept vorgesehen war.

«Neues Service?», fragt Gerda. Sie grapscht nach einem der Teller, hält ihn in die Höhe und scannt die Rückseite mit zusammengekniffenen Augen nach einem Stempel ab. Oder einem vergessenen Preisschild.

Matilda überhört die Frage. Sie steht am Herd und starrt gedankenverloren in die Suppe, sodass Gerda den Teller mit verkniffener Miene wieder hinstellt.

Ich will etwas zu der Keramik sagen, beschließe aber, die Tischdeko noch etwas voranzutreiben. Damit am Ende das Resultat *noch* hübscher anzusehen ist. Antikes Familiensilberbesteck, ein passender Kerzenleuchter und dazu dickbauchige Weingläser finden gerade noch Platz auf dem Tisch, der schon jetzt schlichtweg fabelhaft aussieht. Ich stelle noch eine Karaffe Wasser plus Gläser hinzu und warte, dass meine Tante mit dem Wein erscheint. Als sie allen eingeschenkt hat, knipse ich schnell ein paar Fotos, wobei ich neugierig beäugt werde.

«Cheese», sagt Gerda, die annimmt, dass sie auf dem Foto zu sehen sein wird, und lächelt gekünstelt. Sigi hingegen lauert mit angespannter Miene darauf, dass Matilda die Suppe serviert, doch meine Tante lässt sich alle Zeit der Welt.

Als alle Schalen gefüllt sind und Matilda endlich sitzt, stoßen wir zunächst an. Es ist der Startschuss zum Essen und für eine plattdeutsche Unterhaltung, der ich zwar erstaunlich gut folgen, zu der ich aber nichts beisteuern kann. Dafür reichen meine Kenntnisse nicht. Also beschränke ich mich aufs Zuhören und beobachte nebenbei Matildas Freundinnen.

Gerda ist eindeutig die Quirligere von beiden. Auch was ihr Äußeres anbelangt. Sie trägt ein knielanges Wollkleid in Pink. Ein schräger Kontrast zu den schulterlangen, orangefarbenen Haaren, denke ich. Bei der letzten Blondierung muss etwas schiefgelaufen sein, denn was in Berlin *Swag* hätte, also Coolness, wirkt am Sylter Küchentisch eher ein bisschen trashig.

Sieglinde setzt auf klassische Eleganz: dunkler Pulli, schwarze Hose und ein anthrazitfarbener Lidstrich. Ihre steingrauen Haare sind kurz und lockig. Farbakzente setzt sie durch Ohrstecker und eine Klunkerkette aus Bernstein.

Als habe sie mein Schweigen bemerkt, hält Matilda neben mir irgendwann inne. Auf Brusthöhe schiebt sie uns die angewinkelten Handflächen entgegen und sagt energisch: «Stopp!» Ein warnender Blick streift ihre Gäste. «Nehmt Rücksicht auf Olivia und sprecht Hochdeutsch. Sie soll sich nicht wie das fünfte Rad am Wagen vorkommen.» Und zu mir gewandt, beteuert sie: «Die Suppe ist dir hervorragend gelungen, Livi. Pikanter und feiner, als Bruno sie jemals kochte.»

«Das finde ich auch», sagt Sigi, und Gerda reckt den Daumen in die Höhe, während sie mir mit der anderen Hand zuprostet.

«Wir haben von Lasse erfahren, dass du bei Tilli zu Besuch bist», erklärt sie und gibt sich redlich Mühe mit der Aussprache. «Er ist der Taxifahrer, der dich hergebracht hat. Sigi und ich hoffen seitdem auf eine Einladung von unserer Freundin, um dich kennenzulernen. Doch deine Tante», ein grimmiger

Seitenblick trifft Matilda, «die is neuerdings 'n büschen eigen.»

«Ein bisschen?», mokiert sich Sigi und schnappt sich mit einer flinken Bewegung eine Scheibe Röstbrot. Mit spitzen Lippen beißt sie ab und fährt kauend fort: «Die is mit'm Klammerbeutel gepudert. Meldet sich nicht und geht uns aus'm Weg.» Sie spielt an ihrer Kette. «Und was is mit der Unordnung im Flur? Ich versteh nich, was der Tünkram soll, Tilli.»

«Ich räume auf», erklärt meine Tante ein wenig renitent. «Was dagegen?»

«Reeg di nich op. Warum hast du kein Wort gesagt? Wir könnten dir helfen. Aber stattdessen sitzt du hier drinnen rum. Nicht mal den Garten hast du in diesem Winter geschmückt.» Sigi schüttelt verständnislos den Lockenkopf.

«Zu meinem Geburtstag bist du auch nicht gekommen, Tilli.» Gerda wirkt reichlich pikiert. «Ich musste mir sogar die Haare selbst färben. Was tust du nur den lieben langen Tag?»

Meine Tante trinkt einen Schluck. Mit aufgestütztem Ellenbogen schwenkt sie lasziv ihr Glas von links nach rechts und sagt: «Töpfern.»

Die Freundinnen stöhnen auf. «Ach, du leve Tiet.» Sigi gähnt demonstrativ. «Is es nu so weit? Du töpferst?»

Gerda kichert leise. Dann besinnt sie sich und tätschelt Matildas Arm. «Nich für ungut, Tilli, aber Töpfern ist doch was für ole Lüüd. Warum gehst du nicht mit uns zum Turnen oder hilfst beim Basar oder bei der Tafel?»

Meine Tante setzt mit Schwung das Glas ab. «Basar ist jetzt auch nicht gerade Rock'n'Roll», brummt sie. Und mit einem kurzen Seitenblick auf mich fügt sie hinzu: «Können wir da ein andermal drüber sprechen?!»

Doch ihre Gäste lassen nicht locker. «Es ist nur gut, wenn

die Deern das mal hört», insistiert Sieglinde und beugt sich vertraulich zu mir hinüber: «Deine Tante braucht dringend wat umme Ohren, sonst fängt sie irgendwann das Tüdeln an.» Dann wendet sie sich mit erhobenem Haupt an Matilda. «Such dir doch 'n Kerl, Tilli, dann bist du beschäftigt! Un sach nu nich, dass du noch an Bruno hängen tust.»

Meine Tante schlägt mit der flachen Hand auf die Tischplatte, dass die Gläser klirren. «Ich brauche keinen Mann, um mich zu beschäftigen!», schimpft sie. Und in gemäßigterem Tonfall fügt sie hinzu: «Außerdem habe ich Bruno sehr wohl geliebt.»

Die beiden Frauen tauschen einen wissenden Blick aus.

«Sicher hast du das», beschwichtigt Gerda. «Aber nicht so, wie du diesen anderen Kerl leiden konntest. Der, wegen dem du überhaupt nach Sylt gekommen bist und so schlimmen Liebeskummer hattest. Den kannst du doch bis heute nich verknusen.»

Ich werde hellhörig, doch Matilda scheint genau das verhindern zu wollen. «Wenn ihr nicht sofort eure Münder haltet, werfe ich euch hochkant raus», droht sie mit einem gefährlichen Funkeln in den Augen. «Ich möchte nicht über das Thema sprechen, und wenn ihr eure Suppe noch aufessen wollt», sie fuchtelt mit dem erhobenen Zeigefinger herum, «hört ihr auf, so 'n dumm Tüüch zu sabbeln.»

Am Tisch herrscht betretenes Schweigen, während ich versuche, mir einen Reim auf das Gespräch zu machen. Also ging es um einen Mann, als Matilda nach Sylt kam und *einiges aufzuarbeiten hatte*. Ich frage mich, wieso sie diesen Teil verschwieg, als sie mir von ihren Anfängen auf der Insel erzählte.

13
Instagrammophon

Die Enttäuschung trifft mich schwerer, als ich es für möglich gehalten habe. Vertraut Matilda mir nicht? Verschweigt sie bewusst, wer der Mann in ihrem Leben war, der ihr einmal so viel bedeutet hat? Plötzlich fühle ich mich von dem Dreiergespann am Tisch ausgeschlossen und schaffe es kaum, mir den Frust darüber nicht anmerken zu lassen.

In meiner Hosentasche klingelt das Handy. Missmutig ziehe ich es hervor und werfe einen Blick auf das Display. Es ist Papa. Kurzerhand drücke ich ihn weg und stelle das Telefon anschließend auf lautlos. Sollte das Gespräch wieder denselben eigenartigen Verlauf nehmen wie beim letzten Mal, würde ich es lieber nachher auf meinem Zimmer führen wollen.

«Alles klar, Livi? Geht es dir gut?» Matilda mustert mich mit besorgter Miene.

Ich nicke, schaffe es aber nicht, sie anzusehen. Stattdessen will ich mein Smartphone in die Hose zurückstecken, als eine Nachricht eingeht. Bestimmt von Papa, denke ich, registriere dann aber, dass Kaj der Absender ist.

Hej, Olivia, wie geht es deinem Fuß? Kommst du klar? Unwillkürlich muss ich lächeln. Da ich aber nicht die geringste Lust verspüre, ihn oder seine Mitteilung am Tisch zum Thema zu machen, antworte ich blitzschnell mit ein paar Smileys, ehe ich das Telefon endgültig in meine Tasche wandern lasse.

«Olivia hat mir übrigens einen Instagram-Account eingerichtet, auf dem ich meine Töpfersachen präsentieren und später auch verkaufen kann», spinnt Matilda in munterem Plauderton einen neuen Gesprächsfaden. «Mit wunderschönen Bildern. Ich kann ihn von meinem *phone* aus bedienen.» Sie lässt einen erstaunlich siegessicheren Blick über ihre Freundinnen schweifen, dafür, dass sie sich noch nicht eine Sekunde mit der Technik befasst hat.

Doch nie und nimmer würde ich sie vor anderen bloßstellen, darum springe ich meiner Tante bei: «Ich kann gar nicht glauben, dass sie sich davon trennen mag.» Stolz deute ich über den gedeckten Tisch und tippe zum Schluss mit dem Fingernagel gegen meinen Tellerrand. «All das und auch die Schalen stammen von Matilda. Sind ihre Werke nicht traumhaft?»

Gerda bekommt Stielaugen. «Die sind von dir?» Dann folgt die Ernüchterung: «Kein Wunder, dass du noch keinen neuen Mann gefunden hast. Offensichtlich investierst du zu viel Zeit in dein Hobby.» Sie streicht andächtig über den Rand der Schüssel.

Die Dritte im Bunde, Sieglinde, hat entweder keine Hobbys oder kann mit Handarbeit nichts anfangen, denn sie starrt mit leerem Blick auf die Keramik und sagt verblüfft: «Und ich dachte, du hättest die Plünnen vom Flohmarkt.» Sie wendet sich an mich: «Ist noch Suppe da?»

«Nu setz doch endlich mal deine Brille auf, du blinde Eule», schimpft Gerda, die mit Vorsicht die letzten Reste ihres Fisches zerteilt, als wolle sie die Töpferei nicht beschädigen. «Unsere Tilli – die kann was!» Dann flötet sie in meine Richtung: «Ich nehme auch noch einen Teller, Olivia. Und außerdem», sie zieht die Augenbrauen in die Höhe, «musst du mir verraten, was genau ein Instagrammophon ist.» Man kann ihr die Konzentration ansehen, mit der sie versucht, der Sache auf den Grund zu gehen.

«Das ist kein Hexenwerk», sage ich und sammle die leeren Suppenteller ein.

«Aha», sagt Sigi nachdenklich. «Also könnte ich so was auch benutzen? Für ... äh ... na ja ... irgendwas?»

«Sie können sich jederzeit einen Account einrichten, sei es auch nur, um Ihren Alltag mit der Öffentlichkeit zu teilen. Sofern Sie über ein Smartphone oder Tablet verfügen.»

Ich fülle die Teller mit Suppe, balanciere sie zurück zu den Gästen und schnappe mir im Anschluss noch die Kumme von Matilda, die deutlich langsamer isst. Danach röste ich weitere Brotscheiben, bestreiche sie und setze mich damit an den Tisch. Ich bin in meinem Element.

«Ein Tablett?» Irritiert schauen sich die zwei Freundinnen an.

«Man sagt *Tablet* dazu. Das ist eine Art kleiner Computer», führe ich aus, «nur etwas handlicher, funktioniert aber genauso.»

Augenblicklich schrumpft die Euphorie der Damen. Sie tauschen verschämte Blicke aus.

«Also ein Smartphone besitze ich», brüstet sich Gerda, aber es klingt nicht sonderlich souverän.

Prompt wird sie von Sigi zurechtgewiesen: «Schlecht ist nur, dass du es nicht bedienen kannst.»

Gerda schaut pikiert zu Boden, gesteht dann aber seufzend: «Mir fehlt wohl die Routine.»

Wie auf ein stummes Zeichen wandert das Interesse der Frauen zu Matilda. «Du könntest es uns beibringen, Tilli», schlägt Gerda vor. «Zeig uns, was du von deiner Nichte gelernt hast.»

Matilda windet sich. «Also bislang hat Olivia alles für mich erledigt», bekennt sie. Und mit einem Seitenblick zu mir fährt sie fort: «Ich hoffe, Livi bleibt noch lange mein Gast. Aber nicht nur, damit sie mich in die Welt von Instagram führen kann.»

Ich sehe die Erwartung in ihren Augen aufblitzen und sage darum so vage wie möglich: «Irgendwann werde ich wohl oder übel aufbrechen müssen, aber bis dahin wäre es sicher eine gute Idee, wenn du dich mit deinen Freundinnen zusammentust. So könnt ihr euch später gegenseitig beistehen, wenn eine mal nicht weiterweiß.»

Während Gerda und Sigi begeistert in die Hände klatschen, nickt Matilda nur stumm.

«Also, was mich betrifft, wäre es mir erst einmal lieb, wenn ich geduzt werden würde», äußert Gerda, ohne sich an Matildas abwehrender Haltung zu stören. «Was meinst du, Sigi?»

«Unbedingt! Entschuldige, dass wir dich direkt mit Vornamen angesprochen haben, Olivia. Aber für uns bist du nun mal Matildas kleine Nichte.»

«Das geht absolut in Ordnung», sage ich, und Sieglinde erhebt sogleich ihr Glas.

«Na dann ... auf das Du.»

Während ich ein paar winzige Schlucke nehme – mehr gestehe ich mir aufgrund der Schmerztabletten nicht zu –, linse ich verstohlen über den Rand meines Glases. Matilda wirkt als Einzige von uns unentspannt. Sie lächelt zwar pflichtschuldig, wenn eine ihrer Freundinnen einen Witz reißt, wird aber kontinuierlich schweigsamer.

«Warum willst du denn überhaupt so einen Firlefanz im Internet veranstalten, Tilli, und machst stattdessen nicht wieder ein Geschäft auf?», möchte Gerda wissen. «So wie Bruno es damals getan hat.» Und zu mir gewandt, erklärt sie: «Er hat ja gern gekocht, und wenn im Sommer nette Leute hier am Haus vorbeigingen, kam er schnell mit ihnen ins Gespräch und hat sie auf eine Suppe oder einen Schnaps eingeladen. Und dann kam ihm wohl die Idee, ein kleines Lädchen aufzumachen.»

Ich bin irritiert. Dass Bruno gerne Gäste bewirtete, erwähnte Matilda mir gegenüber. Aber dass er einen Laden hatte, ist mir neu. «Was hat er denn dort verkauft?», erkundige ich mich und sehe meine Tante mit gemischten Gefühlen an.

Auf Matildas Hals und Wangen haben sich hektische rote Flecken gebildet. Sie nimmt einen Schluck Wein. «Ach, so Krimskrams», nuschelt sie und vermeidet es, in meine Richtung zu sehen. «Spezialitäten von der Insel, außerdem Gewürze und maritime Andenken.»

«Staubfänger», fasst Sieglinde es trocken zusammen.

Und Gerda ergänzt: «Tünkram. Aber manche Männer brauchen nun mal ein Hobby, sonst kommen sie auf dumme Gedanken.»

Und plötzlich ist es, als habe sie mit ihren Worten eine Bombe gezündet. Matilda und Sieglinde sitzen wie erstarrt auf ihren Plätzen. Überhaupt herrscht im Raum Stille, einzig das sanfte Schaben von Gerdas Löffel ist noch zu hören. «Was ist? Habe ich etwas Falsches gesagt?» Sie blickt verwundert von ihrer Suppe auf.

Matilda, deren Gesicht inzwischen komplett rot angelaufen ist, rührt sich nicht. Mit regungsloser Miene spielt sie am Stiel ihres Glases. Auch Sieglinde hat an Gesichtsfarbe zugelegt. Die Ohrläppchen hinter den Bernsteinsteckern sind knallrot und scheinen regelrecht zu kochen.

Was bitte ist hier los? Ich schaue fragend zu Gerda, doch die zuckt nur ahnungslos mit den Schultern. Und schnappt sich das letzte der Knobi-Brote.

«Ein Laden – also das ist ja toll», sage ich, denn ich bin in Bezug auf Brunos Aktivitäten voll ehrlicher Bewunderung. «Also war Bruno ein richtiger Geschäftsmann? Und gleichzeitig Koch?»

Matilda wird zusehends schweigsamer. «Na ja ... nicht wirklich. Die Bewirtung lief so nebenbei», sagt sie knapp. «Privat sozusagen. Und der Verkauf ...», sie schaut auf ihre Finger, die noch immer den Stiel des Glases umklammern, «war eine Schnapsidee.» Ihre Stimme ist dermaßen leise, dass ich sie kaum verstehe.

«Ja, der Bruno, der war ein Allroundgenie», sagt Sigi, die offenbar gar nichts gehört hat, «der konnte nur leider nicht so gut –»

«Seid ihr satt?» Ohne eine Antwort abzuwarten, beginnt meine Tante unvermittelt, die leer gegessenen Teller zusammenzustellen. «Ich bin müde.» Ihr Tonfall lässt keinen Zweifel darüber aufkommen, dass ihre Aussage gleichzusetzen ist mit: *Der Abend ist beendet.*

Gerda sieht für einen Moment aus, als würde sie die Welt nicht mehr verstehen, wohingegen Sieglinde ungerührt entgegnet: «Ik bün ok mööd. Außerdem soll man nicht schlecht über Tote sprechen. Kumm, Gerda, wi föhrt na Huus.» Sie steht auf und zerrt ihre Nachbarin von ihrem Stuhl.

Die Frauen schnappen sich ihre Handtaschen und verabschieden sich mit einer Umarmung von Matilda.

«Geh ja nicht wieder zum falschen Bäcker», mahnt Gerda und drückt meiner Tante einen feuchten Kuss auf die Wange.

«Und melde dich wegen der ... äh ... Instagrammatik», fügt

Sigi hinzu. Matilda nickt. Und wird auch von Sigi kurz gedrückt.

«Bemüh dich nicht, Tilli, wir finden allein zur Tür.»

Ehe sie die Küche verlassen, nehmen die beiden auch mich herzlich in den Arm. «Vielen Dank für die köstliche Suppe, Olivia, und den gemütlichen Abend», sagt Gerda.

Sigi neigt zustimmend den Kopf. «Und dafür, dass wir Matilda mal wiedersehen durften.» Mit diesen Worten schnappen die Damen sich ihre Mäntel und trampeln zum Ausgang.

Als die Tür ins Schloss fällt, beginnen meine Tante und ich, wie ein eingespieltes Team die Küche aufzuräumen. Schweigend machen wir klar Schiff, bis alles ordentlich und blitzblank ist. Seit ich Matilda kenne, habe ich sie nie dermaßen ernst erlebt. Ich lasse den Abend im Geiste Revue passieren. Gerda und Sigi sind wie eine Naturgewalt über uns hereingebrochen, und das nur wegen des Portemonnaies. Ich stutze. Zu guter Letzt scheinen die beiden das Teil doch tatsächlich wieder mitgenommen zu haben! Aber egal. Zumindest wissen wir jetzt, wo es steckt.

Das Schweigen zwischen Matilda und mir hält so lange an, bis es in der Küche nichts mehr zu tun gibt. Danach dreht meine Tante sich zu mir um und streicht mir liebevoll eine Haarsträhne aus dem Gesicht. «Ich hoffe, du hast dich nicht gelangweilt? Gerda und Sigi können extrem ermüdend sein.»

«Ich finde deine Freundinnen sehr nett ... und amüsant», sage ich sofort, denn es entspricht der Wahrheit. «Offenbar kennt ihr euch schon eine ganze Weile.»

Matilda blickt über meine Schulter gegen die Wand. «Ja, ich habe sie gleich in meinem ersten Jahr auf der Insel kennengelernt, sie sammelten Lose für eine Tombola und gaben nicht eher Ruhe, bis Bruno die halbe Schale leer gekauft hat.» Sie stößt ein amüsiertes Schnauben aus. «Gewonnen haben wir nichts, ich glaube, es waren nur Nieten im Topf, denn es ging um einen guten Zweck. Seitdem sind wir befreundet.» Dann nimmt sie meine Hände. «Sei mir nicht böse, Olivia, aber ich bin vollkommen erledigt. Wollen wir heute früh schlafen gehen?»

«Na klar», sage ich mit einem Stich im Herzen. Ich hätte sie gern noch zu diversen Dingen befragt. Aber anscheinend hat der Besuch ihrer Freundinnen Erinnerungen geweckt, denen sie offenbar seit einer Weile bewusst aus dem Weg gegangen ist. «So früh ist es außerdem gar nicht mehr», untermauere ich ihren Vorschlag mit Blick auf die Uhr am Kühlschrank. Kurz vor zehn.

Auf dem Zimmer beschließe ich, endlich meinen Vater zurückzurufen. Mittlerweile hat er es drei weitere Male versucht, ich möchte mal wissen, was da los ist. Und ganz vielleicht kann *er* ja Licht ins Dunkel von Matildas Vergangenheit bringen.

«Bist du allein?», fragt er als Erstes, noch ehe ich mich im Bett gemütlich zurückgelehnt habe.

«Äh … ja.» Ich bin ein bisschen irritiert, denn mein Vater spricht so leise, dass ich ihn kaum verstehen kann. «Papa, warum flüsterst du?»

«Tu ich gar nicht», raunt er zurück. «Hört jemand mit?»

Herrje, denke ich, wer soll denn schon mithören? Wir sind doch keine Kriminellen. «Nein, ich bin auf meinem Zimmer. Kein Zuhörer weit und breit. Matilda schläft ein Stockwerk unter mir.»

Papa atmet geräuschvoll aus. «Heute kamen deine Koffer an. Soll ich sie auspacken und die Sachen in deinen alten Schrank räumen?»

Du liebe Zeit, das hätte mir noch gefehlt. Zwar habe ich keine Geheimnisse vor meinem Vater und auch keine prekären Gegenstände eingesteckt, aber trotzdem.

«Brauchst du nicht, ganz lieb, danke.»

«Bestens», brummt er. Dann schweigen wir kurz, bis er wieder ansetzt: «Und wie geht es Matilda?»

«Ganz gut», gebe ich zurück. «Warum rufst du sie nicht mal an? Sie hat sich nach dir und deinem Hinkebein erkundigt.» Ich lasse den Satz verklingen, in der Annahme, mein Vater müsste die Frage, die dahintersteht, auch so verstehen: *Woher weiß sie davon, wenn ihr doch jahrelang keinen Kontakt hattet?*

Doch Papa geht geschmeidig darüber hinweg, was mich wundert. «Hat sie sonst noch über ein spezielles Thema gesprochen? Über Mama zum Beispiel?»

Ich denke kurz nach. «Nein. Nichts.» Aber ich will wissen, aus welchem Grund sich Matilda heute Abend so eigenartig verhalten hat. «Es kam allerdings ein anderer Punkt zur Sprache. Erinnerst du wirklich nicht mehr, warum Matilda damals Hals über Kopf fortgezogen ist? Hatte es vielleicht mit einem Mann zu tun, in den sie verliebt war?»

Papa wird auf einmal ganz still. Ich warte ein paar Sekunden und presse dann verwundert meinen Hörer stärker an mein Ohr. Hat er sich etwa eine Zigarette angesteckt? Ich könnte schwören, dass er gerade einen kräftigen Lungenzug nimmt. Er ist doch Nichtraucher, jedenfalls soweit ich weiß ... Neuerdings traue ich ihm allerdings einiges zu.

«Ich ... also ... das ist alles sehr lange her», murmelt er nach einer Weile. «Wie kommst du darauf? Hat Matilda ... hat sie davon gesprochen?»

«Nein. Aber eine Freundin von ihr, Gerda, die vorhin zum Essen bei uns war. Sie meinte, dass Tilda damals schlimmen Kummer hatte.»

«Das hat sie gesagt?»

«Jaaaa?»

Papa zögert einen Moment. «Also, ich weiß von nichts.»

Okay, Sackgasse. Und dennoch: Etwas an dem Thema lässt mich nicht los. «Weißt du, was ich gestern in der Nachbarwohnung entdeckt habe? Ich sollte den Klempner reinlassen, und während er beschäftigt war, ist mir ein altes Fotoalbum in die Hände gefallen. Mit Aufnahmen von mir, als ich noch klein war. Und von dir und Tante Tilda. Zum Beispiel waren wir gemeinsam auf einer Kirmes. Ich dachte, ich wäre immer mit Matilda allein unterwegs gewesen, aber du warst offenbar auch oft mit von der Partie.»

«Hm, ja. Das stimmt», sagt mein Vater gedankenverloren. «Deine Mutter war meist arbeiten. Ich ja auch, unter der Woche. Aber an den Sonntagen haben wir beide oft mit deiner Tante Ausflüge unternommen. Hat sie ... etwas zu den Bildern gesagt?»

«Nein, ich habe das Album in der Nachbarwohnung liegen gelassen, Matilda war gar nicht dabei. Ich würde es aber gern mal mit ihr durchblättern.»

«Also ... das», Papa wird plötzlich hektisch, und wieder hört es sich an, als ziehe er an einer Zigarette. «Das ist keine gute Idee.»

«Und warum nicht?»

«Weil», er zögert, «weil die Fotos alle aus der Zeit stammen, bevor sie wegzog. Möglicherweise stimmt es sie traurig, die Bilder anzusehen.»

«Aber es ist ihr Album.»

«Das in der Nachbarwohnung lag. Sicher gibt es einen Grund dafür.»

Ich schnalze mit der Zunge. «Darüber habe ich auch schon nachgedacht.»

«Gut, dann rührst du besser nicht daran. Und noch eine Sache – sag doch bitte Tilda nicht, dass wir telefoniert haben. Okay?»

Ich runzele die Stirn. «Okay, wenn du so möchtest.»

«Ja, weißt du, es ist …» Er will sich erklären, findet aber nicht die richtigen Worte. «Tu es einfach.»

Ich habe zwar keinen Schimmer, was es mit seinem geheimniskrämerischen Verhalten auf sich hat, aber ich werde mich wohl damit abfinden müssen, dass mein Vater neuerdings etwas kauzig ist.

14

Kolumbus oder Magellan?

«Heute will ich mir das Wohnzimmer vorknöpfen», überrascht mich Matilda am nächsten Morgen beim Kaffee mit ihren Tagesplänen. Sie sagt es in einem Tonfall, als wolle sie sich selbst motivieren. Denn ihr steht die Lustlosigkeit ins Gesicht geschrieben.

Meine Tante war offenbar vor mir auf den Beinen, um einen Kuchen zu backen, denn die Utensilien dafür liegen allesamt auf der Arbeitsplatte verstreut. Doch weiter ist sie nicht gekommen. Seit ich am Tisch Platz genommen habe, knibbelt sie unentwegt an ihren Fingernägeln oder streicht eine imaginäre Tischdecke glatt.

«Es sind noch Zimtschnecken von gestern übrig. Möchtest du eine?» Matilda hebt fragend die Augenbrauen. «Ich habe sie vor Gerda versteckt.»

Ich stoße ein leises Lachen aus. «Du Schlitzohr», sage ich liebevoll. «Ehrlich gesagt bin ich noch satt vom Abendessen. Vielleicht später, wenn wir eine Pause einlegen.»

Meine Tante nickt abwesend. Dann räuspert sie sich. «Olivia, ich muss dir etwas sagen.» Sie sieht mich nicht an, sondern starrt aus dem Fenster, wo sie scheinbar das Treiben der Vögel im Schnee beobachtet. Zwei Spatzen streiten sich um eine Brötchenhälfte. Die Beute ist viel zu schwer für die beiden schmächtigen Tierchen, dennoch versuchen sie unerbittlich, sich einen Teil zu sichern und damit fortzufliegen.

«Es ist so, dass …», sie gerät ins Stocken, «die ganzen Kisten …» Kurz schaut sie zu mir, dann wieder nach draußen. «Ich bin gezwungen …» Es entsteht eine Pause, in der sie stets aufs Neue mit ihren Lippen Worte formt, ohne jedoch ein einziges davon auszusprechen.

Ich nehme ihre Hand. «Ist etwas passiert?», frage ich besorgt und male mir die schlimmsten Szenarien aus. «Fühlst du dich nicht gut? Was auch immer es ist – ich bin für dich da.»

Matilda sieht wieder zu mir und drückt meine Hand. «Sicher, Mäuschen, das weiß ich. Aber keine Sorge, ich bin gesund. Es dreht sich um eine andere Sache, ich sollte dir nämlich langsam mal erklären, was …» Sie atmet tief durch und stößt die Luft geräuschvoll aus.

Und dann, plötzlich, ist es, als habe jemand einen Schalter umgelegt. Mit einer forschen Handbewegung winkt sie ab. «Ach, weißt du, Livi», sagt sie gewollt fröhlich, «lass uns das ein andermal besprechen. Du bist ja noch eine Weile hier, hoffe ich. Heute wird aufgeräumt!»

Ich weiß nicht, was ich davon halten soll. Etwas liegt ihr auf der Seele, und zwar dermaßen, dass sie nicht darüber reden kann. Ob es mit der Unordnung und den unbezahlten Rechnungen zu tun hat? Gut vorstellbar. Ich würde kein Auge mehr zumachen, wenn ich Matildas Sorgen hätte.

Dann erhebt sie sich. Ich sehe, wie es ihr widerstrebt, das Tagewerk anzugehen, darum springe ich ebenfalls auf und spreche ihr Mut zu: «Keine Bange, Tilda. Du wirst sehen: Gemeinsam schaffen wir in Windeseile Ordnung, und danach», ich überlege mir schnell eine verlockende Motivation, «backe ich entweder den Kuchen, den du vorbereitet hast, oder koche uns einen leckeren Glühwein.»

Meine Tante zwinkert mir verschwörerisch zu. «Ich schätze, den Alkohol bräuchten wir im Vorwege. Du weißt ja, welches Durcheinander drüben lauert.»

«Das sieht wahrscheinlich schlimmer aus, als es ist», sage ich, als wir ins Wohnzimmer gehen und unsere Blicke über das Chaos schweifen lassen. Ich versuche, zuversichtlich auszusehen. Dann öffne ich einen Karton, schiele hinein und bin überrascht, als ich auf gefaltete Tischdecken und Kochschürzen schaue. «Sind das Überbleibsel aus Brunos Laden? Scheint, als hätte er Größeres vorgehabt.»

Matilda nickt. «Ja, die ließen sich nicht zurückgeben.»

Ich bin sprachlos, wie viele es sind. «Warum betreibst du das Geschäft nicht erst einmal weiter? Das hat ja alles Geld gekostet.» Ich blättere mich durch einen Stapel Stoffservietten.

«Tja…», seufzt meine Tante. Sie kickt gegen eine Metallstrebe, die offenbar mal Teil eines Regals war. «Das ist nicht so einfach.» Plötzlich wirkt sie schrecklich betroffen.

Ich gehe ein paar Schritte auf sie zu und nehme sie in den Arm. «Ich kann mir gut vorstellen, dass einem die Sache über den Kopf wächst, wenn man allein davorsteht», tröste ich sie und streiche ihr sanft über den Rücken. «Ich wäre dir sofort zu Hilfe geeilt, wenn du mir nur Bescheid gegeben hättest.» Ich löse die Umarmung und sehe, dass meine Tante mit den Tränen kämpft. «Hey…», flüstere ich. «Jetzt bin ich hier. Und ich bleibe, bis wieder Ordnung herrscht.» Ich schiebe sie auf Armeslänge von mir, um ihr in die Augen zu sehen.

«Ich glaube nicht, dass wir das Ruder herumreißen können», sagt sie leise. «Es ist alles noch viel komplizierter, als du es dir ausmalen kannst.»

Bevor ich es schaffe nachzuhaken, klopft es von außen gegen die Glastür, und zwar dermaßen energisch, dass meine Tante und ich erschreckt zusammenfahren. Dann schauen wir zur Scheibe, wo Jonte Dönnerschlach in seiner Arbeitskluft und mit vor Kälte geröteter Nase steht und an der Tür rüttelt. Als er uns sieht, hebt er die linke Hand zum Gruß, während er rechts mit einem Briefumschlag wedelt.

«Moin», hört man ihn dumpf rufen, und meine Tante beeilt sich, aufzusperren. Kaum ist der Klempner eingetreten, schiebt er mir das Kuvert vor die Brust. «Tachchen, mien Deern», bringt er bibbernd vor und versucht sich danach freundlicherweise im Hochdeutsch. «Ich war eben drüben und hab 'n bisschen Holz für den Kamin geliefert.» Er macht eine vage Handbewegung. «Hab die Rechnung für vorgestern mitgebracht. Wollte sie eigentlich in den Kasten werfen, aber dann hab ich euch gesehen ...»

Ehe ich den Umschlag ergreifen kann, grätscht Matilda dazwischen. Sie grapscht nach dem Papier, zerrt die Kostenaufstellung hervor und wirft einen kurzen Blick darauf. Dann nickt sie, stopft die Forderung zurück in den Briefumschlag und pfeffert beides auf die überquellende Schale im Sideboard. «Sehr freundlich, Jonte, vielen Dank. Magst du eine Zimtschnecke?» Ehe er antworten kann, ist Matilda in der Küche verschwunden.

Während Herr Dönnerschlach sich grinsend über seinen Bauch streicht, schaut er neugierig im Raum umher, wobei er plötzlich den eingeklappten Esstisch bemerkt, der unter einer Last Kartons beinahe in die Knie geht. «Donnerlittchen!», ruft er und tritt näher. «Ist das *Kolumbus* von Möbel Hansen?»

Ich starre ihn an.

Zärtlich fährt er mit der Hand über ein freies Stückchen

Tischplatte. «Butterweich», murmelt er. «Und – ogottogott!» Sein Blick wandert zu mir. «Das ist ja die ausziehbare Version!»

«Äh ... ich ... Kolumbus?», bringe ich stotternd hervor. «Ich hab keine Ahnung.»

«Kann ik den mal in vull Grötte sehn?» Vor Aufregung verfällt er wieder ins Plattdeutsche. Und guckt mich flehentlich an.

Fragend schaue ich zu Matilda, die in diesem Moment mit den Zimtschnecken zurückkehrt. Sie zuckt mit den Schultern. «Meinetwegen kannst du den ausziehen. Aber freiräumen musst du ihn alleine, Jonte.»

Das lässt er sich nicht zweimal sagen. Vorsichtig schnappt er sich die Kartons und Wandlampen und stapelt alles an der nächstgelegenen Wand. «Hab lange damit geliebäugelt, konnte mich nicht zwischen *Kolumbus* und *Magellan* entscheiden», informiert er uns. «Und plötzlich war der alte Hansen mausetot, und ich hab gar keinen Tisch mehr abgekriegt.» Er beugt sich zu mir. «Der hat alle Möbel in Handarbeit geschreinert. War 'n echtes Genie.»

«Toll», sage ich, weil ich in der Tat Hochachtung vor dem Handwerk empfinde. «Und die Namen?», will ich wissen. Wurde er von Ikea inspiriert oder umgekehrt?

«Seefahrer», murmelt Dönnerschlach und widmet sich wieder dem Möbelstück. «Ah, das wird per Hand gekurbelt», sagt er, mehr zu sich selbst. Als die Tischplatte leer geräumt ist, begutachtet er fachmännisch den Mechanismus. Im Nullkommanichts hat sich die Länge des Tischs etwa verdreifacht. «Ja-aa», sagt er gedehnt. «Dolles Ding.» Er schnappt sich eine Zimtschnecke.

«Den hat Bruno erstanden», klärt uns Matilda auf und hält mir animierend den Teller hin. Geistesabwesend greife auch ich mir ein Gebäck und stelle mich neben den Klempner. Ich beiße ein Stückchen ab. Er hat recht, denke ich, während ich kauend meinen Blick über die Platte schweifen lasse. Ist ein tolles Ding. Es könnten ohne Probleme zehn Personen daran Platz finden. Ich male mir aus, wie nett das wäre. Eine lange Tafel voller Gäste. Alle plaudern miteinander, vielleicht hat man gemeinsam gekocht, oder …

«Hej», ertönt es erneut von der Tür. «Darf ich reinkommen?» Ehe ich herumwirbeln kann, werde ich von Lola stürmisch begrüßt. Der kleine Hund wuselt um meine Beine und ist sichtlich in Versuchung, an mir hochzuspringen, um von meiner Zimtschnecke zu kosten. Schnell stecke ich mir den Rest in den Mund, dann bücke ich mich, um Lola zu streicheln. Und ein bisschen auch, weil ich plötzlich nicht weiß, wo ich hinschauen und was ich sagen oder tun soll.

«Hallo», antworte ich, lasse den Blick aber noch einen Moment auf dem Hund ruhen.

Während Kaj die anderen mit einem Kopfnicken begrüßt und sich anschließend mit nur schlecht verhohlenem Interesse im Raum umsieht, sagt er: «Ich wollte mich nach deinem Fuß erkundigen. Ich fühle mich ein wenig verantwortlich für den Sturz.»

Ich stehe auf. «Papperlapapp. Ich war selbst schuld. Und es ist schon wieder viel besser. Nur wenn ich auf den Knöchel drücke, spüre ich noch ein Zwicken.»

Kaj seufzt erleichtert. «Mein Angebot steht. Ich chauffiere dich zum Arzt, falls du möchtest, dass sich das doch mal jemand ansieht.»

«Das ist nett, aber wirklich nicht nötig.»

«Okay. Und wie sieht es mit Einkaufen aus?» Er blickt auf die Uhr. «Ich fahre gleich zu einem Kunden und könnte von unterwegs etwas mitbringen. Egal was.»

«Das würde ich mir nicht zweimal sagen lassen, min Deern», mischt sich Herr Dönnerschlach ein. «Lass dir doch 'n Bündel Geldscheine bescheren. Möglichst große. Fünfhunderter!» Er lacht, dass der Tisch zittert.

Kaj verzieht das Gesicht zu einem gequälten Lächeln. «Gute Idee», sagt er trocken und will sich gerade umwenden, da stutzt er. «Donnerwetter. Ist das ein *Magellan*?»

«Nee, *Kolumbus*.» Jonte Dönnerschlach strahlt, als habe er das Teil selbst gezimmert. «Sieht man an der Kurbel, mien Jung. Und wenn du noch genauer kiekst, dann ist unterhalb der Platte noch eine Stellschraube für die Feinabstimmung.» Die beiden Männer gehen synchron in die Hocke und recken die Hälse, um die Tischplatte von unten zu betrachten.

Matilda und ich tauschen einen vielsagenden Blick aus. «Bruno hätte lieber einen *Magellan* gehabt», flüstert sie und zuckt mit den Schultern. «War kleiner und billiger.» Erneut hält sie mir den Teller vor die Nase, doch dieses Mal lehne ich dankend ab. Stattdessen beobachte ich das Spektakel zu meinen Füßen.

Irgendwann taucht Kaj wieder auf, klopft sich Hosenbeine und Hände sauber und zwinkert mir amüsiert zu. «Darf es auch etwas anderes als Geldscheine sein?»

«Nein danke», unter seinem belustigten Blick wird mir heiß. «Wir haben alles, was wir brauchen.»

Eine gefühlte Ewigkeit sieht mir Kaj in die Augen, und ich vergesse derweil zu atmen. Zum Glück wendet er sich jetzt zum Gehen. «Na dann.» In der Bewegung beugt er sich kurz vor und trommelt Herrn Dönnerschlach, der immer noch unterhalb von *Kolumbus* kauert, jovial auf den Rücken. «Wiederschauen.»

Während ich Kaj und der tippelnden Lola hinterherblicke,

erscheint Gerda auf der Schwelle. Sie und Kaj nicken sich kurz zu.

«Tilli, mein Schatz», flötet sie und eilt hinein, «wir haben gestern vollkommen vergessen, dir deine Geldbörse zu geben.» Sie kramt in ihrer Handtasche, holt das kleine Lederteil hervor und wirft es mit Schwung auf die Tischplatte. Dann registriert sie mich und fliegt mir förmlich in die Arme. Ich bekomme links und rechts ein Küsschen samt Maiglöckchen-Parfüm auf die Wange gedrückt. Über meine Schulter hinweg sagt sie zu Matilda: «Sigi und ich haben noch im Auto beschlossen, dass wir uns nicht mehr von dir abwimmeln lassen. Wir sind doch Freundinnen», verkündet sie voller Inbrunst.

Gerührt schaue ich zu meiner Tante, die offenbar auch ein wenig ergriffen ist. Bis Gerda sagt: «Und darum haben Sigi und ich vereinbart, dass wir euch beide heute nach Keitum entführen. In der *Kleinen Kochmuschel* ist nämlich Weihnachtsmarkt.»

«Oh, das hört sich gut an», entfährt es mir. Ich bin zwar kein Weihnachtsmarkt-Fan, aber ich erkenne den guten Willen hinter dieser Aktion. Und der zählt bekanntlich.

Meine Tante hingegen wirft einen demonstrativen Blick auf ihre Armbanduhr. «Es ist elf», sagt sie, als sei damit die gesamte Idee gescheitert.

Doch Gerda ist vorbereitet. «Weiß ich doch, du alter Brummbär», gibt sie zurück. «Noch wollen wir ja nicht los.» Sie schaut Hilfe suchend zu mir. «Ich wollte euch nur vorwarnen. Und sichergehen, dass ihr euch nichts anderes vornehmt.»

«Haben wir aber bereits», grummelt Matilda. «Wie du siehst, sorgen Olivia und ich für Ordnung.»

Gerda rollt mit den Augen. «Dann legt ihr halt später eine Pause ein. In drei Stunden stehen Sigi und ich mit dem Wagen vor eurer Tür. Länger kann doch kein vernünftiger Mensch aufräumen.» Mit diesen Worten prescht sie hinaus und ist verschwunden, ehe Matilda ein weiteres Veto einlegen kann.

Auch Jonte Dönnerschlach verabschiedet sich.

«Ich finde es super, wenn wir nachher etwas gemeinsam unternehmen», versichere ich meiner Tante, während wir einen erneuten Anlauf nehmen, der Unordnung Herr zu werden. Außerdem erscheint es mir wichtig, die Freundschaft der drei Damen aufleben zu lassen.

Matilda geht für einen Moment ihren Gedanken nach, dann sagt sie: «Du hast recht, das wird sicher schön. Nur da uns nun der Nachmittag zu zweit durch die Lappen geht, hoffe ich umso mehr, dass du noch ein wenig bleibst.»

Ich muss ein paar Mal schlucken. «Mach dir keine Sorgen, Tilda. Mich drängt ja nichts und niemand.» Dass ich bald Geld verdienen muss, erwähne ich erst einmal nicht.

Meine Tante strahlt über das ganze Gesicht. «Na dann – Beeilung, damit wir noch viel schaffen, ehe das Abholkommando hier wieder vorfährt.»

Wir starten mit den Kisten, die im Umkreis des Tisches lagern, und arbeiten uns nach und nach in den Flur vor.

Im Geiste danke ich Herrn Dönnerschlach für die Entdeckung der ausziehbaren Tischplatte, ohne sie würden wir nicht so geordnet vorgehen können. Als sie irgendwann vollgestellt ist und sich das Ausmaß der angesammelten Gegenstände zeigt, wird mir noch mal deutlich, warum Matilda alles über den Kopf wuchs. Bedruckte Baumwollbeutel mit Syltmotiven, Kissenhüllen, Küchenschürzen und sonstiger Kram stapeln sich vor uns, als hätten wir einen Souvenirladen ausgeraubt.

«Das ist eine Menge Zeugs», sage ich nachdenklich. «Was machen wir nur damit?

15
Weihnachtsmarkt-Wahrheiten

«Wenn du mich fragst, können wir es vergessen, die Waren privat zu verkaufen», sage ich zu meiner Tante, die mit hängenden Schultern neben mir steht. «Das würde Jahre dauern. Stattdessen sollten wir alles wieder einpacken und spenden.»

Matilda sieht mich mit großen Augen an und nickt. «Das ist eine sehr gute Idee.»

Ich überlege weiter. «Hatte Gerda nicht gestern einen Basar erwähnt?»

Augenblicklich verdunkelt sich Matildas Miene. «Ja, sie arbeitet für die Sylter Tafel. Unter anderem.»

Na also, denke ich. «Dann sprechen wir mit ihr, wenn sie uns für den Weihnachtsmarkt abholt.» Doch weil Matilda mit unbewegtem Gesichtsausdruck neben mir steht, versprühe ich noch ein klein wenig mehr Optimismus: «Bald hast du dein gemütliches Zuhause zurück, in dem du auch mal Gäste empfangen kannst.» Mir ist nämlich inzwischen klar, warum meine Tante ihren Freundinnen aus dem Weg geht. Sie schämt sich. Für die Unordnung und dafür, dass die Situation sie überfordert. Aber das muss sie nicht. «Der Anfang ist gemacht. Und der ist ja bekanntlich am schwersten.»

«Ich hätte dich eher um Hilfe bitten sollen, Livi», sagt sie zerknirscht. «Dann wäre es eventuell gar nicht so weit gekommen. Aber jetzt … ist es zu spät.»

«Ach Quatsch! Es ist vielleicht *etwas* spät, aber doch nicht *zu* spät», sage ich energisch. «Komm, wir geben Gas, damit wir den ersten Schwung bis zum Mittag erledigt haben.»

In der Tat ist die Tischplatte zu zwei Dritteln geräumt, als um vierzehn Uhr Gerda klingelt. Wie gestern trägt sie ihren dicken Wollmantel, dazu pinkfarbene Moonboots, und auf dem Kopf sitzt eine rosa Baskenmütze. «Sind noch Zimtschnecken da?», will sie zunächst einmal wissen und zieht eine enttäuschte Schnute, als Matilda und ich den Kopf schütteln. «Egal, dann muss ich mich bis zum Weihnachtsmarkt gedulden. Sieglinde wartet übrigens im Wagen. Es war ihr zu kalt zum Aussteigen.» Dann deutet sie auf die geordneten Kartonstapel im Flur. «Wahnsinn, wie fleißig ihr wart!»

Meine Tante und ich werden Zeuginnen, wie Gerdas Blick bewundernd über die geordneten Kartons gleitet.

«Matilda kann mit den meisten Gegenständen nichts mehr anfangen und würde diese gerne spenden», komme ich gleich zur Sache. Mit der flachen Hand fahre ich die Reihe der Pappkisten entlang und erkläre kurz, was drin ist. «Siehst du eine Möglichkeit, die Waren weiterzugeben?»

Gerda ist sofort in ihrem Element. «Die können wir auf jeden Fall brauchen. Hier auf der Insel gibt es nämlich durchaus bedürftige Menschen», erklärt sie mir. «Aus den unterschiedlichsten Gründen ist deren Leben in Schieflage geraten. Zur Zeit des Lockdowns beispielsweise mussten auch auf Sylt viele Leute ihre Geschäfte aufgeben und sind danach finanziell nicht wieder auf die Beine gekommen. Außerdem bieten wir auf Sylt Flüchtlingen Asyl.»

Ihr Blick gleitet zu Matilda. «Warum hast du nicht eher etwas gesagt? Sigi und ich hätten dir beim Aufräumen geholfen und dich von den Kartons befreit.»

Meine Tante schiebt die Unterlippe vor und starrt kurz schweigend auf ihre Fußspitzen. Gerda hingegen schmiedet Pläne: «Am besten frage ich Kuddel, ob er die Kisten abholen kann. Er hat schon öfter mal 'ne Fuhre für uns übernommen.» Sie schlendert in die Küche, Matilda und ich folgen ihr.

«Kuddel ist eine liebe Seele, ich werde ihn dir bei Gelegenheit vorstellen», erklärt mir meine Tante. «Er betreibt eine Art Imbisswagen oder wie das heutzutage heißt, und bietet dort die fabelhaftesten Krabben der Insel an.»

«Ah, ein Foodtruck?»

Die beiden Damen tauschen einen ratlosen Blick. «Truck?», wiederholt meine Tante, wohingegen Gerda ihre Unwissenheit überspielt, indem sie mit ihren Armen herumfuchtelt und ruft: «Krabben sind ein gutes Stichwort – Kinners, ich verhungere gleich. Auf zum Weihnachtsmarkt!»

Zwanzig Minuten später haben wir das Örtchen Keitum erreicht. Ich bin vom Fleck weg verliebt. Schmale Straßen, die von alten, teils knorrigen, aber auch hochgewachsenen Bäumen bestanden sind. Mit Rosen und kleinen Kiefern begrünte Friesenwälle schützen die winterlich verschlafenen Gärten vor ungebetenen Besuchern und verhelfen den traumhaften Reetdachhäusern zu einem eindrucksvollen Auftritt. Manche der Bauten sind uralt, wovon die Jahreszahlen an ihren Giebeln erzählen, andere wurden erst vor Kurzem gebaut, integrieren sich aber perfekt. Eine friedfertige, romantische Stimmung liegt über dem Ort, der auch ich mich nicht zu entziehen vermag. Langsam bekommt diese Insel einen gewissen Reiz.

Sieglinde hat ihren Volvo windschief in einer Seitenstraße abgestellt und rundet mit ihrer unorthodoxen Art zu parken eine ebensolche Fahrt ab. Mir war nicht bewusst, *wie* kurzsichtig sie ist. Ich kann von Glück sagen, dass sie sich irgendwann dem Willen ihrer Freundinnen gebeugt und ihre Brille aufgesetzt hat. Mit Erreichen des Ortsschildes wurde diese von ihr allerdings augenblicklich von der Nase gerissen.

Nun lotsen mich die drei Frauen zu Fuß durch die malerischen Gassen. Als Gerda und Sieglinde aufschnappen, dass ich das erste Mal auf Sylt bin, übertrumpfen sich die beiden geradezu mit Lokalwissen. So erfahre ich beispielsweise, dass Keitum die ehemalige Hauptstadt der Insel ist, die meisten Häuser aus dem 18. Jahrhundert stammen und man damals hauptsächlich vom Walfang lebte. Aufgrund seines üppigen Baumbestands nennt man Keitum auch den grünen Ort von Sylt.

«Manche Häuschen sind ja sogar noch älter», staune ich, als ich eine Inschrift von 1698 entdecke. Ich habe mein Handy gezückt und fotografiere so ziemlich alles, was mir vor die Linse kommt. Auch die drei Freundinnen.

«Vor der uralten Kulisse fühlt man sich gleich umso jünger», frohlockt Sieglinde und präsentiert ihr schönstes Lächeln. «Ist doch so, oder, Tilli?»

Meine Tante gibt unverständliches Gemurmel von sich und sieht auf dem Bild fast ein wenig traurig aus, wohingegen Gerda mit ihren orangen Haaren und der rosa Mütze alle überstrahlt.

Ich stecke das Handy in meine Handtasche, schlinge mir diese um die Schultern und hake mich anschließend bei Matilda unter. «Weißt du noch, was ich uns heute Morgen versprochen habe?», sage ich und drücke ihren Arm. «Glühwein. Den werden wir auf dem Weihnachtsmarkt ja bekommen, oder?»

Meine letzte Frage habe ich in die Runde gestellt, und Gerda gerät sogleich ins Schwärmen: «Sicher, Liebes. Und Krapfen. Und Suppe. Und ...»

«Du solltest ein bisschen auf deine Cholesterinwerte achten, Gerda», mahnt Sieglinde. «Vom Blutzucker ganz zu schweigen.» Ihr Blick gleitet zu mir. «Denk nicht, ich sei garstig, aber wir haben uns in der Silvesternacht geschworen, aufeinander aufzupassen», führt sie aus. «Und dazu gehört wohl auch, dass wir uns Gesundheitstipps geben. Aber offenbar bin ich die Einzige, die das Gelübde ernst nimmt.»

«Ist ja bald wieder Silvester, da können wir unser Versprechen auffrischen», kichert Gerda.

«Also mir hat niemand etwas versprochen.» Mit fragendem Blick steht meine Tante da und sieht aus, als sei sie auf der falschen Party gelandet.

«Weil du nicht dabei warst, Tilli. Aber wir haben bei dem Schwur natürlich auch an dich gedacht.» Über Matildas Schulter hinweg fragt Sieglinde: «Haben die heute geschlossen? Oder wo ist neuerdings der Eingang?» Verwundert starrt sie ins Leere.

«Dort.» Matilda packt ihre Freundin bei den Oberarmen und dreht sie um neunzig Grad. «Mit Brille wäre das nicht passiert. So viel zu eurem Gelübde.»

Der Weihnachtsmarkt ist ganz anders, als ich es aus Berlin kenne. Viel kleiner, geradezu winzig. Dafür aber ungemein urig. Unter einem Rosenbogen hindurch betreten wir einen verwunschenen Garten, der von Büschen und Heckenrosen umsäumt wird und den man wohl für die Weihnachtszeit umfunktioniert hat. Das Sommergestühl lehnt zusammengeklappt und sorgsam abgedeckt an einer Hauswand, offenbar der Seitenwand des zugehörigen Restaurants.

Kleine Kochmuschel lese ich auf dem ovalen Schild, das oberhalb der offen stehenden Eingangstür hängt und dessen Schrift sich aus verschiedensten Muscheln zusammensetzt. Auch sonst finden sich überall verstreut Muscheln als Dekoration. Rundherum im Gartenareal stehen beispielsweise genau vier winzige Marktstände in alle Himmelsrichtungen verteilt, allesamt mit Lichter- und Muschelketten geschmückt. In der Mitte laden runde Stehtische mit roten Hussen und Tannenzweigen versehen zum Verweilen ein.

Außer uns gibt es noch etwa zehn Gäste, sie haben sich bereits an den Tischen eingefunden und stoßen gut gelaunt mit ihren dampfenden Bechern an. Hier scheinen sich am frühen Nachmittag alle zu treffen, Geschäftsleute in feinen Mänteln ebenso wie Touristen und Einheimische in dicken Boots und Freizeitjacken. Wie Sieglinde, Gerda, Matilda und ich.

Während die anderen beratschlagen, was sie zuerst tun wollen, essen oder trinken, gleitet mein Blick neugierig durch den Garten. An einem der Stände entdecke ich eine junge Frau, die selbst gemachten Glühwein anbietet, außerdem verkauft sie sogenannte Weihnachtsmarmelade und Zimt-Chutney, das vielversprechend aussieht. An der Bude weiter rechts gibt es die von Gerda angepriesenen Krapfen. Eine runzelige Frau mit Kopftuch und einer gestreiften Küchenschürze formt runde Bällchen aus einem zähen Teig. Sie wirft die Küchlein ins heiße Fett, ehe sie sie wieder herausholt und in Zucker wälzt. Gerda bekommt Stielaugen.

«Ik segg bloot: Cholesterin», mahnt Sieglinde. «Kiekt mal, dor is Kuddel.» Sie deutet schräg gegenüber auf den dritten Stand, an dem ein über und über tätowierter Kerl Krabben anbietet.

Gerda fliegt in seine Richtung, und sogar meine Tante wirkt

erfreut und winkt. Inzwischen ist klar: Auf Sylt kennt man sich. Wir treten näher.

«Bist du es wirklich, Tilli?», staunt der Kerl. Er kneift die Augen zusammen, als würde er dem Anblick nicht trauen. «Wo hast du dich denn die ganze Zeit versteckt? Warst du im Knast?» Während Kuddel schallend lacht, legt er eine Reihe schneeweißer Zähne frei. «Wollt ihr 'ne Krabbe?»

«Wir sind eben erst angekommen und haben noch keinen Plan», erklärt Matilda und stellt uns kurz einander vor. «Kuddel hat nicht nur die besten Krabben auf der Insel und die krossesten Brötchen dazu, er fabriziert außerdem eine fantastische Soße. Leider ein Geheimrezept. Aber ich muss dich warnen», sie zwinkert dem Budenbesitzer zu, «meine Nichte ist vom Fach. Sie wird deiner Rezeptur eventuell auf die Schliche kommen.»

Ich winke lachend ab. «Ganz sicher nicht, keine Sorge. Trotzdem würde ich sie zu gerne kosten.»

Ich will gerade bestellen, da werden wir von Gerda abkommandiert. «Huhu, hierher!», ruft sie quer durch den Garten und steht am vierten Stand, wo es Linsensuppe gibt. Doch darum geht es ihr nicht. «Seht mal, wen ich hier getroffen habe», prahlt sie, als wir vor ihr stehen. Sie klopft einem dickbäuchigen Typen gegen die Brust, der eine moosgrüne Halbschürze mit Werbeaufdruck trägt. «Habt ihr Rob schon begrüßt?» Gerda strahlt über das ganze Gesicht. «Rob ist der Inhaber der *Kochmuschel* und quasi eine Institution», erklärt sie mir.

Kaum sind ihre Worte verklungen, werden wir nacheinander von Robs Riesenpranken an seine Plauze gerissen. «Sektchen, die Damen?»

«Eigentlich wollen wir ja einen Glühwein ...», setzt Gerda

an, verstummt aber, als Sieglinde ihr einen sanften Stoß in die Rippen versetzt.

«Klar picheln wir einen Sekt», beteuert Sieglinde und wispert, sobald Rob sich in Richtung Restaurant aufgemacht hat: «Den ersten gibt er uns immer aus.» Sie zuckt schicksalsergeben mit den Schultern. «Als Rentnerin muss man aufs Geld achten.»

Ich kann mir ein Grinsen nicht verkneifen. Mir ist sofort klar, dass Robs Freundlichkeit etwas Professionelles hat, denn wer erst mal *einen* Sekt intus hat, nimmt meist auch einen zweiten. Mindestens. Aber Rob macht es sehr charmant, und die Damen scheinen ihn förmlich zu vergöttern.

Und so lässt er es sich auch nicht nehmen, uns kurze Zeit später höchstpersönlich das Tablett mit den vier Gläsern perlendem Schaumwein vorbeizubringen. «Auf euch Hübschen!», sagt er, wartet, bis sich jede ein Glas gegriffen hat, verneigt sich und ist wieder verschwunden.

«Das hier ist unser liebster Weihnachtsmarkt», sagt Matilda, nachdem wir alle angestoßen und ein paar Schlucke getrunken haben. «Es gibt selbstverständlich noch weitere, zum Beispiel in Westerland. Dieser hier ist verdammt winzig, aber darum umso gemütlicher.» Ein seliges Lächeln breitet sich auf ihrem Gesicht aus.

«Das glaube ich dir aufs Wort», sage ich und fühle mich in dem bezaubernden Gärtchen in der Tat pudelwohl. Nicht zuletzt, weil über dem gesamten Areal ein Potpourri der köstlichsten Gerüche schwebt.

«Sekt hat weniger Kalorien als Glühwein», informiert uns Sieglinde und hat ihr Glas schon beinahe ausgetrunken.

Nur Gerda murrt: «Von dem Zeugs wird einem aber noch kälter als ohnehin schon.»

«Also ich schwitze.» Sieglinde leert das Glas. «Du musst schneller trinken, Gerda, dann wird dir von innen schön muckelig.» Sie wendet sich an Matilda und betrachtet ihren Glasinhalt. «Und du auch, Tilli. Sonst friert dein Sekt gleich zu einem Eiswürfel.»

Was auch immer die beiden Damen gefrühstückt haben, mir dient als Grundlage nur eine Zimtschnecke, und bei Matilda bin ich mir nicht sicher, ob sie heute Morgen überhaupt eine gehabt hat. Entsprechend intensiv spüre ich den Alkohol. Er saust mir durch die Adern wie ein Viererbob durch den Betonkanal.

Auf einmal beginnt Sieglinde hektisch in ihrer Handtasche zu kramen. Sie zaubert einen winzigen Taschenspiegel hervor und begutachtet sorgfältig ihre Lippen. «Oh», macht sie irgendwann und hält den Spiegel so, dass sie die Leute in ihrem Rücken betrachten kann. «Nicht hingucken, aber auf sechs Uhr steht der Dönnerschlach. Hat wohl heute früh Feierabend gemacht.»

«Wieso sechs Uhr?», fragt Gerda mit Blick auf ihre Armbanduhr. «Bei mir ist es drei.»

Als wir anderen neugierig die Hälse recken, zischt Sieglinde: «Ich habe gesagt, ihr sollt da nicht hingucken, ihr Dösbaddel. Der denkt sonst, wir beobachten ihn.»

«Tun wir ja auch», schmunzelt Matilda. Der Sekt zeigt Wirkung, ihre Wangen haben sich gerötet, und sie scheint aus ihrer depressiven Stimmung erwacht zu sein. «Außerdem haben wir den doch vorhin bereits gesehen. Wenn du deine klapprigen Knochen aus dem Auto bewegt hättest, wäre dir das nicht entgangen. Dann hättest du mit ihm über den *Magellan* fachsimpeln können.»

«Ich glaube, Sigi findet den gut, den Jonte», posaunt Gerda hinter vorgehaltener Hand.

Augenblicklich färbt sich auch Sieglindes Gesicht rot. «Quatsch.» Mit lässiger Geste winkt sie ab, ohne jedoch ihre Augen von dem Klempner zu nehmen. «Ich finde ihn nur nett.»

«Du und die Männer», seufzt Gerda theatralisch. Ehe jemand etwas einwenden kann, ordert sie bei einem vorbeilaufenden Kellner eine weitere Runde. «Weißt du, Olivia, Sigi ist das komplette Gegenteil von deiner Tante, die ihr Herz vor langer Zeit einem Mann schenkte, der ...»

«Untersteh dich, dem Kind schmutzige Geschichten zu erzählen.» Sieglinde atmet scharf ein. «Das gehört nicht hierher.»

«Kind?» Gerda bläst die Backen auf. «Die Lütte ist doch kein Kind mehr», moniert sie. «Außerdem weiß jeder hier auf der Insel, dass du mannstoll bist.» Sie leert ihr Glas.

In der folgenden kurzen Pause wird uns Nachschub gebracht. Donnerwetter, denke ich, die Bedienungen sind hier auf Zack! Schnell trinken wir anderen ebenfalls aus, greifen uns ein neues Glas und lauschen Gerda, die sich in einem Flüsterton versucht, dabei aber beinahe lauter spricht als zuvor: «Sigi will ja von den Kerlen nur das eine und unterhält vermutlich von Sylt bis Norderney ihre Liebschaften.»

Fast hätte ich meinen Sekt herausgeprustet. Ich bin inzwischen der festen Überzeugung, dass Gerda, da sie keine Zimtschnecke ergattern konnte, ebenfalls noch nichts im Magen hat, denn sie setzt mit leiernder Stimme noch einen obendrauf: «Wunnert mich, dass du vor Bruno haltgemacht hasssst. Der sah nämlich ziiiemlich gut aus.»

Sieglinde, die ihre Augen nicht von Jonte Dönnerschlach nehmen kann, lächelt nur mild.

Nicht so meine Tante. «Oh, das hat sie nicht, Gerda», sagt

sie und hat damit die Aufmerksamkeit aller sicher. «Sigi hat vor Bruno nicht haltgemacht.»

«Wie meinst du das?», quiekt Gerda.

Ehe sie antwortet, hebt meine Tante seelenruhig ihr Glas, nimmt einen ausgiebigen Schluck und erwidert lapidar: «Hab die beiden erwischt. Auf deinem Sechzigsten, Gerda. Zwischen den Kanapees, die in deinem Schlafzimmer als Nachschub auf dem Bett standen.»

16
Eine Schnaps-Schorle, bitte!

Gerda sieht aus, als habe Sieglinde ihr eröffnet, eigentlich ein Mann zu sein. Fasziniert und verstört starrt sie ihre Freundin an. «Wie bitte?», fragt sie, nachdem sie kurz durchgeatmet hat. «Du und Bruno ... auf meinem Bett? Neben den teuren Häppchen? Die waren von Gosch!»

«Herrschaftszeiten, das war ja nicht geplant.» Sieglinde klingt angesäuert. «Außerdem haben wir die Platten beiseitegeschoben, es konnte gar nichts passieren.» Dann wendet sie sich Matilda zu. «Musst du die Geschichte vor versammelter Mannschaft zum Besten geben? Ich habe mich tausendmal entschuldigt und dachte, die Angelegenheit sei aus der Welt.»

«Ist sie ja auch.» Meine Tante wirkt vollkommen entspannt. «Darum fand ich es an der Zeit, Gerda einzuweihen.»

«Allerdings!» Gerda reißt die Baskenmütze von ihrem Kopf und fächert sich damit Luft zu. «Wie konntet ihr mich dermaßen hintergehen?»

Ich komme mir vor wie beim Tennis. Mein Blick fliegt zwischen den Damen hin und her, während ich mich wundere, wie gelassen Matilda das Gesprächsthema wegsteckt.

Ein dritter Sekt wird uns angeboten. Ohne lange nachzudenken, leeren wir im Eiltempo unsere Gläser und sahnen Nachschub ab.

«Was hätte es denn gebracht? War doch klar, dass dich die Sache aufregt. Womöglich wären wir jetzt zerstritten. Doch wenn man eins im Alter weniger brauchen kann als Rheuma, dann ist das Einsamkeit.» Sieglinde schwankt ein bisschen, als sie versucht, Gerdas Mütze auszuweichen.

«Und was sagst du dazu?» Gerda fixiert Matilda. «Fühlst du dich nicht schuldig?»

Meine Tante reißt die Augenbrauen in die Höhe. «Iiich?» Sie klatscht die flache Hand auf ihre Brust. «Wieso denn ich?»

«Ja, du. Weil ich deine Freundin bin. Du hättest mich einweihen *müssen*. Und mir dein Herz ausschütten müssen.»

Matilda zuckt mit den Schultern. «Ach Gerda ... du mit deinen schwachen Nerven. Wenn du es genau wissen möchtest: Sigi war nicht die Einzige, der Bruno schöne Augen gemacht hat. Mir war früh klar, dass er der Frauenwelt nicht widerstehen kann. Aber was mich betrifft, gibt es Wichtigeres im Leben.»

Sieglinde scharrt mit den Füßen. «Wie meinst du das?», fragt sie alarmiert.

«Bruno war mein Fels in der Brandung und so etwas wie meine Familie, die ich in Bremerhaven zurückgelassen hatte. Wir waren füreinander da, im Guten wie im Schlechten. Ich habe ihm seinen Spaß aus tiefstem Herzen gegönnt.»

«Willst du behaupten, Bruno hatte noch andere Frauen neben mir?» Sigi reißt mir mein halbvolles Sektglas aus der Hand und kippt sich den Inhalt hinunter.

«Erinnerst du dich noch an Gabi aus Lüders Reisebüro? Sie war die Erste. Ein liebes Mädchen.»

Sieglinde wird sichtbar blass um die Nase, doch meine Tante lässt sie nicht vom Haken. Sie scheint richtiggehend Spaß an dem Thema zu finden. «Und Renate von den Kegelschwestern? Sie mochte ich allerdings nicht so sehr.»

Alle drei Frauen bekreuzigen sich kurz. «De hett de Düvel kriegen.» Ich werde kurz aufgeklärt, dass besagte Renate offenbar tot ist und nun vermutlich in der Hölle schmort.

«Du meinst, Bruno hatte mit den beiden eine Liebschaft?» Gerda sieht aus, als stünde sie kurz vor einer Ohnmacht.

«Ganz genau.» Matilda nickt. «Mit denen und mit Sabine aus dem Kiosk vom Wellenbad.» Mit ihren Händen malt sie weibliche Kurven in die Luft.

«Mit *Sabine*?», wiederholen Gerda und Sieglinde im Einklang, und Sieglinde verschluckt sich an ihrer eigenen Spucke. Danach verzieht sie ihren Mund zu einem dünnen Strich, als habe sie zu dem Thema nichts mehr zu sagen.

«Das ist ja entsetzlich», stöhnt Gerda. «Wie konntest du das nur aushalten?» Mitfühlend rubbelt sie meiner Tante über den Jackenärmel.

Matilda wirkt unbeirrt. «Wir hatten es ja trotzdem nett zusammen.»

«Nett?» Gerdas heile Welt liegt in Trümmern. «Und das genügte dir?»

«Tilli hing vermutlich die ganze Zeit über mit dem Herzen noch an diesem anderen Kerl», mutmaßt Sieglinde. «Wahrscheinlich hat Bruno das gemerkt und …»

«Livi-Schätzchen», unterbricht Matilda. Sie reibt fröstelnd ihre Handflächen gegeneinander, «ich schätze, wir Ladys benötigen langsam mal etwas Stärkeres. Hol uns doch bitte eine Runde Köm. Gibt's drinnen an der Bar.»

Ich starre sie an. Jetzt noch Hochprozentiges? Die drei sind doch schon voll wie zehn Russen, kaum zu glauben, dass ein Schnaps die Lage besser macht. Doch da sich mit Betrunkenen schlecht diskutieren lässt, nicke ich folgsam. «Klar. Bin unterwegs.» Im Stillen beschließe ich, zudem ein paar Schmalzkrapfen auszugeben, damit die Damen eine Grundlage für den Heimweg haben.

Doch erst einmal muss ich auf die Toilette. Schnellen Schrittes durchschreite ich den Garten, laviere mich an herumstehenden Gästen vorbei und nehme geschwind die drei Treppenstufen zum Lokal. Der Weihnachtsmarkt ist inzwischen bestens besucht, ich muss einen ziemlichen Zickzackkurs laufen und mich schlussendlich kurz am Geländer festhalten, weil sich mir alles dreht. Sekt am Vormittag, mit nur einem Gebäckstückchen als Basis, ist definitiv keine gute Idee.

Ein bisschen wackelig auf den Beinen, betrete ich den Laden. Drinnen teilt sich die Fläche in einen chilligen Barbereich zur Linken, rechts geht's zum Restaurant. Auch hier herrscht Hochbetrieb, die Leute sitzen dicht an dicht auf langen Holzbänken, klappern mit ihrem Besteck und führen angeregte Gespräche. Über allem schwebt der Duft nach gebratenen Zwiebeln und Rotkohl. Augenblicklich knurrt mir der Magen.

Mit einiger Mühe erspähe ich das Toilettenschild neben der Bar und verschwinde ums Eck.

Als ich kurz darauf am Waschbecken stehe und meine Hände einseife, lässt mich die Unterhaltung der drei Frauen nicht los. So viele Jahre sind sie befreundet, haben aber offensichtlich zahlreiche Geheimnisse voreinander. Für einen Sekundenbruchteil machen meine Gedanken einen Schlenker und wandern zu Meike. Mit ihr habe ich mich über Gott und die Welt ausgetauscht, bis ein Mann uns auseinanderbrachte. Meine Tante hingegen hat es ihrer Freundin offenbar nicht krummgenommen, von ihr betrogen worden zu sein. Hat Sieglinde vielleicht recht, und Matilda liebte einen anderen mehr als Bruno, sodass ihr der Seitensprung nicht so naheging? Ich betrachte mein Spiegelbild und stelle fest, dass ich meinen Blick nicht mehr so gut scharf stellen kann. Den Damen dürfte es ähnlich ergehen, ihnen Hochprozentiges zu liefern, ist definitiv nicht schlau.

Nachdenklich kehre ich in den Gastraum zurück, wo ich mich an den Bartresen lehne und dem jungen Kerl dahinter einen Moment zusehe. Er ist einer dieser modernen Typen mit Bart und Dutt und wirbelt geschäftig hin und her. Gerade greift er sich ein rundes Tablett, zaubert in Windeseile etwa zwanzig Schnapsgläser aus dem Regal und platziert sie in Reihe. Dann befüllt er die winzigen Teile mit einer einzigen fließenden Bewegung. Kaum ist er fertig, schnappt sich eine Kellnerin das Tablett und trägt es nach draußen.

Sofort rotiert der Barmann und entlockt einer imposant verchromten Kaffeemaschine zwei Espressos. Mir schenkt er keinerlei Beachtung. Während ich bewundernd seine Handgriffe verfolge, sehe ich aus dem Augenwinkel, dass sich ein Gast neben mich stellt. Dann bin endlich ich an der Reihe.

«Was kann ich für dich tun?», fragt mich der Hipster, widmet sich nebenbei aber schon seinem nächsten Projekt, dem Mixen eines Cocktails.

«Schnaps», sage ich knapp, denn er sieht nicht so aus, als wolle er ein längeres Gespräch führen. Außerdem ist mir gerade eine Idee gekommen. «Aber bitte mit Wasser.»

«Äh.» Der Barmann hält in der Bewegung inne. «Wie jetzt? Schnaps oder Wasser?»

«Wasser, das nach Schnaps schmeckt.»

Er starrt mich an.

«Eine Schnaps-Schorle sozusagen.» Ich nehme einen neuen Anlauf. Dummerweise muss ich über diesen Ausdruck ein wenig lachen, womit ich mich ins Aus katapultiere. Der Typ garniert seinen Cocktail mit einer Orangenscheibe und macht sich mit dem Glas vom Acker.

«Ich will doch nur verdünnten Schnaps!», rufe ich ihm hinterher, doch meine Worte verklingen im überfüllten Raum. Na toll. Während ich ihm frustriert nachsehe, meldet sich plötzlich der Typ neben mir zu Wort.

«Guter Plan. Kommt nur leider etwas zu spät.»

Ich wirbele herum, weil mir die Stimme bekannt vorkommt. Vor mir steht Kaj, der eine urkomische Grimasse schneidet.

«Wieso zu spät?», stammele ich anstelle einer Begrüßung.

Er neigt den Kopf und animiert mich, einen Blick aus dem Fenster zu werfen. «Das ist doch deine Truppe, die da draußen die Stimmung anheizt?»

Ich drehe mich nicht um, weil ich mir sicher bin, dass er irrt. Die drei hatten gerade ein schwieriges Thema am Wickel. Gemütslage eher wolkig. Er will mich veralbern, und darauf falle ich nicht herein.

«Haha», sage ich. «Netter Versuch.» Ich deute auf das Longdrink-Glas vor seiner Nase, das randvoll mit einer klaren Flüssigkeit befüllt ist. «Das sagt ja der Richtige», gebe ich mit süffisantem Lächeln zurück. «Was ist das Schönes, Wodka? Oder Gin?» Sagte er nicht, dass er zu einem Kunden muss? Und nun steht er hier an der Bar, kippt sich einen und macht sich über seine Mitmenschen lustig?

«Wasser.»

«Oh, okay. Sicher die bessere Wahl, wenn man noch arbeiten will.» In meinem Rücken höre ich die Restauranttür aufgehen. Ein Schwall eisiger Luft drängt herein, außerdem fröhliches Gegröle.

«Vor allem, wenn man beabsichtigt, mit dem Auto heimzufahren», gibt er zurück. «Wie kommt ihr denn nach Hause?»

Sein Tonfall klingt so dermaßen betont harmlos, dass mir für einen kurzen Moment Böses schwant. «Die Freundin meiner Tante fährt uns», antworte ich, glaube aber, während ich die Worte ausspreche, selbst nicht mehr daran. Doch was geht es ihn an?

«Verstehe», gluckst er und starrt erneut durch das Fenster. «Welche ist denn die Fahrerin? Die Dame, die bei Kuddel auf dem Tresen steht und sich gleich mit der Lichterkette stranguliert? Oder die Kleinere, die sich mit Glühwein besudelt hat und darum ihren Mantel ausgezogen und in die johlende Menge geworfen hat?» Er sieht zu mir, widmet sich aber sofort wieder dem Geschehen im Garten. «Oder ist es die Langhaarige, die gerade mit drei Marmeladengläsern jongliert? Ach nee.» Er schüttelt den Kopf. «Das ist ja deine Tante. Ich muss schon sagen: Deine Gene gefallen mir.»

Wie in Zeitlupe wende ich mich zum Fenster, schließe aber vorsichtshalber die Augen. Als ich sie öffne, hoffe ich noch, Kaj würde *April, April* rufen und sich daran ergötzen, mir einen gehörigen Schrecken eingejagt zu haben. Das wäre schlimm und gemein, doch die Realität, die sich mir nun präsentiert, ist weitaus schauriger.

Draußen im Garten hat sich Sieglinde gerade von Kuddels Tresen gestürzt, und zwar direkt in die Arme des verdutzten Jonte Dönnerschlach. Sie schlingt ihm ihre Bernsteinkette um den Hals und animiert ihn, sich gemeinsam mit ihr im Takt einer Musik zu wiegen, die ich nur dumpf hören kann. Gerda und meine Tante haben sich inzwischen Arm in Arm unter eine breite Wolldecke gekuschelt. Sie wippen im Takt mit den Hüften und greifen gierig zu, als die Bedienung, die eben noch das Tablett mit den Schnäpsen entgegengenommen hat, nun eine Lokalrunde schmeißt.

Ich möchte im Boden versinken.

«Also. Eins, zwei oder drei. Welche von denen wird sich nun hinters Steuer setzen?», stochert Kaj in meiner Wunde herum.

Ich kann meinen Blick nicht vom Garten nehmen. Ogottogott! Die drei Frauen sind im Ausnahmezustand. Jemand hat die Musik lauter gestellt, sodass auch ich sie nun hören kann. Es sind die Gipsy Kings, die für Stimmung sorgen.

«Matilda und ihre Freundinnen haben ... ähm ... ein großes Problem aufzuarbeiten», ergreife ich ermattet Partei. «Die sind sonst eher ... zurückhaltend.»

«Klar.» Kaj nickt amüsiert. «Den Eindruck habe ich auch.»

«Ich gehe mal raus und sehe nach ihnen», sage ich und bin schon auf dem Weg in den Garten. Ich wünschte, irgendwer würde jetzt da draußen das Putzlicht anknipsen und alle müssten nach Hause gehen.

Während ich mich in das Gewimmel stürze, klingelt mein Handy.

«Hallo, Papa», brülle ich gegen Gloria Gaynor an. «Ist es dringend, oder können wir später sprechen?»

«Was ist denn das für ein Lärm?» Mein Vater am anderen Ende klingt irritiert. «Habt ihr den Fernseher an?»

«Schön wär's», rufe ich ins Telefon. «Aber wir sind auf dem Weihnachtsmarkt!»

«Wo? Ich versteh dich so schlecht!»

«Weihnachtsmarkt! Stell dir vor, Matilda hat auf den Tischen getanzt.» Okay, es war nicht meine Tante, ist aber irgendwie auch egal. Geht ja nur darum, einen Eindruck zu vermitteln. Bestimmt fehlt Papa jegliches Verständnis. Ich schätze, er sitzt in diesem Moment zu Hause in Bremerhaven in seinem Fernsehsessel, trinkt eine Teemischung mit Kluntjes und hört Weihnachtslieder.

«Sie hat *was*?»

«Nun, der Nachmittag ist ein bisschen eskaliert», erkläre ich und sehe Matilda auf der provisorischen Tanzfläche. «Deine Schwägerin steht bei den Männern hier hoch im Kurs. Gerade wird sie ordentlich übers Parkett gewirbelt.»

Am anderen Ende herrscht Schweigen.

«Papa?», frage ich, «bist du noch da? Was wolltest du denn eigentlich?»

Doch mein Vater hat aufgelegt. Ich starre für einen Moment ungläubig mein Handy an, da höre ich Kuddel meinen Namen rufen.

«Krasse Stimmung, Olivia! Das geht hier sonst eher besinnlich zu.» Er kugelt sich vor Freude. «Gefällt mir besser so.»

«Das … ist toll», gebe ich mit glühenden Wangen zurück, während ich nach Matilda schaue. Ich sehe sie nicht, dafür schwebt Gerda heran. Der Mann, der bis eben ihr Tanzpartner war, sieht vollkommen erschöpft aus.

«Hier!» Er schiebt mir Gerda entgegen. «Halten Sie sie gut fest. Ich habe Ischias und muss mich ausruhen.» Mit diesen Worten verschwindet er im Getümmel.

Gerda glotzt ihm enttäuscht hinterher. Ihre Bäckchen glühen rot wie zwei Liebesäpfel, und ihr Körper strahlt eine Hitze aus, dass ich unwillkürlich den oberen Knopf meiner Jacke öffne. «Die Leude habn kein Benehmen und keine Konnizion mehr», lallt sie und legt ihren Arm um meine Schultern. Mit dem Ergebnis, dass wir nun beide wie zwei Halme im Wind schwanken.

«Ich denke, wir sollten langsam mal nach Hause», werfe

ich vorsichtig ein und wappne mich für die Gegenwehr. Nebenbei schnappe ich nach Matilda, die gerade an uns vorbeitaumelt.

Die Damen finden meinen Vorschlag erstaunlich einleuchtend, und Gerda grummelt: «Meinetwegn, mit den Männern is hier eh nich viel los.»

Meine Tante hebt den Arm, um Sieglinde herbeizuwinken. «Die Lütte will heim. Und wir auch.»

Sieglinde zieht eine Flunsch. «Wenn ihr meint.» Sie hält mir die Autoschlüssel vor die Nase. «Is vielleicht besser, wenn du fährst.»

Ich schüttele den Kopf. «Ich habe auch zu viel getrunken und dazu noch keinen Führerschein. Mama hat mir damals die Wahl gelassen: Entweder sie bezahlt mir die Fahrstunden oder eine Reise nach Neuseeland. Ich habe das Abenteuer gewählt. Und hatte danach nie wieder Zeit oder Geld, den Lappen nachzuholen.»

«Hädde ich auch gemacht», lobt mich Sieglinde. «Die neuseeländischn Männer sind besonders.»

«Ach ja?», macht Gerda. «Warsu schon da? Wusste ich ganich.»

«War ich auch nich. Weis man aba auch so.»

«Dann teilen wir uns jetzt ein Taxi», gehe ich dazwischen, wenn auch halbherzig. Der Fahrer, der mich nach meiner Ankunft in den Dünenpfad gebracht hat, ist mir noch in unschöner Erinnerung. Ich empfinde kein Verlangen, ihn wiederzusehen. Und es gibt noch jemanden, der wenig Lust auf ihn verspürt.

«Aber nich mit Lasse Nielsen. Unner keinen Umständen steig ich bei dem ein.» Gerda hält die gekreuzten Zeigefinger auf Brusthöhe von sich gestreckt. «Der darf mich nich betrunkn sehn. Der erzählt das glatt der halbn Insl. Was solln meine Kollegn voner Tafel denkn?»

Während ich noch überlege, ob es für Scham und Anstand nicht bereits zu spät ist, weil die halbe Insel vermutlich in diesem Garten versammelt war, meldet sich Sieglinde mit einem Vorschlag. «Dann vielleicht ein anneres Taxiunnernehmen?»

«Auf keinen Fall!» Gerda schüttelt den Kopf. «Wenn Lasse spitzkriegt, dass wir bei annern mitgefahn sind, spenden seine Eltern nichts mehr für die Tombola und dasss», sie rollt vielsagend mit den Augen, «wäre eine Kataschtrophe.»

«Bleibt der Sohn vom Passtor», resümiert Matilda. «Der kann schweign wie 'n Grab. Allerdings sieht er es ga nich gern, wenn man tringt. Vermutlich müsstn wir zur Abbitte in seinen Gottesdienst, aba er predigt sooo langweilig ...»

«Geht ganich», befinden die anderen beiden.

«Vielleicht gibt es hier in der Nähe ein Hotel», sage ich mit wenig Hoffnung und noch weniger Lust, die Nacht mit den dreien in einem Hotel zu verbringen. Während ich spreche, mache ich eine ausladende Bewegung und verpasse Kaj, der just an unserem Grüppchen vorbeischlendert, fast eine Ohrfeige.

17
Missverständnisse

«Oh, sorry.» Ich schenke Kaj einen entschuldigenden Blick. «Wir diskutieren gerade, wie wir nach Hause kommen», informiere ich ihn, damit er nicht annimmt, eine von uns würde sich in diesem Zustand hinters Steuer setzen.

Er sieht mich mit schief gelegtem Kopf an. Einen Moment scheint er mit sich zu ringen, gibt sich aber recht bald einen Ruck. «Ich kann fahren», bietet er der Runde an.

«Das ist ja sehr nett», sage ich mit unüberhörbarem Sarkasmus in der Stimme und schaue ihn mit gerunzelter Stirn an. Glaubt er, ich sei zu betrunken, um zwei und drei zusammenzuzählen? «Wir passen nur leider kaum alle in deinen Smart.»

Bäm. Nimm das!

Kaj hält meinem Blick stand. Um seine Mundwinkel beginnt es zu zucken, als er entgegnet: «Aber in ihren Volvo.» Mit einer Kopfbewegung deutet er auf Sieglinde. «Der Wagen parkt nämlich die Einfahrt meines Kunden zu. Und der ist so kurz davor, einen Abschleppdienst anzurufen.» Sein Daumen und der Zeigefinger veranschaulichen einen gefährlich winzigen Abstand. «Zu eurem Glück ist das Auto hier stadtbekannt, sonst wäre es wohl längst weg.»

Verdammt, denke ich, und ein Raunen geht durch das Damengrüppchen.

«Siehst du, Sigi, habe ich dir doch gleich gesagt, dass wir dort nicht stehen dürfen», schulmeistert Gerda.

«Hast du nicht. Keine von euch hat mich gewarnt.» Sieglinde schüttelt den Kopf. «Außerdem parke ich aus Prinzip immer in Sichtweite!»

«Von wo aus gesehn?», will Gerda wissen und dreht sich suchend im Kreis. Sie möchte noch etwas hinzufügen, als Kaj auf seine Armbanduhr sieht.

«Ich müsste bald starten, weil ich noch Verschiedenes vorhabe. Wollen Sie nun, dass ich Sie nach Hause bringe, oder nicht?» Er lässt seinen Blick durch die Runde schweifen. Alle stimmen zu, und zwar geschlossen.

«Na dann.» Kaj klatscht aufmunternd in die Hände. An mich gewandt, sagt er: «Ich geh mal rein und zahle. Das Geld lege ich aus. Ich fürchte nämlich, dass wir sonst ewig brauchen würden, wenn wir den Nachmittag jetzt auseinanderdividieren.»

Dankbar nicke ich. «Sehr gern. Ich gehe schon mal mit den Damen zum Auto.»

Fünf Minuten später haben alle Platz gefunden. Es gab ein wenig Gerangel, weil Gerda und Sieglinde beide vorn thronen wollten, dann entschieden sie sich jedoch, mir den Beifahrerplatz zu überlassen. Und darum sitze ich nun neben Kaj im Wagen und möchte am liebsten meinen Kopf an seine Schulter legen, weil es so gemütlich ist, wie wir durch die Dunkelheit gleiten. Oder weil ich ein kleines bisschen beschwipst bin.

«Was wird denn aus dem Smart?», erkundige ich mich, als das Schweigen zwischen uns zu laut knistert. «Nicht, dass *der* anstelle des Volvos abgeschleppt wird.»

Er erwidert meinen Blick gerade so lang, wie die Fahrt es

zulässt. Trotzdem kann ich seine Augen sehen, die olivfarben schimmern, wie das Meer an einem windstillen Tag.

«Keine Sorge, ich parke vorschriftsmäßig und werde den Wagen morgen mit Lola abholen.»

«Das ist wirklich sehr nett. Inzwischen stehe ich knietief in deiner Schuld.» In der Tat ist mir langsam übel vor schlechtem Gewissen. «Wenn du einen Moment Zeit hast, können wir zu Hause gleich die Finanzen klären», schlage ich vor. «Damit du siehst, dass wir korrekte Leute sind.»

Er wirft mir einen belustigten Seitenblick zu. «Vielleicht hast du stattdessen Lust auf einen Spaziergang?», fragt er mit gesenkter Stimme. «Nur kurz, ist ja bereits dunkel, aber Lola war den Nachmittag allein und braucht ein wenig Bewegung.»

Verwundert schaue ich zu ihm hinüber. «Ich dachte, du hast noch Verschiedenes vor.»

«Mit dem Hund. Füttern, Gassi, Couchsurfen», zählt er grinsend auf.

Sein Lächeln ist ansteckend. Dennoch muss ich ihm einen Korb geben. «Ich sollte meine Tante in dem Zustand nicht allein lassen», flüstere ich. Es ist die Wahrheit. Ich befürchte das Schlimmste. Matilda wird höchstwahrscheinlich mit Übelkeit zu kämpfen haben.

Kaj wirft einen knappen Blick in den Rückspiegel. «Verstehe», sagt er, «es war nur eine Idee. Ich gehe in jedem Fall, wenn es doch bei dir passt, komm einfach vorbei.»

Während Kaj sich bei Gerda und Sieglinde nach den Wohnorten erkundigt und sich blitzschnell im Kopf die praktischste Route überlegt, ist meine Tante bereits eingeschlafen. Auch Gerda müssen wir wecken, als wir vor ihrem Haus halten. Dann folgt Sieglinde, und zu guter Letzt steuern wir das Haus am Dünenpfad an. Gemeinsam helfen wir Matilda aus dem Wagen und begleiten sie zur Wohnung.

«Ich sollte mich mal kurz hinlegen», sagt meine Tante, als ich die Haustür hinter uns schließe. Zielstrebig steuert sie ihr Schlafzimmer an. Noch im Gehen streift sie ihre Jacke und die Schuhe ab, dann lässt sie sich samt restlicher Montur rittlings aufs Bett plumpsen. Ich dränge sie, noch weitere Sachen auszuziehen, anschließend decke ich sie zu. Sicherheitshalber stelle ich ihr ein Glas Wasser auf den Nachtschrank, lege ihr Smartphone dazu und deponiere außerdem die größte Salatschüssel, die ich im Haus finden kann, neben ihrem Bett.

Für eine Weile setzte ich mich allein an den Küchentisch. Es ist gerade mal neunzehn Uhr, viel zu früh, um schlafen zu gehen. Ich schnappe mir meinen Laptop und will ihn hochfahren, um gewohnheitsmäßig die Bilder des Tages draufzukopieren, doch ich verspüre im Grunde meines Herzens keine Lust. Kurz ringe ich mit mir, dann suche ich mir einen Zettel und schreibe Matilda eine Nachricht. Ich pinne ihn an den Badezimmerspiegel und verlasse danach auf leisen Sohlen die Wohnung.

Als ich nebenan klingele, trägt Kaj bereits Mütze und Schal, und auch Lola wurde sorgsam ausgestattet: Leine, Leuchthalsband und ein winziges Mäntelchen. Er lächelt. «Schön, dass du gekommen bist.»

Ich spüre ein erfreutes Prickeln und gehe schnell neben Lola in die Hocke, um von mir abzulenken. «Du siehst ja hübsch aus», erzähle ich der Hundemaus und rücke ihren Überwurf zurecht. Aus dem Augenwinkel nehme ich wahr, dass Kaj mich beobachtet.

«Lolas Bekleidung ist kein modischer Gag, falls du das glaubst.» Er wartet, bis ich ihn ansehe. «Ihr wächst keine wärmende Unterwolle, und sobald Wasser auf das Fell trifft, sieht sie aus wie ein Gerippe und fängt an zu frieren. Neulich hatte ich dummerweise vergessen, dir den Hundemantel mitzugeben.» Er verzieht das Gesicht.

Mir kommt derselbe Gedanke wie schon zuvor: Der Hund passt nicht zu ihm. Erst recht nicht mit Mäntelchen.

«Ich finde es gut, dass du sie beschützt.» Ich richte mich auf. Es ist mein voller Ernst. Denn was kann Lola dafür, dass «ihre Eltern» sich getrennt haben?

Wir verlassen das Haus. Draußen schneit es mal wieder. Feine weiße Flocken tanzen um unsere Köpfe, legen sich auf die Schultern und Mützen, und es dauert nicht lange, dann hat sich auch auf Lolas Mantel eine dünne Schneeschicht gebildet. Die Straßen und Gehwege wirken wie frisch gepudert, und als seitlich von uns ein Auto vorbeifährt, ist das Geräusch angenehm gedämpft. Es liegt eine so friedfertige Stimmung über allem, dass ich mir vorkomme wie am Heiligen Abend, wenn einem ganz feierlich zumute ist und man ständig lächeln und alle umarmen möchte.

Kaj und ich sprechen nicht viel. Ab und zu, wenn er den Weg vorgibt, tut er es mit leiser Stimme.

Irgendwann biegen wir nach links Richtung Strand, bleiben aber auf der Promenade. Kaj löst die Leine, doch Lola prescht nicht wie gewohnt los. Die Dunkelheit scheint ihr nicht geheuer zu sein, sie schnuppert verhalten und ist sorgfältig darauf bedacht, nicht den Anschluss an uns zu verlieren.

Unsere Fußstapfen knirschen auf der dünnen Schneeschicht, und mir fällt auf, dass wir weit und breit die Einzigen sind. Als wären wir allein auf der Insel. Gar nicht weit weg ist das dezente Plätschern der Wellen zu hören.

«Es ist unbeschreiblich schön», sage ich ehrfurchtsvoll. «Ich kann mich nicht erinnern, in Berlin jemals eine solche Stille wahrgenommen zu haben. Es ist, als habe jemand alle Nebengeräusche abgeschaltet, damit ausschließlich die Natur zu Wort kommt.»

Kaj bleibt neben mir stehen. Er sieht mich an, wirkt fast ein bisschen überrascht von meinem Ausspruch, und die Traurigkeit, die ich kurz glaubte, in seinen Augen aufblitzen zu sehen, weicht einem Funkeln. Er wendet sich zum Holzgeländer, das die Promenade vom Strand trennt, legt die Arme darauf ab und schaut schweigend aufs Meer. Ich stelle mich dazu.

«Ich bin am Wasser groß geworden», sage ich irgendwann, «und merke erst jetzt, wie sehr mir das Meer gefehlt hat.»

«Was genau fehlt dir daran?»

Ich registriere, dass er mich eindringlich mustert. Seine Frage verwundert mich. Als könne er meine Empfindungen nicht nachvollziehen. Aber das kann er. Ich spüre es.

«Die Weite. Das Geheimnisvolle, Mystische. Die Kraft der Brandung ebenso wie das sanfte Plätschern bei Windstille. Die Vorstellung, darin zu schwimmen. Oder die Welt zu umsegeln. Ich mag es, auf einer Luftmatratze zu liegen und in den Himmel zu schauen. Und mich fasziniert, dass das Meer so vielen Tieren und Pflanzen als Lebensgrundlage dient. Reicht das?» Lächelnd drehe ich mich zu ihm und erschrecke regelrecht, als ich sehe, dass der Schmerz in sein Gesicht zurückgekehrt ist, und zwar in einer Intensität, dass es mir die Kehle zuschnürt. «Habe ich ... etwas Falsches gesagt?»

Lange Zeit reagiert er nicht. Mit gerunzelter Stirn scheint er über meine Worte nachzudenken, bis seine Miene weich wird und sich entspannt. Im spärlichen Licht der Promenadenbeleuchtung schimmern seine Augen samtig und ziehen mich an wie zwei Magnete.

«Ich habe dich gegoogelt», sagt er abrupt. «Du kochst gern, und das offenbar auch sehr gut.»

«Ich … also … na ja …», stottere ich, ein wenig überrumpelt von dem Themenwechsel.

«Die Kommentare zu deinen Rezepten sind alle super.»

Ich male mit meinem Fuß Kreise in den Schnee. «Vermutlich koche ich ganz okay», sage ich, «aber das bedeutet nicht, dass mir jedes Gericht im ersten Anlauf gelingt. Ich probiere viel aus, ehe ich eine Anleitung auf dem Blog veröffentliche.»

Er nickt. «Das dachte ich mir. Ist ja oft so. Am Ende sieht immer alles einfacher aus, als es ist.»

«Ja. Und letztlich ist Kochen auch nur ein Hobby für mich», sage ich.

Kaj lächelt. «Heute habe ich dich tatsächlich gar nicht mit der Kamera hantieren sehen …» Er lässt die Worte bedeutungsschwer in der Luft hängen, und ich weiß sofort, worauf er anspielt: die Exzesse meiner Tante und ihrer Freundinnen. Inzwischen kann ich darüber lachen.

«Ja, es war ein bisschen viel los am Nachmittag.» Trotzdem kann ich es mir nicht verkneifen, einen kleinen Gegenangriff zu starten. «Zu welcher Art Anlage rät man eigentlich an einer Bar?», frage ich mit süffisantem Unterton. «Füllst du deine Kunden dort ab, um ihnen im Anschluss eine für dich lukrative Investition aufzuschwatzen?»

Kaj sieht mich dermaßen konsterniert an, dass ich schon fürchte, ihn beleidigt zu haben. «Wollen wir weiter?» Zunächst übergeht er meine Frage, kommt aber ein paar Schritte später darauf zurück. «Ich glaube, du hast im Hinblick auf meinen Job etwas falsch verstanden», meint er und grinst ein bisschen.

Ich fühle, wie ich erröte. Er hat natürlich recht, denn im Grunde habe ich keine Ahnung. Vermögensanlagen sind so gar nicht mein Thema, nicht zuletzt, weil ich über kein nennenswertes Kapital verfüge.

Kaj nimmt Lola hoch, weil sich unter ihren Pfötchen dicke Schneeklümpchen gebildet haben, die er mit der Wärme seiner Finger auftaut. Als er sie wieder absetzt, sagt er: «Denkst du allen Ernstes, ich sei Anlageberater?»

Irritiert sehe ich ihn an. Nennt man das nicht mehr so? Ist er CEO oder Investment-Managing-Director oder ...

«Ich bin Energieberater. Mit Geldanlagen habe ich nur in Bezug auf Förderungsmittel etwas am Hut.»

Oh, okay. Ich schnappe mir ein wenig Schnee von einer Holzbank und forme einen Ball, den ich gleich darauf zerquetsche. Energieberater, das ist ja ... *logisch*. Kein Wunder, dass er zurzeit alle Hände voll zu tun hat.

«Ursprünglich kam ich aus privaten Gründen nach Sylt, aber momentan besteht ein immenser Aufklärungsbedarf, was alternative Energiequellen anbelangt, dass ich kaum Zeit zum Durchatmen finde. Für Stromerzeugung, die vom Dach kommt, muss man hier ganz individuelle Lösungen entwickeln.»

«Wegen der Reetdächer», mutmaße ich.

«Ganz genau. Zwar gibt es anderorts bereits fantastische Innovationen, beispielsweise für Altstädte mit geschütztem Kulturerbe oder für Häuser, die unter Denkmalschutz stehen. Da reden wir aber fast immer von Ziegeln. Dort, wo Fotovoltaik-Module die Optik eines Stadtbildes zerstören oder sich aufgrund enger Bebauung die Platten gegenseitig das Licht nehmen würden, hat man die Möglichkeit, Solarzellen in Holz- oder Steinoptik zu verbauen. Oder sogar welche, die dank ihrer Flexibilität für runde Dächer eingesetzt werden können. Aber Friesenhäuser ...» Er schüttelt den Kopf. «Da sucht man sich besser Platz auf dem Garagendach oder im Garten. Gerade auf Sylt gibt es strenge optische Richtlinien. Da darf man längst nicht alles.»

«Spannendes Thema», sage ich, weil es ja letzten Endes jeden angeht.

«Aber jetzt mal etwas ganz anderes», sagt Kaj und sieht mich amüsiert an. «Ein paar Mahlzeiten bekomme ich auch zustande, wie wäre es, wenn ich uns Spaghetti koche? Ich weiß ja nicht, wie es dir geht, aber ich habe auf dem Weihnachtsmarkt nichts gegessen, weil Rob, den du sicherlich kennengelernt hast, haufenweise Fragen an mich hatte. Nun quält mich ein Bärenhunger.» Sein Blick intensiviert sich. «Wollen wir uns vom Meer verabschieden?»

Ich fühle mein Herz schneller schlagen. Er will mich bekochen ... *wow*. Aber was mache ich mit Matilda? Nicht, dass sie inzwischen wach ist und mich braucht. Hin- und hergerissen antworte ich: «Spaghetti klingen super. Aber ich würde mich gern kurz mit meiner Tante absprechen.»

Um Matilda nicht unnötig zu wecken, schreibe ich ihr kurzerhand eine SMS, mal hören, wie die Lage ist.

Als ich das Handy wieder wegstecke, schlendern wir denselben Weg zurück, den wir gekommen sind. Lola ist sichtlich erfreut darüber, dass wir den Rückweg antreten. Mit nach vorn gestellten Ohren und wedelnder Rute schleift sie Kaj hinter sich her. «Langsam!», mahnt er, doch der Hund ignoriert ihn.

Ich verkneife mir ein Lachen, weil ich mir Kaj und Lola in der Hundeschule ausmale, die sie unweigerlich irgendwann besuchen müssen.

Dummerweise kann er offenbar Gedanken lesen, denn er knurrt: «Kein Wort über Hundeerziehung! Ich übe noch!»

«Aye, aye», sage ich grinsend.

18
Weihnachten ist kompliziert

Im Haus angekommen, trocknen wir Lolas Pfoten, ziehen unsere Schuhe und Jacken aus und stehen einen Moment verlegen voreinander im Flur. Matilda hat mir nicht geantwortet, folglich gehe ich davon aus, dass sie schläft. Sie weiß jetzt aber, wo sie mich findet und dass sie mich jederzeit anrufen kann, sollte ihr danach sein.

«Komm, wir setzen uns ins Wohnzimmer», lädt Kaj mich ein, «ich denke mal, dass du dich nicht verlaufen wirst, die Raumaufteilung entspricht exakt der von drüben. Allerdings», er bedeutet mir, ihm zu folgen, «gibt es hier einen Kamin.»

Während ich mich kurz frage, woher er wohl weiß, dass nebenan bei Matilda kein Holzofen steht, tappe ich ihm hinterher. Aus einem Korb, den ich heute zum ersten Mal sehe, schnappt sich Kaj ein paar Holzscheite und arrangiert sie sorgfältig. «Dönnerschlach hat heute Morgen das Holz vorbeigebracht. Im Garten konnte ich nur noch ein paar Reste auftreiben, also hab ich mir kurzerhand neues bestellt.» Er sucht nach Streichhölzern. «Mal sehen, ob das gute Stück noch funktioniert.»

Ich überlege, ob die Holzbestellung nicht eigentlich Matildas Aufgabe gewesen wäre. Doch statt ihn darauf anzusprechen, sage ich: «Diese Haushälfte wurde sehr ansprechend renoviert.» Nachdenklich beobachte ich ihn dabei, wie er fachmännisch mit dem Kaminbesteck hantiert. «Nebenan haben die Eigentümer nicht so Gas gegeben.»

Kaj sitzt mit dem Rücken zu mir und verharrt kurz in der Bewegung. «Vielleicht hätte sich deine Tante selbst darum kümmern müssen», spricht er in Richtung Kamin. Dann dreht er sich zu mir um. «Was hältst du davon, wenn du es dir hier im Wohnzimmer gemütlich machst und ich die Nudeln ins Wasser werfe?» Er steht auf und deutet mit einer lässigen Geste auf Couch und Bücherwand. «Fühl dich wie zu Hause.» Damit marschiert er in die Küche, gefolgt von Lola, die offenbar auf etwas Essbares spekuliert.

Als er fort ist, ziehe ich mein Handy hervor und fotografiere das Zimmer. Vor allem die Feuerstelle hat es mir angetan. Als ich sie von jeder Seite abgebildet habe, stecke ich das Telefon weg, setze mich auf das helle Leinensofa mit den knautschigen Riesenkissen und schaue ins Feuer. Seine Worte lassen mich nicht los. Vermutlich hat er recht, und Matilda und Bruno waren in der Pflicht, als es um die Modernisierung ihrer Haushälfte ging. Nur schienen die beiden mit anderen Dingen beschäftigt gewesen zu sein, zum Beispiel einen Laden an den Start zu bringen, auf dessen Resten meine Tante nun sitzt.

Aber was war heute eigentlich mit Matilda los? Auf dem Weihnachtsmarkt erweckte sie nach anfänglicher Lustlosigkeit den Anschein, als wolle sie sich bewusst betrinken. Aus welchem Grund? Wegen Bruno? Das kann ich mir nicht vorstellen, sie wirkt jedes Mal vollkommen entspannt, wenn sie von ihm spricht. Oder liegen ihr die unbezahlten Rechnungen mehr im Magen, als sie vorgibt? Das könnte ich mir schon eher vorstellen. Aber warum hat sie es dann überhaupt so weit kommen lassen? Bezieht sie nicht ausreichend Rente? Genügt das Geld gerade mal für die Miete, aber alles darüber hinaus ist nicht mehr drin? Ist meine Tante pleite? Mir kommen die löchrigen Handtücher im Badezimmer in den Sinn. Und der abgeranzte Morgenmantel.

Ein mulmiges Gefühl macht sich in meiner Magengegend breit. Wenn ich nur wüsste, wie ich ihr helfen kann. Ich selbst habe wenig auf der hohen Kante. Und von Mama würde Matilda ganz sicher keine Hilfe annehmen. Höchstens von Papa, doch den Gedanken verwerfe ich schnell. Er erweckt momentan nicht den Eindruck des souveränen Problemlösers, der er früher war.

Seufzend lehne ich mich zurück. Nur um mich gleich darauf wieder vorzubeugen und mir noch einmal das Fotoalbum zu schnappen. Erneut blättere ich durch die Seiten. Wie schon beim ersten Mal erscheint mir die Bildauswahl merkwürdig. Papas Worte fallen mir ein. *Deine Mutter war meist arbeiten. Ich ja auch, unter der Woche. Aber an den Sonntagen haben wir beide oft mit Tilda Ausflüge unternommen.*

Mama war arbeiten und ist darum nicht abgebildet. Verständlich. Trotzdem hätte man der Vollständigkeit halber doch auch ein paar Fotos von ihr dazwischenkleben können. Damit wir alle zu sehen sind. Sorgfältig schaue ich Seite für Seite durch, doch es bleibt dabei: Meine Mutter war nur ein einziges Mal mit von der Partie. Ansonsten sind nur Bilder von Papa, Matilda und mir zusammengestellt.

Als wären wir drei die Familie.

Kaj steckt seinen Kopf zur Tür hinein. «Knoblauch, oder nicht? Und was ist mit Zwiebeln? Kapern? Oliven?»

«Ich mag alles», sage ich mit einem schuldbewussten Lächeln. «Tut mir leid, aber ich bin ein Vielfraß.»

«Wunderbar!» Kaj reckt mir den erhobenen Daumen entgegen, dann ist er wieder verschwunden. Eine Viertelstunde später werde ich zum Essen gerufen.

«Spaghetti alla puttanesca!», rufe ich beglückt und reibe mir beim Anblick der Soße voller Vorfreude die Hände. «Offenbar ist mein Sylt-Besuch allen Gerichten gewidmet, die ich seit Ewigkeiten nicht mehr gegessen, aber mal sehr geliebt habe.»

Kaj sieht mich an und lächelt. «Na dann – setz dich!»

Erst einmal knipse ich ein Foto von der köchelnden Soße und den Nudeln, dann sehe ich mich neugierig in der Küche um. Sie ist in einem vollkommen anderen Stil eingerichtet als bei Matilda. Noch dazu hochmodern. Zwar wurden die alten Kacheln an den Wänden belassen, denn sie sind größtenteils gut erhalten. Doch der Rest der Einrichtung wirkt recht neu. Sowohl die technischen Geräte als auch die Möbel haben auf den ersten Blick nur wenige Gebrauchsspuren. Ein Induktionsherd sowie eine Kochinsel bilden das Herzstück des Raums, außerdem ein runder Esstisch mit Steinplatte, der bei Tageslicht von jedem Platz Aussicht auf den Vorgarten bietet. Wer auch immer das Haus renoviert hat, er hat es mit viel Liebe zum Detail und gutem Geschmack getan.

«Ein Glas Wein? Oder bleibst du für heute bei Wasser?», erkundigt sich Kaj, der gerade ein Tablett mit Gläsern auf dem Tisch ablädt.

«Wasser!», sage ich inbrünstig, während er grinsend die Gläser verteilt.

Vom Küchentresen schnappt er sich eine Flasche Mineralwasser und schenkt uns beiden ein. Sich selbst genehmigt er zusätzlich ein Glas Rotwein. «Ich hatte ja noch nicht das Vergnügen», sagt er und nimmt einen Schluck.

«Themawechsel», jaule ich gequält, «der Tag war eine Herausforderung.»

Kajs Grinsen wird noch einen Tick breiter. «Ich schätze, die Damen liegen bereits alle in der Falle und schlafen ihren Rausch aus.» Er geht zurück zum Herd, öffnet den darüberhängenden Schrank, greift sich zwei Teller und beginnt, sie zu befüllen. «Weißt du eigentlich schon, wo du in Zukunft wohnen wirst?», fragt er nebenbei.

Für einen Moment bin ich überrascht, dass er von meiner Wohnsituation weiß, dann fällt mir wieder ein, unter welchen Umständen ich ihm davon erzählt habe. Vor Scham wird mir warm. «Ehrlich gesagt: nein. Vielleicht verlängere ich den Aufenthalt bei meiner Tante noch ein wenig. Ich habe das Gefühl ... also möglicherweise ...» Ich breche ab und setze neu an: «Ich habe mich noch nicht um eine neue WG in Berlin gekümmert. Aber bei Matilda gefällt es mir richtig gut, und ich könnte mir vorstellen, bis Neujahr auf Sylt zu bleiben.»

Kaj stellt einen dampfenden und köstlich duftenden Teller vor mir ab. Am Küchentresen schneidet er noch etwas Brot, dann kehrt er mit seiner Nudelportion und dem Brotkorb zurück an den Tisch. Wir wünschen uns einen guten Appetit und greifen zum Besteck.

«Was hast du denn für die Weihnachtstage geplant?», erkundige ich mich, während ich meine erste Portion Nudeln auf die Gabel wickele. Ich bin dermaßen darin vertieft, dass mir erst spät auffällt, wie still es im Raum geworden ist. Ich blicke hoch und sehe, dass Kaj mich beobachtet.

«Weihnachten ist kompliziert», sagt er leise.

«Allerdings! Ich schätze, diese Einstellung teilen viele Menschen mit dir.»

Normalerweise verbringe ich die Feiertage mit meinem Vater in Bremerhaven. Mama war noch nie ein Fan von Weihnachten und hält sich seit Jahren meist bei Freunden in Südafrika auf. Papa hat sie ein paar Mal begleitet, kam aber jedes Mal schlecht gelaunt zurück, weil es ihm dort zu warm war. Ich werde wehmütig, denn in diesem Jahr hat er mich noch nicht einmal nach meinen Plänen gefragt.

Vorsichtig koste ich einen Bissen und bin hin und weg. «Wow!», staune ich. «Das ist ja der Hammer!» Ich weiß, dass beinahe jeder eine Puttanesca zustande bringt, weil Oliven und Sardellen jeglichen Geschmack mit ihrem Salz überdecken, aber dennoch ... «Wie stellt man es an, im Winter eine solch schmackhafte Tomatensoße zu fabrizieren?», will ich sofort wissen. «Sogar im Sommer habe ich oft Schwierigkeiten, weil die Tomaten nicht ausgereift sind oder aus dem Treibhaus kommen. Aber diese Soße ...» Erwartungsvoll sehe ich ihn an.

«Die Tomaten habe ich tatsächlich aus dem Supermarkt, und somit stammen sie höchstwahrscheinlich aus Holland», sagt er verlegen. «Allerdings ... ich habe etwas Sugo druntergemischt. Meine Mutter hat ihn eingekocht und abgefüllt. Ist alles selbst gezogen.»

«Mmh, schmeckt hervorragend.»

Kaj kaut versonnen seine Nudeln.

«Dann wohnen deine Eltern irgendwo in Süddeutschland?», rate ich. «Gemüseanbau – das klingt nach ... Oberrhein?»

Kaj muss ein bisschen lachen. «Interessanter Gedankengang, aber leider falsch.»

«Österreich?»

«Voll daneben.»

«Dann weiß ich es», sage ich mit vollem Mund und schlucke eilig herunter. Mir kommt eine meiner Kundinnen in den Sinn, die dort lebt. «Mecklenburg-Vorpommern.»

Kaj verschluckt sich fast. «Nein, auch nicht richtig.»

Als ich Verzweiflung andeute, klärt er mich auf. «Dänemark», sagt er. «Dort oben gibt es haufenweise warme Sonnentage.»

«Offenbar!», sage ich mit Blick auf die Soße. Ich nehme mir ein Stückchen Brot. «Also fährst du über Weihnachten dorthin?»

«Nein, ich komme gerade erst aus Dänemark», antwortet Kaj nach einer längeren Pause. «Um ehrlich zu sein: Ich weiß nicht, was ich über die Feiertage mache. Arbeiten vermutlich.» Sein Lächeln misslingt. «Erst wollte ich nicht nach Sylt, und nun fällt es mir schwer, wieder abzureisen. Es hat private Gründe.»

Wir haben inzwischen fast aufgegessen. Ich schnappe mir noch ein letztes Fitzelchen Brot, um damit die Soße auf meinem Teller aufzunehmen, dann lehne ich mich stöhnend zurück.

«Satt geworden?», erkundigt sich Kaj. «Es gibt noch Nachschlag im Topf.»

Ich halte mir den Bauch. «Es war superlecker, aber ich habe leider null Platz mehr.»

«Und wie sieht es mit Nachtisch aus? Ich habe noch eine Packung Schokoladenkekse», schmunzelt Kaj. «Und einen Kirschjoghurt im Kühlschrank.»

Ich schüttele vehement den Kopf. «Keine Chance.»

Einen Moment sitzen wir schweigend am Tisch, dann räuspere ich mich. «Ist es okay, wenn ich nachher ein Fotoalbum aus dem Wohnzimmer mit zu Matilda nehme? Es ist ein Familienalbum und muss irrtümlich hier gelandet sein.»

Kaj schaut mich überrascht an. «Kein Problem. Ich habe drüben noch nie einen Blick in das Regal geworfen, weil ich mich dort so gut wie nicht aufhalte.» Er steht auf. «Darf ich es mal ansehen?»

Gemeinsam schlendern wir nach nebenan, wo der Kamin inzwischen wohlige Wärme verströmt. Ich zeige ihm das Album, das ich vorhin auf den Couchtisch gelegt habe. «Das hier ist es.»

Er greift nach dem Buch.

«Ist aber langweiliger Kram. Nur Familienfotos.»

Kaj blättert trotzdem darin herum. «Bist du das?», erkundigt er sich und lacht hell auf. Mit dem Zeigefinger deutet er auf ein Bild, auf dem ich etwa vier bin und versuche, Nudeln zu essen. Der Klassiker. Alles ist vollgeschmiert. Vermutlich existiert in jeder Familie ein solcher Schnappschuss.

«Da hab ich ja noch mal Glück gehabt.» Kaj zeigt in gespielter Erleichterung Richtung Küche. «Sowohl die Wand als auch die Tischdecke sind noch sauber.»

Ich tue so, als wolle ich ihm das Album an den Kopf werfen. «Spaghetti aufwickeln muss gelernt sein», rechtfertige ich mich, «aber wie du siehst, habe ich schon früh mit Üben angefangen und kann es inzwischen hervorragend.»

Mit dem Fotobuch in der Hand setzt Kaj sich auf die Couch, und ich nehme wie selbstverständlich neben ihm Platz. Ich deute auf ein Bild von Matilda, als sie schätzungsweise vierzig Jahre alt war: «Meine Tante hat mich quasi großgezogen. Erkennst du sie?»

«Klar», kommt es wie aus der Pistole geschossen von Kaj. «Sie sieht fast noch genauso aus. Nur hält sie auf dem Bild kein Schnapsglas in der Hand.» Er wird wieder ernst. «Sie ist heute um einiges schmaler.»

«Ja, Matilda hat ziemlich abgenommen. Ich war ein wenig erschüttert, als ich sie jetzt nach längerer Zeit wiedergesehen habe.» Ich seufze. «Ich fürchte, meine Tante hat Kummer.» Ich breche ab. «Sorry», sage ich mit einer wegwerfenden Handbewegung, «das interessiert dich sicher nicht.»

Kaj schweigt, aber ein betroffener Ausdruck hat sich auf

sein Gesicht gelegt. Verlegen widmet er sich wieder dem Album. «Ist das im Serengeti-Park?», fragt er und tippt mit dem Finger auf eine Horde Affen, die es sich auf Papas Motorhaube gemütlich gemacht haben.

Ich muss lachen. «Exakt. Irgendwo bei Hannover. Man kann mit dem Wagen durchfahren und all die wilden Tiere beobachten.»

«Ja, ich war auch mal mit meinen Eltern dort.»

Überrascht schaue ich ihn an. «Ich dachte, du stammst aus Dänemark?»

«Stimmt. Aber wir haben unsere Urlaube gern in den Nachbarländern verbracht. Überall dort, wo man mit dem Auto gut hinkam. Deutschland war Papas liebstes Ziel. Nicht zuletzt, weil seine Familie hierher stammt.»

«Ah, verstehe», sage ich und überlege laut: «Dann kommen deine Eltern dich sicher bald hier besuchen?» Ich finde es naheliegend, wegen Weihnachten und so.

Im Kamin verbrennt knackend ein Stückchen Holz. Ich beobachte die aufsteigenden Funken und warte, dass Kaj antwortet. Doch er starrt nur stumm in das Feuer. Als er nach einer Ewigkeit den Kopf wendet, um mich anzusehen, hat sich der Ausdruck tiefster Trauer erneut auf sein Gesicht gelegt.

«Meine Eltern hatten einen Unfall», sagt er und versucht sich in einem Lächeln. «Sie sind im Frühjahr verstorben.»

Wie bitte? Mir ist, als habe jemand einen Eimer Eiswasser über mir ausgekippt. Mich fröstelt, und meine Hände beginnen zu zittern. Warum zum Henker habe ich dieses Weihnachtsthema angeschnitten? Wie konnte ich so unsensibel sein und darauf herumreiten? Im Nachhinein betrachtet, deutete doch so vieles darauf hin, dass Kaj etwas Schweres, Kummervolles auf der Seele liegt. Ich möchte im Boden versinken.

«Was … wie ist es passiert?», stottere ich und weiß jetzt schon nicht, wie ich auf seine Antwort reagieren soll. «Du … also wir … müssen nicht darüber sprechen, wenn du nicht magst. Ich verstehe das.»

Kaj schüttelt den Kopf. «Schon gut, mach dir keine Gedanken.» Seine Stimme klingt gefasster, wenn auch ein wenig leise. Lola tapst heran und legt sich mit einem tiefen Seufzer neben Kajs Beinen ab.

Kaj steht vorsichtig auf und wandert zum Kamin. Er verschränkt die Arme vor der Brust, und mit Blick auf die Flammen beginnt er zu erzählen: «Es war ein sonniges Wochenende im Mai. Gemeinsam mit einem befreundeten Ehepaar wollten meine Eltern die Zeit in Henne Strand genießen. Auch Lola war dabei. Ich weiß nicht, ob du dich erinnerst, aber der Frühling zeigte sich von seiner besten Seite – unfassbar mild, fast schon richtig warm. Auch wenn das Wasser vermutlich noch eisig war.» Kurz lacht er freudlos auf. «Aber meine Eltern kannten in dieser Hinsicht keine Scheu. Sie machten im Winter auch oft beim Anbaden mit.»

Er beugt sich vor, um ein Holzscheit zu richten, das umgefallen ist.

«Die vier wechselten sich mit der Hundebetreuung ab – zwei gingen spazieren, die anderen baden. Als meine Eltern mit Schwimmen an der Reihe waren, geschah das Unglück. Augenzeugen berichteten später, dass meine Mutter im Meer offenbar einen Krampf erlitten haben muss. Sie rief um Hilfe. Und als mein Vater sie erreichte, wurden beide von einer Strömung erfasst und …» Er holt tief Luft. «Sie sind ertrunken.» Seine Hand zittert ein klein wenig, als er sich durch die Haare fährt.

Mein Herz und mein gesamter Körper werden immer

schwerer. Als habe mir jemand eine Bleischürze umgelegt, sacke ich tiefer in die Kissen. Gleichzeitig kann ich es kaum aushalten, tatenlos herumzusitzen. Ich möchte Kaj trösten, ihn umarmen, irgendetwas tun. Mühevoll rappele ich mich auf, doch gleich darauf verlässt mich der Mut. Oder aber es ist dieses diffuse Bauchgefühl, das mich bremst. Eine innere Stimme sagt mir, dass da noch mehr ist, das ihm zu schaffen macht. Mucksmäuschenstill stelle ich mich neben ihn und lasse ihm Zeit, seine Gedanken zu sortieren.

19
Der Unfall

Es dauert lange, ehe er mit rauem Tonfall weiterspricht.

«Wir hatten eigentlich vor, zu dritt zu fahren. Ein Familienausflug. Meine Eltern wollten mir den Hund zeigen, über den sie sich so freuen. Und endlich einmal Zeit mit mir verbringen, denn das kam leider viel zu kurz.» Er schüttelt in stummer Verzweiflung den Kopf. «Doch ein Job hielt mich davon ab. Es war nichts Wichtiges, nichts, das man nicht hätte aufschieben können. Aber eben ein neues Projekt, und ich war entsprechend neugierig.»

Mir ist elend zumute. Ohne jemals eine vergleichbare Situation erlebt zu haben, kann ich dennoch sehr gut nachempfinden, was in ihm vorgeht. Dass er sich schuldig fühlt. Sich höchstwahrscheinlich ausmalt, wie anders das Wochenende verlaufen wäre, wenn er mit seinen Eltern gefahren wäre. Und dass er sie womöglich hätte retten können.

Ich streiche mir eine Haarsträhne aus dem Gesicht und merke, dass meine Wangen sich nass anfühlen, weil Tränen darüberrinnen. Meine Nase beginnt zu laufen, aber ich habe kein Taschentuch parat, darum ziehe ich sie ganz leise hoch.

Kaj hat es gehört und dreht sich zu mir um. «Olivia, nicht doch.» Er kommt einen Schritt auf mich zu. Sanft umfasst er meine Schultern, während er wartet, dass ich ihn ansehe. «Das habe ich nicht gewollt», sagt er. «Es tut mir leid.»

«*Dir* tut es leid?», frage ich und schäme mich dafür, dass *er mir* zur Seite steht, dabei sollte es doch umgekehrt sein. Ich weiß gar nicht, wo ich hinsehen soll. Seine einfühlsame Miene macht alles nur schlimmer. «*Mir* tut es leid …», sage ich und schaffe es nur mit Mühe, weitere Tränen zurückzuhalten. «Ich wünschte, ich könnte etwas Tröstendes sagen, etwas, das du nicht schon tausend Mal gehört hast.» Ich hole kurz Luft. «Aber ich fürchte, dass nur die Zeit dir über all das hinweghelfen kann.»

Ich blicke auf meine Fußspitzen und bete, mir möge in letzter Sekunde noch ein schlauer Satz einfallen. Doch mein Hirn steht leider vollkommen unter Schock. Plötzlich fühle ich Kajs Hand an meinem Kinn. Mit sanftem Druck hebt er meinen Kopf, bis wir uns erneut ansehen. In seinen Augen spiegelt sich das Feuer, unruhig flackern die Flammen, und ich habe das Gefühl, dass es auf dem Grund seiner Seele ähnlich bewegt zugeht.

«Die Zeit hat bereits einen gewissen Beitrag geleistet», sagt er, ohne den Blick von mir zu nehmen. «Sie ist in der Tat mein Best Buddy.»

Mir kullert erneut eine Träne über die Wange, als ich sage: «Die Zeit und Lola.»

Kaj atmet schwer und streicht dann mit seinem Daumen das Rinnsal fort. Ein unbeholfenes Lächeln huscht über sein Gesicht. «Ich komme im Grunde gerade aus Dänemark, weil ich den Nachlass regeln musste», erzählt er. «Und um Lola mitzunehmen. Meine Eltern hatten sie erst ein halbes Jahr vor dem Unglück angeschafft.»

Also ist es ihr Hund! Ich war offenbar ziemlich auf dem Holzweg, was Lolas Frauchen betrifft.

«Übergangsweise haben sich die Nachbarn als Hundesitter angeboten, doch es war keine Dauerlösung. Ein Hund passt nicht in ihren Alltag.» Sein Tonfall wird noch einen Tick leiser. «In meinen leider auch nicht.»

Die Worte und der bedrückte Klang seiner Stimme treffen mich mitten ins Herz. Als sei es nicht schon schlimm genug, dass Kaj beide Eltern verloren hat, muss er sich nun auch noch von deren Hund trennen? Ich weiß noch immer nicht, was ich sagen soll.

Es fühlt sich an wie eine Ewigkeit, die wir dicht an dicht stehen und uns ansehen. Irgendwann lässt Kaj seinen Blick über mein Gesicht wandern, verharrt einen Moment auf meinen Lippen und schaut wieder hoch in meine Augen.

Ich bin fix und fertig. Die Trauer liegt mir wie ein Stein im Magen, und mein Herz möchte sich tröstend auf seins legen, um ihm Zuversicht zu spenden. Kaj zieht mich näher zu sich heran. Ich lasse es geschehen, schmiege mich sogar an ihn, vollkommen überrascht von mir selbst. Es ist, als wären wir alte Freunde und würden uns schon ewig kennen. Ich spüre seine Wärme, atme den Duft seiner Haut, der sich mit den Resten des Aftershaves vermengt hat. Meine Knie werden weich. Denn da ist noch etwas. Mein gesamter Körper steht auf einmal unter Strom, und mir prickelt die Kopfhaut.

Ich verliere völlig das Zeitgefühl. Aber irgendwann läuft meine Nase leider so stark, dass ich nicht anders kann, als mich von Kaj zu lösen, um nach einem Taschentuch zu suchen. Ohne den Blick von mir zu nehmen, greift er in seine hintere Hosentasche, fischt eine Packung Papiertaschentücher hervor und überreicht sie mir.

«Danke», krächze ich mit rauer Stimme und wende mich ab, um mich zu schnäuzen. Als ich danach wieder zu Kaj sehe, ist es, als sei der Zauber ganz plötzlich verflogen. Während ich noch mit dem Wirrwarr meiner Empfindungen kämpfe, sieht Kaj aus, als habe er ein gewaltig schlechtes Gewissen.

«Ich sollte dir noch etwas erklären …» Er tritt einen Schritt zurück und deutet zur Couch, weil er möchte, dass wir uns setzen.

Voll böser Vorahnung beginnen mir erneut die Knie zu zittern. Wenn man gebeten wird, sich hinzusetzen, folgt meist eine üble Nachricht, und ich weiß nicht, ob ich diese noch verkrafte. Denn inmitten der Trauer, irgendwo zwischen Kajs unsäglichem Kummer und meinem tief empfundenen Mitleid, hat sich etwas Verstörendes in mein Herz geschummelt.

Für ein paar Sekunden fühlte ich mich … *verliebt*. Als habe sich ein einzelner, zarter Schmetterling in meinen Bauch verirrt und dort mit seinem Flügelschlag für ein vollkommen unangemessenes Glücksgefühl gesorgt.

Während ich mich zögernd der Couch nähere, klingelt plötzlich mein Telefon. Noch immer leicht geschockt über meine Wahrnehmung, zerre ich das Gerät hervor. Es ist Papa.

«Hallo?», melde ich mich mit einer Stimme, die mir nicht recht gehorchen will.

«Mäuschen, bist du allein?»

Nicht schon wieder, denke ich und verkneife es mir, mit den Augen zu rollen. Stattdessen wandert mein Blick entschuldigend zu Kaj, der sich sofort aus Höflichkeit wegdreht. Gemeinsam mit Lola setzt er sich vor den Kamin.

«Ja, bin ich», flunkere ich, weil es mir gerade zu kompliziert erscheint, Papa von Kaj zu erzählen.

«Ich mache mir Sorgen. Seid ihr unversehrt nach Hause zurückgekehrt? Oder haben euch die Männer noch weiter bedrängt?»

Erst weiß ich nicht, wovon er spricht. Dann fällt mir der turbulente Weihnachtsmarkt wieder ein, und ich muss nun doch mit den Augen rollen. «Papa, ich lebe in Berlin und muss mich dort auch in meinem Alltag behaupten. Außerdem ist dies Sylt. Und nicht die Bronx.»

«Und Matilda?»

«Auch ihr geht es gut. Na ja, mehr oder weniger.» Seit wann ist er dermaßen betulich?

«Was bedeutet das?»

«Sie hat … gerade einiges zu regeln. Ist 'ne längere Geschichte.» Ich kann ihm kaum von Matildas ungeöffneter Post und den Schulden erzählen. Nicht vor Kaj und schon gar nicht, ohne vorher mit meiner Tante gesprochen zu haben.

«Und ihr Geburtstag? Irgendwelche Pläne? Geht ihr auswärts essen, oder bleibt ihr zu Hause?»

Mist. Den Jubeltag habe ich vollkommen vergessen. «Um ehrlich zu sein, haben wir darüber noch kein Wort verloren.»

«Aber er ist in drei Tagen.»

Ich schweige.

«Also geht ihr nicht aus? Warum nicht?»

Hat er mir nicht zugehört? «Wir haben überhaupt keine Vorsätze», sage ich mit Nachdruck. «Das entscheiden wir spontan.»

«Schlecht», sagt Papa und klingt dabei fast genervt. «Seeehr schlecht. Ein solcher Tag erfordert ein Konzept.»

Ich verstehe sein Problem nicht. Matilda wird 64 Jahre alt. Das ist ganz sicher ein Grund zum Feiern, aber noch kein Wunder. «Wie ich schon sagte: Ich weiß es nicht. Weshalb ist das so wichtig?»

«Ist es nicht. Ich bin nur neugierig.»

Mir reicht's jetzt. «Wie wäre es dann, wenn du uns besuchst

und die Sache in die Hand nimmst?», schlage ich vor. «Als Geburtstagsüberraschung zum Beispiel?»

Mein Vater gibt einen undefinierbaren Zischlaut von sich. «Das ... geht nicht», sagt er kryptisch. «Ich habe anderes vor.»

Diese Rentner, schießt es mir durch den Kopf, nie haben sie Zeit.

«Ich melde mich morgen noch mal», brummt mein Vater, und ehe ich zu einer Erwiderung ansetzen kann, hat er aufgelegt.

Einen Moment starre ich mein Handy mit gerunzelter Stirn an. Was stimmt nicht mit ihm?

«Entschuldigung», sage ich zu Kaj, «das war mein Vater. Er ist manchmal sonderbar. Ich habe keine Ahnung, was der Grund dieses Anrufs war.» Kopfschüttelnd konzentriere ich mich wieder auf Kaj. «Du wolltest mir etwas sagen.»

Er erhebt sich. «Schon gut, nicht so wichtig. Vielleicht ein andermal.»

Wir sehen uns an. In seinen Augen liegt ein Ausdruck, den ich nicht zu deuten vermag. Kurz halte ich seinem Blick stand, dann nicke ich und wende mich ab. «Na klar, wie du meinst.» Heute sind doch irgendwie alle neben der Spur. Nervös trete ich von einem Bein auf das andere. «Dann werde ich jetzt mal rübergehen, um nach Matilda zu gucken.»

«Sehen wir uns morgen?», erkundigt er sich. «Zu einem Spaziergang? Ich muss ja mein Auto abholen.» Er bekommt ein Grinsen zustande. «Es ist ein strammer Marsch, vor dem du dich aber kaum drücken kannst.»

Ich gebe einen gespielten Seufzer von mir. «Ich fürchte, du hast recht. Ich kann wohl nicht von dir verlangen, dass du allein losmarschierst.»

Noch immer stehen wir verlegen voreinander, dann zieht

Kaj hinter seinem Rücken das Fotoalbum hervor. «Vergiss das nicht. Und schlaf gut.»

In der 3a ist es totenstill. Ich überlege, ob ich leise meinen Kopf bei Matilda zur Tür hineinstecke, um nach dem Rechten zu sehen, entscheide mich dann aber dagegen. Bestimmt schläft sie inzwischen tief und fest, und ich möchte sie nicht wecken. Mit der Taschenlampe meines Handys leuchte ich mir den Weg nach oben. Ein paar Mal verfehle ich dennoch fast die Stufe, weil ich noch viel zu hibbelig und aufgewühlt bin. Meine Gedanken kreisen um Kaj und die schicksalhafte Geschichte seiner Eltern. Kein Wunder, dass er oft traurig und in sich gekehrt wirkte, mittlerweile kann ich seinen schmerzerfüllten Gesichtsausdruck nachvollziehen.

Überhaupt wird mir langsam einiges klar. Zum Beispiel begreife ich nun, worauf Frau Schlüter aus dem Fischgeschäft angespielt hat. *Nach allem, was passiert ist*, lauteten ihre Worte. Sie und ihr Mann wussten selbstverständlich von dem tragischen Unfalltod, denn sie waren Freunde der Familie. Gedankenverloren tapse ich ins Bad, wasche mir das Gesicht und putze meine Zähne. Währenddessen erscheinen mir nach und nach weitere Details in einem anderen Licht. Kajs manchmal etwas unbeholfener Umgang mit dem Hund. Auch dass die zwei ein so seltsames Paar abgeben. Kaj hat sich den orangefarbenen Fluffi nicht ausgesucht und scheint momentan auch keine Möglichkeit zu sehen, dauerhaft Lolas Herrchen zu sein.

Ich schleiche in mein Zimmer, schlüpfe unter die Bettdecke, knipse die Lampe aus und starre durch die Balkontür nach draußen auf die Lichterkette. Ihr diffuser Schein taucht den Raum in schummriges Zwielicht, und ich werde unwillkürlich an meine Kindheit erinnert. Schon damals mochte ich es, wenn irgendwo im Dunkeln ein Dämmerlicht glomm. Ein Ankerpunkt, der mir in der Finsternis die Furcht nahm. Heute halten mich allerdings keine Angstgefühle wach, sondern der kleine Schmetterling in meinem Bauch, der sich bei dem Gedanken an Kaj gerade wieder auf die Reise macht. So traurig Kajs Geschichte auch war, wir hatten dennoch einen schönen Abend. Überhaupt war der Tag besonders, und ich merke, wie ich Sylt von Tag zu Tag zugewandter werde.

Matildas Geburtstag kommt mir in den Sinn. Papa hat mich beim Telefonat im falschen Moment erwischt, aber er hat recht: Wir können das Ereignis nicht tatenlos verstreichen lassen! Insbesondere, da ich endlich mal auf Sylt bin, sollten meine Tante und ich den Tag gebührend feiern. Wo und wie habe ich zum jetzigen Zeitpunkt zwar noch keinen Schimmer, ich schätze allerdings, dass es auf einen geselligen Abend unter Freunden hinauslaufen wird.

Seit dem Essen mit Matilda und ihren Mädels ist mir wieder bewusst, wie sehr ich das Kochen vermisse. Das Haus voller Gäste zu haben, ist für mich das Größte! Aber ein weiteres Dinner in derselben Runde? So richtig will der Gedanke bei mir nicht zünden. Dummerweise kenne ich von Matildas Vertrauten bislang nur Gerda und Sieglinde, aber wer weiß? Vielleicht können die beiden mir bei der Gästeliste behilflich sein. Wenn ich nämlich eine ungefähre Ahnung habe, mit wie vielen Personen zu rechnen ist, kommt mir hoffentlich noch eine bessere Idee.

Eine Weile denke ich weiter über das Thema nach, wobei ich bei meiner angestrengten Grübelei irgendwann doch müde werde und ins Land der Träume hinübersegele.

20
Partypläne

Als ich am folgenden Morgen aufwache, steigt mir köstliches Kaffeearoma in die Nase. Ich schlage die Augen auf, und im selben Moment, als ich die Dämmerung vor dem Fenster erblicke, kommen mir die Ereignisse des gestrigen Tages wieder in den Sinn: der Weihnachtsmarkt, meine beschwipste Tante und ihre nicht weniger angeduselten Freundinnen. Und Kaj, der uns netterweise nach Hause fuhr und mich am Ende des Abends sogar bekochte. Mich erfasst ein wohliges Kribbeln, als ich an unsere Umarmung zurückdenke. Und an seine Blicke, die so zärtlich und ernst zugleich waren.

Der Schmetterling in meinem Bauch will gerade wieder losflattern, da legt sich das Unglück von Kajs Eltern wie ein dunkler Schatten über alles. Scheinbar hat mein Hirn versucht, das Ereignis zu verdrängen, doch nun erinnere ich jeden von Kajs Sätzen. Auch dass ich keine Worte fand, ihn zu trösten, fällt mir wieder ein.

Gedämpft in meiner Stimmung, steige ich aus dem Bett, erledige die Morgenroutine im Bad und schlüpfe anschließend in meine Jeans, wähle aber zur Abwechslung einen Rolli. Wenn wir heute zu Fuß Kajs Auto holen, will ich warm genug angezogen sein. Während ich die Treppe hinunter ins Erdgeschoss nehme, versuche ich die Gedanken an Kaj, so gut es geht, fortzuschieben.

«Guten Morgen, Tantchen!», rufe ich beim Betreten der Küche, wohl wissend, dass Matilda angesichts dieser Bezeichnung eine lustige Grimasse schneiden wird. «Naaaa, wie geht es dir?» Ich zwinkere ihr vielsagend zu. «Hast du ausgiebig geschlafen?» Ehe sie antwortet, drücke ich ihr ein flüchtiges Küsschen auf die linke Wange und schnappe mir einen Becher, den sie offensichtlich für mich bereitgestellt hat. Dann setze ich mich zu ihr an den Hochtisch. «Kopfweh?», erkundige ich mich mitfühlend, während ich mir Kaffee einschenke.

Meine Tante winkt ab. «I wo. Eine alte Schachtel wie mich haut so schnell nichts um.» Sie grinst. «Aber Gerda hatte wohl keine sonderlich erholsame Nacht. Dabei ist sie zwei Jahre jünger als ich.»

«Oh weh.» Ich verziehe teilnahmsvoll das Gesicht. «Ich kann mir gut vorstellen, wie sie sich fühlt.»

«Ach, die steht bald wieder», fegt Matilda meine Bedenken vom Tisch. «Sie und Sigi kommen gleich vorbei, um schon mal zwei Kartons abzuholen. Für die Tafel.» Mit neugierigem Blick sieht sie mich an. «Was unternehmen wir beide denn heute, wenn die Mädels fort sind?»

«Eigentlich wollte ich weitere Fotos machen und sie bearbeiten», erkläre ich. «Außerdem habe ich mir vorgenommen, später noch mal in das Sylter Kochbuch zu schauen. Vielleicht finde ich darin ein paar Anregungen, denn …» Ich breche ab und sehe meine Tante mit geheimnisvoller Miene an. «Ich suche nach einer Idee, wie wir deinen Geburtstag feiern. Wie wäre es zum Beispiel mit einer kleinen Party?» Es war ein Schuss ins Blaue, ich rechne nicht damit, dass Matilda zusagt. Und so ist es auch.

«Du liebe Güte, nein!» Sie bekommt große Augen und schüttelt energisch den Kopf, sodass ihr die Haare ums Gesicht tanzen. «Normalerweise zelebriere ich diesen Anlass nicht.» Dann räumt sie zögerlich ein: «Aber da du hier bist, möchte ich den Tag natürlich gern mit dir verbringen. Eventuell gehen wir irgendwo essen?»

Ich antworte mit einem Lächeln. «Na klar, du darfst dir aussuchen, was wir unternehmen. Allerdings will ich die Idee mit der Feier noch mal ...»

Der Gesichtsausdruck meiner Tante spiegelt blankes Entsetzen wider, also hebe ich beschwichtigend die Hände.

«Nur ein klitzekleines Fest, nichts Pompöses, so was wie ein gemeinsames Dinner, zu dem wir ein paar deiner Freunde einladen.» Ihre Miene entspannt sich etwas, darum rede ich weiter: «Vielleicht gibt es ja jemanden, zu dem du lange keinen Kontakt hattest, den du aber gerne wiedersehen möchtest?» Erneut kommt mir mein Vater in den Sinn. Nur hat der ja offenbar bereits anderes vor.

«Hm-m ...». Meine Tante scheint ins Grübeln gekommen zu sein.

Ich beschließe, noch ein wenig Überzeugungsarbeit zu leisten. «Weißt du noch? Früher haben wir zu Hause oft und ausgiebig gefeiert.»

Und siehe da: Ein Lächeln erhellt Matildas Gesicht. «Und ob ich mich erinnere. Vor allem an ein Silvesterfest vor vielen Jahren. Es kamen alle möglichen Nachbarn. Menschen, die niemand aus der Familie je zuvor gesehen hatte. Es war so voll in der Wohnung, dass die Leute aus Platzmangel auf dem Bügelbrett gesessen haben.»

«Und damit zusammengebrochen sind», ergänze ich lachend. «Mama war fuchsteufelswild.»

Matilda kichert und schüttelt gleichzeitig verständnislos den Kopf. «Ja, sie war wirklich sauer. Dabei hätte ich schwören können, dass sie von der Existenz des Plättbretts keine Ahnung hatte. Sie lebte doch quasi aus dem Koffer und gab ihre Wäsche unterwegs in die Reinigung.»

«Stimmt, es war schon erstaunlich, dass sie an dem Tag überhaupt zu Hause war und mitgefeiert hat.» Für eine Millisekunde werde ich wehmütig. Mama hatte einfach viel zu wenig Zeit für ihre Familie. Zum Glück gab es Matilda.

Und plötzlich fällt mir etwas ein. «Warte kurz, ich habe eine Überraschung.» Ich flitze los, um das Fotoalbum zu holen. Atemlos kehre ich kurz darauf in die Küche zurück. «Schau, was ich nebenan entdeckt habe.» Ich halte das Buch in die Höhe. «Wusstest du, dass das Album dort drüben liegt?»

Matilda stellt ihren Kaffeebecher mit Schwung auf dem Tisch ab. Auf einmal ist sie aschfahl im Gesicht. «Na ja … nein», stottert sie mit eingefrorenem Lächeln. «Ich … habe in meinem Chaos wohl den Überblick verloren, wo ich meine Sachen überall verteilt habe.»

Ich bin irritiert. Matilda sieht kein bisschen begeistert aus und macht außerdem keinerlei Anstalten, in dem Büchlein zu stöbern. Also übernehme ich diesen Part. Ich lege es so vor uns auf den Tisch, dass wir beide hineinschauen können, und beginne, die ersten Seiten umzuschlagen. «Schau nur, wie jung wir alle aussehen», plappere ich drauflos in der Annahme, meine Tante sei nur ein wenig ergriffen. «Papa war damals richtig stattlich. Gut aussehend wie ein Schauspieler.» Ich deute auf ein Foto, das mir gestern auf Kajs Sofa nur nebenbei aufgefallen ist. Mein Vater im grauen Flanellanzug und mit vor der Brust verschränkten Armen, er steht an eine Mauer gelehnt und scheint etwas zu beobachten. Er trägt einen Hut, den er sich leicht ins Gesicht gezogen hat und der ihm dieses spezielle mondäne Äußere verleiht. «Fehlt nur noch eine Zigarette zwischen den Lippen», sage ich schmunzelnd, «dann könnte er glatt als Paul Newman durchgehen.» Ich schaue zu Matilda und bin überrascht, dass ihre Aufmerksamkeit nicht dem Album gilt.

Unruhig wandern ihre Augen von der Zimmerdecke zu ihren Händen, die an ihrer Strickjacke herumspielen. «Ja», sagt sie mit belegter Stimme, «wie Paul Newman. Das empfand ich damals ebenso.» Zögernd wirft sie nun doch einen Blick auf das Bild. Ihre Schultern heben sich, und sie hält kurz angespannt die Luft an.

Papas Worte kommen mir plötzlich in den Sinn: *Die Fotos stammen alle aus der Zeit, bevor sie wegzog. Möglicherweise stimmt es sie traurig, die Bilder anzusehen.* Und dann merkte er noch an, dass es einen Grund geben könnte, warum das Album in der Nachbarwohnung lag. Höchstwahrscheinlich hat er recht. Nur welcher soll das sein?

«Sieh nur, wie niedlich du zu der Zeit aussahst», übergeht Matilda das Foto und deutet auf ein Bild auf der gegenüberliegenden Seite. «Ein wahrer Wonneproppen warst du.»

Ich hasse dieses Wort, auch wenn es definitiv zutrifft. Wir sprechen über das Bild, das auch Kaj gestern amüsiert hatte: ich in meinen Kinderstuhl gequetscht, das Gesicht über und über mit roter Soße beschmiert. Matilda betrachtet das Porträt und hat nun tatsächlich ein seliges Lächeln auf den Lippen.

«Ja, ich war tatsächlich ein wenig pummelig. Daran waren ohne Zweifel deine Kochkünste schuld.» Ich werfe meiner Tante einen gespielt tadelnden Blick zu, den sie lachend erwidert.

Dann klappt sie das Buch zu und wechselt abrupt das Thema: «Wenn du eine Party feiern möchtest, liegt aber noch viel Arbeit vor uns.»

«Du willigst ein?», jubele ich, auch wenn ich etwas überrascht über ihren Sinneswandel bin. «Du wirst sehen, es wird ein wunderbarer Abend.»

«Und ein angemessener Abschied.» Sie sagt es ganz leise, doch ich habe gute Ohren.

«Abschied?» Ich versuche, nicht allzu irritiert zu klingen. «Wie meinst du das?»

Matilda sieht mich an, während sie wieder an ihrer Jacke knispelt. Ihre Augen liegen auf einmal tief in den Höhlen und wirken furchtbar müde.

Ich kann mir keinen Reim auf ihre Worte machen, außer … «Ich bin ja noch da», sage ich. «An unser Lebewohl denken wir beide jetzt doch noch nicht.»

Voller Tatendrang und um nicht noch mehr melancholische Stimmung aufkommen zu lassen, reibe ich mir die Hände. «Wenn du mich fragst, sollten wir als Erstes einen besseren Platz für den riesigen Tisch im Wohnzimmer finden. Und hast du genügend Stühle?»

Sie schüttelt verschämt den Kopf. «Nur vier. Früher besaßen wir noch diverse Gartenstühle, die sehr stilvoll waren. Leider habe ich eines Abends vergessen, sie anzuschließen …»

«Was denn, geklaut?» Ich reiße die Augen auf.

«Ja, auch auf Sylt gibt es Langfinger. Es muss jemand mit dem Transporter vorgefahren sein und sie kurzerhand eingeladen haben.»

Ich will mich gerade über so viel Unverfrorenheit aufregen, da klingelt es an der Haustür. Augenblicklich meldet sich der Schmetterling in meinem Bauch und beginnt, ein paar tollkühne Loopings in meinem Magen zu drehen.

«Das müssen die Deerns sein», sagt Matilda. «Magst du öffnen?»

«Klar, bin schon unterwegs!»

Leider stehen tatsächlich Gerda und Sieglinde vor der Tür, und mein Schmetterling legt eine Vollbremsung hin. Gerda hat sich schick gemacht, sie trägt einen hellblauen Mantel mit vereinzelt aufgestickten Perlen. Dazu farblich passend: Mütze und Schal, ebenfalls bestickt. Ihre orangefarbenen Haarspitzen blitzen keck unter dem Strick hervor. Allerdings vermag ihr Outfit kaum von der blassen, leicht grünlichen Gesichtsfarbe abzulenken. Spuren des gestrigen Tages.

«Kinder, ist das kalt!» Sie reibt sich fröstelnd die Hände.

Sieglinde drängelt von hinten. «Nu komm mal in die Puschen, Gerda, und geh rein. Hier draußen wird's nicht wärmer.» Sie reckt sich, um suchend über Gerdas und meine Schulter zu blicken. «Versteckt sich Matilda wieder?» Gleich darauf holt sie tief Luft und brüllt über unsere Köpfe hinweg: «Tilli, wenn wir deine Plünnen abholen sollen, musst du uns wenigstens begrüßen.»

«Matilda sitzt in der Küche», sage ich. «Kommt rein, ich koche euch einen heißen Tee.»

Das lassen die Damen sich nicht zweimal sagen. Bibbernd und im Tippelschritt folgen sie mir. Beim Betreten der Küche sehe ich gerade noch, wie meine Tante das Fotoalbum in einem der Oberschränke verschwinden lässt und flink die Tür zuknallt. Sie wirbelt herum. «Du liebe Zeit, Gerda!», ruft sie entsetzt, als sie ihre Freundin erblickt. «Du sühst ut as en Gröönkohlkopp!»

Gerda verzieht das Gesicht. «Wie Grünkohl? Unverschämtheit. Das kommt nur, weil du mich duun gemacht hast, Tilli.»

Während der Wasserkocher arbeitet, hole ich vier Beutel

Friesentee aus Matildas Vorratsschrank, verteile sie auf Becher und lausche dem Gezanke, das munter weitergeht.

«Bedank dich bei Sigi, die hat angefangen mit dem Trinken. Und damit, Schauergeschichten zu erzählen.» Meine Tante lacht kurz trocken auf.

«Ik heff blots seggt, wo dat is», meint Sieglinde. «Im Übrigen fühle ich mich bestens», flötet sie und klettert auf einen der Stühle. «Ihr zwei seid mir vielleicht ein paar Weicheier.»

Ehe das Gekabbel in die nächste Runde geht, befülle ich die Becher mit dem heißen Wasser und balanciere sie vorsichtig zum Tisch. Während ich Löffel und Kandis verteile, grätsche ich in das Gespräch. «Matilda hat sich von mir breitschlagen lassen, ihren Geburtstag zu feiern», verkünde ich fröhlich und ziehe augenblicklich die Aufmerksamkeit der Damen auf mich. «Einzelheiten haben wir uns noch nicht überlegt, es soll aber ein Essen für alle Freunde werden. Ich hoffe, ihr seid dabei?»

Gerda hat es noch nicht ganz geschafft, auf ihrem Hocker Platz zu nehmen, sie kämpft noch mit dem Gleichgewicht. Nichtsdestotrotz erhellt sich ihre Miene. «Eine Party! Was für eine ausgezeichnete Idee! Und ein Wunder, dass du unsere liebe Tilli dafür begeistern konntest. Wie können wir helfen?» Sie krallt sich an der Tischplatte fest, um sich auf die Sitzfläche des Stuhls zu ziehen. Als sie es geschafft hat, blinzelt sie erwartungsvoll in die Runde.

«Ihr helft uns schon, indem ihr ein paar der Kartons mitnehmt und sie weitergebt», sage ich und setze mich ebenfalls an den Tisch. Mit beiden Händen umschlinge ich meinen heißen Teebecher. «Außerdem benötigen wir Stühle. Sechs Stück dürften reichen. Falls ihr welche verleihen könnt?» Gespannt sehe ich von einer zur anderen.

Gerda möchte etwas sagen, doch Sieglinde kommt ihr zuvor: «Gerda besitzt nur so klobige Biedermeier-Möbel. Schwer wie ein Elefant. Die kommen nicht infrage.»

Offenkundig hat sie damit ins Schwarze getroffen, denn Gerda schweigt. Mit spitzen Lippen beobachtet sie, wie Sieglinde mit ihrem Löffel in dem Schüsselchen mit dem Kandiszucker herumwühlt. So lange, bis sie eins erblickt, das wohl ihren Größenvorstellungen entspricht. Sie löffelt es umständlich heraus und versenkt es in ihrem Becher. Danach wendet sie sich an mich. «Wofür brauchst du denn noch mehr Sitzgelegenheiten, wir finden doch alle Platz am Tisch?»

«Vielleicht habe ich ja noch weitere Freunde außer euch», wirft Matilda scharfzüngig ein und schaut hochmütig aus dem Fenster.

Ihre Freundinnen sind ebenso erstaunt wie ich. Dafür, dass meine Tante bis eben noch keine Feier wollte, wirkt sie nun, als würde sie zum Opernball laden.

«Ach ja? Wen denn?» Zwei Augenpaare wenden sich ihr neugierig zu.

«Sag ich euch nicht!»

«Wie gesagt stehen die Details noch nicht fest», stoppe ich die Diskussion. Wer weiß, wie viele Gäste meine Tante wirklich zusammenbekommt, aber ich will sie nicht in Verlegenheit bringen. «In jedem Fall sitzen wir am Esstisch im Wohnzimmer gemütlicher, darum haben wir ihn freigeräumt und ausgeklappt. Zehn Personen passen an die Tafel.»

Sieglinde pfeift durch die Zähne. «Zehn Personen», wiederholt sie andächtig und rührt in ihrem Becher. «Stimmt, Bruno hat sich ja nicht lumpen lassen und diesen übertheuerten Seefahrertisch gekauft. Von Möbel Hansen.» Sie rollt mit den Augen. «Den hätte er bei Ikea günstiger bekommen.»

«Man muss das Handwerk unterstützen», insistiert Gerda.

«Die kleinen Läden sterben nach und nach aus, wenn alle Welt bei Ikea bestellt.»

«Jaja, schon klar, du Weltverbesserin. Aber man muss sich so was leisten können.» Sie wirft Matilda einen Blick zu, den ich nicht deuten kann. Für einen Moment entsteht eine peinliche Stille.

«Wie dem auch sei», übergeht Gerda den Augenblick, «mir kommt gerade eine Idee, wo wir Stühle herbekommen. Und zwar bei Neni vom *Karsenhof*. In ihrem Café stehen genügend herum, und wir brauchen die ja nur am Abend. Ist doch so, Tilli, oder? Da hat das Café ohnehin geschlossen.»

Meine Tante nickt, und ich rufe begeistert: «Das wäre ja super! Allerdings kommen wir mit unserer Bitte recht kurzfristig. Matildas Geburtstag ist ja bereits übermorgen.»

«Das klappt. Wir rufen direkt im *Karsenhof* an und fahren nachher dort vorbei.» Sieglinde wirkt hoch motiviert, wohingegen Matilda ein Stöhnen von sich gibt.

«Mutet ihr euch nicht zu viel zu? Vor allem du, Livi. Seit du hier bist, arbeitest du. Erst meine Keramik und nun auch noch das Fest.»

«Papperlapapp!», fege ich ihre Bedenken fort. «Das ist für mich keine Arbeit, sondern Vergnügen.»

«Für uns auch. Endlich ist mal wieder was los», ruft Gerda beglückt.

«Sehe ich auch so.» Sieglinde spielt an ihrer Bernsteinkette. «Und wenn noch Platz auf der Gästeliste ist, könntest du beispielsweise Jonte einladen», schlägt sie in bewusst harmlosem Tonfall vor. «Der ist immer zur Stelle, wenn man ihn braucht.»

Gerda prustet fast ihren Tee über den Tisch. «Für den Fall deponierst du aber besser keine Lebensmittel auf deinem Bett, Tilli. Oder verschließt dein Schlafzimmer.»

«Du bist ja bloß neidisch, Gerda. Weil ich bei den Männern –»

«Wie wäre es, wenn wir gleich den Esstisch schon mal ein Stückchen verrücken?», unterbreche ich Sieglinde, ehe sie mit ihrer spitzen Zunge ernsthaften Schaden anrichtet. «Er müsste in die Mitte des Raums geschoben werden, damit alle bequem dran sitzen können.»

Sofort sind alle wieder friedlich gesinnt. «Klar», stimmen sie wie aus einem Mund zu, «dafür sind wir ja da. Um zu helfen.»

21

Shabby Chic – so wie wir!

Eine Viertelstunde später stehen wir im Wohnzimmer. Den umfunktionierten Weinkühlschrank konnte ich dank seiner Rollen allein wegschieben, *Kolumbus* erweist sich hingegen als Herausforderung. Darum sammeln wir ein paar alte Handtücher zusammen, stopfen sie unter die Tischbeine und schieben das Ungetüm auf diese Art an den geeigneten Platz. Danach knöpfen wir uns mit derselben Technik das Sofa vor. Es kommt an die Wand unterhalb der Leuchten und sieht aus, als habe es niemals woanders gestanden.

«Jetzt müssten wir nur noch das Sideboard entrümpeln und deine schönsten Keramikvasen obendrauf dekorieren», sage ich zu Matilda, «dann ist es perfekt!» Ich drehe mich begeistert im Kreis. Während ich noch ein paar Kleinigkeiten verrücke, telefonieren Gerda und Sieglinde über den Lautsprecher ihres Handys mit dem *Karsenhof*. Ich blende ihre durchdringenden Stimmen aus und betrachte stattdessen versonnen das fertige Zimmer.

Matilda tritt heran und nimmt mich in den Arm. «Ich bin sehr froh, dass du hier bist, Olivia», sagt sie leise in mein Ohr. «Was auch geschieht, vergiss bitte nicht: Ich hab dich lieb.»

Ein wenig erstaunt über ihre Worte, aber vor allem gerührt, drücke ich sie. «Ich hab dich auch lieb, Tante Tilda», flüstere ich zurück. «Das war schon immer so, und daran wird sich garantiert nie etwas ändern.» Einen Moment stehen wir so da, dann hören wir Gerda das Gespräch beenden und lösen unsere Umarmung.

«So, Kinners, husch, husch ins Auto, ich hab alles organisiert. Sechs Bistrostühle bekommen wir, müssen sie aber direkt abholen, weil Neni heute allein auf dem Hof ist und nur am Nachmittag Zeit für uns hat.»

Ich schaue zu meiner Tante. «Ist es wirklich in deinem Sinne, dass wir hier feiern?», vergewissere ich mich bei ihr, und Matilda nickt. «Ich bin mir sicher, es wird ein unvergesslicher Abend.»

Noch einen Tick flotter als gestern braust Sieglinde über die Sylter Landstraße. Dieses Mal gab es kein Gerangel um den Platz auf dem Beifahrersitz, die Damen haben ohne Zank, aber über meinen Kopf hinweg entschieden, dass ich den Sitz einnehmen soll. Und so hänge ich windschief neben Sieglinde im durchgesessenen Polster ihres betagten Volvos und bete, dass der Wagen nicht während der Fahrt auseinanderfällt. Er verfügt zwar über eine erstaunlich geräumige Ladefläche, nichtsdestotrotz bin ich skeptisch, was das Unterbringen der sechs Stühle anbelangt. Doch ich will keine Spielverderberin sein. Wenn wir am Ende zwei oder gar drei Touren fahren müssen, werde ich Matilda zuliebe die Zähne zusammenbeißen. Aus nachvollziehbaren Gründen habe ich aber sehr darauf geachtet, dass Sieglinde ihre Brille nicht nur im Gepäck, sondern auch auf der Nase hat.

«Juchuu», ruft sie, als wir mit Karacho einen Lastwagen überholen und die Straße nun frei vor uns liegt. Wir befinden uns auf dem Weg Richtung Westerland, also nach Norden. Im Wagen ist es ungewöhnlich still, vermutlich weil die Aussicht zu beiden Seiten relativ unspektakulär ist: beschneite Stoppelfelder, aus denen von Zeit zu Zeit am Horizont ein Reetdach hervorlugt.

«Rechter Hand befindet sich übrigens das Rantumbecken, ein ehemaliger Wasserflugplatz, der heute ein Naturschutzgebiet ist. Man kann es mit dem Fahrrad umrunden oder selbstverständlich zu Fuß. Das dauert etwa eine Stunde.» Ich erfahre es von Gerda, die hinter mir sitzt und in mein linkes Ohr brüllt, da Sieglinde am Radio herumfummelt, um für Musik zu sorgen. Es knarzt und quietscht, doch einen Sender findet sie nicht.

«Nie im Leben kommst du da in einer Stunde rum», mischt sie sich jetzt ein. «Nicht mit deinen kurzen Beinen.»

«Na gut, anderthalb Stunden», lenkt Gerda pikiert ein. «Ist aber auch egal. Wir sind eh schon daran vorbei.»

Ich gucke trotzdem in die angegebene Richtung, wobei ich mir ein Schmunzeln nicht verkneifen kann. Das Becken vermag ich leider nicht zu erkennen.

«Dies hier sind die Ausläufer Westerlands», übernimmt nun Sieglinde die Sightseeingtour. Was das Radio betrifft, hat sie sich für die gewaltsame Methode entschieden: Mit der Faust hämmert sie kurz gegen das Display, während sie unbeeindruckt weiterspricht: «Weißt du noch? Hier bist du angekommen und in Lasses Taxi gestiegen.»

Ach ja, die Taxifahrt. Ich kann kaum glauben, dass das nicht mal eine Woche zurückliegt. Ich habe das Gefühl, schon viel länger auf dieser Insel zu sein.

Sieglinde setzt den Blinker und lenkt den Wagen nach rechts. «Wir tuckern jetzt erst mal gemütlich über die Dorfstraße nach Morsum», entscheidet sie, wobei sie beide Hände vom Lenkrad nimmt, um mir gestenreich den Weg zu erklären.

«Wunderbar», bringe ich mit dünner Stimme hervor, denn Sieglindes Fahrstil würde ich wahrlich nicht als *Tuckern* bezeichnen. Eher als *Fahren wie ein Henker*.

«Rechter Hand liegt Tinnum, dort gibt es sogar einen Tierpark», ruft nun wieder Gerda von der Rückbank. «Mit niedlichen Ziegen und Eseln und ...»

«Und das bedeutet, wir nähern uns jetzt Keitum», fällt ihr die Fahrerin ins Wort. «Dem Örtchen, wo wir gestern so nett gefeiert haben.»

Dieses Mal verkneife ich mir das Grinsen. *Nett gefeiert* ist wohl die Untertreibung des Jahrhunderts. Angestrengt schaue ich aus dem Fenster. Man kann vom Auto aus nicht allzu viel erkennen. Weder sehe ich das Meer noch den Zoo, und auch von Keitum auf der gegenüberliegenden Seite ist lediglich ein schmaler Streifen zu sehen. «Bist du auf Sylt geboren?», erkundige ich mich bei Sieglinde.

Sie nickt. «Jo. Gibt nicht mehr viele von meinem Schlag. Die Insulaner sterben langsam weg.»

«Oder werden vertrieben», ergänzt Matilda von hinten. Sie hat sich etwas vorgebeugt, damit sie besser zu verstehen ist.

«Wie meinst du das?» Ich wende mich zu ihr um und sehe, dass ihre Miene einen verbitterten Zug angenommen hat.

«Kaum ein Einheimischer kann es sich angesichts steigender Mieten und Lebenshaltungskosten noch leisten, auf Sylt zu leben», antwortet sie. «Die überwiegende Zahl der Angestellten von Hotels oder Gastronomie wohnen daher inzwischen auf dem Festland. Und wir Einwohner werden systematisch vergrault.»

Aus dem Augenwinkel sehe ich Sieglinde neben mir nicken. «Sylt hat sich verändert, leider nicht zu seinem Vorteil. Zahlreiche Häuser wurden als Investment erworben, von Leuten, die nur zweimal pro Jahr herkommen. Wenn's hochkommt. Vor allem jetzt, im Winter, liegen ganze Straßenzüge im Dunkeln, regelrecht verwaist sieht es da aus.»

Gerda mischt sich ein. Sie zieht meine Tante an den Schultern ein Stückchen nach hinten, damit sie ihren Kopf in die Lücke zwischen den Sitzen quetschen kann. «Und wo sollen wir noch einkaufen? Beinahe alle Läden haben geschlossen, weil es sich nicht mehr rentiert. Aus diesem Grund musste ich ja auch meine Bäckerei schließen.»

«Das ist krass», sage ich betroffen. Darüber habe ich mir überhaupt noch keine Gedanken gemacht. Natürlich wusste ich, dass Sylt ein teures Pflaster für Touristen ist. Dass aber auch die Einheimischen mit dieser Preisentwicklung kämpfen oder gar vertrieben werden, war mir nicht bewusst.

«Zum Beispiel hier», meldet sich Sieglinde wieder zu Wort und biegt in eine Seitenstraße. «Das kleine spitzgiebelige Haus, auf das wir zusteuern, gehört einer Bekannten aus meinem Turnkurs. Links und rechts davon sind Neubauvillen, die bewohnt in den Wintermonaten niemand. Deshalb kommt sie dann nicht zum Sport, weil sie sich nicht traut, abends allein durch die Gassen zu gehen.»

«Ich nehme an, man kann diesen Trend nicht aufhalten, oder?» Ich schaue über meine Schulter. Gerda und Matilda haben sich erneut zurückgelehnt und schütteln einvernehmlich den Kopf.

«Kommen wir nun zu etwas Erfreulicherem.» Sieglinde hat das Tempo gedrosselt und ist in eine Straße gebogen, die mir irgendwie bekannt vorkommt. Kaum habe ich den Gedanken zu Ende gedacht, fällt mein Blick auf eine knorrige Eiche, an der ein hölzernes Schild baumelt: *Hofladen*. Hier war ich schon mal! Und zwar mit Kaj. Als wir in dem alten Reetdachhaus einkaufen wollten und ich auf der Treppe umgeknickt bin. Instinktiv reibe ich mir meinen Knöchel.

Dieses Mal folgen wir allerdings nicht dem Pfeil. Stattdessen gibt Sieglinde wieder Gas. Mit affenartiger Geschwindigkeit braust sie über einen baumbestandenen Kiesweg, der eigentlich mehr eine Auffahrt ist und ziemlich bald in einem Rondell mündet. Entsprechend scharf geht sie in die Kurve. Sie reißt das Lenkrad herum und absolviert eine Vollbremsung, dass der Kies nur so zu den Seiten wegspritzt. «Da wären wir», sagt sie hochzufrieden und streift sich die Brille von der Nase. «Auf diesem Hof leben die Matthiessens.»

Ich staune nicht schlecht. Wir stehen vor einem in die Jahre gekommenen, aber dennoch imposanten Reetdachhaus mit angeschlossenem Stall. Das Haus daneben wurde offensichtlich frisch renoviert, jedenfalls ist das gedeckte Dach sehr viel heller, als es beim Haupthaus der Fall ist. Links vom Eingang, der über eine Treppe erreicht werden kann, steht ein ramponierter Strandkorb. Im Inneren ist er winterlich dekoriert mit getrockneten Blumen und einer Lichterkette.

«Der olle Korbstuhl dient im Sommer als Selbstbedienungsladen», erklärt Sieglinde, während sie sich im Spiegel der Sonnenblende betrachtet. Sie rückt ihre Frisur zurecht. «Dann ist er ganz hübsch. Aber jetzt …» Sie lässt den Satz in der Luft hängen.

«Shabby Chic nennt man das», piepst Gerda, die inzwischen kreidebleich im Gesicht ist. «So wie wir.» Sie erntet von zwei Seiten böse Blicke. «Ist doch so.»

«Der Hof gehört Nenis Familie», erklärt mir Matilda, «sie wurde vor 85 Jahren auf Sylt geboren, ihre Eltern haben das Haus gebaut.» Sie presst sich ein Taschentuch vor den Mund, offenbar ist ihr übel. «Soweit ich weiß, liegen finanziell schwierige Zeiten hinter der Familie», bringt sie dumpf hervor. «Aber vorletztes Jahr hat der Enkel geheiratet, und seine Ehefrau hatte eine tolle Geschäftsidee und damit den Hof gerettet. Sie plant Feste und so was.»

«Events heißt das heutzutage», weiß Sieglinde. «Umso netter, dass sie uns die Stühle leihen.» Sie löst ihren Gurt und schwingt die Beine aus dem Wagen. «Kommt, Mädels.» Von draußen treibt sie uns weiter an: «Wir müssen um das Haus herumgehen, dort ist der Eingang zur Veranda. Nun macht doch mal 'n büschen dalli, hier gibt es keine Parkplätze in Sichtweite, und ich will den Volvo nicht so lange allein lassen.»

Ich drehe mich zur Rückbank und tausche einen kurzen, vielsagenden Blick mit Matilda aus. Dann schälen wir uns alle aus dem Auto. Sieglinde kann es nicht abwarten und prescht vor, aus der Entfernung ruft sie bereits: «Huhu! Ist wer zu Hause? Neni? Wo bist du?»

«Rechtsrum, Sigi!», bremst meine Tante ihre Freundin. «Setz doch lieber wieder die Brille auf.»

Während Sieglinde etwas murmelt, das wie *Nicht nötig, bin doch nicht blind* klingt, nimmt Gerda kurz entschlossen Sigis Hand, und im Gleichschritt stapfen wir durch den verschneiten Garten. Die Pflanzen links und rechts sehen durchweg aus, als habe jemand sie in Zuckerwatte gewendet – ich entdecke knorrigen Lavendel und eine Vielzahl Hortensienbüsche. Traumhaft schön mit einer glitzernden Eisschicht bedeckt. Vor uns liegt nun die Rückseite des Hauses, die größtenteils von einer Veranda eingenommen wird. Sie ist vollverglast und besteht aus zahlreichen, einzeln gerahmten Fenstern, allesamt weiß gestrichen. Auch hier führen ein paar Treppen zum Eingang, und ich passe ein wenig auf, dass die Damen sicher hinaufgelangen.

«Matilda!» Eine schmale, grauhaarige Frau eilt uns entgegen. Sie trägt einen Dutt, aus dem sich ein paar Strähnen gelöst haben, was ihr etwas Mädchenhaftes verleiht, gleichwohl ihre Haut aus Millionen feinster Fältchen zu bestehen scheint. «Wie schön, dass du mich endlich mal wieder besuchst.» Sie streicht sich die Haare aus dem Gesicht und begrüßt meine Tante mit einem Küsschen auf die Wange. «Gut siehst du aus.» Dann blinzelt sie verschmitzt in die Runde. «Über euch freue ich mich natürlich auch, Ladys. Kommt schnell rein, ist ja bitterkalt hier draußen!»

Wir betreten die Veranda, in der die Temperatur allerdings nur unwesentlich höher ist. Der Raum erscheint mir riesig und ist wie ein Café eingerichtet. Überall stehen Tische herum, eckige und ovale, außerdem eine ebenso bunte Mischung an Stühlen.

«Setzt euch, es wird sicher gleich warm.» Als Neni unser Zögern bemerkt, greift sie sich aus einer Ecke einen Stapel Wolldecken und drückt uns je eine in die Hand. «Möchtet ihr Tee? Oder Schokolade? Kaffee? Ist alles da.»

Als wir erneut unschlüssige Blicke austauschen, schließlich wollten wir nur die Stühle abholen, beginnt Neni kurzerhand Teesorten aufzuzählen. Alle bio und laut ihrer Ausführung aus eigener Produktion. «Ina, die Schwägerin meines Enkels, stellt die Mischungen zusammen. Sie erntet und trocknet die Pflanzen und probiert ständig neue Mixturen aus.» Mit einer Kopfbewegung deutet sie auf einen imposanten Buffetschrank, der in der dunklen Stirnseite des Raums steht und mir erst jetzt so richtig auffällt. Er ist übervoll mit Gläsern bestückt. Und zwar mit Einmachgläsern. «Ina kocht auch Chutneys und Pesto und legt alles ein, was unsere Beete so hergeben.»

Neni breitet die Arme aus. «Nun setzt euch doch endlich.

Ich bin froh, wenn mal jemand vorbeikommt, so schnell lasse ich euch nicht wieder verschwinden.» Sie zwinkert mir zu. «Weisst du, im Winter ist es manchmal ziemlich einsam auf dem Hof. Vor allem wenn, wie heute, meine gesamte Familie auswärts zu tun hat.» Sie schaut auf ihre Armbanduhr. «Am frühen Abend muss ich die Tiere füttern, darum hab ich euch etwas gedrängt.»

Nun kommt Bewegung in unser Grüppchen. Wir wählen einen Vierertisch entlang der Fensterfront und setzen uns.

«Ich hätte gern einen Tee aus Himbeerblättern und Holunder», mache ich zu Nenis Freude den Anfang, und ich muss mich regelrecht zwingen, meinen Blick von dem Buffetschrank loszueisen. Es ist unbeschreiblich, was diese Ina so fabriziert. Noch dazu sind alle Gläser akkurat per Hand beschriftet.

«Gute Wahl», findet Neni. «Und die anderen Damen?»

«Salbei-Kirsch», kommt es von meiner Tante.

Gerda massiert sich die Stirn. «Ich möchte nichts. Nur eine Kopfschmerztablette.»

Neni schaut ein wenig überrascht, nickt aber. Offenbar hat sie auch Medizin im Angebot.

«Also ich wünsche mir einen Kakao mit Rum.» Sieglinde deutet auf einen Servierwagen neben dem Buffetschrank, der mit Spirituosen gefüllt ist.

«Auf gar keinen Fall», protestiert Matilda. «Kakao ja, Alkohol nein. Wir wollen lebend zu Hause ankommen.»

Sie spricht mir aus der Seele. Die Hinfahrt war bereits beschwingt genug. Noch mehr Zündstoff benötigt es definitiv nicht für den Heimweg.

«Lasst euch überraschen, ich bin in fünf Minuten zurück.» Neni verschwindet durch eine angrenzende Tür, die offenbar zur Küche führt. Durch einen schmalen Spalt erkenne ich zahlreiche Kupfertöpfe, die von der Decke baumeln.

Und während ich das Haus auf mich wirken lasse, den Buffetschrank samt Inhalt erneut unter die Lupe nehme und dabei ganz automatisch übers Selbermachen sinniere, kommt mir eine Idee. Sofort platzt es aus mir heraus: «Sag mal, Matilda, wie wäre es, wenn wir deinem Geburtstagsessen einen ganz besonderen Dreh geben», sage ich und hoffe, dass sie nicht böse ist, da ich nicht zuerst allein mit ihr gesprochen habe.

Matilda wirkt zum Glück vollkommen entspannt und neigt interessiert den Kopf.

«Und zwar, wenn nicht *ich* euch etwas koche, sondern ihr Gäste selbst zur Tat schreitet.»

Schweigen. Meine Tante blickt ein wenig bedröppelt drein.

22

Der Gockel im Handy

«Aber du kochst doch so gern», sagt Matilda nach einer Weile. «Und vor allem so gut.»

Gerda und Sieglinde sehen ebenfalls nur mäßig begeistert aus.

«Natürlich seid ihr nicht auf euch allein gestellt», beeile ich mich, die Sache aufzuklären. «Ihr müsst euch auch nichts ausdenken oder vorbereiten. Ich erstelle ein Menü und kaufe alle Zutaten ein. Am Abend werdet ihr dann in Gruppen eingeteilt und kocht gemeinsam nach meinen Rezepten.» Ich schaue weiterhin in ratlose Gesichter. «Nur mal so als Beispiel», fahre ich fort, «eine Truppe sorgt für die Vorspeise, eine andere oder sogar zwei für das Hauptgericht, und die letzte kümmert sich um die Nachspeise. Und ich assistiere euch.»

«Verteilst du auch eine Brennwerttabelle?» Das kommt von Sieglinde. Sie hat die Augen zusammengekniffen und trommelt mit ihren Fingern auf die Tischplatte. «Wäre doch interessant. Auch für Gerda.»

«Zur Not mach ich auch das.» Du liebe Zeit, denke ich. In Berlin habe ich schon ähnliche Events veranstaltet. Dort interessierte man sich vor allem für die Herkunft der Lebensmittel. Einige erkundigten sich auch nach einer veganen oder kinderfreundlichen Alternative. Aber eine Nährwerttabelle?

«Ich gehe in die Nachtisch-Gruppe!», ruft Gerda. «Falls man mal was probieren muss.»

«Und ich übernehme die Vorspeisen», sagt Sieglinde prompt. «Am liebsten gemeinsam mit Jonte. Dann gibt es Salat, und wir –»

«Habt ihr nicht zugehört? Olivia teilt die Teams ein. Und bestimmt auch, was wir zubereiten sollen.» Meine Tante kann über ihre Freundinnen nur den Kopf schütteln. «Ist doch so, oder?»

«Richtig. Oder wir losen aus. Auf jeden Fall stelle ich das Menü zusammen. In Absprache mit dem Geburtstagskind, selbstverständlich.» Ich schenke Matilda ein aufmunterndes Lächeln, das sie dankbar zurückgibt.

«Glaub mir», werbe ich für meine Idee, «das wird wunderbar.»

Meine Tante nickt. «Ich vertraue dir, mein Schätzchen. Man muss ja auch mal neue Wege beschreiten.»

Neni tritt an unseren Tisch. In ihren Händen balanciert sie ein rundes Tablett, voll beladen mit zwei dampfenden Tassen Tee, einem Becher heißer Schokolade und einem Glas, das mit einer giftgrünen Flüssigkeit befüllt ist. Sie setzt das schwere Teil ab, und eine köstliche Duftmischung breitet sich im Raum aus.

Das Glas mit dem grünen Saft landet vor Gerda. «Was ist das?» Angewidert kräuselt sie die Nase. «Pürierte Tannennadeln?»

Neni schüttelt den Kopf. «Ein Gemüse-Smoothie. Spezialität des Hauses», sagt sie schmunzelnd. «Sozusagen die moderne und gesunde Variante einer Kopfschmerztablette.» Sie stellt noch einen bunten Teller mit Stückchen vom Marmorkuchen in die Tischmitte. «Die sind von gestern, aber bestimmt noch saftig», erklärt sie, «der heutige Kuchen ist gerade in Arbeit, das Café öffnet normalerweise erst um halb drei.»

«Wie lieb, dass du uns trotzdem bewirtest», freut sich Matilda. Nachdenklich runzelt sie die Stirn und sagt dann mit einem zaghaften Lächeln: «Neni, ich möchte dich gern zu meiner Geburtstagsfeier übermorgen einladen. Hättest du Zeit und Lust? Wir haben uns ewig nicht gesehen.» Matilda ist sichtlich nervös. Offenbar hat sie lange keine Einladung mehr ausgesprochen. «Olivia hat uns gerade eröffnet, dass sie ein Koch-Event plant, und ich wäre glücklich, wenn du dazustößt. Tut mir leid, dass ich so kurzfristig damit um die Ecke komme, ich wurde selbst von diesem Plan überrumpelt.»

Neni wirkt überrascht. Sie zieht sich einen Stuhl heran, setzt sich neben meine Tante und sieht ihr tief in die Augen. «Ich hatte schon befürchtet, dass du dich nach Brunos Tod nie wieder unter Leute traust», sagt sie mit belegter Stimme. «Du ahnst gar nicht, wie froh ich bin, dass ich mich offenbar geirrt habe.» Sie greift nach Matildas Hand und drückt sie. «Überaus gern komme ich zu deiner Feier.»

Matilda lächelt. «Das freut mich. Sehr sogar.»

Einen Moment traut sich niemand, etwas zu sagen. Irgendwann unterbreche ich die Stille. «Wir sind dir unendlich dankbar, dass du uns mit ein paar Stühlen aushilfst», wende ich mich an Neni. «Sonst müssten unsere Gäste im Stehen essen.»

Die alte Dame löst ihre Hände von Matilda und vollführt im Anschluss eine raumgreifende Geste. «Gar kein Problem. Wie du siehst, haben wir hier ausreichend Exemplare herumstehen. Die können wir durchaus eine Weile entbehren. Sechs Stück braucht ihr?»

Ich nicke.

«Dann sucht euch die schönsten aus. Habt ihr einen Wagen?»

«Meinen Volvo», antwortet Sieglinde voller Inbrunst. «Darin haben Tilli und ich vor Jahren sogar mal einen Strandkorb transportiert, so viel Platz bietet der.»

Neni beißt sich auf die Unterlippe. «Ich erinnere mich, Sigi», sagt sie und kann das Lachen kaum mehr zurückhalten. «Auch daran, dass ihr damals von der Polizei angehalten wurdet.»

«Ja, aber das war wegen des Pferds auf dem Dachgepäckträger», verteidigt sich Sieglinde. Zu mir gewandt, erklärt sie: «Es war ein Stoffpony, das ich auf dem Dachboden gefunden hatte und Gerdas Tombola stiften wollte. Dummerweise hat sich wohl das Spanngummi gelöst, sodass der Schweif zu einer Seite ein wenig runterhing. Keine große Sache.»

«Wenn ich mich recht erinnere, handelte es sich bei dieser *einen Seite* nur leider um die Frontscheibe», gibt Neni zum Besten. «War doch so, Matilda, oder?»

Meine Tante nickt, und Sieglinde stellt klar: «Man musste nur schnell genug fahren, dann wurde das Pferdehaar zur Seite geweht.»

Alle vier Frauen schütteln kichernd ihre Köpfe und schwelgen weiter in Erinnerungen. Irgendwann komme ich zum Grund unseres Besuchs zurück. «Mit den Stühlen dürften wir ganz sicher unbehelligt nach Hause gelangen», sage ich zu Neni, «und sie werden auch garantiert keinen Schaden nehmen.»

Eine Weile sitzen wir noch in die kuscheligen Wolldecken gehüllt auf der gemütlichen Veranda. Währenddessen erzählt Neni von ihrem Alltag auf dem Hof. Als wir unsere Getränke geleert und die Kuchenstücke bis auf den letzten Krümel aufgegessen haben, erheben wir uns. Wir legen die Decken ordentlich wieder zusammen und beginnen, die Stühle auszuwählen. Es dauert eine geschlagene halbe Stunde, bis wir uns mit viel Gerangel für sechs Modelle entschieden, sie zum Volvo geschleppt und im Kofferraum verstaut haben. Ich vermag es kaum zu glauben, aber alle Exemplare finden Platz!

Die Damen beschließen, mir noch eine kleine Inselrundfahrt zu bieten.

«Kampen liegt zwar nicht direkt auf unserem Heimweg, aber da musst du trotzdem mal gewesen sein», findet Gerda, als Sieglinde bereits um die erste Kurve braust. «Um diese Tageszeit ist dort noch nicht viel los, aber das ist gar nicht mal verkehrt. So können wir ungehindert durch die Whiskystraße fahren.»

«Kampen kreuzt kein bisschen unsere Route», stellt Sieglinde richtig. «Es liegt im Norden der Insel. Rantum dagegen im Süden.»

«Nu tüdel mal nich, Sigi», meldet sich meine Tante zu Wort. «Rantum ist doch nicht im Süden, sondern eher in der Mitte von Sylt. Und im Norden befindet sich List.»

Sieglinde nimmt ihre Hände vom Steuer, um die Insel in der Luft nachzuzeichnen. «Wenn das hier Rantum ist ...», sagt sie und pikst ein imaginäres Loch ins Nichts, «... dann liegt das wohl südlicher als Kampen.»

«Ja, aber nicht *im* Süden. Weil sich dort Hörnum befindet», verbessert meine Tante. «Du musst dich schon präzise ausdrücken, wenn das Mädchen Fakten lernen soll.»

«Ach, die hat doch den Gockel im Handy, oder wie heißt das noch mal?» Als Sieglinde keine Antwort erhält, quasselt sie unbeirrt weiter: «Wir fahren jetzt bis zum schwarzen

Leuchtturm, dann kehren wir um und brausen zurück durch die Whiskystraße.»

«Strönwai heißt die Straße korrekt», brummt Matilda.

«Ich steig aber nicht aus beim Leuchtturm», bockt Gerda. «Viel zu kalt. Wir gucken den einfach nur durchs Fenster an.»

Ich beeile mich, den Damen etwas Druck zu nehmen. «Keine Sorge», beruhige ich sie, «ist ja nicht so, dass ich noch nie einen Leuchtturm gesehen hätte. Ich bin schließlich ein Küstenkind. Allerdings war noch kein schwarzer darunter.»

«Siehst du!», kommt es unisono von der Rückbank. «Dann holen wir das jetzt nach.»

«Wohlgemerkt ist der nicht komplett dunkel, sondern hat nur einen schwarzen Ring», präzisiert meine Tante. «Dort, wo der Turm steht, befindet sich der höchstgelegene Punkt der Insel, das Rote Kliff. So hieß der Turm auch früher», erklärt sie weiter. «Aber in den Siebzigern wurde er umbenannt in Leuchtturm Kampen.»

«Es war exakt 1975», wirft Sieglinde ein und hupt, weil vor ihr eine Möwe auf der Straße watschelt.

Meine Tante rollt kurz mit den Augen, fährt dann aber mit ihrer Erklärung fort: «Der Turm bestand ehemals aus gelbem Bornholmer Klinker und war mit Eisenringen verstärkt. In den Fünfzigern bekam der verwitterte gelbgraue Stein dann diesen extravaganten Anstrich.»

«Furchtbar», findet Gerda.

«Außerdem erwähnenswert finde ich, dass der Turm etwa 1930 von Petroleum auf Elektrobetrieb umgerüstet wurde», erläutert meine Tante unbeirrt weiter. «Heutzutage wird das Leuchtfeuer per Funk ferngesteuert. Wie auch immer das funktioniert.»

Angesichts dieses technischen Wunders schweigen alle. Bis

es irgendwann aus Gerda herausbricht: «Kinder, ich hab vielleicht einen Schmachter auf was Salziges.» Sie leckt sich über die Lippen. «Wollen wir auf dem Rückweg nicht mal kurz auf 'ne Krabbe bei Kuddel halten?»

«Das ist der Kater», meint Matilda, und ich schaue etwas irritiert drein. Sie bemerkt es und muss lachen. «Gerdas Gelüste meine ich. Kuddel ist keine Katze, sondern ein Mensch aus Fleisch und Blut. Er besitzt einen Imbisswagen und verkauft die besten Krabben weit und breit. Er ist eine Institution.»

«Und ein Umweg», brummt Sieglinde. Sie deutet nach links. «Da ist er. Der Leuchtturm.»

«Ich glaube, ich kenne Kuddel bereits», sage ich, «und zwar von gestern. Vom Weihnachtsmarkt.» Ich blinzele in den Rückspiegel und beobachte, wie der Groschen bei den Damen fällt.

«Ach ja», klingelt es zuerst bei meiner Tante, und dann verzieht Gerda in stummer Erinnerung das Gesicht.

«Stimmt ja!», Sieglinde schämt sich für gar nichts. In Vorfreude auf die Krabben wendet sie den Wagen und drückt anschließend das Gaspedal durch und ruft: «Kinder, was für ein herrlicher Tag.»

Ich traue mich kaum, meinen Blick von der Fahrbahn zu nehmen. Lieber konzentriere ich mich gemeinsam mit ihr auf die Straße, als dass der Leuchtturm das Letzte war, das ich in meinem Leben zu sehen bekommen habe. Irgendwann verlangsamt sie den Wagen, und ich werde durch die sogenannte Whiskystraße in Kampen gefahren. Sie ist in der Tat recht unspektakulär, ein paar Nobelgeschäfte und Restaurants – das war es. Entsprechend zügig lassen wir den Punkt auf der Sightseeingtour hinter uns und halten Kurs auf den Flughafen. Denn dort soll Kuddel heute mit seinem Proviantwagen stehen.

Mit Höchstgeschwindigkeit braust Sieglinde über die

Landstraße, bis sie fast die Abzweigung in Richtung eines Industriegebiets verpasst. Sie reißt das Steuer nach links, dass die Reifen nur so auf dem Asphalt quietschen. Kuddels Wagen sticht mir sofort ins Auge. Es ist ein umgebauter schwarzer Transporter, auf Hochglanz poliert und mit einem kunstvollen, flammenartigen Aufdruck versehen. Ich denke, es ist beabsichtigt, dass das Gefährt an einen amerikanischen Foodtruck erinnert, und Kuddel würde den Damen höchstwahrscheinlich das Essen verwehren, wüsste er, dass sie sein Auto als Imbisswagen titulieren.

Das Kunstwerk parkt inmitten eines riesigen Stellplatzes und erfreut sich ganz offensichtlich großer Beliebtheit. Schon von Weitem sieht man Leute heranströmen, und die Schlange vor seinem Verkaufstresen ist lang trotz der eisigen Temperaturen. Vermutlich herrscht auf Sylt gerade Mittagspause.

Sieglinde fackelt nicht lange und reiht sich mit ihrem Volvo hinter dem letzten wartenden Passanten ein.

«Spinnst du?», ruft Gerda entsetzt. «Das ist doch hier keine Mautstelle.»

«Steht doch nirgendwo geschrieben, dass man nicht aus dem Auto bestellen darf», gibt Sieglinde zurück, und meine Tante bietet an: «Ich kann aussteigen und mich für uns alle anstellen.»

Sigi schüttelt vehement den Kopf. «Kommt nicht infrage», schimpft sie, «wir sind alt und haben damit das Recht auf unserer Seite. Kuddel würde es im Übrigen haargenau so machen. Du glaubst doch nicht, dass der sich bei der Kälte auch nur einen Schritt aus dem Imbisswagen herausbewegt?»

Doch genau das tut er. Als Sieglinde gerade einen halben Meter mit ihrem Volvo in der Schlange vorrückt, tritt Kuddel durch die Seitentür seines Transporters – und zwar im Muskelshirt. Breit grinsend präsentiert er uns seinen bis zu den Ohrläppchen tätowierten Oberkörper und bedeutet Sieglinde mittels Handbewegung, sie möge die Scheibe herunterkurbeln.

«Moin, Sigi», brummt er, nachdem sie seiner Aufforderung murrend Folge geleistet hat. Grüßend tippt er sich mit zwei Fingern gegen die Stirn. Dann kommt er zur Sache: «Ich hab dir hundertmal gesagt, dass das hier kein Drive-in ist. Wir befinden uns auf der schönsten Insel der Welt, da zeigt man Benehmen und stellt sich anständig an.» Ihre Antwort wartet er nicht ab, weil sich gerade ein weiteres Fahrzeug hinter Sigis Volvo anschließen will. Mit einem schrillen Pfiff durch die Zähne fordert er die Neuankömmlinge auf, weiterzufahren und sich einen Parkplatz zu suchen. «Ihr auch!», pocht er auf Ordnung. «Parkt eure Konserve an der Seite, und dann reiht ihr euch in die Schlange ein wie alle anderen auch. Wir sind doch hier nicht im Wilden Westen.» Mit diesen Worten stapft er zurück in seinen Wagen.

Wenige Minuten später hat auch Sigi ihr Auto geparkt, und wir traben zum Foodtruck.

«Na bitte, geht doch», begrüßt uns Kuddel mit liebenswürdigem Lächeln, «was darf es sein?»

«Na, das volle Programm», antwortet meine Tante. «Für alle.»

Wie sich herausstellt, bedeutet *das volle Programm*: Krabben und alkoholfreies Bier. Man kann außerdem Brot und Soße dazu wählen. Mehr steht nicht auf Kuddels Karte. Den Leuten gefällt es.

Etwas entfernt vom Wagen gibt es drei Stehtische. Einer von ihnen wird in diesem Moment frei, und nachdem Kuddel uns unsere Mahlzeit durch die Klappe gereicht hat, okkupieren wir den Tisch.

«Kuddel hat wirklich die besten Krabben der Insel», werde ich einstimmig informiert. «Bei Gosch gibt es natürlich auch Gutes zu essen. Aber die Tunke von Kuddel ist ein Geheimtipp.» Auch hierbei scheinen sich die Damen einig zu sein.

Als wüsste er um seine größten Fans, gesellt sich der Chef etwas später zu uns, als der nächste Schwung Kundschaft abgearbeitet ist. Ein wenig geschafft trinkt er sein Bier. «Hey, Olivia, schön, dass du Matilda wieder zum Ausgehen animierst.» Er stellt sich neben meine Tante, legt ihr den Arm um die Taille und sagt an mich gewandt: «Fröher weer se op all Markten to Huus.» Er schüttelt verständnislos den Kopf und sieht meine Tante an. «Wat is nu loos mit di?»

«Mein Reden.» Sieglinde schaufelt sich einen randvollen Löffel Krabben in den Mund. Selbstverständlich ohne Soße. Zu viel Cholesterin, nehme ich an.

«Kuddel hat recht», meint sie, «früher warst du 'ne echte Betriebsnudel. Und heute ...» Sie zuckt nur mit den Schultern.

Ich bin ein bisschen verwundert, dass anscheinend jeder, der Matilda kennt, eine Wandlung an ihr feststellt. Doch sie will davon nichts hören. «Ich bin ganz die Alte, wie du siehst», sagt sie zu Kuddel. Und zu meiner grenzenlosen Verwunderung tritt meine Tante plötzlich vor und sagt: «Olivia veranstaltet übermorgen eine kleine Geburtstagsfeier für mich. Ganz dein Ding. Hat was mit Kochen zu tun. Ich würde mich freuen, wenn du mein Gast bist.»

Augenblicklich erhellt sich Kuddels Gesicht. «Aber ja! Gern! Deine Geburtstage sind legendär, Tilli. Auf keinen Fall möchte ich fehlen.» Dann schaut er mich an. «Als Bruno noch lebte, haben die beiden immer ordentlich auf die Pauke gehauen. 'ne riesige Sause war das jedes Mal.»

Es entsteht ein peinlicher Moment der Stille. Dann sage ich:

«Super, wenn du kommst. Ich würde gerne Krabben bei dir bestellen. Ich melde mich, wenn ich weiß, wie viele ich benötige, in Ordnung?»

Kuddels Brust schwillt an vor Stolz. «Aber klar doch.» Er grinst. «'ne Visitenkarte hab ich nicht, aber meine Nummer steht auf dem Wagen.» Er deutet auf den bunten Aufdruck, unter dem eine Mobilnummer zu finden ist. Ich knipse schnell ein Foto.

«Ruf an, Olivia», schafft Kuddel gerade noch, mir zuzurufen, ehe er seine Aufmerksamkeit einem Ehepaar widmet, das sich neugierig der Essensausgabe nähert. Kuddel eilt hinter den Tresen. «Tschü-hüss!», brüllt er und winkt.

23
Fünf Minuten Strandkorb

«Hach ja, der Kuddel», seufzt Sieglinde, als wir eine halbe Stunde später in einer Parkbucht vor Matildas Haus halten. «Wenn ich den Dönnerschlach nicht im Auge hätte, könnte der mir auch gefallen. Habt ihr seine Tätowierungen gesehen?» Sie atmet scharf ein und löst beim Ausatmen ihren Gurt. «Der Wahnsinn.»

«Jetzt reiß dich mal zusammen und gönn Kuddel der Deern», sagt Gerda und tätschelt mir beim Aussteigen von hinten die Schulter. «Wär der nicht was für dich? Ich mein ja nur. Du kommst doch aus Berlin. Da sind doch alle so tätowiert, oder?»

Ich verschlucke mich fast an meiner eigenen Spucke. «Danke, sehr freundlich, Gerda, aber ich habe gerade keinen Bedarf», wiegele ich ab. «Für einen Mann ist zurzeit kein Platz in meinem Leben.»

Während ich das sage, wandern meine Gedanken automatisch zu Martin, und ich warte auf den inzwischen fast vertrauten Stich in meinem Herzen. Doch der Schmerz bleibt aus. Verwundert male ich mir im Geiste weitere Szenarien aus, zum Beispiel, wie Meike und Martin bei einem romantischen Abendessen in unserer Küche sitzen – aber nichts geschieht. Nicht einmal Wut empfinde ich. Es fühlt sich eher an wie …

Erleichterung. Habe ich den Stress mit den beiden tatsächlich hinter mir gelassen? Matildas Worte kommen mir in den Sinn. *Du wirst sehen, dass du hier schnell eine ungetrübte Sicht auf die Dinge bekommst. Dir wird klar, woran du festhalten möchtest und von welchem unnötigen Ballast du dich besser trennst.*

Offenbar hat mein Herz, ohne mein Zutun, eine Entscheidung gefällt. Matilda hatte mal wieder recht. Mit einem wohlmeinenden Kopfschütteln steige ich ebenfalls aus und helfe im Anschluss meiner Tante, die sich in ihrem Gurt verheddert hat.

«Was haltet ihr davon, wenn ich uns einen schön starken Espresso koche?», fragt sie gähnend. «Der wird uns mobilisieren.» Sie zieht Sieglinde am Saum ihres Mantels. «Los, komm! Die Stühle laden wir später aus, oder was meinst du, Livi?»

Ich nicke. «Guter Plan.»

«Kaffee ist jetzt ein Muss.» Sieglinde hängt inzwischen mehr auf der Motorhaube, als dass sie sich aufrecht hält. «Ehe ich den nicht intus habe, läuft bei mir gar nichts.» Plötzlich kneift sie ihre Augen zusammen und schaut angestrengt die Auffahrt hoch zum Nachbarhaus.

Ich drehe mich um und sehe, dass Kaj vor seiner Haustür steht. Er blickt in unsere Richtung, entdeckt mich und vollführt ein paar irrwitzige Bewegungen, irgendeine Zeichensprache. Möglicherweise auch nur ein Winken.

«Aha!» Sieglinde richtet sich wie elektrisiert auf. «Das war Gebärdensprache, oder? Ich hab das mal im Fernsehen gesehen.» Sie denkt scharf nach. «Wenn er sich ans Herz gefasst hat, bedeutet es, dass er dich toll findet. Kein Wunder, dass du Kuddel verschmähst. Amor war für dich bereits vor der eigenen Haustür unterwegs.»

Mit unverhohlenem Interesse mustert sie Kaj, wobei ich mich frage, wie viel sie ohne ihre Brille überhaupt wahrgenommen haben kann. Ganz sicher aber keine Handzeichen. Doch ihre forsche Verlautbarung hat zur Folge, dass ihre Freundinnen nun ebenfalls ihre Hälse recken.

Ich fühle, wie mir das Blut ins Gesicht schießt. «Quatsch», wiegele ich ab, während ich mit Herzklopfen beobachte, wie Kaj auf uns zu stiefelt. «Warum geht ihr nicht schon mal vor zum Haus und setzt den Kaffee auf? Ich übernehme das Ausladen», schlage ich schnell vor, da ich nicht erpicht darauf bin, dass die Damen Kaj ins Kreuzverhör nehmen. «Es ist nämlich so», ich senke die Stimme, sodass nur Matilda mich hören kann, «ich habe Kaj versprochen, heute gemeinsam mit ihm sein Auto zu holen. Er hat es ja gestern in Keitum stehen gelassen, um uns mit Sigis Wagen nach Hause zu bringen.»

Meine Tante sieht mich entsetzt an. «Aber das ist doch nicht deine Aufgabe, Schätzchen. Sigi kann ihn fahren!» Das schlechte Gewissen steht ihr ins Gesicht geschrieben. «Und das Ausladen musst du auch nicht übernehmen.» Sie öffnet die Kofferraumklappe und ruckelt an dem vordersten Stuhlbein. Aber es hat sich verkeilt.

«Kann ich helfen?» Kaj hat sich uns genähert. Fragend blickt er in die Runde. Ehe eine von uns ein Wort entgegnen kann, befreit er den Stuhl und stellt ihn vor uns ab. «Die anderen auch?» Seine wunderschönen grünen Augen sind auf mich gerichtet und blitzen unternehmungslustig.

Ich hole tief Luft und kneife mich in Gedanken. «Ich schaff das schon, sie sind ja nicht aus Beton.»

Matilda will etwas sagen, doch dieses Mal ist es Sieglinde, die ihre Freundin mit sich zieht. «Mach mal hinne, Tilli, ich glaube, wir sind hier nicht vonnöten.» Sie zwinkert mir verschwörerisch zu, was Kaj bemerkt. Augenblicklich werde ich noch einen Tick röter im Gesicht.

«Sie haben ganz recht», erklärt er den Damen, während er sich um den nächsten Stuhl kümmert. «Wir kommen klar.»

Kurz herrscht unter den Freundinnen unschlüssiges Schweigen, dann drängelt Sieglinde: «Beweg dich zum Haus, Tilli. Ich hätte jetzt wirklich gern meinen Kaffee. Und Gerda erfriert gleich.» Sie deutet zur Haustür, wo die Dritte im Bunde bereits ungeduldig von einem Bein auf das andere tritt. Matilda wirft mir einen letzten, unsicheren Blick zu.

«Das passt schon, Tante Tilda», beruhige ich sie. «Geht ihr rasch hinein und wärmt euch auf.» Ich überschlage schnell im Geiste, wie lange ich unterwegs sein werde, habe aber keine Ahnung und sage darum ins Blaue: «Am Abend bin ich zurück.»

«Na gut», seufzend lenkt sie ein. «Tschüss, meine Süße, hab einen wundervollen Nachmittag!» Sie küsst mich zum Abschied, und der Damentrupp winkt.

«Den Kerl hätte ich auch genommen», höre ich Sieglinde gerade noch herausposaunen. «Wenn ich nur zehn Jahre jünger wäre …»

Peinlich berührt wende ich mich Kaj zu. «Sorry, ich hoffe, ich bin nicht zu spät dran? Die drei hatten einiges auf dem Zettel, ich habe es nicht eher geschafft.» Alle weiteren Erklärungen spare ich mir. Stattdessen begrüße ich endlich Lola.

«Kein Problem», sagt Kaj, während ich zu seinen Füßen mit dem Hund kuschele, «ich hatte heute ausnahmsweise mal keine Außentermine. Nur ein paar Telefonate.»

Ich richte mich auf und bemerke, dass er mich besorgt mustert. «Bist du sicher, dass dein Fuß die Anstrengung mitmacht? Wir werden eine Weile unterwegs sein.»

«Definiere *Weile*.»

«Circa zwei Stunden, je nachdem, wie gut ihr Mädels zuwege seid.» Er wirft erst Lola und schließlich mir einen bedeutsamen Blick zu.

Ich strecke den Rücken durch. «Keine Ahnung, wie es Lola geht, aber ich kann die Bewegung gut gebrauchen.» Ich reibe mir über den Bauch. «Wir waren gerade bei einem Typen namens Kuddel, der hervorragende Krabbenbrötchen fabriziert.» Ich verziehe schwärmerisch das Gesicht. «War ziemlich lecker.»

Kaj nickt. «Ja, der Kuddel, der kann was. Soweit ich weiß, wurde er sogar schon mal von einer namhaften Firma angesprochen, die ihm das Rezept für seine Soße abkaufen und sie in ihr Programm aufnehmen wollten.» Er zuckt mit den Schultern. «Kuddel hat abgelehnt.»

«Darauf hätte ich gewettet», lache ich. «Ohne ihn näher zu kennen, kann ich mir nicht vorstellen, dass er sich auf einen solchen Deal einlässt.»

«Vermutlich wäre er mit dem Verkauf des Rezepts augenblicklich ein reicher Mann. Aber Geld ist eben nicht alles. Mit seinem Wagen über Sylt zu tuckern und täglich Krabbenbrötchen anzubieten, ist sein Leben. Darum kennt ihn auch Gott und die Welt, und ich glaube, genau das liebt er», erklärt Kaj.

Während mir wieder einmal durch den Kopf geht, dass auf dieser Insel jeder jeden zu kennen scheint und selbst Kaj neben seiner vielen Arbeit offenbar Zeit hat, haufenweise Bekanntschaften zu schließen, balancieren wir geschwind die Stühle zum Haus. Ich vollbringe das Wunder, alle in den Flur zu schieben, ohne dass eine der Damen es bemerkt. Danach marschieren wir los. Zunächst schweigend. Feinste Schneeflocken, die mit dem bloßen Auge kaum sichtbar sind, schwirren durch die Lüfte. Doch auf einem dunklen Untergrund, wie Kajs blauem Wollmantel, kann man erkennen, wie sich die fragilen Kristalle nach und nach zu einem dünnen Überzug zusammenfinden.

«Ich kann mich nicht erinnern, dass es in den letzten Jahren so oft geschneit hat», sage ich verwundert. «Liegt vielleicht am Inselklima. In Berlin kam meist nur Regen herunter.»

«Auf Sylt ist das Wetter in der Regel nicht vergleichbar mit dem auf dem Festland. Manchmal steht man bei bewölktem Himmel in Niebüll und wartet auf den Autozug, und wenn man in Westerland ankommt, scheint die Sonne.»

«Also kommst du doch öfter her.»

Kajs Kopf fliegt zu mir herum. «Das war einmal.» Er sieht wieder nach vorn und verfällt in Schweigen.

«Gutes Wetter wird doch irgendwie überbewertet», plappere ich über den eigenartigen Moment hinweg und zücke mein Handy, um ein Foto von einer Möwe auf einem verschneiten Zaunpfahl zu schießen. «Ich bin eh kein Typ fürs Sonnenbaden», fahre ich unbeirrt fort, «Sonnenschein und wolkenloser Himmel – ja, aber im Sand herumliegen …», ich schüttele den Kopf, «ist nicht so mein Ding.»

Kaj horcht auf. «Das hört man nicht oft», meint er. «Jedenfalls von Touristen. Die Strände sind im Sommer manchmal brechend voll, wohingegen man momentan kaum eine Menschenseele trifft.»

«Eben das mag ich.» Wir stapfen weiter. Der Schneefall wird weniger, genauso das Tageslicht. Schummriges Zwielicht hüllt uns ein, in den Häusern entlang der Straße gehen nach und nach Lampen an. Ich knipse auch das. Kaj erkläre ich: «Alte Gewohnheit. Ich fotografiere auf Vorrat für die Accounts meiner Kunden. Wenn mal nichts Aktuelles los ist, braucht es ein paar Motive, zu denen man etwas Philosophisches schreiben kann.» Ich stecke das Handy weg. Dass ich zurzeit keine

Abnehmer und keinen Job habe, hat er hoffentlich inzwischen vergessen.

«Unser Weg führt uns leider nicht am Strand vorbei, sondern am Watt», erklärt mir Kaj. «Wenn du ans offene Meer möchtest, würde das einen Umweg von etwa einer Stunde bedeuten.» Er wendet den Kopf und schaut mir fragend in die Augen. Trotz der Dämmerung kann ich seine gut erkennen. Sie leuchten wie zwei Fixsterne, die nichts aus ihrer Bahn werfen kann.

«Ich liebe das Meer, aber dem Watt kann ich auch viel abgewinnen.» Ich stoße einen tiefen Seufzer aus. «Aber weißt du, was ich tatsächlich schade finde? Dass ich bei diesen Temperaturen wohl kaum einmal im Strandkorb sitzen werde», sage ich, «jedenfalls nicht länger als fünf Minuten. Als ich mit Lola am Meer war, habe ich außerdem gar keine Körbe gesehen – holt man sie im Winter rein?»

Aus dem Augenwinkel sehe ich Kaj nicken. «Ja, bis etwa Ende Oktober stehen sie draußen, danach beziehen sie ihr jeweiliges Winterquartier, je nach Anbieter. Auf Wunsch werden sie dort gereinigt oder repariert.»

Kaj verlangsamt seinen Schritt und streicht sich nachdenklich über das Kinn. «Du möchtest also gern im Strandkorb sitzen?»

«Wie schon gesagt: Das Wetter spielt nicht mit. Aber eigentlich gehört es für mich zu einem Inselaufenthalt dazu.»

Bis wir die Ausläufer des Rantumbeckens erreichen, gehen wir jeder unseren Gedanken nach. Kaj hat die Hände in den Manteltaschen vergraben und scheint sich zu konzentrieren.

«Wie ist es zu dieser Ausbuchtung gekommen?», durchbreche ich irgendwann die Stille. In der Tat wundert es mich. Ein abgetrenntes Stückchen Meer im Meer.

Kaj wendet seine Aufmerksamkeit mir zu. «Ein Teil des Wattenmeeres war während des Krieges zum Fliegerhorst für Wasserflugzeuge gedacht und darum separiert. Aus verschiedenen Gründen kam es aber nicht dazu, dass der Flugplatz in Betrieb genommen wurde. Nach dem Krieg gab es diverse Pläne für die Nutzung des Areals, das heute hauptsächlich als Seevogelschutzgebiet dient. Aber ein Teil ist auch als Weideland ausgewiesen, an anderer Stelle befindet sich ein Campingplatz und ein Stück weiter die Sylter Kläranlage. Und ein Hotel.»

«Wow», ich staune. «Scheint ja eine riesige Fläche zu sein.»

«Soviel ich weiß, über 500 Hektar.» Er wirft mir einen amüsierten Seitenblick zu. «Keine Sorge, wir umrunden sie nicht, wir wandern nur einmal rechtsseitig entlang.»

Erleichtert lasse ich meinen Blick schweifen und widme mich dem, was um mich ist. Wasser, so weit das Auge reicht. Rechts wie links. Ich liebe das. Wie konnte ich es nur so lange in der Großstadt aushalten? Nicht nur fehlt dort das Meer, ich habe plötzlich Gefallen an der Ruhe gefunden.

Schweigend stapfen wir weiter nebeneinanderher, und ich registriere, dass auch Kaj die Stille zu genießen scheint. Es ist wie eine Zwiesprache mit der Natur, die wir führen, jeder für sich. Kaum eine Menschenseele ist unterwegs – ein paar Schafe grasen am Wegesrand und queren sogar einmal unseren Weg, was Lola etwas befremdlich findet, denn sie versteckt sich hinter Kajs Beinen.

«Hast du eigentlich Geschwister?», erkundigt er sich irgendwann, ohne mich anzusehen.

Ich schüttele den Kopf. «Nein, leider nicht. Als Kind hätte ich gern eine Schwester oder einen Bruder zum Spielen gehabt, aber ich habe gezwungenermaßen gelernt, mich allein zu beschäftigen.»

Er dreht sich zu mir. «Also bist du nicht gern für dich?»

Ich zögere. Hätte er mir die Frage vor einer Woche gestellt, wäre meine Antwort ein klares Nein gewesen: Nein, ich bin nicht gerne für mich allein. Doch etwas hat sich seitdem verändert. *Ich* habe mich verändert.

«Ich dachte, ich brauche Menschen um mich herum. Dass ich mich ohne sie langweile und süchtig nach dem geschäftigen Gewimmel bin. Doch inzwischen ...» Ich sehe hoch zum Himmel. In die unendliche Weite, die ich ganz tief in meinem Herzen vermisst habe. «Ich mag beides», knüpfe ich wieder an unser Gespräch an, «ich liebe Geselligkeit und mag es, Gäste zu bewirten. Doch genauso gern habe ich die Einsamkeit. Ich hatte es nur vollkommen vergessen.»

Kaj nickt nachdenklich und schweigt lange Zeit. Dann sagt er irgendwann: «Nach dem Tod meiner Eltern habe ich mir gewünscht, meine Trauer mit Geschwistern teilen zu können», gesteht er leise. «Ich habe es mir einfacher vorgestellt, nicht allein vor allem zu stehen. Inzwischen weiß ich aber, dass man seinen Kummer so oder so mit sich selbst ausmachen muss, egal ob Freunde oder Verwandte einem beiseitestehen. Vielleicht lässt sich Glück teilen, aber Schmerz?» Er schüttelt den Kopf. «Eher nicht.» Mit der Fußspitze kickt er einen Schneehaufen zur Seite, und Lola stürzt sich sogleich auf die feinen Kügelchen. «Am Ende des Tages muss man den für sich geeigneten Weg finden, alles zu verarbeiten.»

Seine offenen Worte machen mich betroffen. Darüber habe ich noch nicht nachgedacht. Aber vermutlich hat er recht. So ist es wohl im Leben, manches muss man allein durchstehen.

«Entschuldige», sagt er und reibt sich fröstelnd über die Arme, «ich wollte nicht wieder von dem Thema anfangen und dich traurig stimmen.»

«Keine Sorge, ich fange nicht wieder an zu weinen», versichere ich ihm. «Derartige Gefühlsausbrüche sind eigentlich nicht meine Art.»

«Ach nein?» Kaj hat sich gefangen. Den Kopf schief gelegt, versucht er sich in einem Grinsen. «Und was war das neulich an der Haustür? Da hast du quasi das letzte halbe Jahr deines Lebens vor mir offenbart. Und zwar reichlich gefühlsbetont.»

Ich verziehe das Gesicht. «Mittlerweile habe ich es übrigens verwunden», sage ich würdevoll. «Also dass ich mein Zuhause verloren habe und ... auch den Mann.» Ich traue mich nicht, Kaj anzusehen, warum, weiß ich nicht. Denn mein Geständnis entspricht der Wahrheit.

Wir haben inzwischen das Rantumbecken passiert. Der Weg wird auf einmal schmal, und bei dem nachlassenden Licht wäre ich ganz sicher nie auf die Idee gekommen, hier allein entlangzuwandern. Umso verwunderter bin ich, dass uns in der Ferne ein einzelner Spaziergänger entgegenkommt.

«Du fotografierst heute ja kaum.» In Kajs Stimme schwingt ein wenig Spott.

«Tja ...», sage ich, ohne zu wissen, wie der Satz weitergehen soll. Ich bin ja selbst irritiert, dass ich auf dieser Wanderung bislang nur selten das Bedürfnis verspürt habe, mein Handy zu zücken. «Du arbeitest ja zurzeit auch nicht», entgegne ich neckend. «Sonst vergeht kaum ein Tag, an dem du nicht mit dem Telefon anzutreffen bist.»

Ich halte kurz inne, weil sich links und rechts Weideflächen erstrecken, die sich wie ein gezuckerter Teppich an den anderen reihen. Beinahe unberührt und in der Dämmerung fast ein wenig gespenstisch. Kaj steht neben mir, und plötzlich merke ich, wie mein Herz beginnt, immer lauter zu pochen. Ich atme tief ein, um mich zu beruhigen. Was ist nur los mit mir? Warum überwältigt mich das alles so? Die Stille, die Natur und besonders: die Nähe von Kaj ...

Ich räuspere mich. «Ich wundere mich ehrlich gesagt, dass du dich an diese Schleichwege erinnerst», spiele ich noch einmal auf seine Ortskenntnisse an. «Aber offenbar bist du nicht der Einzige, der Bescheid weiß.» Mit dem Kopf deute ich geradeaus zu dem Spaziergänger, der inzwischen näher herangekommen ist.

Es ist ein Mann. Zu meiner Verwunderung hat er etwas Vertrautes, vielleicht ist es der Gang? Mir fällt auf, dass er seinen linken Fuß leicht nach sich zieht. Lustig, er geht wie mein Vater.

Als wir fast auf derselben Höhe sind, dreht der Mann plötzlich um und will im Stechschritt die andere Richtung einschlagen. Doch ich bin schneller. Mit einem Hechtsprung erwische ich ihn an der Schulter. «Papa?»

24
Wer überrascht wen?

Für einen winzigen Moment fürchte ich, einem wildfremden Mann den Schreck seines Lebens verpasst zu haben. Doch ich liege tatsächlich richtig. Bei dem Spaziergänger handelt es sich um meinen Vater!

«Was tust du denn hier?», frage ich perplex. In meiner Aufregung versuche ich, mir unser letztes Gespräch ins Gedächtnis zu rufen, bekomme aber nur Bruchstücke zusammen. «Ich dachte, du sitzt bei Tee und Kluntjes zu Hause in deinem Fernsehsessel.»

«Oh! Mäuschen!», ruft Papa, ebenfalls überrascht und mindestens drei Oktaven höher als gewohnt. Er klingt nervös. Geradezu überdreht hört sich seine Stimme an, als er sagt: «Was für ein Zufall, dass wir uns hier begegnen.»

Verstört mustere ich ihn. Täusche ich mich, oder wollte er gerade vor mir flüchten? «Aber du wusstest doch, dass ich auf Sylt bin», entgegne ich. «*Ich bin es, die überrascht sein darf.* Denn hast du mir nicht gestern noch erzählt, dass du», jetzt fallen mir seine Worte wieder ein, «Wichtigeres zu tun hast, als Matilda zu ihrem Geburtstag zu besuchen?»

«Das habe ich so nicht gesagt. Ich habe lediglich erwähnt, *dass* ich Pläne habe.» Mein Vater schafft es kaum, mich anzusehen, so nervös wirkt er.

Ich komme da nicht mit. Warum meldet er sich nicht bei mir, wenn er auf der Insel ist?

Hinter mir höre ich Kaj aufschließen. Neugierig beäugt er meinen Vater und richtet dann seinen fragenden Blick auf mich. «Alles okay?»

«Äh ...», stottere ich, «na ja, wie man es nimmt. Denn das hier», mit dem Handrücken schlage ich Papa gegen die Brust, «ist mein Vater.»

«Einen schönen guten Tag, ich bin Wolfgang», sagt er und schenkt Kaj ein breites Papa-Lächeln.

Ich starre ihn an. *Wolfgang?* Macht er jetzt einen auf Kumpel?

Kaj scheint das ebenfalls suspekt zu sein, denn er sagt ein wenig steif: «Kaj Johannsen.»

Die beiden Männer beäugen sich erneut. Kaj lässt sich nicht anmerken, wie bizarr es ist, ausgerechnet hier, zwischen den verschneiten Feldern, auf meinen Vater zu treffen. Wo sonst keine Menschenseele ist. Total verhuscht wirkt Papa, als habe ich ihn beim Enzianklauen erwischt. Oder beim Kiffen.

Ich starre ihn immer noch ungläubig an, dann sage ich: «Du bist *doch* wegen Tildas Geburtstag hier, stimmt's?» Ich strahle ihn an. Und bin auf einmal ganz aufgeregt. «Was für eine tolle Geste!» Ich senke die Stimme. «Keine Sorge, von mir erfährt sie nichts. Kein Sterbenswörtchen.»

Im Gesicht meines Vaters lese ich Erleichterung. Gleichzeitig wirkt er unendlich müde und ausgebrannt.

Obwohl er Papa nicht kennt, scheint Kaj die Erschöpfung ebenfalls zu bemerken, denn er sagt: «Olivia und ich sind auf dem Weg nach Keitum. Gerade wollte ich Ihrer Tochter vorschlagen, dort etwas zu essen. Vielleicht mögen Sie uns ja begleiten?»

Mein Vater schüttelt sofort den Kopf. «Danke, das ist sehr freundlich, aber ich … muss noch ein paar … Pläne schmieden», sagt er. «Und das geht am besten allein und an der frischen Luft. Darum gehe ich ja auch hier spazieren.»

«Verstehe», sagt Kaj und nickt.

«Matilda und ich haben uns inzwischen übrigens ein paar Gedanken zu ihrer Geburtstagsfeier gemacht», sage ich, ehe unsere Vorhaben kollidieren. «Und zwar schwebt mir ein Koch-Event vor. Es wird ein Essen geben, zu dem jeder Gast einen Beitrag leisten soll. Wir werden wahrscheinlich», kurz nehme ich meine Finger zu Hilfe, «sieben Personen, mit dir acht.»

Und dann plötzlich kommt mir eine Idee. Sie ist etwas kühn, und ich reibe für einen Moment nervös meine Hände gegeneinander, ehe ich zu Kaj schaue. «Eventuell hast du ja auch Lust zu kommen? Dann haben wir den Tisch bald voll.» Mir klopft das Herz bis zum Hals. Erst recht, als ich sehe, dass weder Kaj noch mein Vater sonderlich begeistert aussehen. «Ihr könnt gern ein wenig mehr Enthusiasmus an den Tag legen», setze ich nach.

Ich fühle mich blamiert. Kajs Zurückhaltung kann ich ja noch nachvollziehen, er kennt Matilda und ihre Freundinnen kaum. Und doch erhoffte ich mir ehrlich gesagt, allein wegen meiner Anwesenheit, einen Funken mehr Euphorie. Aber warum ist mein Vater so ein Miesepeter? Nicht zuletzt war er es ja, der mein fehlendes Konzept anprangerte.

«Hm, ja, toll», antwortet Papa und klingt in etwa so erfreut, als habe ich vor, ein Strandpicknick im Schneesturm zu veranstalten.

«Du wolltest mich ebenfalls überraschen, stimmt's?», sage ich nach kurzer Überlegung. «Nicht nur Matilda.» Darum wirkt er so niedergeschlagen, ich habe seine Pläne torpediert. Die Idee kommt mir erst jetzt, aber sie erklärt einiges. Papas eigenartige Telefonate und auch dass er vorhatte, sich unerkannt von mir zu entfernen. «Oh weh, es tut mir leid», sage ich voll Bedauern. Liebevoll nehme ich meinen Vater in die Arme.

«Ist … schon gut, Liebes.» Er windet sich.

«Sei bitte nicht enttäuscht», versuche ich, seine Laune zu heben, «ich bin ja trotzdem von den Socken. Ich freue mich riesig, dich hierzuhaben! Und wenn du möchtest, kann ich an Tildas Geburtstag so tun, als wüsste ich von nichts.» Ich suche Papas Blick, doch er starrt vor sich auf die Füße.

«Ach Livi», sagt er mit hängenden Schultern, «das ist nicht das Problem. Es ist eher …» Seine Lippen bewegen sich, doch es kommt kein Ton aus seinem Mund. Gespannt warte ich eine Weile. Bis Papa sich einen Ruck gibt. Er drückt das Kreuz durch und sagt: «Du hast recht. Genauso machen wir es. Du behältst es bis übermorgen für dich, und ich erscheine als Überraschungsgast zu eurem Essen.»

«Wunderbar, das wird ein Riesenspaß.» Ich kann es kaum erwarten, das Gesicht meiner Tante zu sehen. Mein Vater wirkt noch immer etwas verloren, darum wechsele ich das Thema und komme auf Kajs Angebot zurück: «Willst du nicht doch gemeinsam mit uns bis Keitum laufen?»

Erneut schüttelt Papa den Kopf. «Danke euch, aber wie gesagt: Ich muss noch einiges in meinem Kopf hin und her schieben.»

Nachdem wir meinen Vater verabschiedet haben und weiter in Richtung Keitum marschieren, kriecht mir nach und nach die Kälte unter meine Kleidung. Während des kurzen Stopps haben sich bei mir alle Körperfunktionen verlangsamt, und ich beginne zu frösteln.

Als habe er meine Gedanken gelesen, legt Kaj mir seinen Arm um die Schultern. «Ist dir kalt?» Besorgt sieht er mich von der Seite an, und mir geht ein sekundenschneller heißer Schauer durch den Körper.

«Ja, ein bisschen.» Mir ist, als würde ich seine nackte Haut auf meiner spüren, so intensiv dringt die Berührung zu mir durch und bringt meine Nervenzellen zum Vibrieren.

Kaj nickt. «Geht mir ähnlich. Wie wäre es darum mit einer wärmenden Suppe oder Waffeln?»

«Waffeln klingt himmlisch», sage ich mit trockener Kehle. In der Tat habe ich unterwegs einen Anflug von Hunger verspürt, momentan allerdings droht sich mir vor Aufregung der Magen zuzuschnüren.

Kaj nimmt seinen Arm weg, um in seiner Jackentasche nach dem Telefon zu suchen. «Keine Arbeit», sagt er sofort, als ich meinen Kopf zu ihm hinwende. Er tritt einen Schritt beiseite, googelt etwas und tippt anschließend auf die angegebene Telefonnummer. Während es offenbar am anderen Ende klingelt, wackelt er vielsagend mit den Augenbrauen. «Lass dich überraschen.»

Zum Telefonieren wendet er sich von mir ab, sodass auch ich mein Handy hervorkrame und eine Nachricht an Matilda schreibe. «Auch keine Arbeit», entgegne ich mit süffisantem Lächeln, als ich Kajs Blick auf mir spüre. Er hat sein Telefonat bereits beendet. «Ich sag nur schnell meiner Tante, wo ich bin, damit sie sich keine Sorgen macht.» Außerdem erkundige ich mich nach dem Stand der Dinge und ob es okay ist, wenn ich dem Abendessen fernbleibe.

Sie reagiert direkt: «Hier verpasst du nichts, die Mädels

sind noch da und in Höchstform. Genieß den Abend!» Und ein Küsschen-Emoji hängt sie auch noch hintendran. Gerade als ich mein Telefon lächelnd in die Tasche schieben will, kommt noch eine Nachricht von Matilda.

Frag doch deine Begleitung, ob sie Lust hat, zu der Koch-Party zu kommen. Dann wärst du nicht so allein unter alten Schachteln und fremden Männern. ☺

Dieses Mal bin ich es, die ihr ein Herzchen sendet. Gleich darauf stecke ich das Handy endgültig weg.

«Irgendwie habe ich ein schlechtes Gewissen, da ich nicht bei meiner Tante bin. Ich bin doch hergekommen, um Zeit mit ihr zu verbringen.»

Er schüttelt den Kopf. «Du hast den gesamten Vormittag mit ihr verbracht», erinnert er mich. «Ganz sicher hat sie nichts gegen einen ruhigen Nachmittag oder Abend einzuwenden.»

«Allzu beschaulich wird er kaum verlaufen, denn ihre Freundinnen sind nach wie vor zu Gast.»

«Umso besser. Dann wird sie sich auch nicht einsam fühlen.»

Er zwinkert mir beruhigend zu, und ich gebe mich geschlagen.

«Okay», lächele ich. «Also, wohin entführst du uns?»

«Das wirst du noch sehen.» Kaj macht ein geheimnisvolles Gesicht. «Erst einmal müssen wir noch ein Stückchen weiter», sagt er vage und bedeutet mir, bei der nächsten Abzweigung rechts abzubiegen. Wir stapfen einen noch schmaleren Feldweg entlang.

«Die Ausläufer Keitums haben wir erreicht», erklärt er, als wir überraschend an eine Hauptstraße gelangen, die aber um diese Uhrzeit wenig befahren ist. «Mein Wagen steht in etwa dort.» Er zeigt nach links, während er Lola hochnimmt. Sie hängt etwas hinterher. Die vielen Eindrücke und Gerüche haben sie wohl müde werden lassen, sodass die kleine Maus nur noch unkonzentriert bei der Sache ist.

«Noch ein kurzer Schlenker, der es allerdings in sich hat, weil der Weg relativ steil ansteigt, dann ein paar Stufen, und du siehst das Lokal. Es befindet sich direkt an den Klippen.»

Kaj hat nicht zu viel versprochen. Wir queren die Hauptstraße, umlaufen auf der anderen Seite ein winziges Waldstück, das eigentlich nur aus fünf Kiefern und etwas Heidekraut besteht, dann liegt der Aufgang vor uns. Ziemlich versteckt, und ich wäre garantiert niemals auf die Idee gekommen, die schmale Treppe emporzusteigen, schon gar nicht im Dunkeln.

«Von der Terrasse aus hat man einen fantastischen Blick auf das Watt.» Er schmunzelt. «Jedenfalls tagsüber. Abends ist es eher … trist.»

Ich hebe die Augenbrauen. Warum erzählt er mir das? Wir werden wohl kaum draußen sitzen. Es ist inzwischen bitterkalt und ziemlich finster. Wären die Stufen nicht ausgeleuchtet, hätte ich vermutlich bereits die eine oder andere verfehlt. Fröstelnd schlinge ich meine Arme um den Körper. Als wir die letzte Treppenstufe erreichen, stehen wir jedoch keinesfalls auf einer Terrasse, sondern auf einem schmalen Holzvorbau, der uns entlang des Restaurants auf direktem Weg zur Eingangstür leitet. Kaj stößt sie auf und geht vor, ich folge.

Wir befinden uns in einem geräumigen Windfang. Hinter einem pultartigen Empfangstresen steht eine Mitarbeiterin mit glänzendem schwarzem Zopf und begrüßt uns herzlich. Kaj unterhält sich einen Moment mit ihr, und ich schaue mich um.

Vom Gastraum ist nur der vordere Bereich zu sehen, die Einrichtung wirkt auf den ersten Blick überraschend schlicht.

Hell getünchter Boden, helle Wände und eingedeckte Tische mit weißen Tischdecken und blank geputzten Gläsern, die im Schein eines Kamins verheißungsvoll funkeln. Ein schwacher Duft von Nelken und Kardamom steigt mir in die Nase, und die Wärme vom Feuer tut unendlich gut. Wunderbar, denke ich, genau das Richtige.

Mich erfasst eine kribbelige Vorfreude, bis ich Kaj sagen höre: «Wir haben draußen auf der Terrasse reserviert.»

Mein Kopf fliegt herum. *Wie bitte? Auf der Terrasse?* Ich starre ihn an. Hat er nicht mitbekommen, dass Minusgrade herrschen und Schnee liegt? Unwillkürlich ziehe ich den Kopf zwischen die Schultern.

Mit einem aufmunternden Lächeln schnappt er sich meine Hand und sagt: «Keine Sorge, vertrau mir.»

Widerwillig folge ich den beiden. Im Gänsemarsch stapfen wir mitten durch den Laden mit Kurs auf den Außenbereich. Viel kann ich nicht erkennen, denn Kajs Rücken versperrt mir die Sicht. Wir treten durch eine Tür und stehen plötzlich im Freien. Zumindest hat es den Anschein. Überrascht registriere ich, dass ich mich auf einer dünnen Sandschicht bewege, darunter ist der Boden allerdings betonhart. Ich hebe meinen Blick und – bin baff.

Kaj und ich befinden uns in einem vollverglasten Wintergarten, in dem es verrückterweise kein bisschen kalt ist. Doch was mich am allermeisten erstaunt: Wir sind umringt von Strandkörben! Allesamt weiß und mit kariertem Innenfutter in unterschiedlichen Farben bezogen. Sie sind so ausgerichtet, dass man aus jedem Korb nach draußen schauen kann, wo vor den riesigen Fenstern Windlichter flackern und darüber der Sternenhimmel. *Das* nennt er trist?

«Nimm Platz.» Kaj schaut mich mit strahlenden Augen an

und deutet auf einen der Körbe, der mit Wolldecken und Kissen ausgelegt ist.

Überwältigt schäle ich mich aus meinem dicken Parka und lasse mich seufzend auf das Polster fallen. Kaj hängt unsere Jacken an zwei Haken, die an der Seite vom Nachbarkorb befestigt sind, und setzt sich neben mich. «Interessantes Konzept, findest du nicht? Jeder Korb hat quasi eine eigene Garderobe, aber man hängt seine Sachen sichtbar an die des Nachbarn.»

«Hm-m. Genial.» Seine Nähe irritiert mich ebenso wie die Intimität des Korbstuhls. Schnell widme ich meine Aufmerksamkeit wieder dem Wintergarten. In riesigen Porzellanvasen stecken Lärchenzweige, an denen weiße und silberne Weihnachtskugeln funkeln, sie passen erstaunlich gut zu dem kargen, sandigen Boden. Tannen- und getrocknete Rosenzweige mit Hagebutten sind zu Sträußen zusammengefasst, mit winzigen Äpfelchen verziert und an den Außenseiten der Körbe dekoriert. «Es ist wunderschön hier», flüstere ich, während meine Augen unentwegt umherschweifen.

«Warum flüsterst du?», fragt Kaj ebenso leise.

«Keine Ahnung.» Ich räuspere mich. «Es ist einfach so zauberhaft.»

Kaj schmunzelt und deutet schräg nach rechts. «Dort ist das Wattenmeer, und vielleicht erahnst du noch die Klippe?», sagt er. «Die Lichter dahinter gehören schon zu Dänemark. Ein Wunder, dass man sie bei diesem Wetter überhaupt sehen kann.»

Außerhalb des Wintergartens scheint die Terrasse noch ein wenig weiterzugehen, denn außer den Windlichtern brennt sogar eine Feuerschale. Ich lasse mich tiefer in das Polster sinken und merke, wie es von unten wärmt. «Krass», staune ich, «eine Sitzheizung.»

Kaj nickt. «Tatsächlich wird hier alle Energie von einem ausgeklügelten Solarsystem erzeugt, das noch nicht lange in Betrieb ist. Ein paar Startschwierigkeiten haben uns in den letzten Tagen in Atem gehalten. Doch nun funktioniert die Technik wie gewünscht. Vorher konnte man hier allerdings auch schon draußen sitzen. Die Scheiben sind dreifach verglast und gut abgedichtet.»

«Und das hast alles du konzipiert?» Ich bin beeindruckt.

Doch Kaj schüttelt den Kopf. «Nein. Vereinfacht gesagt, bin ich nur der Vermittler gewesen. Ich höre mir die Kundenwünsche an, inspiziere die Gegebenheiten und kalkuliere Kosten und Möglichkeiten. Am Ende klafft meistens eine Riesenlücke zwischen Wunsch und Realität, dann bin ich gefragt, diese Lücke zu schließen.»

«Hej, Kaj.» Ein junger Kellner mit Glatze und einem Nasenpiercing taucht vor unserem Korb auf und schenkt uns ein freundliches Lächeln. Für Lola hat er einen Napf mit Wasser dabei, außerdem ein Handtuch zum Drauflegen und obendrein ein paar Leckerli. «Was möchtet ihr trinken?» Er zählt ein paar warme und kalte Getränke auf, und wir wählen beide spontan einen heißen Ingwertee. Kaj bittet noch um die Speisekarte.

Als die Bedienung verschwunden ist, juckt es mir in den Fingern. Ich zücke mein Handy und beginne, um mich herum alles zu fotografieren, sogar die einträchtig nebeneinanderhängenden Winterjacken an unserem Strandkorb. Ich stehe auf, um noch ein paar Details einzufangen, wie beispielsweise eine Spiegelung in der Fensterscheibe und einen neuen Gast mit Bommelmütze von hinten. Dann kehre ich in den Strandkorb zurück. Kaj beobachtet mich skeptisch, sagt aber nichts.

Erst als der Kellner mit unseren Teebechern und den Menükarten zurückkommt, äußert er sich, allerdings zu einem ganz anderen Thema: «Ich erinnere mich, dass du dir Waffeln wünschst, aber vielleicht probierst du vorher noch eine Kleinigkeit von der Abendkarte? Ich glaube, du würdest es bereuen, nicht wenigstens eins der Gerichte probiert zu haben. Sei es auch nur aus Gründen der Konkurrenzbeobachtung.» Er zwinkert mir aufmunternd zu.

«Ich möchte es eher Inspiration nennen», steige ich auf seine Andeutung ein. «Eine ernst zu nehmende Konkurrentin bin ich für niemanden, leider. Ich betreibe schließlich kein Restaurant, sondern koche lediglich für Freunde.» Ich kaue auf meiner Unterlippe. «Und das bedauerlicherweise viel zu selten.»

«Weil du permanent das Leben anderer Leute lebst.»

Irritiert sehe ich ihn an. «Wie meinst du das?»

Kajs Stimme ist sanft, als er erklärt: «Egal, wo wir gehen oder stehen, ob der Himmel sonnig ist oder bewölkt, die Stimmung ausgelassen oder verhalten – du hast immer deinen Job im Kopf. Du fotografierst alles. Und wenn ich alles sage, meine ich auch alles.» Er schüttelt verständnislos den Kopf. «Neulich hattest du eine weggeworfene Pommes-Verpackung im Fokus und heute zwei fremde Winterjacken. Und das sind nur zwei Beispiele, die mir einfallen. Jedes Mal waren die Bilder für deine Kunden gedacht, nie für dich selbst. Merkst du nicht, dass du kaum noch etwas *wirklich* siehst? Es spürst? Du erlebst die Welt durch den Kamera-Auslöser, bist ständig auf der Jagd nach Material, das du irgendwann gebrauchen kannst. Du nimmst deine Umgebung nur noch mit den Augen anderer wahr.»

25
Someone Like You

Sein Blick intensiviert sich. «Ich kenne haufenweise Leute, die ihren gesamten Urlaub darauf verwenden, Fotos zu knipsen, um sich später zu Hause an die geniale Zeit zu erinnern. Anstatt den Moment vor Ort zu genießen. Und ihn in ihren Herzen zu speichern statt als Datensatz auf der Festplatte.»

Ich fühle mich ertappt. Mein Speicherplatz in der Cloud muss regelmäßig erweitert werden, ich verbringe ganze Nächte damit, Bilder zu archivieren, und so manches Mal war ich bei der Durchsicht erstaunt, wo ich schon überall gewesen bin. Zeit zum Durchatmen und um die Erlebnisse wirklich zu spüren, habe ich mir nie genommen. Aber hey – so ist das Leben! Meins zumindest. «Während unseres Spaziergangs habe ich gar nicht soo viel fotografiert», wehre ich mich schlapp und bringe Kaj auf diese Art zum Lächeln.

«Das ist mir nicht entgangen», sagt er, «ich habe es als Kompliment aufgefasst.» Sein Blick bohrt sich in meinen, und ich bin dankbar, dass ich sitze, sonst würden mir ganz sicher die Knie weich werden.

«Eine freundliche Würdigung der Insel.» Er zwinkert. Und schnappt sich eine der Speisekarten. «Wie wäre es, wenn wir jetzt mal etwas essen?»

Gern. Ich bin vollkommen durcheinander. Von dem intensiven Augenkontakt, aber auch weil seine Worte noch in meinem Kopf nachhallen. Erleichtert über die kurze Ablenkung, studiere ich das Essensangebot – und bin augenblicklich in eine andere Welt vertieft. Es gibt eine überschaubare Anzahl an Gerichten, was ich mit Wohlwollen registriere. Alle Speisen werden detailliert und liebevoll beschrieben, sodass ich jedes Wort in mich hineinsauge, wobei mir schon das Wasser im Mund zusammenläuft. Entsprechend schwer fällt mir die Wahl. «Ich nehme den warmen Wintersalat aus dem Ofen mit Kürbispolenta, Erdnussschmelz und Wasabi-Mayonnaise», sage ich voller Vorfreude. «Und danach die Waffeln mit den Rumkirschen und dem Tonkabohnen-Crunch.» Selig grinsend klappe ich die Karte zusammen.

Kaj wählt ebenfalls einen Salat, allerdings mit Garnelen, Tahin-Joghurt und Limetten-Sesam-Dressing. Wir entscheiden uns beide überdies für ein Glas Rotwein, denn der Tee ist bereits ausgetrunken.

Nachdem die Bedienung unsere Bestellung aufgenommen hat, verharren wir einen Moment schweigend. Die Aussicht auf die beleuchtete Terrasse ist fantastisch. Es schneit erneut, und die tanzenden Flocken werden von einem geschickt platzierten Scheinwerfer orangefarben angestrahlt.

«Kommst du mit deinen Projekten voran?», erkundige ich mich irgendwann, denn dass wir mitten im Winter sozusagen draußen sitzen, erinnert mich an Kajs Job als Energieberater.

Er nickt. Wirkt aber plötzlich unterschwellig nervös.

«Also machst du jetzt tatsächlich noch Urlaub?»

Ich kann mir nicht helfen, aber das Thema scheint ihm ganz und gar nicht zu behagen. Offenbar hat er seine Ziele nicht erreicht. Oder gibt es etwas anderes, das ihm auf der Seele liegt?

Kajs Blick wandert unstet hin und her, und ein paar Male greift er gedankenverloren nach seinem leeren Teeglas, das er dann wieder vor sich abstellt. «Ich habe hier noch eine Sache abzuwickeln, dann reise ich so schnell wie möglich ab.»

«Verstehe», sage ich mit einem Stich im Herzen. Gerade schien noch alles so perfekt zu sein. Mein Leben bei Matilda und die Brücke, die ich dadurch zu meiner Kindheit geschlagen habe. Ich fühlte mich so geborgen wie schon lange nicht mehr. Dazu die Insel, der ich täglich mehr abgewinnen kann, und dann natürlich noch Kaj und Lola … Mir war klar, dass ich mich in einen Kokon eingesponnen habe, den ich irgendwann entwirren und verlassen muss. Diesen Tag wähnte ich allerdings noch in weiter Ferne. Nun scheint meine schützende Hülle vorzeitig Risse zu bekommen.

Der junge Kellner tritt heran. Er klappt zunächst die beiden Holztischchen aus, belegt sie jeweils mit einer passgenauen Tischdecke und lädt die Weingläser darauf ab. Für das Wasser schafft er einen weiteren Tisch herbei, den er zu unseren Füßen abstellt, und auch der wird mit einem Deckchen versehen. Als alle Gegenstände ihren Platz gefunden haben, entfernt er sich.

Kaj und ich stoßen an. Die Stimmung ist immer noch angespannt, trotzdem hake ich nach. «Wann wirst du abreisen? Und wohin? Zurück nach Dänemark?» Aufmerksam beobachte ich ihn von der Seite.

«Ehrlich gesagt …» Er stößt einen tiefen Seufzer aus. «Ich weiß es nicht. Ich könnte meine Geschäfte von so ziemlich überall führen, darum wäre es egal. Hauptsache, fort vom Meer.» Er schluckt. «Da ich zukünftig plane, ein oder zwei Mitarbeiter einzustellen, wird es aber Zeit, dass ich mir einen festen Firmensitz suche.»

Ich schweige betroffen. Als habe eine höhere Macht dieselbe Bestimmung für uns gewählt, fühlen wir uns beide nirgendwo richtig zu Hause. Kajs Sorgen kann ich sehr gut nachvollziehen. Es liegt auf der Hand, warum ihm die See mit ihrer unbezwingbaren Kraft Unbehagen bereitet. Die traurige Erinnerung an seine Eltern ist dort allgegenwärtig und wird ihn vermutlich niemals loslassen. Verständlich, dass er fortmöchte.

Mich hingegen bewegen gegenteilige Gründe. Mein Aufenthalt auf Sylt hat dazu geführt, dass das Meer seinen Platz in meinem Herzen aufs Neue eingenommen und sich dort sogar richtiggehend breitgemacht hat. Ich beneide Matilda um die Möglichkeit, dauerhaft auf dieser schönen Insel zu wohnen.

Nachdenklich knibbele ich an dem Tischdeckchen herum. Denn bis vor Kurzem kam es mir vollkommen abwegig vor, auch nur eine Woche auf Sylt zu verbringen. Überhaupt liebte ich mein digitales Nomadenleben, das ja nicht wirklich eins war, schließlich hatte ich einen festen Wohnsitz. Doch plötzlich fühle ich mich hier pudelwohl. Wie kann das sein?

Kaj lehnt sich neben mir zurück. Unsere Arme berühren sich dabei, und mir ist, als würde Strom zwischen ihnen fließen.

«Und du?» Er dreht sich zu mir. «Wie sehen deine Zukunftspläne aus?»

Ich lehne mich ebenfalls gegen das Polster, wage aber nicht, ihn anzusehen. Die Intimität des Strandkorbs fühlt sich dermaßen elektrisierend an, dass ich fürchte, mich könnte der Schlag treffen, wenn unsere Blicke sich begegnen.

«In gewisser Weise geht es mir ähnlich», antworte ich, die Augen starr auf mein Weinglas gerichtet. «Auch ich habe keine Ahnung, wo ich in Zukunft wohnen werde.» Ich nehme einen Schluck und fahre fort. «Was ich im Gegensatz zu dir aber weiß, ist, dass ich Sylt sehr mag. Mehr noch, ich bin ziemlich verschossen … Also in Sylt.» Die ungeschickte Formulierung führt dazu, dass ich nun doch zu Kaj schaue. Ein Schmunzeln umspielt seine Lippen. Peinlich berührt plappere ich schnell weiter: «Bitte lach jetzt nicht und sei auch nicht genervt, aber ich überlege, ob ich nicht auch auf Sylt Kunden akquirieren könnte. Hier gibt es eindeutig die besseren Bildmotive.» Ich zwinkere ihm zu.

Kajs Miene wird wieder ernst. «Und das Kochen?»

«Wird hoffentlich für immer mein Hobby bleiben.» Ich weiche seinem inquisitorischen Blick aus und nehme einen großen Schluck Rotwein.

«Ich habe deine neuesten Blog-Einträge gelesen», sagt er. «Schöne Bilder. Aber noch mehr gefallen mir die Geschichten. Die Worte, die du findest, um alles zu beschreiben, machen nicht nur Lust auf das Essen …» Er lässt eine kurze Pause entstehen, bevor er mit Nachdruck hinzufügt: «Sie machen vor allem Lust auf dich.»

«Ich … also … danke.» Mehr bekomme ich nicht heraus, denn meine Kehle ist plötzlich wie ausgedörrt. Schnell nehme ich einen weiteren Schluck Wein.

«Man möchte den Menschen kennenlernen, der sich hinter diesen Äußerungen verbirgt», fährt er fort. Und ich muss sagen, wenn du über das Kochen schreibst, merkt man dir die Freude und das Glück an. Also jedenfalls glaube ich, derartige Gefühle herauszulesen. Wenn du mich fragst, gibt es keine zwei Meinungen darüber, was du in Zukunft in Berlin tun solltest.»

Ich schweige. Schöne Worte waren das, die mich ein bisschen stolz werden lassen. Gleichzeitig sorgen sie für eine innere Rebellion. Etwas stimmt an seiner Äußerung nicht und bereitet mir leises Unbehagen.

In diesem Moment erscheint der Kellner mit unserem Essen. Und das hat alle Aufmerksamkeit verdient: Mein warmer Wintersalat verströmt einen köstlichen Duft nach Zimt und gerösteten Nüssen und sieht darüber hinaus noch phänomenal aus. Er wird mit selbst gebackenem Brot serviert, und ich muss mich zwingen, nicht sofort eine Ecke abzubeißen. Aber auch Kajs Salat macht einiges her. Er duftet nach Limette und Rosmarin und ist mit Croûtons überstreut.

Eine Weile genießen wir schweigend das Essen. Doch während ich versuche, die verschiedenen Gewürze mit meiner Zunge zu erkunden, lässt mich Kajs letzte Formulierung nicht los. *Was du in Zukunft in Berlin tun solltest.*

«Und, wie ist die Meinung der Fachfrau?», unterbricht Kaj meine Gedanken. «Schmeckt es dir?»

Ich werfe ihm einen verunsicherten Blick zu, merke aber an seinem Gesicht, dass die Frage ernst gemeint war. «Als Hobbyköchin kann ich dir sagen, dass es mir ausgezeichnet schmeckt.»

«Also können die Sylter Küchenmeister mit den Berlinern mithalten. Das freut mich.»

Berlin. Das ist es. Kajs Anspielungen und die Vorstellung, dorthin zurückzukehren, erzeugen diesen inneren Widerwillen. Einen Moment kaue ich nachdenklich, dann zwinge ich mich, an Schöneres zu denken, und sage: «Ich weiß ja nicht, ob du es vorhin so richtig mitbekommen hast, aber als wir meinem Vater begegnet sind, habe ich nicht nur ihn, sondern auch dich zu dem Koch-Event eingeladen.» Ich lege mein Besteck ab und sehe ihn von der Seite an. «Es ist ein Geburtstagsgeschenk für meine Tante. Ich hoffe, du nimmst teil?» Mein Blick bleibt weiterhin fragend auf ihn gerichtet. «Ich habe etwas Ähnliches schon ein paar Mal in Berlin ausgerichtet, es war jedes Mal sehr lustig. Und lecker.»

Und plötzlich kommt mir eine Idee, die mich dermaßen umhaut, dass ich Kajs Antwort gar nicht abwarte. Kurzerhand spreche ich weiter: «Es gibt Leute, die damit ihr Geld verdienen. Mit solchen Veranstaltungen. Sie organisieren Koch-Abende, sorgen für die Menügestaltung, drucken die Rezepte aus und unterstützen die Gäste mit ihrem Fachwissen.»

Kaj kaut unbeirrt seinen Salat.

«*Ich* könnte so jemand sein!» Mir wird ganz kribbelig zumute bei dieser Vorstellung. *Das* wäre ein fantastischer neuer Job.

Kaj nickt. «Ist bestimmt 'ne nette Sache. Du solltest dich in Berlin darauf spezialisieren.» Er schneidet eine Garnele und schiebt sie sich in den Mund. Dann legt er den Kopf schief. «Allerdings ist die Konkurrenz dort höchstwahrscheinlich riesig.»

«Ja, davon kann man ausgehen. Darum wäre es eine Überlegung wert, ob Ähnliches nicht auch auf Sylt funktionieren würde.» Triumphierend grinse ich ihn an.

Kaj schluckt hörbar, obwohl er gar nichts mehr im Mund hat. «Auf Sylt?» Er sieht ein wenig erschrocken aus. «Warum ausgerechnet auf Sylt?»

Himmel, denke ich. Steht er auf der Leitung? «Weil ich gern hier bin», gebe ich euphorisch zurück. Und spinne den Gedanken weiter: «Das wäre bestimmt etwas für Urlauber, die sich langweilen, beispielsweise während Schlechtwetterperioden. Man könnte es auch als Party-Highlight anbieten, wenn die Leute in ihren Villen einen besonderen Abend für Gäste veranstalten möchten. Oder aber ...» Ich vollführe eine allumfassende Geste. «Ach, mir fallen tausend Anlässe ein.»

Kaj wirkt noch immer wenig begeistert. Seine Miene ist regelrecht versteinert, als er fragt: «Wo willst du denn hier wohnen? Ist ja alles wahnsinnig teuer. Und vermutlich zu ruhig für dich. Keine Partys, und überhaupt fehlt der Großstadttrubel.»

«Ich glaube nicht, dass mir der Rummel fehlen wird», sage ich und spreche zum ersten Mal das aus, was mir schon eine Weile durch den Kopf geht. Denn inzwischen liebe ich diese wunderbare Ruhe. «Und einquartieren könnte ich mich übergangsweise bei Matilda. Bis ich einen Testballon gestartet habe und sehe, wie meine Ideen ankommen.» Ich denke an das kleine Zimmer unterhalb ihres Ateliers. *Mein Zimmer.*

Kaj sieht mittlerweile richtiggehend entsetzt aus. Er hat sein Besteck quer auf dem Teller abgelegt, als habe es ihm den Appetit verhagelt. Ich dagegen schöpfe gerade neue Kraft und entwickele einen richtigen Heißhunger. «Findest du meine Idee so abwegig, oder traust du es mir nicht zu?»

«Nein, das ... ähm, das ist es nicht», stammelt er. «Es ist eher so, dass ...»

«Oh weh», sage ich gequält und lasse die Schultern hängen. «Du möchtest nicht kommen.»

Kaj starrt mich mit offenem Mund an.

«Zu Matildas Geburtstag», helfe ich ihm auf die Sprünge. Langsam muss ich über sein verstörtes Gesicht lachen. «Bitte lass mich nicht im Stich», versuche ich es zunächst auf die lustige Tour und erkläre dann: «Wenn wir zu wenig Personen sind, kann ich keine Gruppen einteilen, und dann funktioniert meine Idee schlichtweg nicht.» Ich schenke ihm mein liebstes Lächeln. «Du darfst dir auch ein Team aussuchen.» Mein Tonfall wird eindringlich. «Hauptsache, du kommst!»

Es dauert eine halbe Ewigkeit, bis Kaj sich einen Ruck gibt:

«Wenn ich so nett gebeten werde, habe ich wohl kaum eine Wahl, oder?»

«Juchu», jubele ich, «du wirst es nicht bereuen!»

Er atmet tief ein und seufzend wieder aus. «Wenn du das sagst …»

Die Bedienung kommt, um die Teller abzuräumen. Kaj und ich sind beide pappsatt, darum entscheiden wir, uns eine Portion Waffeln zu teilen. Während wir auf sie warten, haben wir zum Glück keine sensiblen Gesprächsthemen mehr am Wickel. Wir beschäftigen uns hauptsächlich mit Lola. Die Hundemaus hat bis eben brav zu unseren Füßen gelegen. Jetzt wird sie unruhig, also hebt Kaj sie hoch und setzt sie samt Handtuch in unsere Mitte. Das gefällt Lola, mit einem wohligen Grunzen rollt sie sich zu einer kleinen Kugel zusammen und schläft in null Komma nichts wieder ein.

Die Waffeln werden noch heiß serviert und sind ebenso lecker wie der Hauptgang, vor allem die Rumkirschen mit dem Tonkabohnen-Crunch sind der Knaller.

Dieses Mal bezahle ich die Rechnung, es ist Zeit, dass ich mich revanchiere. Kaj akzeptiert es, ohne zu murren, besteht aber darauf, dass wir nun quitt sind.

Draußen machen wir große Augen. Dass es während des Essens durchgehend schneite, war uns bewusst, aber nicht, wie viel Schnee fiel. Pudrig weiß liegt der Weg vor uns, und es knirscht bei jedem Schritt unter unseren Füßen.

«Kennst du den Werbespot, in dem jemand das falsche Auto vom Schnee freischaufelt?», witzele ich, als wir vor seinem vollkommen eingeschneiten Wagen ankommen und Kaj sich mit den Händen daran macht, ihn von seiner Schneedecke zu befreien.

Er grinst. Dann greift er in den Schnee, formt in Windeseile eine Kugel und wirft sie mir vor die Brust. Quiekend versuche ich, mich wegzudrehen, doch es ist zu spät. Schon landet eine zweite Ladung Schnee auf meinem Parka, und zwar an der Schulter.

«Na warte!», rufe ich, schaufele mit meinen Händen ebenfalls eine ordentliche Menge vom Wagen und knete einen Ball. Meine Hände gefrieren dabei fast zu Eisklumpen, doch ich ignoriere es. Mein Schneeball trifft Kaj am Hals, wo er zu Krümeln zerfällt, die in seinen Kragen rutschen. Er geht zum Gegenangriff über.

«Ich ergebe mich!», kreische ich lachend, als er mit einem Arm voller Schnee auf mich zuläuft. «Ich kratze freiwillig die Scheiben frei, nur bitte seif mich nicht ein!» Ich kann mich vor Lachen kaum noch rühren. Trotzdem versuche ich, die Flucht zu ergreifen. Doch der Boden ist so glatt, dass ich bei der ersten Drehung wegrutsche und Kaj direkt in die Arme schlittere.

Er hält mich fest. Unsere Gesichter sind sich so nah, dass ich seinen heißen Atem auf meiner Wange fühlen kann. Er riecht nach Rumkirschen und ein bisschen nach Abenteuer. Kaj umklammert mich so stark, ich kann mich nicht bewegen, und selbst wenn ich es könnte, weiß ich nicht, ob ich es wollte. Der Augenblick ist magisch. Über uns tanzen die Schneeflocken im Licht einer flackernden Hauslaterne, und von irgendwoher klingt *Someone Like You* von Adele.

Kaj sieht mir in die Augen. Seine lodern wie die Flammen eines zündelnden Kaminholzes, doch ich habe keine Angst, mich zu verbrennen. Und dann küsst er mich.

Es ist, als entlade sich ein Gewitter, das schon lange über uns schwebte. Kajs Lippen legen sich warm und weich auf meine, zuerst zögernd und wie eine Frage. Doch als sich meine ihm einladend öffnen, wird sein Kuss fordernder. Er fasst in meine Haare, umschließt mit seiner Hand sanft meinen Hinterkopf und zieht mich noch ein Stückchen dichter zu sich heran. Immer wieder finden sich unsere Lippen aufs Neue, bis Lolas Winseln uns irgendwann zur Besinnung bringt.

«Du liebe Zeit», krächze ich mit rauer Stimme und schaue Kaj an. In seinem Blick liegt so viel Zuneigung, dass sich mir die Kehle zuschnürt. Einen Moment sehen wir uns verlegen in die Augen, dann beugt Kaj sich vor, um Lola auf den Arm zu nehmen.

«Du arme Maus», sage ich und streichele ihr verschneites Köpfchen.

Kaj küsst mich noch einmal kurz, ehe er sich schweren Herzens von mir löst und sagt: «Steig du mit ihr ein, ich kratze die Fenster frei.»

Beim Einsteigen spüre ich meine weichen Knie. Und mein Herz, das wie verrückt pocht und dafür sorgt, dass mir die Kälte nichts anhaben kann.

Als Kaj neben mir sitzt, startet er als Erstes den Motor. Während wir warten, dass die Lüftung sich gegen die beschlagenen Scheiben durchsetzt, schauen wir uns an, überwältigt von Gefühlen. Kaj will etwas sagen, er räuspert sich, doch dann schüttelt er nur stumm den Kopf, und wir fahren los.

Die Rückfahrt über die verschneite Insel verläuft schweigend. Es ist gut so. Ich bin dermaßen bewegt, dass ich kaum einen klaren Gedanken fassen kann. Und ich will auch nichts zerreden. Ich kraule Lolas Öhrchen, blicke nach vorn aus dem Fenster und wünsche mir, dieser Abend würde niemals enden.

Doch viel zu schnell halten wir vor dem Doppelhaus. Kaj parkt an der Straße ein, dreht den Schlüssel, lässt aber das Licht eingeschaltet. Er wendet sich zu mir: «Olivia, ich muss dir etwas sagen.» Nervös spielt er mit dem Anschnallgurt.

Ich wage nicht, mich zu rühren. Worüber er sprechen möchte, hat todsicher mit uns zu tun, doch sein Tonfall bereitet mir Bauchschmerzen. Hat er ein Geheimnis, das er nun beichten will? Eine heimliche Ehefrau? Kinder? Traue ich ihm das zu? Jein. Kajs Kuss, seine Berührungen und Blicke – alles schien mir aufrichtig zu sein. Aber wer weiß, vielleicht ist er ein brillanter Schauspieler?

«Es ist kompliziert», setzt er zögernd an, «und nicht mal eben schnell erklärt. Dennoch solltest du davon wissen.»

Ich japse nach Luft. «Du bist verheiratet», platzt es aus mir heraus. Also doch. Vom Regen in die Traufe. Erst der verlogene Martin und jetzt das nächste schwarze Schaf.

Kaj reißt die Brauen in die Höhe. «Um Himmels willen – nein.»

Ich sehe ihn an. Der Gesichtsausdruck, eine Mischung aus Verzweiflung und Unglauben, *kann* nicht gespielt sein.

«Was ... ist es dann?», frage ich zaghaft. Und mache im Geiste drei Kreuze, dass mir nicht schon wieder die Tränen kommen.

Ich kann dabei zusehen, wie Kaj sich verschließt. Er fährt sich mit beiden Händen durch das Haar. Der Ausdruck auf seinem Gesicht und in seinen Augen wird starr, als er sagt: «Ehrlich gesagt bin ich momentan reichlich durcheinander. Ich denke nicht, dass ich die richtigen Worte finden werde, und ich würde mich darum lieber morgen mit dir treffen. Ich brauche etwas Zeit, um nachzudenken. Ist das okay?»

Seinem Tonfall entnehme ich leise Hoffnung, aber auch den festen Entschluss, dass dies seine letzte Erklärung für heute zu dem Thema ist. Unnötig, ihn weiter zu drängen. «Hm-m», brumme ich, weil ich fürchte, dass mich alles andere verraten würde. Ich bin enttäuscht, dass er sich nicht äußern mag. Aber auch wütend. Und ein bisschen verzweifelt. Vertraut er mir nicht? Will er mich wirklich so in die Nacht entlassen, mit all meinen Fragen?

Keiner von uns rührt sich. Vielleicht, weil wir den unbeschwerten Tag so lange wie möglich festhalten möchten. Aber wir kommen an dieser Stelle auch nicht weiter. Nicht, ohne dass Kaj endlich Tacheles redet. In meiner Verzweiflung sehe ich zu Lola. Sie ist auf meinem Schoß eingeschlafen. Ihre Beine zucken im Traum, und sie gibt durch ihre geschlossene Schnauze dumpfe Laute von sich. Du süße Maus, denke ich. Die großen Sorgen bleiben dir hoffentlich ein Leben lang erspart.

26
Marktimpressionen

Bei Matilda im Haus ist alles dunkel bis auf ein kleines Licht im Flur. In dem schwachen Schein kann ich erkennen, dass die Damen einiges geschafft haben, denn die Kartonburg im Flur ist sichtbar geschrumpft. Ich lege meinen Kopf in den Nacken und schaue die Stiege hinauf in Richtung meines Zimmers, doch ich bin viel zu aufgewühlt, um schlafen zu gehen. Allerdings will ich nicht mehr allzu sehr über Kaj ins Grübeln verfallen, da ich jetzt schon weiß, dass es zu nichts führen wird.

Gedankenverloren ziehe ich mir die Schuhe aus und tapse auf meinen Wollsocken in die Küche, wo ich mir zunächst ein Glas Wasser einschenke. Während ich mich damit an den Hochtisch setze, stelle ich erfreut fest, dass Matilda mir das dicke Sylter Kochbuch herausgelegt hat. Vorn auf dem Titel klebt ein Zettel. *Viel Spaß beim Stöbern.* Lächelnd beginne ich zu blättern. Seite für Seite nehme ich mir vor, betrachte in Ruhe die Fotos, lese Bildunterschriften und studiere Rezepte. Auf der Rückseite ihres Zettels mache ich mir nebenbei Notizen. Es bringt mich auf andere Gedanken.

Etwa zwei Stunden bin ich zugange, dann habe ich ein Menü zusammengestellt, das ich morgen mit Matilda besprechen möchte.

Ich rechne noch einmal nach: Bislang sieht es so aus, als würden wir insgesamt neun Leute werden, die sich prima in drei Teams aufteilen lassen, wobei ich mich selbst in die Gruppe einteile, die für die Hauptspeise zuständig ist, weil diese Arbeit höchstwahrscheinlich aufwendiger wird. Ansonsten habe ich einfache Gerichte herausgesucht, es geht ja mehr um den Spaß bei der Zubereitung als darum, ein Sterne-Menü zu zaubern. Dem Ganzen gebe ich die Überschrift *Matildas Festessen*:

Vorspeisen:
Krabbencocktail mit Chicorée,
Honigmelone und weißem Balsamico,
angerichtet in einem Blatt vom Kopfsalat

Rote-Bete-Carpaccio mit Zimtapfel und Walnuss

Hauptgang:
Ofenfisch (je nach Angebot)
mit Estragon und Rosmarinkartoffeln

Nachspeise:
Fliederbeersuppe mit Grießklößchen

Ich lege den Zettel mit meinen Notizen in das Buch, lösche im Erdgeschoss das Licht, klettere die Treppe empor und verschwinde oben kurz im Bad. Danach schlüpfe ich in meinen Pyjama und kuschele mich in mein Bett. Als ich die Augen schließe, komme ich leider doch nicht umhin, wieder über Kaj nachzudenken. Noch immer spüre ich seine Lippen auf meinen, fühle seinen Atem über meine Wange streichen und habe den Duft seiner Haut in meiner Nase.

Wenn ich nur wüsste, was ihn dermaßen umtreibt. Ich

fürchte, es hat mit mir zu tun, doch warum ziert er sich so, seinem Herzen Luft zu machen? Vorhin im Auto konnten wir uns kaum dazu durchringen auszusteigen. Erst als die Kälte mehr und mehr von außen eindrang, wurde es irgendwann zu ungemütlich. Einen kurzen Moment haben wir dann noch in der Auffahrt gestanden. Mein Wunsch nach einem Kuss – und ich bilde mir ein, dass ich auch für Kaj sprechen kann – lag die ganze Zeit in der Luft. Doch am Ende haben wir uns verabschiedet, ohne dass es dazu kam.

Am nächsten Morgen schlurfe ich im Pyjama in die Küche, weil von dort bereits geschäftiges Geklapper zu hören ist. «Guten Morgen, liebe Tilda», begrüße ich meine Tante und drücke ihr einen Kuss auf die Wange. «Ihr wart ja fleißig gestern, du und die Mädels.»

Matilda sitzt mit einem dampfenden Becher Kaffee am Hochtisch und blickt von dem Sylter Kochbuch auf. «Und bei dir? War wohl ein netter Abend, deiner Laune nach zu urteilen.» Verschwörerisch zwinkert sie mir zu.

Ich nehme mir grinsend einen Becher, schenke Kaffee ein und sage, während ich Milch dazugebe: «Ja, es war sehr schön.» Am liebsten würde ich mit ihr über Kaj und sein eigenartiges Verhalten sprechen, doch gerade mag ich mich nicht schon wieder damit beschäftigen. Stattdessen kontere ich mit einer Gegenfrage: «Und du? Täusche ich mich, oder hat Sieglinde mehr als zwei Kartons mitgenommen?»

Meine Tante schaut mir noch einen Moment intensiv in die Augen, dann greift sie sich ihren Kaffee und sagt: «Das hast du ganz richtig gesehen. Da ist einiges zusammengekommen. Gerda meinte, dass die Organisation alle Waren, die auf Sylt nicht benötigt werden, nach Amrum oder auf das Festland weitergibt. Es kommt also nichts weg.» Sie sieht erleichtert aus, gleichzeitig wirkt sie aber auch ein wenig beschämt. «Ich hatte ja keine Ahnung, was Bruno alles bestellt hat. Es kamen zwar laufend Pakete, aber ich habe mich bewusst nicht eingemischt. Es fiel mir nicht leicht, das kann aber in einer Partnerschaft Gold wert sein.» Sie schüttelt resigniert den Kopf. «Ich war allerdings mehr als erschüttert, als sogar nach seinem Tod noch Kartons mit Ware hier eintrafen.»

«Wie wäre es, wenn ich dich von deiner Grübelei ablenke und wir gemeinsam das Geburtstagsessen weiterplanen?», frage ich sanft.

Matilda nimmt mein Angebot erleichtert an. «Du hast vollkommen recht. Ein perfektes Thema, um in den Tag zu starten», findet sie. «Deine Notizen habe ich schon gesehen. Klingt alles sehr vielversprechend.» Sie spitzt erwartungsvoll die Lippen.

«Und zwar habe ich mir gedacht, dass wir ja nicht den gesamten Abend in der Küche stehen wollen, darum fiel meine Wahl auf Gerichte, die ich gut vorbereiten kann.» Ich greife über Matildas Arm hinweg nach dem Kochbuch, blättere kurz und finde zügig die gesuchte Seite. «Niemand möchte eine Stunde dabei zusehen, wie Rote Bete gar kocht. Ich würde sie aus diesem Grund heute einkaufen und vorkochen.» Voller Vorfreude reibe ich mir die Hände. «Ich bin neugierig, was du von den übrigen Vorschlägen hältst.»

Ehe wir uns gemeinsam in das Buch vertiefen, schaut sie mich schuldbewusst an. «Du bist nur am Arbeiten, seit du hier auf der Insel bist», sagt sie zerknirscht. «Andere fahren nach Sylt, um sich zu entspannen.»

«Oh, ich bin entspannt!», sage ich inbrünstig und überlege, ob ich Matilda schon in meine Sylt-Pläne einweihen soll. Doch nachdem Kaj bereits so engstirnig reagiert hat, möchte ich mir das heute nicht noch einmal antun und lieber erst mal abwarten, wie der Abend verläuft. Denn wenn alle angetan sind, würde mir das in die Karten spielen.

Ich rücke näher an Matilda heran, zeige ihr die anvisierten Gerichte, und während sie im Anschluss noch mal gründlich die Rezepte durchgeht, widme ich mich ihrem Instagram-Account. In den letzten Tagen kamen offenbar viele keramikbegeisterte Follower dazu, meine Tante hat diverse Likes bekommen und auch Fragen zu ihren Werken. Allesamt freundlich und voller Bewunderung. Da wir aber entschieden haben, erst einmal nur die Bilder einzustellen, aber noch keinen Verkauf anzuschieben, bin ich mit dem Beantworten schnell durch.

«Das Menü wird himmlisch», sagt Matilda, als sie mit dem Lesen fertig ist. Immer wieder schüttelt sie ihren Kopf und scheint richtiggehend ergriffen zu sein. «Was du alles für mich tust. Ich –» Ihr bricht die Stimme.

Über der Tischplatte taste ich nach ihren Händen. «Lob mich nicht zu früh. Noch ist der Abend nicht über die Bühne gebracht, und nichts wurde gekocht», wiegele ich ab. «Außerdem bereitet mir allein die Vorbereitung einen solchen Spaß.» Ich suche ihren Blick. «Ich stehe quasi in deiner Schuld, nicht du in meiner.»

Wir beide haben Tränen vor Rührung in den Augen und wischen sie uns lachend weg. Dann stecken wir erneut die Köpfe zusammen und studieren die Rezepte noch einmal gemeinsam. Matilda schnappt sich einen herumliegenden Zettel, um ein paar Notizen aufzuschreiben. «Brot brauchen wir noch, nicht wahr? Und Fliederbeeren?»

«Die kann Neni aus ihrem Regal mitbringen. Wir fertigen

lediglich die Grießknödel an, anders geht es um diese Jahreszeit kaum.»

«Stimmt.» Sie schreibt es auf. «Und Kuddel rufe ich an wegen der Krabben.»

«Genau.» Kurz beratschlagen wir die Menge, dann hat meine Tante noch eine Idee. «Ich frage ihn, ob er die Getränke besorgen kann. Er bekommt Sonderpreise und hat ein großes Auto, das für den Transport ideal ist.»

Bald haben wir alles besprochen. «Wenn du wirklich keine Änderungswünsche hast, würde ich sofort einkaufen gehen, damit ich den restlichen Tag zum Vorbereiten habe», sage ich.

«Für mich klingt es nach dem perfekten Geburtstagsessen.» Sie wirkt noch immer sichtlich bewegt. «Ich danke dir vielmals.»

Fast wäre ich direkt in den Flur zur Garderobe gehastet, doch dann fällt mir ein, dass ich noch meinen Pyjama trage, und ich kehre lachend zurück.

«Keine Sorge, ich hätte dich noch gewarnt», meint Matilda. Sie zupft mich am Ärmel und errötet leicht, als sie sagt: «Was meinst du eigentlich, wie teuer die Besorgungen werden? Wenn sie zu sehr ins Geld gehen, könnten wir statt Fisch mit Kartoffeln ja ersatzweise Nudeln mit Tomaten anbieten?»

Ach du meine Güte, denke ich, wie konnte ich das vergessen? Tilda hat ja Geldsorgen. Augenblicklich fallen mir die ungeöffneten Briefe und unbezahlten Mahnungen wieder ein. Auf keinen Fall soll die Geburtstagsparty daran scheitern! Ich habe die Sache angeleiert und bringe sie zu Ende, auch wenn ich dafür mein Konto überziehen muss.

«Zerbrich dir darüber nicht den Kopf, der Abend ist mein Geschenk an dich. Und ein bisschen auch an mich.» Jetzt kann ich es doch nicht mehr für mich behalten. «Weißt du, Sylt gefällt mir inzwischen so gut, dass ich deinen Geburtstag als Testballon nutzen möchte. Wenn das Event bei allen gut ankommt, könnte ich mir vorstellen, ein wenig länger auf der Insel zu bleiben, um mir hier ein Standbein aufzubauen. Vorausgesetzt, du hast nichts dagegen, dass ich noch eine Weile dein Gast bin.» Voller Freude strahle ich Matilda an … und eigentlich dachte ich, meine Tante würde sich ebenso freuen.

Doch Matilda entgleisen die Gesichtszüge. «Versteh das bitte nicht falsch, Olivia, selbstverständlich genieße ich deine Gesellschaft, trotzdem solltest du dir einen solchen Schritt sehr gut überlegen», ermahnt sie mich. «Du bist eine Großstadtpflanze. Hier auf Sylt würdest du sicher schnell eingehen.»

Mir steht der Mund offen. Vor ein paar Tagen klang das aber noch ganz anders. *Bleib so lange, wie du magst. Wenn es nach mir ginge … dürftest du für immer bei mir auf Sylt wohnen.*

Ich weiß gar nicht, was ich sagen soll. Will sie mich loswerden? Hat sich der Vermieter gemeldet? Woher rührt dieser Sinneswandel? Ich beiße die Zähne aufeinander, und es gelingt mir irgendwie, mir ein Lächeln ins Gesicht zu zaubern.

Meine Tante durchschaut mich trotzdem sofort. Sie eilt zu mir und nimmt mich in den Arm. «Du liebe Zeit, Olivia, das habe ich nicht so gemeint! Ich bin überglücklich, dich bei mir zu haben. Es ist nur so, dass …» Sie schließt kurz die Lider, um nachzudenken. «… dass ich nicht möchte, dass du enttäuscht bist, wenn womöglich alles anders kommt. Lass uns nach der Party in Ruhe darüber nachdenken. Bitte.»

Mit einem flehenden Blick und einer anschließenden energischen Handbewegung schiebt sie die dunkle Wolke fort, die im Begriff war, sich über unseren Köpfen zusammenzubrauen. Sie hebt den Zeigefinger. «Wenn du dich ein bisschen ranhältst, schaffst du es noch auf den Westerländer Wochenmarkt, der findet zu dieser Jahreszeit nämlich nur samstags statt und hat bis dreizehn Uhr geöffnet. Soll ich mitkommen? Oder willst du das Lastenrad nehmen? Die Liste ist ziemlich lang geworden.»

«Ich weiß nicht», sage ich und lege abwägend den Kopf schräg. Klar hätte ich Lust, mit meiner Tante gemeinsam über den Markt zu stromern, andererseits soll das Essen ein Geschenk sein, und ich will es vermeiden, mit Matilda über Geld diskutieren zu müssen. Außerdem, und das gibt letztendlich den Ausschlag, möchte ich, wenn möglich, noch ein paar Überraschungen ergattern, also sage ich: «Nein, bleib du zu Hause in deinem Atelier. Gehört alles zum Geburtstagsservice. Das Rad nutze ich aber gern.» Heute spricht in der Tat nichts dagegen.

Meine Tante gibt seufzend nach. Sie steht auf, zieht eine Schublade auf und kramt einen Moment darin herum. «Hier, der Schlüssel für das Rad», sagt sie, als sie mir ein kleines Etui in die Hand gibt. «Findet dein Google den Weg?»

Ich nicke.

«Na dann ab die Post», sagt Matilda mit Blick auf meine Armbanduhr.

Ich bin alarmiert. Elf Uhr! «Okay, okay», rufe ich hektisch, «bin schon im Bad.»

Das Lastenfahrrad ist gewöhnungsbedürftig, denn in meiner dicken Jacke komme ich mir so beweglich vor wie ein Bär auf einem Dreirad und gerate überdies ordentlich ins Schwitzen.

Die erste Hitzewelle erfasste mich allerdings noch vor der Haustür, weil ich verstohlen das Nachbarhaus beäugt habe, um nach Kaj Ausschau zu halten. Er war aber nicht zu sehen, und es brannte auch nirgendwo Licht.

Auf dem Fahrrad sitzend, reiße ich mir die Mütze vom Kopf und wedele mir damit Luft zu. Eine Dreiviertelstunde dauert die Tour, weil ich vollkommen aus der Übung bin und meine Beinmuskeln bereits nach kürzester Zeit schrecklich anfangen zu brennen. Ich beiße die Zähne zusammen und widerstehe unterwegs mehrmals dem Drang, zum Fotografieren eine Pause einzulegen. Stattdessen sauge ich mit allen Sinnen die Landschaft in mich auf. Und fühle mich fast wie eine echte Sylterin.

Endlich taucht der Bahnhof von Westerland auf. Samstags herrscht hier Hochbetrieb. Gerade schlängeln sich ankommende Fahrzeuge vom Autozug, nicht ohne teils lautstarke Hup-Duelle auszutragen. Ich muss ausweichen, um nicht umgefahren zu werden. Den Wochenmarkt erreiche ich dank Google ohne Umwege, ich finde eine Möglichkeit, das Rad sicher abzustellen, und mache als Erstes einen Abstecher in einen Laden, in dem es traumhafte selbst gemachte Pralinen zu kaufen gibt. Und dicke Kerzen. Ich wähle eine rosa Stumpenkerze und dazu eine farblich passend verpackte Schachtel Konfekt. Ich zahle und verstaue alles in einem Rucksack, den ich vorn im Anhänger gefunden habe und über den ich heilfroh bin. Er erleichtert nicht nur das Tragen, sondern hält mir auf dem Markt die Hände frei.

Entzückt streife ich von Stand zu Stand, und wie immer auf Märkten, legt sich eine wunderbare Ruhe über mein Gemüt. Ich bestaune knubbelige Südfrüchte, schnuppere an Gewürzen und genehmige mir an einem der Marktstände eine heiße Schokolade mit schwarzem Pfeffer und Kardamom. Dann lege ich los.

Von ein paar Zitronen über den Fisch bis hin zum Estragon und der Roten Bete wandert alles in den Rucksack. Außerdem ein paar Äpfel, Zimtstangen und Nüsse. Melone, Kopfsalat und Chicorée – ich finde hier tatsächlich alle Zutaten von meiner Liste. Und gehe inzwischen ziemlich in die Knie. Vor allem die Melone hat es in sich. Auch hier rächt es sich, dass ich in den letzten Jahren kaum Zeit in meine Fitness investiert habe.

Als finale Besorgung erstehe ich eine rosa Christrose im Topf für meine Tante zum Geburtstag und stelle sie, in dicke Schichten Zeitungspapier gewickelt, ganz oben in den Rucksack.

Eigentlich wollte ich nach dem Einkaufen noch den Strand von Westerland erkunden, doch nachdem mein Gepäckstück beinahe überquillt, verzichte ich darauf, den Umweg zu nehmen. Allerdings variiere ich meine Route und cruise durch ein paar Querstraßen, um wenigstens ein bisschen von dem Ort zu sehen. Westerland hat ja nicht den besten Ruf – Bausünden aus den Siebzigern und ein touristisch überlaufener Stadtkern werden quasi auf jeder Internetseite erwähnt. Dennoch finde ich auch hier ruhige Straßen mit bodenständigen, zweigeschossigen Häusern, umgeben von bescheidenen Gärten. Sie muten bei Weitem nicht so opulent an wie jene in Keitum, sind darum aber nicht weniger liebevoll angelegt. Winterdeko ziert viele Eingangstüren und Fenster, und in ein paar der Vorgärten stehen halb fertige Schneemänner, oder es liegen Schlitten oder sonstiges Kinderspielzeug herum. Hier wird gelebt, das mag ich.

27

Aus und Vorbei

Zurück im Dünenpfad, werde ich bereits ungeduldig von Matilda erwartet. Sie hat sich die Küchenschürze über ihr Wollkleid geknotet, die Haare mit einem Tuch zusammengefasst und scheint nur darauf zu lauern, dass ich den Startschuss gebe. Während sie mir dabei zusieht, wie ich erst das Rucksackmonster im Flur absetze und anschließend aus meinen Schuhen steige, beginnt sie, ihre Erledigungen aufzuzählen: «Sigi bringt morgen Abend die Brote mit, Kuddel die Getränke und Krabben. Beide wollen aber auch schon am Nachmittag vorbeischauen, um uns zu helfen. Nett, oder? Neni kommt wie alle anderen um neunzehn Uhr, sie wird die eingekochten Fliederbeeren dabeihaben.» Matildas Wangen sind vor Aufregung gerötet. «Habe ich noch etwas vergessen?» Sie nimmt mir die Jacke ab und hängt sie an die aufgeräumte Garderobe. Ein einziger Gürtel baumelt noch dort, den Matilda nun abnimmt und kopfschüttelnd zusammenrollt.

«Herrn Dönnerschlach müssen wir noch einladen», erinnere ich sie, «hoffentlich hat der so kurzfristig überhaupt Zeit.»

«Das hat Sigi bereits erledigt.» Ein schiefes Grinsen huscht über Matildas Gesicht. «Vermutlich hat sie Himmel und Hölle in Bewegung gesetzt, damit er zusagt.»

Während meine Tante kurz in ihrem Schlafzimmer verschwindet, um den Gürtel ordentlich an Ort und Stelle zu verstauen, hole ich Christrose, Kerze und Pralinen aus dem Rucksack. Schnurstracks marschiere ich Richtung Treppe. «Ich bin sofort bei dir», rufe ich meiner Tante von oben zu. Dann gebe ich der Pflanze schnell etwas Wasser und verstecke sie und die anderen Geschenke im hintersten Winkel meines Badezimmers. Gleich darauf flitze ich zurück nach unten.

Im Flur schnappe ich mir den Rucksack und schleppe ihn in die Küche, wo Matilda bereits verwundert auf mich wartet. «Tut mir leid, ich musste kurz oben mein Deo nachlegen», schwindele ich. «Die Fahrt mit dem Lastenrad hat mich ziemlich ins Schwitzen gebracht.» Ich lasse meiner Tante keine Zeit, auf das Thema einzugehen, sondern beginne sogleich, den prall gefüllten Rucksack auf die Arbeitsplatte zu hieven und die Einkäufe auszupacken. Mit großen Augen beobachtet Matilda mich dabei.

«Du liebe Güte, Olivia», ruft sie entgeistert, «wer soll denn das alles essen?» Jedes Gemüse, jede Zwiebel und alle Gewürze werden mit Kennermiene von ihr unter die Lupe genommen und danach sorgsam sortiert. Mir fällt bei der Gelegenheit auf, dass die Küche sehr gründlich aufgeräumt und gewienert wurde.

«Donnerwetter, du hast dich aber ins Zeug gelegt.» Ich deute auf die Schranktüren und Arbeitsflächen, in denen man sich spiegeln kann. «Der Raum wirkt auf einmal riesig.»

«Ich will ja, dass alle mich in guter Erinnerung behalten», seufzt Matilda und lächelt betreten.

Ich sehe sie an und schüttele rigoros den Kopf. «Sag nicht so etwas, Tilda. Das klingt fürchterlich. Wie ein Abschied.» Energisch drehe ich mich zu ihr und greife sie an den Schultern. «Es ist dein Geburtstag», spreche ich ihr Mut zu. «Der Tag morgen wird fantastisch, und einzig aus diesem Grund wird er allen für lange Zeit im Gedächtnis bleiben.»

Ehe sie zu einer Erwiderung ansetzen kann, schiebe ich sie sanft aus dem Weg, damit sie mir beim Arbeiten nicht in die Quere kommt. «Setz dich an den Tisch und trink einen Tee. Ich beginne schon mal mit dem Vorkochen.»

Doch als Erstes schalte ich das Radio ein. *Silver Bells* von Elvis ist zu hören, und Matilda wiegt sich im Takt der Musik. «Als Kind fand ich es furchtbar, so kurz vor Heiligabend Geburtstag zu haben», erinnert sie sich. «Mein Jubeltag ging meist in der Festorganisation unter. Noch dazu gab es weniger Geschenke.»

«Das ist bitter», sage ich und kann gut nachempfinden, wie sie sich gefühlt haben muss. «Ich fürchte, von mir wird es in diesem Jahr nichts zum Auspacken geben, nur die Party. Aber die wird großartig!»

«Dass du mit mir feierst, ist das beste Geschenk überhaupt!» Meine Tante lächelt, doch ich kann in ihren Augen sehen, dass sie mit ihren Gedanken ganz weit weg ist.

Den restlichen Tag sind wir mit den Vorbereitungen in Gang. Während Kartoffeln und Rote Bete vor sich hin kochen, fertigen Matilda und ich handschriftlich für jeden Teilnehmer einen Menüzettel an und für jede Gruppe ein Exemplar des Rezepts. Außerdem beschließen wir, dass doch nicht das Los entscheidet, wer in welches Team eingeteilt wird, sondern wir. Damit die Grüppchen gut und gerecht gemischt sind.

«Das geht aber gar nicht auf», ruft Matilda bestürzt, nachdem sie die Anzahl der Gäste zum dritten Mal an ihren Fingern abgezählt hat. «Wir haben uns vertan!»

«Keine Panik, es wird noch ein Überraschungsgast erwartet.» Im Geiste bete ich, dass Papa auch wirklich auftaucht. Denn dafür, dass er mich in den letzten Tagen unentwegt mit seinen Telefonaten bombardiert hat, ist es heute um ihn verdächtig still. Wo er wohl steckt?, frage ich mich. Ob er sich ein schickes Hotel gegönnt hat?

«Aber du kennst doch niemanden auf der Insel», wundert sich Matilda. «Was soll das für eine Person sein?»

Ich spitze meine Lippen und verschließe sie per Handbewegung mit einem imaginären Schlüssel. «Es wird nichts verraten», sage ich geheimnisvoll schmunzelnd. «Ich bin mir aber sicher, du wirst dich freuen.»

«Ich hoffe, es handelt sich nicht um Lasse Nielsen. Du erinnerst dich, der Taxifahrer. Mit dem liegt Gerda im Klinsch.» Sie überlegt weiter. «Oder wenn es der Sohn vom Pfarrer ist, dann müssen wir Kuddel anrufen und den Alkohol abbestellen.» Fragend sieht sie mich an.

Doch so einfach lasse ich mich nicht aufs Glatteis führen. «Du wirst es früh genug erfahren.»

Matilda wirft lachend ein Handtuch in meine Richtung, und wir widmen uns wieder den Vorbereitungen. Alle Gewürze und haltbaren Lebensmittel stellen wir schon mal bereit. Ebenso Rührschüsseln, Messbecher und eine Waage. Nur der Fisch wird kurz gewaschen und wandert dann zurück in den Kühlschrank.

«Jetzt decke ich noch schnell nebenan den Tisch», sage ich zu meiner Tante, «und setze deine Keramik ein wenig in Szene. Was hältst du davon, wenn wir dafür den Weinkühlschrank nutzen? Wir sollten ihn ohnehin leer räumen, falls du das noch nicht getan hast. Die Hälfte der Regalböden würde ich rausnehmen, damit alles etwas großzügiger wirkt, und anschließend deine Schalen ordentlich dekorieren. Danach schalten wir das Licht an wie bei einer Vitrine.»

Matilda wischt sich die Hände an der Schürze ab und blinzelt mich ungläubig an. «Meinst du denn, dass das gut aussieht?»

Ich zucke mit den Schultern. «Wir probieren es aus.»

Das Wohnzimmer ist inzwischen ein Raum, in dem ein Fest gefeiert werden kann. Es ist picobello aufgeräumt, der Esstisch wurde von uns auf seine volle Größe ausgezogen und die Platte so blitzblank gewischt, dass wir lediglich die Plätze eindecken müssen. Mit Hingabe wähle ich Matildas Geschirr, stelle große und kleine Teller parat, dazu Wein und Wassergläser. Während ich das Besteck verteile, habe ich einen Einfall: «Was hältst du davon, wenn wir jedem Gast eine der Souvenir-Kochschürzen von Brunos Bestellungen bereitlegen?», frage ich Matilda und trabe in den Flur. «Anscheinend konnte Gerda sie nicht gebrauchen. Aber für unser Event sind sie doch perfekt.» Zum Beweis halte ich mir eine Schürze vor den Körper. Sie ist rot-weiß gestreift mit zwei Taschen in der Bauchgegend. Eine andere hat ein blaues Streifenmuster. «Oder was meinst du?»

«Super Idee. Bruno wollte sie bedrucken lassen, ist aber nicht mehr dazu gekommen.»

Ich nicke. Und bin insgeheim dankbar, dass kein schlimmes Motto à la *Hunger ist der beste Koch* die schönen Teile verhunzt. Sorgsam falte ich die beiden Stoffschürzen wieder zusammen, schnappe mir sieben weitere aus dem Karton und lege jedem Gast ein Exemplar neben den Teller. Dann rollen Matilda und ich die Menüzettel ein, verknoten sie mit einem Rest Paketband und legen sie auf die gefalteten Schürzen. Zu guter Letzt platziere ich noch einen silbernen Kerzenleuchter mit weißer Kerze in der Mitte des Tisches, et voilà – fertig ist die Festtafel!

«Das sieht wunderschön und einladend aus», staunt meine Tante. Sie dreht ein paar Runden, um das Arrangement aus allen Richtungen zu betrachten. Ich folge ihr und knipse ein paar Fotos.

«Ehrlich, Matilda, dein Geschirr ist der Hammer!» Die Teller sind durch die Blumen erkennbar zusammengehörig, und doch variieren alle. «Das ist wahre Handwerkskunst.»

Meine Tante errötet leicht, aber ich glaube, ebenso ein Fünkchen Stolz in ihrer Miene zu erkennen. Ich schaue auf die Uhr. Schon nach zehn. Wenn Matilda morgen ihren Tag ausgeschlafen genießen möchte, sollten wir nicht mehr allzu lange rödeln. «Ich leere jetzt noch den Weinkühlschrank», erkläre ich und bemerke, dass Matilda inzwischen in der Küche verschwunden ist.

«Und ich sorge für neue Musik», ruft sie mir zu. Sekunden später singt Dean Martin für uns Weihnachtslieder.

Mittlerweile scheint meine Tante die Vorweihnachtszeit richtig zu mögen, denke ich und räume den ehemaligen Weinkühlschrank mit beiden Händen aus. Alle zerfledderten Briefe und Papiere landen auf dem Boden, wo ich mich anschließend hinhocke und den Haufen flüchtig stapele. Ich habe nicht vor, irgendetwas zu sortieren, diese Aufgabe sollte Matilda beizeiten selbst in Angriff nehmen, darum schaue ich nicht genau hin. Als ich jedoch ein widerspenstiges Blatt aus dem Berg ziehen muss, weil es sich partout nicht einsortieren lässt, sticht mir eine fett gedruckte Überschrift ins Auge: **Kündigung**.

Wenngleich ich mir fest vorgenommen hatte, nicht noch einmal in den Dokumenten meiner Tante zu schnüffeln, kann ich nicht anders und beginne zu lesen. Es ist eine offizielle Kündigung für das Mietverhältnis im Dünenpfad Nummer 3a! Bis zum 31. Mai kommenden Jahres muss Matilda hier ausgezogen sein! Unterzeichnet und abgesendet wurde das Schriftstück im Juni von einem Anwaltsbüro, das seinen Sitz irgendwo in Süddeutschland hat. Mir wird eiskalt.

Wieder und wieder lese ich die Zeilen, denn ich kann mir absolut keinen Reim darauf machen. Ich dachte, dass Matildas Freunde aus Bochum die Eigentümer dieses Hauses sind. Hat sich die Freundschaft zerschlagen und darum die Kündigung? Denn was wären das für Freunde, die einen Anwalt vorschicken, anstelle von Angesicht zu Angesicht über alles zu reden?

Mit zitternden Fingern halte ich den Brief, während ich mich im Geiste über ein solch unverfrorenes Verhalten aufrege. Erst nach und nach sickern Andeutungen von Matilda in mein Bewusstsein: dass sie tief verwurzelt sei mit der Insel und sich nicht vorstellen könne, von hier wegzuziehen ... Dass man es nicht immer in der Hand habe, wie das Leben verläuft, weil andere eine Entscheidung treffen, der man sich fügen müsse ... Dass der Geburtstag ein Abschied sei ... Und dass alle sie in guter Erinnerung behalten sollen.

Auf einmal erscheinen mir diese Äußerungen in einem neuen Licht. Anders als von mir angenommen, war nicht meine Abreise und der Abschied von mir gemeint, sondern sie sorgt sich darüber, dass sie Sylt bald verlassen muss. Weil ihr gekündigt wurde. Ich fühle mich, als hätte mir jemand einen Schlag in die Magengrube versetzt. Meine arme Tante, wo soll sie denn jetzt hin? Ich stehe dermaßen unter Schock, dass ich nicht bemerke, wie Matilda sich nähert.

«Hast du dir schon überlegt, welche Stücke wir in dem Kühlschrank dekorieren wollen?», fragt sie erwartungsvoll – bis sie meine bekümmerte Miene bemerkt. Wie in Zeitlupe blickt sie abwechselnd auf den Schrieb in meinen Händen und in mein Gesicht.

Ich komme zur Besinnung. «Es tut mir leid», stottere ich, «ich wollte nicht stöbern, das Schreiben ist mir plötzlich vor die Füße geflattert, und da habe ich es gelesen.» Mein Blick bohrt sich in ihren. «Ist das wahr?», frage ich und hebe den Brief in die Höhe. «Dir wurde das Mietverhältnis gekündigt? Von deinen Freunden?»

Meine Tante sieht aus, als sei sie urplötzlich um zehn Jahre gealtert. Ihre Augen liegen tief in den Höhlen, und die Mundwinkel hängen schlaff herab. «Ja», sagt sie, beinahe tonlos. «Das ist wahr. Also mehr oder weniger.»

«Aber wie kann das sein? Hier steht kein Grund – kein Wort von Eigenbedarf oder so. Außerdem ist es ein Anwaltsbrief. So geht man doch nicht mit einer Freundin um!» Ich will aufspringen, um Matilda in den Arm zu nehmen, doch sie weicht zurück. Mit einer beschwichtigenden Geste versucht sie, mich daran zu hindern, weiter aus der Haut zu fahren.

«Weißt du», sagt sie leise und setzt sich im Schneidersitz zu mir auf den Boden. «Es ist so, dass Marta und Hannes leider verstorben sind. Ihr Sohn hat das Doppelhaus geerbt und möchte es verkaufen. Dagegen kann ich nichts ausrichten. Er sitzt am längeren Hebel.» Schuldbewusst blinzelt sie mich an. «Ich wollte es dir schon eine ganze Zeit erzählen, aber es ergab sich nicht der richtige Zeitpunkt. Und als du dann noch vorgeschlagen hast, hierherziehen zu wollen, konnte ich es erst recht nicht über mich bringen.» In ihren Augen schimmern plötzlich Tränen, die sie sogleich fortplinkert.

Ich weiß nicht, was ich sagen oder denken soll. Dass meine zarten Zukunftspläne, die ich gerade erst in Bezug auf Sylt gefasst hatte, mit einem Schlag gestorben sind, ist zwar traurig, doch im Vergleich zu Matildas Schicksal vollkommen nebensächlich. Momentan zählt für mich in erster Linie meine Tante.

Ich überlege laut: «Natürlich kann der Erbe mit diesem Haus tun und lassen, was er möchte. Aber du hast als langjährige Mieterin auch Rechte. Wir wenden uns am besten an den Mieterschutzbund, und zwar so bald wie möglich. Der feine Herr soll sehen, dass er sich an ein paar Regeln halten muss.» Ich fasse Matilda bei den Händen.

Auch mir kommen nun Tränen, allerdings vor Wut. Ich fühle mich ohnmächtig und wünschte, ich würde mich in Rechtsfragen besser auskennen. Denn plötzlich wird mir noch etwas klar: Die Einladung meiner Tante war viel mehr ein stummer Hilferuf als der Wunsch, ihre Keramik zu vermarkten. Die Kunst stand lediglich an zweiter Stelle oder war möglicherweise sogar vorgeschoben.

Eins ist auf jeden Fall klar: Sie schafft es nicht allein, darum sind wir, ihre Familie, gefragt. Ein Glück, dass Papa ab morgen mit von der Partie ist, denke ich. Sofern er zurück zur alten Form findet, können wir dank seiner stoischen Beharrlichkeit eine Lösung für Matildas Sorgen finden, davon bin ich fest überzeugt. Einen winzigen Moment überlege ich, ob ich meiner Tante die frohe Kunde von Papas Ankunft verraten soll, doch dann entscheide ich, dass es auf einen Tag mehr oder weniger nicht ankommt, und behalte den Knalleffekt für mich.

Matilda sieht mich lange nachdenklich an. Und als habe sie meine Gedanken zumindest in Teilen erraten, schlägt sie vor: «Wir können ja nach der Party noch einmal in Ruhe darüber sprechen, auch wenn ich nicht glaube, dass wir einen Ausweg finden werden. Aber um eins muss ich dich bitten ...» Ihr Blick bekommt etwas Flehentliches. «Ich wäre dir sehr dankbar, wenn du die Kündigung morgen nicht erwähnst. Und zwar vor niemandem. Schon gar nicht Sieglinde und Gerda gegenüber.»

Ich runzele die Stirn. «Wie du möchtest», sage ich zögerlich, gebe dann aber mit sanfter Stimme zu bedenken: «Vergiss nicht, dass die beiden deine Freundinnen sind. Sie haben vielleicht eine etwas verschrobene Art, es zu zeigen, aber sie sind auf deiner Seite. Und möglicherweise können sie sogar helfen. Zum Beispiel, eine neue Bleibe ausfindig zu machen.» Dann schaue ich sie erschrocken an. «Du willst doch wohl nicht von hier fortgehen, ohne dich zu verabschieden, oder?»

Ich warte auf eine Reaktion, doch meine Tante scheint tatsächlich mit dieser Möglichkeit geliebäugelt zu haben. Nur zögernd lenkt sie ein: «Nein. Natürlich nicht.» Es klingt nicht sonderlich überzeugend. «Die Sache ist mir aber sehr unangenehm. Ich will morgen nicht allen Rede und Antwort stehen müssen.»

«Aber dich trifft doch keine Schuld!»

«Bitte, Olivia. Tu mir den Gefallen.»

Matilda bleibt stur, sodass ich irgendwann einwillige. Ich hoffe, dass sie beizeiten ihre Meinung korrigieren wird. Ich bin nämlich der festen Ansicht, dass der eine oder andere ihrer Freunde Rat weiß.

Den Rest des Abends sprechen wir nicht mehr über das Thema, obwohl es die ganze Zeit zwischen uns steht. Die ausgelassene Stimmung hat einen gehörigen Dämpfer abbekommen, daran kann auch unsere Freude über den erleuchteten Kühlschrank nichts ändern. Wir haben ihn großzügig mit drei Keramikschalen dekoriert, eine auf jedem Einlegeboden, und nun wirkt er inmitten des Raums wie ein Luxustresor.

Als ich mich später in meinem Zimmer verkrieche, versuche ich, meinen Vater zu erreichen. Zwar habe ich vor, mich an mein Versprechen zu halten und keiner Menschenseele von

Matildas Misere zu erzählen, aber mir ist danach, seine beruhigende Stimme zu hören. Doch niemand geht ran. Nicht mal die Mailbox hat er eingeschaltet. Ich frage mich, was das nun wieder zu bedeuten hat.

28
Je oller, je doller

Der große Tag startet mit bestem Wetter. Lächelnd steht die Sonne über dem Haus, als sei es ihr ein Anliegen, Matilda zu ihrem Ehrentag einen Besuch abzustatten. Als Geschenk verpassen ihre Strahlen dem winterlich verschneiten Garten eine Extraportion Festtagsglitzern.

Leider ist meine Tante vor mir auf den Beinen, das wirbelt meine Planung etwas durcheinander. Ich hatte mir den Wecker auf halb acht gestellt, um den Hochtisch in der Küche festlich für Matilda zu dekorieren. Doch nun höre ich sie bereits geschäftig durch den Flur hasten. Verdammt!

Flugs springe ich aus dem Bett, erledige im Bad das Nötigste und schlüpfe in Jeans und T-Shirt. Für den Abend werde ich mich später umziehen. Ich schnappe mir die Christrose, Pralinenschachtel und Kerze, halte alles hinter meinem Rücken versteckt und schleiche die Treppe hinunter. Unten angekommen, ist die Küchentür angelehnt und meine Tante nirgends zu sehen. Mein Glück! Wieselflink eile ich zum Hochtisch, um den Platz zu schmücken, an dem Matilda normalerweise sitzt. Ich zünde die rosa Stumpenkerze an, rücke das Konfekt zurecht und positioniere zu guter Letzt noch die Topfpflanze mit den schönen rosa Winterblüten. Als alles ansprechend aussieht, mache ich mich daran, Wasser aufzusetzen. Meine Tante erscheint im selben Moment in der Küche, als ich im Begriff bin, den Kaffeebereiter zu befüllen.

Sofort eile ich zu ihr, umarme sie und nehme sie an den Händen. «Hast du gut in deinen Jubeltag hineingeschlafen? Ist ja gestern recht spät geworden.»

Letztendlich waren wir erst kurz vor Mitternacht im Bett, und was mich betrifft, habe ich an die Decke starrend in ihren Geburtstag reingefeiert. Tausend Überlegungen gingen mir durch den Kopf, von Matildas Kündigung bis hin zu dem urplötzlich abgerissenen Kontakt zu meinen Eltern. Außerdem habe ich mir den Ablauf des Koch-Events noch einmal zurechtgelegt. Und dann wanderten meine Gedanken zu Kaj, mit Herzklopfen. Seit vorgestern habe ich nichts von ihm gehört, was ist da nur los?

«Liebes, das ist ja ein Traum», ruft meine Tante mit Blick auf ihren Geburtstagstisch. «Das wäre doch nicht nötig gewesen, Olivia. Du tust doch schon so viel für mich.» Sie ist gerührt.

«Papperlapapp», wiegele ich ab und stutze. «Warst du draußen?», erkundige ich mich überrascht. Matildas Hände fühlen sich eisig an.

«Ich ... also ... ja», mit einer fahrigen Geste durchkämmt sie ihr Haar.

«Entspann dich, Tantchen», sage ich mit einem Lächeln, das ihr Mut machen soll, «du musst dich ab sofort um gar nichts kümmern. Dafür bin ich da. Außerdem sind wir doch mit unserer Organisation so gut wie fertig. Nachher gibt es nur noch ein paar Details zu wuppen. Ich würde sagen, wir trinken erst mal gemeinsam Kaffee.»

Ich strahle sie an. Auch wenn mir inzwischen klar ist, dass ihr einiges auf der Seele liegt, soll sie den Tag, so gut es geht, genießen. Und ihre Sorgen wollen wir ja erst ab morgen angehen. Doch Matilda wirkt komplett neben der Spur. Nervös und irgendwie anders als sonst. Sie zieht sich ihren Stuhl heran, setzt sich aber nicht, sondern pilgert noch eine Weile durch die Küche.

«Was wirst du am Abend anziehen?», erkundige ich mich in lockerem Plauderton, als sie endlich Platz nimmt. Das geeignete Party-Outfit beschäftigt doch jede Frau, ein gutes Thema also, um sie auf andere Gedanken zu bringen. Mir geht diese Frage nur deshalb nicht durch den Kopf, weil ich nichts Passendes eingepackt habe. Alle meine Habseligkeiten, Andenken, Bücher, aber eben auch ein Großteil meiner Klamotten stecken bei Papa in Bremerhaven. Ich werde heute Abend anziehen müssen, was meine Reisetasche hergibt.

Matilda zuckt mit den Schultern. «Weiß noch nicht», sagt sie und springt erneut auf. «Ich sehe doch noch einmal draußen nach dem Rechten.»

Okay, denke ich. So ist das wohl mit 64 Jahren. Man steckt die Aufregung nicht mehr so leicht weg. In der Tat informiert mich Matilda nach einem weiteren Besuch beim Briefkasten oder wo auch immer sie war, dass ihr Kopf schmerzt und sie sich kurz hinlegen möchte.

Ich nicke verständnisvoll, auch wenn mich so langsam ein schlechtes Gewissen überkommt. Habe ich ihr zu viel zugemutet? Ich wollte für einen unvergesslichen Geburtstag sorgen, doch irgendwie deutet gerade einiges darauf hin, dass der Schuss nach hinten losgeht und meiner Tante der Tag aus anderen Gründen auf ewig im Gedächtnis bleibt. Angestrengt denke ich nach, wie ich Matilda etwas beruhigen kann.

Doch kaum hat sie die Tür zu ihrem Schlafzimmer zugezogen, höre ich einen Wagen vorfahren. Kurz darauf erscheint Kuddel an der Terrassentür. «Hab gedacht, ich lad die Getränke schon mal ab», meint er mit zwei Wasserkisten unter den Armen, als ich ihm öffne. «Nachher sind vielleicht bereits Gäste da.»

Ich packe schnell mit an. Ein paar Sektkartons lassen wir zum Kühlen gleich auf der Terrasse stehen, der Rest wandert nach drinnen vor die Fensterfront. Es folgen Kisten mit Bier, O-Saft und Cola, dann ist Kuddel wieder fort.

«Habe bis zum Abend noch anderes zu bewerkstelligen», ruft er mir noch kurz zu und hetzt zurück zum Auto. «Die Krabben bring ich später mit!»

Als ich allein bin, mache ich mich daran, letzte Vorbereitungen zu erledigen. Ich säubere den Hochtisch, finde eine geeignete weiße Tischdecke und platziere Saft- und Sektgläser obendrauf. Außerdem funktioniere ich eine riesige Schüssel zum Sektcooler um, die ich später beabsichtige, mit Schnee zu befüllen. Auch sie findet Platz auf dem Tisch. Dann drehe ich noch eine kurze Kontrollrunde durch das Wohnzimmer. Ich rücke Sofa und Sessel zurecht und wienere die Glasscheiben der umfunktionierten Vitrine. Währenddessen beantworte ich nebenbei Telefonate, denn mein Handy klingelt unentwegt. Keine Ahnung, woher alle plötzlich meine Nummer haben, vermutlich von Matilda. Gerda informiert mich, dass sie sich verspätet und mit ihr das Brot. Kuddel hat nicht genügend Soße angerührt und legt gerade noch mal los. Und Sieglinde kann ihre Brille nicht finden. Sogar Herr Dönnerschlach meldet sich und fragt, ob die Heizung funktioniert oder ob er einen Heizlüfter mitbringen soll.

Der Einzige, von dem ich nichts höre, ist Papa.

Und Kaj. Seit unserem Kuss herrscht Funkstille, und dass, obwohl er mir doch so dringend etwas sagen wollte! Ich spüre einen Anflug von Wut, der von meinem Herz jedoch komplett ignoriert wird. Wie ein eingesperrter Vogel flattert es in meinem Brustkorb und treibt meinen Puls in die Höhe. Was, wenn er nicht kommt? Wenn er die eine Sache, die es noch zu erledigen galt, abgewickelt hat und ohne Verabschiedung abreist? Mir schnürt sich der Magen zusammen, wenn ich diese Möglichkeit in Betracht ziehe.

Als Maßnahme gegen meine Nervosität stapfe ich hoch in mein Badezimmer und beginne, mich für den Abend zurechtzumachen. Sicher ist sicher, am Ende kommen die ersten Gäste am Nachmittag, und ich finde keine Ruhe mehr. Als Erstes wasche ich mir die Haare und föhne sie in Ruhe. Danach schminke ich mich und widme mich anschließend meinem Outfit. In meiner Tasche findet sich ein Flanellkleid in dunklen Rottönen, knielang und hochgeschlossen, das zwar eher nach gemütlichem Kaminabend als nach Party aussieht, aber immer noch besser als Jeans. Auch bei den Schuhen habe ich kaum Auswahl. Boots oder barfuß. Sneakers scheiden aus, die passen leider kein bisschen zu dem Kleid. Außerdem sehe ich in Weinrot und mit weißen Füßen aus wie ein Flamingo, weil die Schuhe den Fokus auf meine staksigen Beine richten. Am Ende werfe ich einen prüfenden Blick in den Spiegel und beruhige mich mit dem Umstand, dass ich ja eigentlich mehr zum Arbeiten als zum Feiern hier bin.

Zurück im Erdgeschoss, öffne ich die erste Flasche Sekt. Mit einem halb vollen Glas in der Hand lehne ich mich an das riesige Küchenfenster und blicke hinaus in den Vorgarten. Draußen hat sich die Sonne bereits verabschiedet, und die Dämmerung steht in den Startlöchern. Außerdem kündigt sich erneut Schneefall an. Der Himmel ist von diesem besonderen Grau, das keine andere Deutung zulässt. In den Häusern schräg gegenüber wurde der Weihnachtsschmuck noch etwas aufgestockt. Zu den dezenten Sternen strahlt nun außerdem eine schier unendliche Lichterkette, die sich vom Eingang bis zum Garagendach schlängelt.

Ein Anflug von Wehmut überkommt mich. Die Weihnachtszeit mit Matilda war immer wunderschön, vor allem am Heiligen Abend. Sie verwöhnte uns mit köstlichen Speisen, verwandelte das Wohnzimmer in ein kleines Weihnachtswunderland, und dann – und das war fast der zauberhafteste Moment – fand ich jedes Jahr, wenn die eigentliche Bescherung lange vorbei war, noch ein weiteres, sehr persönliches Geschenk von ihr. Es war nur eine Kleinigkeit, die stets unter meinem Kopfkissen lag. Etwas, das ich mir insgeheim seit Langem gewünscht hatte. Einmal waren es neue Knöpfe für meine Strickjacke, weil ich die Originalknöpfe nicht mochte. Ein andermal lag dort ein selbst genähtes Lesezeichen in Hundeform, das weich und kuschelig war, weil ich beim Lesen oft einschlief. Und ich erinnere mich an einen Zeitungsausschnitt über Cher, den niemand sonst aus meiner Klasse besaß, weil er aus einer fremdländischen Zeitung stammte, die Matilda in der Bahn gefunden hatte. Und damals vergötterte ich Cher.

Gedankenverloren schlendere ich in den Flur, schnappe mir meine Jacke von der Garderobe, um vor dem Eingang die Windlichter in Stellung zu bringen und die Kerzen anzuzünden. Es dauert eine Weile, bis die Dochte Feuer fangen, und mein Haar ist sogar schon ganz leicht mit Schnee bedeckt, als ich endlich fertig bin. Trotzdem drehe ich mich noch einmal in Ruhe um und begutachte mein Werk: Die Kerzen flackern einigermaßen ruhig in ihren Gläsern und weisen den Weg zu Matildas Tür – und damit zu Matildas Abend. Auch wenn Kaj den Kopf schütteln würde, ziehe ich flink mein Handy aus meiner Jackentasche, um ein paar Fotos zu knipsen. Erinnerungsbilder für Matilda.

Ein Wagen hält an der Straße. Es ist Kuddel. Er öffnet die Ladefläche seines Foodtrucks, stapelt mit geübter Bewegung zwei eimergroße Gefäße, stellt sie auf den Boden und schließt das Auto ab. Ich eile zu ihm. «Du bist der erste Gast», begrüße ich ihn und deute bewundernd an ihm herunter. Gegen die Kälte hat er seinen Parka übergeworfen, den ich schon an ihm gesehen habe, doch die Knöpfe stehen offen, und ich kann einen Nadelstreifenanzug darunter hervorblitzen sehen. Ich glaube, er trägt ihn in Kombination mit einem T-Shirt, was zu seinem sonstigen Style perfekt passt. «Du siehst ja toll aus», lobe ich ihn und gehe schnell zum praktischen Teil über, als ich bemerke, wie Kuddel vor Verlegenheit rot anläuft. «Das sind wahrscheinlich unsere Ehrengäste?» Ich zeige auf die Eimer.

«Jo. Ist wirklich noch niemand da?» Er blickt sich suchend um und zuckt dann mit den Schultern. «Na ja, einer muss ja den Anfang machen.» Grinsend packt er die Eimer an. «Wohin damit?»

Gemeinsam stapfen wir durch die Terrassentür in die Küche, wo wir Krabben und Soße in zwei von Matildas großen Schüsseln umfüllen. Es riecht köstlich, und mir läuft das Wasser im Mund zusammen.

«Da deine Soße unerreichbar ist, müssen die Gäste heute nur für einen kleinen Begleitsalat sorgen. Außerdem für eine zweite Vorspeise. Sie werden damit genug zu tun haben», informiere ich Kuddel.

«Bin gespannt!» Er lacht und reibt sich seine rot gefrorenen Hände.

«Tee?», frage ich, und Kuddel nickt. «Mit Schuss?» Ich weiß, dass Matilda im Wohnzimmer für solche Fälle Rum, Cognac und sogar Whisky bereitstehen hat.

Doch Kuddel schüttelt den Kopf. «Ich nehm zwar immer 'ne starke Mischung, aber das bedeutet: fünf Teelöffel Kandis. Wenn man da noch Hochprozentiges draufkippt, bist du morgen bregenklöterig.» Er verzieht schmerzhaft das Gesicht.

«Verstehe.» Nach fünf Löffeln Zucker wäre ich vermutlich auch ohne Alkohol am nächsten Tag neben der Spur. Ich setze Wasser auf, bete Kuddel die vorhandenen Teesorten herunter, unter denen er sich klassischerweise für die Friesenmischung entscheidet, und suche einen Becher sowie den Kandis heraus.

Plötzlich bricht vor der Tür ein ohrenbetäubender Lärm los. Erst hört es sich an, als ob jemand mit den Reifen über den Kantstein schlittert, dann gibt es einen Knall, und zu guter Letzt hört man Holz splittern. Danach herrscht Totenstille. Mit aufgerissenen Augen sehen Kuddel und ich uns an. Er findet als Erster seine Sprache wieder. «Da is wohl einer innen Vorgarten gedonnert», sagt er trocken.

Ich ahne Fürchterliches. Wie von der Tarantel gestochen hechte ich zur Tür, reiße sie auf und bleibe dann wie festgefroren auf der Schwelle stehen, als ich die Bescherung erblicke. Sieglinde hat es in ihrem Volvo zwar noch geschafft, die Kurve zur Auffahrt zu nehmen, jedoch scheint sie das Gartentor übersehen zu haben. Nun steht der Wagen samt Holztor mitten im vorderen Garten und qualmt. Außerdem geht der Warnblinker.

«Du liebe Zeit», stammele ich entsetzt und renne los. Ich erreiche das Auto und öffne mit Schwung die Fahrertür. «Ist jemand verletzt?»

Sieglinde versucht auszusteigen. Aber sie rutscht aus und plumpst fluchend zurück auf ihren Sitz. «Geh mal besser rum zu Gerda, die erstickt sonst gleich an dem Luftballon», rät sie mir und deutet mit hektischer Kopfbewegung nach links, wo Gerda windschief hinter dem Airbag hängt und nach Luft japst. Wieso der nur auf Gerdas Beifahrerseite aufgegangen ist, weiß kein Mensch.

Ich umrunde das Auto, ziehe am Türgriff, und eine Flut wüster Flüche ergießt sich über mir. «Kannst du mal dieser Irren neben mir den Unterschied zwischen links und rechts erklären», wettert sie. «Wie die es mit ihrem Orientierungssinn überhaupt auf die Welt geschafft hat, ist mir ein Rätsel.» Gerda versucht, sich frei zu zappeln.

«Du hast links gesagt», rechtfertigt sich Sieglinde.

«Ich meinte aber rechts.»

«Und warum sagst du das dann nicht?»

Gerda gibt undefinierbare Zischlaute von sich. «Wenn du nicht so blind wärst, hättest du die Einfahrt von allein entdeckt. Dann wär dir auch das Tor aufgefallen», empört sie sich. «Das *geschlossene* Tor!»

Kuddel erscheint auf der Bildfläche. «Nu kommt erst mal rin in die gute Stube.» Er trampelt von Tür zu Tür, befreit die Streithähne und führt sie zum Haus. Ich kümmere mich derweil um die zwei Körbe mit dem Brot.

«Es hätte Schlimmeres passieren können», rufe ich den Damen tröstend hinterher, obwohl ich ehrlich gesagt keine Ahnung habe, wie teuer der Schaden ist, den Sieglinde angerichtet hat. In der Dunkelheit kann ich weder den Gartenzaun noch das Frontteil des Autos genauer unter die Lupe nehmen. Aber es ist niemand verletzt, das ist die Hauptsache.

«Was war das denn für ein Krach?» Meine Tante steht in der Tür. Sie trägt eine helle Stoffhose, einen schmal geschnittenen beigefarbenen Rollkragenpullover und darüber eine bodenlange dunkelgrüne Paillettenweste. Im Schein der Warnblinkanlage funkelt sie wie ein Weihnachtsbaum. Matildas Blick wandert von ihren Freundinnen hin zum Volvo. «Wolltest du wieder in Sichtweite parken, Sigi?», fragt sie trocken.

Während Gerda grinst, schaut Sieglinde etwas schuldbewusst drein. Bis die beiden Matildas Outfit registrieren. «Jessus nee», bricht es aus Gerda heraus. Schützend hält sie sich die Hand vor Augen. Auf ihrem Gesicht liegt eine Mischung aus Skepsis und Bewunderung. «Je oller, je doller», sagt sie statt einer Begrüßung und hört endlich auf, Matilda anzustarren. «Allens Leve un Gode to dien Geboortsdag, du ole Scharteke.» Sie löst sich von Kuddel und reißt stattdessen Matilda an ihre Brust. Die beiden drücken sich innig. Danach folgen zahlreiche Wangenküsschen, bis Sieglinde von hinten drängelt.

«Dat steiht di goot», lobt sie Matildas Outfit. Und verteilt ebenfalls Küsse. «Hool di fuchtig, Tilli.» Dann plötzlich scheint es den Damen genug der Gefühlsduselei zu sein. Wie auf Befehl recken sie ihre Hälse. «Wo ist denn der Sekt? Auf den Schreck brauchen wir erst mal einen ordentlichen Schluck.» Kuddel lotst die Damen zur Küche, und ich schließe mich mit Matilda an.

«Sekt pur oder mit O-Saft?», frage ich, obwohl sicherlich niemand von den beiden heute noch fahren wird. Jedenfalls nicht mit Sieglindes Volvo.

«Pur», kommt es aus allen drei Mündern. Auch meine Tante grapscht sich ein Glas. In diesem Moment klingelt es an der Haustür.

«Lasst euch nicht stören, ich gehe», sage ich und bin schon auf dem Weg. Draußen steht, dick eingemummelt und leicht verfroren, Neni vom *Karsenhof*. Mit ihrem Arm umklammert sie ein Weidenkörbchen. «Keine Sorge, mein Enkel hat mich gefahren», quittiert sie meinen besorgten Blick. «Zu Fuß hätte ich das nie und nimmer geschafft.» Sie lässt sich von mir die Last abnehmen und fragt dann pragmatisch: «Können wir das Altholz haben?», sie deutet mit dem Daumen Richtung Vorgarten, «wird 'n strenger Winter.»

«Ich ... äh ... werde mal Matilda fragen», stottere ich, während ich ihr aus der Garderobe helfe und diese aufhänge. Kaum hat sie sich ihr Körbchen geschnappt und sich auf den Weg in die Küche gemacht, erscheint Sieglinde. Sie trägt noch immer Hut und Mantel und will zurück zum Auto.

«Gerda und ich haben in der Aufregung unser Geschenk für Tilli im Wagen liegen gelassen», sagt sie, reißt die Haustür auf und steht plötzlich vor einem riesigen Blumenstrauß. Er verdeckt beinahe komplett den Überbringer. Jonte Dönnerschlach blitzt spitzbübisch an einer gelben Gerbera vorbei. Unter dem Arm hat er ein goldenes Paket klemmen, das nach einer Pralinenschachtel aussieht. Ton in Ton, denke ich belustigt.

«Moin», grüßt er knapp, doch dieses eine Wort aus seinem Mund genügt, dass Sieglinde neben mir fast in Ohnmacht fällt.

Sie japst nach Luft. «Guten Abend, Jonte», säuselt sie mit mädchenhaftem Augenaufschlag. «Gut siehst du aus.»

Auch unter Dönnerschlachs Mantel kann ich eine Anzughose erspähen. Vergessen ist Sieglindes Vorhaben, zum Wagen zu latschen, stattdessen schnappt sie sich den Klempner und zerrt ihn Richtung Küche.

«Soll ich das Präsent für dich holen?», rufe ich ihr hinterher, und es dauert eine ganze Weile, bis Sieglinde ihren Daumen nach oben reckt und ruft: «Ist offen!»

Ehe ich mir meine Jacke von der Garderobe angle, sehe ich noch, wie Jonte Dönnerschlach eine Gerbera aus dem Strauß rupft und sie mit galanter Geste Sieglinde überreicht. Donnerwetter, denke ich, da scheint es aber zwei erwischt zu haben. Grinsend verlasse ich das Haus. Mir fällt ein, dass ich gar keine Ahnung habe, wonach ich Ausschau halten soll. Draußen schneit es, und zwar inzwischen in dicken Flocken, die bereits die Auffahrt und sogar die Straße weiß zugedeckt haben. Ich konzentriere mich auf den Boden, damit ich nicht ausrutsche, und bewundere die vielen Fußspuren der Gäste, die schon wieder fast zugeschneit sind.

Ich schaue zum Wagen und sehe die Konturen einer Person. Genau genommen sind es sogar zwei Gestalten. Das erkenne ich aber erst, als ich beinahe vor den beiden stehe. Und mir klappt die Kinnlade herunter, als ich begreife, um wen es sich handelt.

29
Der Geburtstag

Abwechselnd starre ich die beiden an und kann es nicht fassen. Papa und Kaj sitzen einvernehmlich auf der Kühlerhaube und trinken jeder ein Bier. Zum einen wüsste ich gern mal, woher sie das Getränk haben – hat Kaj es von zu Hause mitgebracht? Zum anderen findet die Party ja eigentlich woanders statt.

«Was ... tut ihr hier?», erkundige ich mich. Mein vor Aufregung rasendes Herz versuche ich, so gut es geht, zu ignorieren.

«Hallo, Schätzchen», sagt Papa, und Kaj murmelt «Hej, Olivia». Mehr nicht. Keiner von den beiden antwortet auf meine Frage. Sie lehnen einfach nur am Wagen, in ihre dicken Wintermäntel gehüllt und mit beschneiten Wollmützen auf dem Kopf, und betrachten stumm ihre Bierflaschen.

«Halloo?», hake ich nach, «ist das hier ein Stummfilm, oder habe ich vergessen, den Ton anzuschalten?» Langsam bin ich genervt. Ich sollte mich im Haus um die Gäste kümmern, sie begrüßen und den Ablauf des Abends erklären. Doch stattdessen stehe ich hier wie der Ochs vorm Berg und werde zu allem Überfluss auch noch ignoriert. «Die Feier steigt dort drinnen», versuche ich noch einmal, wenigstens einen der beiden zu einer Reaktion zu bewegen. «Habt ihr vor irgendetwas Angst, oder was ist los?»

Offenbar habe ich mit meinen Worten den Nagel auf den Kopf getroffen, denn urplötzlich sehen mich die Männer an.

«Angst ist nicht der richtige Ausdruck», brummt mein Vater und nimmt einen Schluck Bier. Dann wendet er seine Aufmerksamkeit dem erleuchteten Küchenfenster zu, wobei sich seine Augen zu Schlitzen verengen.

«Eher ein paar Bedenken», stimmt Kaj meinem Vater zu. Er wirkt nervös, dreht unentwegt seine Bierflasche und hat den Blick gesenkt.

Ich schnappe nach Luft. Die wollen doch jetzt nicht auf den letzten Metern noch ernsthaft kneifen? «Aber ihr habt zugesagt», erinnere ich die beiden und spüre, wie Panik in mir aufsteigt. «Ohne euch geht die Gästezahl nicht auf, und das gesamte Koch-Event platzt!»

Mein Vater macht eine beschwichtigende Geste, starrt aber weiterhin Richtung Küche. «Wer ist der tätowierte Mann dort drinnen?», fragt er betont nebensächlich. «Der neben deiner Tante steht?»

Ich finde sein Verhalten langsam mehr als bedenklich. «Papa …», setze ich an, doch Kaj unterbricht.

Er hat den Kopf gehoben und erklärt meinem Vater: «Das ist Kuddel. Netter Typ. Frauenschwarm. Die Damen fliegen auf seine Tattoos.»

Mein Vater gibt einen abfälligen Zischlaut von sich. Mit Schwung stößt er sich von der Kühlerhaube ab. «Okay», bellt er in einem Tonfall, der keinen Widerspruch duldet, «wir gehen jetzt rein.» Er klingt wie der Befehlshaber einer Sondereinsatztruppe. Fehlt nur noch, dass er sagt: «Alles hört auf mein Kommando!»

Aber seine Worte haben die gewünschte Wirkung, denn folgsam erhebt sich nun auch Kaj. Er kommt auf mich zu, zögert für einen winzigen Moment und begrüßt mich dann mit einem Wangenkuss. «Keine Sorge», beruhigt er mich, «wir mussten uns nur kurz sammeln. Wir lassen dich nicht auflaufen.» Er lächelt mich zaghaft an.

Es ist noch da, dieses Funkeln in seinen Augen, ebenso der Zauber zwischen uns. Mir klopft das Herz bis zum Hals, und mein Augenlid beginnt, nervös zu zucken. «Danke», krächze ich. Mehr bekomme ich nicht heraus.

«Schlimme Kritzeleien sind das», mosert mein Vater mit Sicht auf Kuddel. «Niemand, der bei Verstand ist, lässt seinen Körper dermaßen verschandeln.»

Ich reiße meinen Blick von Kaj los und räuspere mich gegen den Frosch in meinem Hals an. «Papa, die Zeiten haben sich geändert. Und zwar vor allem dahingehend, dass man seine Mitmenschen so akzeptiert, wie sie sind. Insbesondere, wenn sie *anders* sind als man selbst», rüge ich ihn und wundere mich über seinen verkniffenen Ausdruck. Kuddel scheint ihm ein mächtiger Dorn im Auge zu sein, allerdings frage ich mich, warum? «Wollen wir dann jetzt hineingehen?», erinnere ich ihn an sein Vorhaben.

Ich warte nicht ab, dass die beiden sich in Gang setzen, sondern hake sie mit Schwung unter, den einen links, den anderen rechts, und schleife sie zum Haus. Nicht, dass sie es sich doch noch anders überlegen.

Im Hausflur angekommen, schiebe ich sie weiter Richtung Küche, wo ich beiden ungefragt ein neues Bier in die Hand drücke, damit sie sich daran festhalten können. Danach gehe ich zum offiziellen Teil des Abends über. Mit Kaj und Papa sind die Gäste vollzählig, von Matilda fehlt allerdings momentan jede Spur. Wo steckt sie nur?

In der Küche wird geschäftig geplaudert und gelacht, die

Stimmung wirkt ausgelassen, aber auch ein wenig gespannt. Ich knipse ein paar Erinnerungsfotos, sammle mich kurz und lasse mir die Worte, die ich mir zurechtgelegt habe, noch einmal durch den Kopf gehen. Anschließend bitte ich alle Anwesenden, mir mit ihrem Getränk ins Wohnzimmer zu folgen.

Als alle sich im Halbkreis um mich versammelt haben, klingele ich mit einem Löffelstiel an mein Glas. Und zwar dermaßen energisch, dass auch Matilda es hören dürfte. Und siehe da, sie schwebt herein. Offensichtlich hat sie sich im Bad noch etwas frisch gemacht, denn ihre Bäckchen leuchten mit ihrem Gewand um die Wette.

In diesem Moment, da sich mir die Gäste neugierig zuwenden, gespannt, was ich zu sagen habe, fällt verrückterweise der Stress und alle Anspannung von mir ab. Als hätte ich einen unförmigen, schweren Mantel abgestreift, fühle ich mich plötzlich beschwingt und locker.

Ich stelle die Besucher einander vor, angefangen bei meinem Vater und Kaj. Zum einen damit die Männer nicht auf den allerletzten Peng doch noch das Weite suchen, aber auch – und das ist mein vorrangiges Anliegen – weil ich sehen möchte, wie meine Tante auf Papa reagiert. Bei ihrem Eintreten hatte sie sich kurz von Kuddel in ein Geplänkel verwickeln lassen, sodass sie meinen Vater nicht bemerkt hat. Doch nun – ich kann es kaum abwarten, die Freude in ihrem Gesicht zu sehen!

Als ich Papa der Gästeschar vorstelle, lasse ich meine Tante darum immer nur kurz aus dem Blick. Doch der Moment, als die beiden sich wiedersehen, verläuft vollkommen anders, als ich es erwartet hatte. Unspektakulär. Matilda macht zwar für eine Sekunde große Augen, und alle gerade noch so aufgefrischte Farbe scheint aus ihrem Gesicht zu weichen. Kreidebleich steht sie im Raum, und wäre nicht der funkelnde Umhang, würde sie komplett vor der weißen Wohnzimmerwand verschwinden. Papa hingegen wird krebsrot am Kopf. Er sieht aus, als käme er gerade vom Joggen, japst nach Luft, und auf seiner Stirn haben sich Hunderte winziger Schweißperlen gebildet.

Irritiert schaue ich zwischen den beiden hin und her und gerate dabei mit meiner Rede ins Schwimmen. Was stimmt nicht mit ihnen? Sie freuen sich kein bisschen über das Wiedersehen. Ist es, weil sie sich nach all den Jahren entfremdet haben? Ob ich vermitteln soll? Allerdings fände ich das reichlich albern, wir sind doch eine Familie und die zwei erwachsene Leute.

Ich versuche, mich, so gut es geht, wieder auf meine Rede zu besinnen, und fahre fort, indem ich die Gruppenaufstellung bekannt gebe: Die Vorspeisen-Gruppe besteht aus Kaj, Sieglinde und Kuddel. Neni und Matilda kümmern sich als Kochprofis mit meiner Unterstützung um das Hauptgericht, und die Nachspeise soll von Papa, Gerda und Jonte gezaubert werden.

Augenblicklich entsteht Gemurmel. Vor allem Sieglinde hatte sich ja einen speziellen Partner gewünscht, doch die Entscheidung, die Matilda und ich gestern getroffen haben, steht. Sieglinde ist ein paar Minuten mucksch, aber am Ende fügt sie sich.

Ich verteile die Rezepte und beantworte aufkommende Fragen. Zwischendrin wandert mein Blick immer wieder zu meiner Tante und zu Papa. Mittlerweile haben sie ein kaum wahrnehmbares Kopfnicken ausgetauscht, danach widmen sich beide angestrengt ihren jeweiligen Gruppen. Keine unbändige Freude, kein Begrüßungskuss, nicht ein einziges Wort sprechen sie miteinander. Ich bin wie vor den Kopf gestoßen. Das hatte ich mir komplett anders vorgestellt. Okay, mein Vater ist kein Freund großer Worte, aber eine Begrüßung und ein paar

Glückwünsche wird er ja wohl zustande bringen. Doch ehe ich in Grübelei versinken kann, erinnert mich Kuddel daran, dass wir langsam mal in die Küche wechseln und vor allem den Ofen vorheizen sollten. Augenblicklich fokussiere ich mich wieder auf die Gegenwart und schiebe alles, das nicht mit dem Abend heute zu tun hat, von mir.

Das Koch-Event zumindest verläuft reibungslos. Wenn man davon absieht, dass Sieglinde nicht nur sich, sondern ihre komplette Gruppe und sogar Jonte Dönnerschlach, der ja eigentlich ins Team Nachspeise gehört, mit der Roten Bete bekleckert hat. Ein spontaner Besucher könnte denken, er sei in die Dreharbeiten eines Splatterfilms geplatzt. Kaj, der unter seiner Kochschürze lediglich ein T-Shirt anhat, trägt die roten Flecken an seinen Armen mit Fassung. Bei Kuddel fällt die Färbung aufgrund der Tattoos ohnehin kaum ins Gewicht, und warum Jonte Dönnerschlach überhaupt an die Farbkleckse geraten ist, möchte ich lieber gar nicht wissen.

Der Hauptgang ist einwandfrei gelungen, was kaum verwunderlich ist, denn Neni und Matilda sind passionierte Köchinnen. Dafür ereignete sich ein weiteres Missgeschick in der Nachspeisen-Gruppe. Während die Fliederbeersuppe bereits fertig zubereitet war und nur erhitzt werden musste, erwiesen sich die Grießklößchen als Herausforderung. Dass weder Papa noch Jonte Dönnerschlach sich etwas unter Bourbon-Vanille vorstellen konnten und stattdessen im Wohnzimmer nach der Flasche Bourbon-Whisky griffen, haben Gerda und ich nicht mitbekommen. Auch wenn ich für Kreativität beim Kochen bin, ließen sich die Klöße aus dem ersten Anlauf leider nicht mehr retten, aber der zweite Versuch ist ganz passabel gelungen.

Ich springe von Gruppe zu Gruppe, beantworte Fragen, gebe Tipps oder biete einfach nur ein offenes Ohr. Soweit ich es überblicken kann, haben die Teilnehmer Spaß, sie unterhalten sich miteinander, und über der gesamten Veranstaltung liegt fröhliche Betriebsamkeit.

Die Stimmung zwischen meinem Vater und Matilda will jedoch nicht in Gang kommen, das lässt sich auch nicht schönreden. Wie zwei Raubkatzen schleichen sie umeinander herum. Und als wir später allesamt am Tisch sitzen, um die fertig angerichteten Speisen ihrer Reihenfolge nach zu genießen, haben die beiden sich an die entgegengesetzten Enden der langen Tafel platziert. Sie würdigen sich kaum eines Blickes.

Über den Rand meines Löffels beobachte ich das Drama und muss sagen: Da stimmt etwas ganz und gar nicht. Jedes Mal, wenn Papa zu Matilda sieht, schaut diese prompt auf ihren Teller. Und umgekehrt. Aber sobald mein Vater mit seinem Essen beschäftigt ist, beäugt Tilda ihn heimlich. Ich glaube nicht, dass es außer mir jemandem auffällt.

Irgendwann, als auch die Fliederbeersuppe ausgelöffelt ist und sich herauskristallisiert, dass alle zufrieden und satt sind, macht sich Kuddel an seinem Handy zu schaffen. Er springt auf und schafft zwei unterarmgroße Zylinder aus der Küche heran. Es dauert einen Moment, ehe ich begreife, dass es sich dabei um Musikboxen handelt. Kuddel verteilt sie auf gegenüberliegende Zimmerecken und hat offenbar eine Playlist parat, die er nun startet. Mit Songs, die zumindest Gerda sofort zur Bewegung animieren. *Griechischer Wein* singen sie und Udo im Duett, während wir anderen den Tisch abräumen. Außer Papa, der ergreift die Flucht. Nicht weil er den Song nicht mag oder sich vorm Aufräumen drücken möchte, sondern weil Sieglinde ihn für einen Augenblick mit Jonte Dönnerschlach verwechselt und zum Tanzen aufgefordert hatte. Ich sehe gerade noch, wie er auf der Toilette verschwindet.

Obwohl alle Gäste ihre weitere Hilfe anbieten, lehne ich dankend ab, sie sollen feiern. Nur Kuddel lässt sich nicht abwimmeln. Er tauscht benutzte gegen saubere Gläser, füllt Getränke auf und entsorgt draußen leere Flaschen. Als er irgendwann zurück in die Küche kommt, baut er sich mit breiter Brust vor mir auf. «Nun erzähl schon, was ist passiert?», erkundigt er sich, während er an einem Rote-Bete-Fleck auf seinem Arm rubbelt.

«Äh ... was genau meinst du?», fragend starre ich ihn an.

«Du bist nicht bei der Sache.» Er hält seinen Arm unter fließend Wasser und versucht, dem Klecks mit dem Zipfel seiner Küchenschürze zu Leibe zu rücken. «Liegt es an Kaj?», will er grinsend wissen. «Wie der dich über den Tisch hinweg angesehen hat ...» Seine Augen vollführen Loopings. «So möchte ich auch mal betrachtet werden.»

Ich spüre, wie mein Puls Fahrt aufnimmt. «Eigentlich ist es eher etwas anderes, das mich beschäftigt ...» Tatsächlich hatte ich das Gespräch mit Kaj, das mir bevorsteht, fast vergessen. Papa und Matilda haben an diesem Abend meine volle Aufmerksamkeit.

Und offenbar auch Kuddels: «Dein Vater scheint mich allerdings nicht sonderlich zu mögen. Wie der mich immer ansieht –» Er kratzt sich an der Nase. «Vor allem, wenn ich mit Matilda spreche. Läuft da was?»

Okay, denke ich, jetzt ist es offiziell: Kuddel hat nicht alle an der Pfanne. Wovon redet er? Was soll denn da *laufen*?

«Äh ... nein», stottere ich, «mein Vater ist nur zurzeit ein wenig ... sonderbar.»

«Klar.» Kuddel nickt, macht aber ein Gesicht, als sei *sonder-*

bar nun wirklich nicht der richtige Ausdruck. «Ich hab 'n Blick für so was», beharrt er auf seiner These, «außerdem kenne ich Matilda. Derart unhöflich ist sie sonst zu niemandem.»

Nebenan ertönt in dieser Sekunde irgendein Song von Metallica, den Kuddel wohl speziell für sich selbst in die Playlist aufgenommen hat. Er greift ein paar Akkorde auf seiner Luftgitarre, beugt die Knie und stakst mit rhythmischen Bewegungen durch die Doppeltür ins Wohnzimmer. Während ich ihm mit offenem Mund hinterhersehe, erblicke ich im Gewimmel Gerda, die auf der provisorischen Tanzfläche mitten im Raum ihre orangefarbenen Haare durch die Lüfte wirbelt. Scheint, als würde drüben eine richtige Party entbrennen.

«Hast du zwei Minuten?» Kaj schiebt sich in mein Blickfeld. Verlegen tritt er von einem Bein auf das andere. «Ich wollte eigentlich mit unserem Gespräch bis nach der Party warten.» Schwer atmend sieht er mich an. «Aber ich muss es endlich hinter mich bringen.»

«Oh, okay ...» *Das* klingt gar nicht gut. Es hört sich in höchstem Maße alarmierend an, darum sage ich spontan: «Wir könnten in den kleinen Garten auf der Rückseite des Hauses gehen. Dort ist es höchstwahrscheinlich eiskalt, aber dafür auch ruhig.»

Kaj nickt. «Gute Idee.»

Ich lasse alles stehen und liegen, wir schnappen uns unsere Jacken von der Garderobe und schleichen anschließend durch Matildas Schlafzimmer. Ich öffne die Tür nach draußen, und wir schlüpfen hinaus in die Kälte. Es schneit nicht mehr, aber die Luft ist herrlich frisch. Am Himmel leuchten Millionen Sterne und ein Bilderbuchmond. Ohne es abzusprechen, stapfen wir zu dem Schuppen, wo wir auf der kleinen verschnörkelten Holzbank Platz nehmen. Über uns wacht die schmale

Kiefer. Die Sitzfläche ist anscheinend nur für eine Person gedacht oder aber für zwei, die dünne Sommerkleidung tragen. Wir in unserer Wintergarderobe müssen uns regelrecht aneinanderquetschen und sitzen am Ende so eingezwängt, dass ich Kajs Atemzüge nicht nur als Kondenswolke wahrnehme, sondern auch jede Bewegung spüren kann. Es hat etwas Vertrautes und zugleich Aufregendes, ihm so nahe zu sein, und ich warte gespannt, was er mir zu sagen hat.

Es dauert eine Weile, ehe Kaj beginnt. «Was ich dir sagen möchte, ist Folgendes …» Er bricht ab, atmet tief ein und setzt noch einmal neu an. «Ich hätte es dir im Grunde schon viel eher mitteilen müssen.»

Mir ist ganz blümerant zumute. Seine Worte, der Klang seiner Stimme – ich mache mich auf das Schlimmste gefasst. Wobei mir ehrlich gesagt überhaupt nichts Schlimmes einfällt, nachdem er die Ehefrau ja bereits ausgeschlossen hat.

«Es geht um deine Tante», fährt er fort. «Also, unter anderem. Und zwar ist es so, dass sie …»

In diesem Moment öffnet sich erneut die Tür von Matildas Schlafzimmer, und zwei dunkle Gestalten huschen heraus. Sie sind vollkommen aufeinander fokussiert, sodass sie uns nicht bemerken. Kaj und ich wechseln einen kurzen, fragenden Blick, bleiben aber regungslos wie zwei Statuen auf unseren Plätzen sitzen. Für eine Sekunde glaube ich, Sieglinde und der Dönnerschlach würden sich ein Stelldichein geben, doch als sich die Schattenrisse bewegen und das Mondlicht ihre Gesichter erhellt, schnappe ich vor Schreck nach Luft.

30
Kuddelmuddel

Bei den Personen, die keine zehn Meter vor uns im Garten stehen und sich an den Händen halten, handelt es sich um Papa und Matilda. Ich will aufspringen und mich bemerkbar machen, doch aus irgendeinem Grund fühle ich mich wie gelähmt. Die Art und Weise, wie die beiden zusammenstehen ... irgendetwas daran ist eigenartig.

«Lass uns verschwinden», flüstert Kaj in mein Ohr, doch ich reagiere nicht. Ich bin dermaßen fest neben ihm eingequetscht, dass ich mich kaum ohne größeren Tumult von meinem Platz erheben könnte. Das Einzige, das mein Körper noch an Aktivität zustande bringt, ist ein heißer Schauer, der mir den Rücken herunterläuft, als ich Kajs warmen Atem an meinem Ohr spüre.

«Warte», flüstere ich zurück, mein Blick klebt immer noch an den beiden Heimlichtuern. «Sie tragen keine Jacken. Bestimmt wird ihnen gleich zu kalt, und sie verschwinden wieder im Haus.»

Kajs Hand schlängelt sich lautlos in meine Jackentasche, wo er meine findet und sie als Zeichen seiner Zustimmung kurz drückt. Ein weiteres Prickeln überkommt mich.

«Tilda, bitte entschuldige, dass ich hier heute so hereingeplatzt bin», höre ich meinen Vater plötzlich reuevoll gestehen.

«Aber ich …» Er sucht nach Worten. «Es ging nicht anders. Ich hatte vor, dir wie jedes Jahr ein kleines Zeichen vor die Tür zu legen, doch ich bin beim Spazierengehen Olivia über den Weg gelaufen. Sie hat mich eingeladen, ich *konnte* nicht Nein sagen.» Seine Sprechweise klingt fremd, irgendwie hektisch, als sei er schrecklich nervös. Ich verstehe nur Bahnhof. «Außerdem musste ich dich endlich wiedersehen.» Er macht eine betroffene Pause. «Ich hatte gehofft, dass die Zeit reif dafür ist.» Papa sucht Matildas Blick.

Mir wird in meinem Versteck mulmig zumute. Die beiden zu belauschen, fühlt sich falsch an. Warum gehen sie nicht wieder rein?

«Meinst du, sie hat etwas bemerkt?», fragt meine Tante meinen Vater, und mir wird klar, dass sie mich damit meint.

«Nie im Leben. Ist mir aber auch egal», antwortet mein Vater. «Tilda», setzt er aufs Neue an, «gibt es einen Grund dafür, dass du keinen einzigen meiner Briefe beantwortet hast? Kamen sie zu früh in deiner Trauerphase?» Mein Vater klingt verzweifelt.

«Nein», sagt Matilda nach kurzem Zögern. «Aber es war abgemacht, dass wir uns nicht schreiben.»

«Ich weiß. Und ich habe mich all die Jahre daran gehalten.» Er macht eine Pause, und ich presse verkrampft meine Kiefer aufeinander. Wovon reden die zwei?

«Aber jetzt hat die Warterei ein Ende. Beata und ich haben uns scheiden lassen. Ich bin frei und du auch.»

Als Matilda nichts erwidert, nutzt mein Vater die Gelegenheit, um weiterzusprechen. «Ich kann den Traum von uns beiden nicht vergessen. Im Gegenteil.» Er tritt einen Schritt näher an sie heran. «Ich bin hier, um Nägel mit Köpfen zu machen.»

Den Traum von uns beiden? Nägel mit Köpfen? Was soll das heißen? Vor Anspannung wird mir flau im Magen.

Meine Tante räuspert sich. «Es sind inzwischen Umstände eingetreten, die es mir unmöglich machen, mit dir zu leben», presst sie hervor. Sie klingt vollkommen zerknirscht. «Bitte frag nicht weiter nach.»

«Aber ich liebe dich», sagt mein Vater mit Nachdruck, und ich verschlucke mich fast an meiner eigenen Spucke. Meine Hand krampft sich fester in die von Kaj, sodass er ein dumpfes Stöhnen von sich gibt.

«Und wenn du noch immer dasselbe empfindest, gibt es nichts, das mich daran hindern wird, den Rest meines Daseins mit dir zu verbringen.» Mein Vater hebt den Kopf, das kann ich im Mondlicht erkennen. Er blickt zu den Sternen. «Weißt du, wie viele Abende ich daheimgesessen und mit mir gerungen habe? Wie oft ich jede Pietät über den Haufen schmeißen und dich spontan auf Sylt besuchen wollte? Zwei Jahre habe ich dir Zeit zum Trauern gelassen», sagt er. «Aber jetzt brauche ich ein Zeichen von dir.»

«Wolfgang, hör auf», windet sich Matilda.

Doch Papa fängt erst richtig an: «Mein Leben lang habe ich Rücksicht genommen. Erst auf Beata, später auf Bruno und auf Olivia sowieso. Doch damit ist nun Schluss. Ab sofort zählen wir – du und ich. Punkt, fertig, aus.» Er zieht meine Tante an sich.

Mein gesamter Körper versteift sich, und in meiner Brust wüten die unterschiedlichsten Gefühle. Noch immer fühle ich mich wie eine Verräterin, hier zu sitzen und die beiden zu belauschen. Aber andererseits betrifft mich das Komplott, das die zwei offenbar seit Jahren schmieden, persönlich. Mich und meine Mutter. Oder weiß Mama womöglich davon, und ich bin die einzige Dumme?

Kaj streicht mit seinem Daumen sanft über meinen Handrücken, was wohl beruhigend wirken soll, doch es bringt mein Blut erst recht in Wallung. Vorsichtig, um kein Geräusch zu verursachen, beugt er sich zu meinem Ohr. «Gib mir dein Handy», flüstert er. Ich wende langsam den Kopf und sehe in seine Augen, die mit dem Mond um die Wette leuchten. Zwar habe ich keinen Schimmer, was er vorhat, doch die Situation kann kaum schlimmer werden. Darum folge ich seinem Wunsch und ziehe in Zeitlupe das Telefon aus der anderen Jackentasche. Danach überreiche ich es ihm behutsam. Kaj zieht seine Hand aus meiner Tasche und schirmt mit der Handfläche das Licht des Bildschirms ab, das unweigerlich angeht, als er die Tasten betätigt. Doch Papa und Matilda hätten es höchstwahrscheinlich ohnehin nicht bemerkt. Sie halten sich noch immer im Arm und haben nur Augen füreinander.

Ich beobachte, wie Kaj als Erstes das Telefon auf lautlos schaltet, damit uns kein zufälliger Anrufer verrät. Dann schreibt er eine WhatsApp-Nachricht, scrollt sich anschließend durch meine Kontakte und findet schnell, wonach er gesucht hat. Er drückt auf Senden und schiebt gleich darauf das Telefon, zusammen mit seiner Hand, zurück in meine Jackentasche.

«Ich habe mich so nach dir gesehnt», wispert mein Vater gerade so laut, dass ich es noch hören kann. Er will meine Tante noch näher zu sich heranziehen, doch sie hält dagegen.

«Wolfgang, hör doch zu, es ist sinnlos …»

Ich will dem nicht weiter folgen und sehe verzweifelt zu Kaj, der mir beruhigend zuzwinkert. Ich verstehe nicht, was er plant, aber ich komme auch gar nicht mehr dazu, mir darüber Gedanken zu machen, denn exakt in diesem Moment bricht hinter uns im Haus die Hölle los.

«Feuer!», ruft jemand. Ich glaube, es ist Kuddel. «Feuer! Matilda! Wo bist du? Die Küche steht in Flammen!»

Meine Augen werden riesengroß, als ich erneut zu Kaj schaue, der nur die Mundwinkel nach unten zieht und mit den Schultern zuckt.

«Ma-til-da!», ertönt noch einmal dieselbe Stimme. Jetzt bin ich mir sicher, dass sie zu Kuddel gehört. Mein Vater und Matilda reißen sich voller Schreck voneinander los. Einen Augenblick verharren sie in Schockstarre, dann fassen sie sich bei den Händen und stürzen Hals über Kopf ins Haus. Auch ich will aufspringen, stecke aber neben Kaj fest und plumpse im ersten Anlauf zurück auf die Bank.

«Was hat das zu bedeuten?», frage ich, während wir gemeinsam einen Versuch starten, uns zu erheben. Kaum stehe ich, ziehe ich mein Handy hervor, um zu erfahren, wem er in meinem Namen geschrieben hat. Die Nachricht ging an Kuddel:

Ich brauche deine Hilfe! Bitte sorg SCHNELL für einen riesigen Tumult und rufe nach Matilda!!!

Ich lasse die Hand mit dem Telefon sinken und schaue zu Kaj.

«Scheint, als habe Kuddel das Schauspiel seines Lebens abgeliefert», sagt er, wobei er mich schuldbewusst ansieht. Ich bin noch einen Moment sprachlos, dann müssen wir beide plötzlich lachen. «Sicherheitshalber sollten wir drinnen kurz nach dem Rechten sehen.»

Eine stinkende Qualmwolke wabert uns im Flur entgegen, und spätestens in der Küche vergeht mir der Humor. «Oh mein Gott», entfährt es mir, als ich begreife, dass es sich bei Kuddels Rufen keineswegs um ein inszeniertes Bühnenstück gehandelt hat. Er kniet mit dem Oberkörper zur Hälfte im Backofen und hustet. Umringt wird er dabei von einem Pulk schaulustiger Gäste.

Spontan werde ich daran erinnert, was ich gestern zu Matilda gesagt habe, nämlich dass der Tag heute fantastisch wird und darum allen für lange Zeit im Gedächtnis bleiben wird. Scheint, als habe sich der Spruch bewahrheitet, wenn auch in leicht abgewandelter Form.

«Geht es dir gut?», stoße ich besorgt hervor und gehe neben Kuddel in die Hocke.

Er nickt. Dann deutet er mit bedauernder Miene auf den Ofen, der nicht so aussieht, als würde man ihn jemals wieder benutzen können. Mithilfe eines Kochhandschuhs zieht Kuddel nun ein Backblech vor, in dessen Mitte sich ein beträchtlicher Haufen Verkohltes zusammengefunden hat. Um besser zu sehen, beuge ich mich nach vorn. Kuddel nutzt die Gelegenheit und raunt in mein Ohr: «Du wolltest einen Riesentumult, und den hast du bekommen.»

Ich klopfe ihm jovial auf die Schulter, unfähig, ein Wort zu sagen. Der Backofen ist hinüber, das sehe ich, ohne vom Fach zu sein, und die Küche benötigt einen neuen Anstrich. Und das alles nur, weil Papa und Matilda …

«Was 'n da passiert?» Jonte Dönnerschlach kämpft sich in die erste Reihe vor. «Oh.» Seine Brauen schnellen in die Höhe. «Was auch immer da drinnen war, ist jetzt tot.»

Ein Raunen geht durch die Menge, und in meinem Magen beginnt es zu rumoren. Kuddel beugt sich noch einmal zu mir. «Keine Sorge. Das war nur das Papier von Matildas Geschenken. Haben ja doch einige etwas mitgebracht. Die alten Herrschaften haben noch viel von dem beschichteten Zeugs benutzt, das wollte erst nicht brennen. Ich hab dann die Whiskyknödel aus dem Müll dazugegeben und angezündet.» Er strahlt über das ganze Gesicht. «Die haben gebrannt wie Zunder, und danach ist sogar die Folie geschmolzen.»

Offenbar hat er meinen Hilferuf sehr ernst genommen, denn er musste ja davon ausgehen, dass die Nachricht von mir stammt. Gut zu wissen, dass man sich auf ihn verlassen kann.

Matilda steht am Rande des Geschehens und sieht reichlich bedröppelt aus. Sie starrt erst auf ihren Ofen, lässt dann den Blick über ihre Wände wandern und schaut schlussendlich zu Boden. «Das wird meinem Vermieter gar nicht schmecken», sagt sie mit rauer Stimme.

Irgendwie sind plötzlich alle etwas betroffen. Spontan möchte ich zu meiner Tante gehen, sie in den Arm nehmen und ihr Mut zusprechen, doch ihr heimliches Treffen mit Papa steckt mir noch in den Knochen.

«Vielleicht hat er ja Verständnis», murmelt Kaj an meiner Stelle, «ist ja bestimmt kein Unmensch.»

Matildas Blick schnellt in die Höhe. «Oh doch», sagt sie grimmig, «das ist er. Ein wahres Scheusal.» Mit diesen Worten und offenbar einer gehörigen Portion Wut im Bauch stapft sie ins Wohnzimmer. «Musik!», ruft sie wie früher bei Hofe. «Ich möchte jetzt feiern!»

Kuddel weiß nicht recht, wo er zuerst helfen soll, beim Säubern des Ofens oder als DJ.

«Lass nur», sage ich und nehme ihm den Putzlappen aus der Hand, den er sich gerade gegriffen hat. «Ich übernehme das.» Und ganz leise füge ich hinzu: «Ist ja schließlich meine Schuld.»

Widerwillig lässt sich Kuddel den Lappen abnehmen und von mir ins Wohnzimmer abkommandieren, um dort die Party erneut zu entfachen.

«Das habe ich nicht gewollt», sagt Kaj, als wir kurz darauf

allein in der Küche stehen. Er sieht vollkommen zerknirscht aus.

«Du konntest ja nicht ahnen, dass Kuddel dermaßen auf die Tube drückt», entgegne ich achselzuckend und meine es auch so. «Das alles hier geht auf meine Kappe.» Ich mache eine ausladende Geste, in der ich von der Decke über den Ofen die gesamte, verräucherte Küche einschließe. Und es geht auch auf Papas und Matildas Kappe, denke ich im Stillen und verspüre prompt wieder Magengrummeln. «Ich hoffe nur, dass wir den Raum ordnungsgemäß renoviert und repariert bekommen.» Ich senke meine Stimme. «Meiner Tante wurde nämlich gekündigt.» Ich halte meinen Zeigefinger vor die Lippen, um zu signalisieren, dass es sich hierbei um ein Geheimnis handelt.

Kaj nickt, schafft es aber kaum, mich anzusehen. Es liegt ihm etwas auf der Zunge, doch ehe er ein Wort herausbringen kann, erscheint mein Vater in der Tür.

«Livi-Schätzchen, hast du Matilda gesehen?» Er blickt sich suchend um, dann registriert er den Lappen in meiner Hand und fragt pflichtbewusst. «Soll ich helfen?»

Ich schüttle stumm den Kopf und wende mich meiner Aufgabe zu. Ich weiß gerade nicht, wie ich meinem Vater begegnen soll, darum versuche ich, ihn, so gut es geht, zu ignorieren.

«Das Essen hat hervorragend geschmeckt», lobt er. «Das finden übrigens alle.» Er kommt auf mich zu und deutet an, mich in den Arm nehmen zu wollen. Ich bleibe in der Hocke vor dem Ofen sitzen.

«Ähem», räuspert sich Kaj, der bemerkt, wie sich meine Miene mehr und mehr verfinstert, seit mein Vater den Raum betreten hat, «ich werde jetzt besser mal gehen. Danke für den schönen Abend, Olivia, und wenn du Hilfe brauchst, dann klingle mich raus.» Mit diesen Worten verlässt er im Eiltempo den Raum.

Einer spontanen Eingebung folgend, wende ich mich meinem Vater zu. «Wann wolltest du mir erzählen, dass du Mama mit Matilda betrügst?», falle ich mit der Tür ins Haus. Ohne dass ich Zeit gehabt hätte, über ihn und meine Tante nachzudenken, sind in meinem Inneren dennoch ein paar Puzzleteile an den richtigen Platz gefallen, und sie ergeben auf einmal ein stimmiges Bild. «Kein Wunder, dass sie nie zu Hause war. Ich möchte auch nirgendwo sein, wo ich nicht geliebt werde.»

Mit Genugtuung nehme ich zur Kenntnis, dass meinem Vater vor Erstaunen die Gesichtszüge entgleisen. «Woher weißt du ...»

«Ist doch egal», übergehe ich den Einwand. Ich hätte mich gern auf diese Unterhaltung vorbereitet, damit ich keine der tausend Fragen vergesse, die mir auf der Seele liegen. Denn hiernach beabsichtige ich, für eine sehr lange Zeit nicht mit meinem Vater zu sprechen. Nicht mit ihm, aber ebenso wenig mit Matilda. «Weiß Mama davon?»

«Olivia, es ist nicht so, dass ...»

Ich funkele ihn an. «Was willst du mir sagen? Es ist nicht so, wie ich denke? Das glaube ich aber schon. Ich habe dich nämlich mit Matilda gesehen. Und zwar in inniger Umarmung. Außerdem habe ich euch beim Turteln zugehört. Leugnen ist also zwecklos.» Mist. Das hatte ich eigentlich nicht herausposaunen wollen, denn ich bin nicht stolz darauf, ihn im Garten belauscht zu haben. Doch nun ist es zu spät.

Das Gesicht meines Vaters, das ich beinahe ausschließlich beherrscht und voller Güte kenne, verdunkelt sich nun gefährlich. «Nein», sagt er in ruhigem, aber bestimmtem Tonfall, «was ich dir erklären wollte, ist, dass dich das Thema nichts angeht.»

Seine Worte fühlen sich an wie eine Ohrfeige, und für einen Moment verschlägt es mir komplett die Sprache.

Mein Vater nutzt den Augenblick und redet weiter. «Es handelt sich um eine Privatangelegenheit, eine Sache zwischen deiner Mutter, deiner Tante und mir», fährt er fort. «Wir haben dich da rausgelassen, um dich nicht zu belasten. Und um deine Beziehung zu Mama, aber auch zu Matilda nicht zu stören. Und dieser Plan ist aufgegangen, wie ich finde. Also mach mir jetzt keine Vorwürfe.»

Ich springe auf. Noch immer bin ich geplättet, und mein Herz rast. «Ich hatte dir neulich von dem Fotoalbum erzählt», erinnere ich ihn. «Das randvoll ist mit Bildern von dir, mir und Matilda. Mama war nur einmal von hinten zu sehen.» Mein Blick bohrt sich in den meines Vaters. Wie zwei Kampfhähne starren wir uns an. «Heißt das, ihr wart damals schon ein Liebespaar? Begann eure Affäre bereits, als ich noch klein war?» Ich halte es eigentlich kaum für möglich. Aber wenn es doch so ist, ist es unfassbar und widerlich, dass die beiden meine Mutter seit so langer Zeit hintergehen.

«Beruhige dich, Olivia.» Mein Vater bewegt sich auf mich zu, um mich in den Arm zu nehmen, doch ich will nicht beruhigt werden. Ich möchte reden. Und wütend sein. Die Angelegenheit aus der Welt schaffen, doch das scheint mir inzwischen vollkommen utopisch zu sein.

«Matilda und ich hatten vor, dir eines Tages, in einem passenden Moment, von der Sache zu erzählen. Es war ganz sicher nicht unsere Absicht, dass du es auf diese Art erfährst», setzt mein Vater an und bringt mich damit nur noch mehr auf die Palme.

«Von was für einer Sache sprichst du?», brause ich auf. «Habe ich etwa recht? Ihr habt seit Langem eine Affäre? Und was ist mit Mama? Welche Rolle spielt sie in dieser Farce?»

Wieder verdunkelt sich das Gesicht meines Vaters.

31

Die halbe Wahrheit

«Deine Mutter spielt eine wichtige Rolle. Aber das ist nicht mal eben schnell erklärt.»
«Ich habe Zeit», sage ich bockig und verschränke die Arme vor der Brust. «Leg los!»
Statt einer Antwort packt mein Vater mich bei den Händen, zerrt mich in Richtung Hochtisch und drückt mich dort auf einen Stuhl. «Wie du willst. Setz dich.» Sein Tonfall duldet keine Widerrede. Störrisch schaue ich an Papa vorbei zur Decke.

«Weißt du, Mäuschen», setzt er in seinem Alles-wird-gut-Singsang an, «ich gebe mir seit Jahren wirklich alle Mühe, es jedem recht zu machen. Allen voran deiner Mutter. Sie ist kein einfacher Mensch, war sie nie, aber dass sie ihren eigenen Kopf hat, macht ihren Charakter aus, und das mochte ich stets an ihr. Und ich mag es immer noch.»

Er wartet, dass ich ihn ansehe, und obwohl ich es nicht will, tue ich ihm den Gefallen. Aber nur ganz kurz.

Prompt sagt Papa: «Du bist hinsichtlich dieser Eigenschaft übrigens ein Abbild von Beata, aber das nur nebenbei.» Ein Lächeln huscht über sein Gesicht. Schnell sehe ich weg.

«Deine Mutter geht in ihrem Job auf, das war immer schon so», ergreift er wieder das Wort, «doch diese Leidenschaft wurde von Jahr zu Jahr intensiver. Beata arbeitete sich in ihrer Firma hoch, steht heute an der Spitze und ist Partnerin in ihrer

Wirtschaftskanzlei. Anfangs störte mich ihre Arbeitswut wenig, wir schienen ein gutes Team zu sein. Sie war die Überfliegerin, ich das Bodenpersonal. Aber dann fing unsere Ehe mit deiner Geburt an, in Schieflage zu geraten.»

Erneut wartet Papa, dass ich ihn ansehe, doch dieses Mal blicke ich standhaft zur Decke. Unbeirrt fährt er fort: «Bevor du zur falschen Ansicht gelangst: Niemand gibt dir irgendeine Schuld. Wie könnten wir? Du bist das Beste, das uns jemals passiert ist. Darüber sind deine Mutter und ich uns bis heute einig.» Er macht eine Pause, um seine Gedanken zu sortieren. «Nachdem du geboren warst, ist Beata zunächst beruflich kürzergetreten, hat nur noch Dienst nach Vorschrift absolviert, und das auch nur in Bremerhaven. Doch die ganze Zeit über hat man gemerkt, wie unglücklich sie dabei war. Sie hat dich geliebt, aber die Mutterrolle war nicht ihr Ding. Nach einem halben Jahr fing sie darum wieder an zu arbeiten.»

Papa schnappt sich von einem Tablett zwei saubere Gläser, füllt Leitungswasser ein und setzt sich damit zu mir an den Tisch. Ein Glas stellt er vor mir ab, aus dem anderen nimmt er einen großen Schluck. Dann fährt er fort: «Beata hätte uns drei von ihrem Gehalt vermutlich allein ernähren können, doch damals war man noch nicht so weit.» Er schaut zu Boden. «*Ich* war noch nicht so weit. Den Job hinzuschmeißen und Hausmann zu spielen, kam mir vollkommen irrwitzig vor. Weil auch ich meinen Beruf mochte. Ihn aufzugeben, kam mir überhaupt nicht in den Sinn.» Er schüttelt nachdenklich den Kopf. «Um dich nicht schon als Kleinkind ganztags in die Kita zu schicken, holten Mama und ich Matilda ins Boot. Das weißt du ja.»

Er trinkt noch einen Schluck, und ich nutze die Stille: «Und dann habt ihr euch ineinander verguckt?»

«Nein», beharrt er standhaft. «Wir hatten keine Liebschaft. Wobei», er überlegt, «vielleicht hatten wir sogar mehr als das.» Er atmet einmal durch und setzt seine Erzählung fort: «Unser Familienleben nahm eine eigenartige Wendung. Abends, wenn ich von der Arbeit nach Hause kam, wartete dort nicht meine Frau, sondern Matilda, meine Schwägerin. Gemeinsam mit ihr brachte ich dich ins Bett, sie berichtete mir von deinen Fortschritten und was ihr den Tag über gemacht habt. Zusammen freuten wir uns über deine ersten Worte, die Milchzähne und über alles, was Eltern so stolz macht. Nur waren wir nicht deine Eltern.»

Für einen Moment schließt er die Augen. Dann sieht er mir wieder ins Gesicht. «An den Wochenenden unternahmen wir zu dritt Ausflüge. Du hast ja die Fotos gesehen: Tierpark, Kirmes, Ostsee und später Kino – wir liebten es, dir die Welt zu zeigen.» Dann wird sein Blick traurig. «Während deine Mutter um die Welt jettete und ab und an zu Hause anrief, verpasste sie deine Kindheit. Und leider auch unsere Ehe.»

Mein Vater streicht mit seinen großen Händen über Brunos Tischplatte. «Mir war es wichtig, dass du Geborgenheit erfährst und auf liebevolle Art ans Leben herangeführt wirst. Matilda hat diese Aufgabe aus tiefstem Herzen erledigt. Ich denke, das weißt du.»

Plötzlich habe ich einen Kloß im Hals, keine Ahnung, warum. Und mein Papa fährt mit ernster Stimme fort: «Bis du diesen Unfall hattest, funktionierte daheim der Alltag wie am Schnürchen.» Die Erinnerung an das Ereignis beschert ihm hektische rote Flecken im Gesicht. «Danach änderte sich von heute auf morgen alles.»

«Du meinst den Tag, als ich vom Fahrrad fiel?» Misstrauisch, aber auch neugierig, warte ich auf Papas Antwort. Einerseits kann ich nicht glauben, dass dieses Vorkommnis, das ich längst vergessen hatte, unser Leben aus den Angeln gehoben haben soll. Andererseits liegt es auf der Hand: Danach war Matilda fort.

Alles in meinem Kopf dreht sich, macht aber gleichzeitig Sinn. Und eine leise innere Stimme raunt mir zu, dass nun der Baustein der Geschichte folgt, den man mir seit Jahren vorenthält. Das fehlende Puzzleteil.

«Richtig.» Papa nickt. «Tilda und ich hatten dir das Radfahren vor langer Zeit beigebracht. Du fuhrst sicher, nur leider stets zu schnell. Und Kurven waren auch nicht so dein Ding.» Er lächelt. «Ich weiß nicht, ob du dich erinnerst, aber in unserer Straße gab es früher diesen Abwassergraben. Er war nicht tief, stand aber im Sommer voller Brennnesseln. Kopfüber bist du dort hineingefallen, deine Knochen blieben zum Glück unversehrt, aber dein gesamter Körper war über und über mit Pusteln übersät. Zu der typischen Quaddelbildung aufgrund der Brennhaare hast du außerdem eine heftige allergische Reaktion erlitten. Matilda fackelte nicht lange und fuhr dich ins Krankenhaus. Sie saß an deinem Bett, bis ich mich bei der Arbeit loseisen konnte und dazustieß. Gemeinsam warteten wir, dass die Medikamente anschlugen und es dir besser ging.»

Auf Papas Stirn haben sich tiefe Sorgenfalten eingegraben. «Zwei Nächte wollte man dich zur Beobachtung auf der Station behalten.» Er knibbelt an seinen Fingernägeln. Als er weiterspricht, richtet er den Blick aus dem Fenster auf die Windlichter, die unablässig flackern. «Ich erinnere mich noch genau an den ersten Abend, an dem Matilda und ich allein zu Hause waren. Es war ein lauer Sommerabend, wir saßen bis spät draußen auf dem Balkon und haben geredet. Erst über dich und welches Glück im Unglück du hattest, danach über

Gott und die Welt. Bis wir uns ein Herz fassten und über uns sprachen. Über dieses eigenartige Familienleben, das wir führten. Und über Gefühle, die wir seit langer Zeit im Verborgenen füreinander hegten.»

Die Stirn meines Vaters hat sich geglättet. Er wirkt auf einmal richtiggehend erleichtert. «Weißt du, Spätzchen», sagt er mit einem Lächeln, «wenn man sechzehn Jahre tagtäglich Zeit mit einem Menschen verbringt, lernt man viel über ihn. Matilda und ich kannten einander bis in den hintersten Winkel unserer Seelen. Und wir liebten das, was wir dort sahen.»

Es ist mir schrecklich peinlich, die Einzelheiten dieser Liebesgeschichte zu erfahren. Und es verwirrt mich. Denn ich bin zum einen stinksauer auf meinen Papa, und zum anderen schaut er mich so aufrichtig, so liebevoll, so um Verständnis bittend an, dass ich nicht anders kann, als ihm weiter zuzuhören. Ich nehme einen Schluck Wasser. «Fahr fort.»

Mein Vater lässt sich nur zu gern animieren. Die Worte sprudeln geradezu aus ihm heraus. «Wir hatten dieses eine gemeinsame Wochenende. Freitag kamst du ins Krankenhaus, und Sonntag durften wir dich wieder abholen. Tagsüber saßen wir an deinem Bett, aber die Nächte gehörten Matilda und mir. Nächte, in denen …»

«Stopp!», rufe ich und merke, dass meine Stimme einen leicht hysterischen Klang angenommen hat. «Keine Details», sage ich, in etwas gemäßigterem Tonfall. Intimitäten möchte ich dann lieber doch nicht wissen.

Papa wirft mir einen indignierten Blick zu. «Am Sonntagabend kam deine Mutter nach Hause. Sie war fuchsteufelswild. Wegen deines Unfalls, aber auch weil ihr sofort klar war, was sich zwischen mir und Matilda abgespielt hatte. Man konnte es uns vermutlich an den Nasenspitzen ansehen.» Er schüttelt ergeben den Kopf. «Ich schwöre, dass wir nie beabsichtigten, eine Affäre zu führen. Ganz oder gar nicht, das war uns klar, ohne jemals darüber gesprochen zu haben.»

Er wartet, dass ich ihn anschaue. «Ich denke, du weißt inzwischen, dass es um meine Ehe mit deiner Mutter damals nicht gut bestellt war. Beata war nur selten zu Hause. Innige Zuneigung oder gar körperliche …»

Ich hebe abwehrend die Hand, und Papa verstummt augenblicklich. Er überspringt diesen Teil und fährt mit neutraler Stimme fort: «Deine Mutter handelte wie immer besonnen. Dir sollte es weiterhin gut gehen. Du warst im Teenageralter, wir hatten keine Ahnung, was eine Scheidung in dir auslösen würde, darum sah sie keine Alternative, als dass Matilda geht. Und auch wenn deine Tante und ich das als Katastrophe empfanden, war es in dem Moment die einzige Möglichkeit, dich zu schützen. Schlimm genug für uns alle, aber etwas *musste* sich ändern. Zu dritt weiterzumachen, war keine Option. Beata trat für eine gewisse Zeit kürzer, um für dich da zu sein. Das klappte ganz gut. Doch zwischen ihr und mir ließen sich vergangene Gefühle nicht wiederbeleben.»

Voller Schmerz verzieht mein Vater das Gesicht. «Ich fühlte mich schrecklich schuldig. Ich war für den Kummer deiner Mutter ebenso verantwortlich wie für die neuen Lebensumstände, mit denen du klarkommen musstest. Und natürlich für die Misere, in der Matilda steckte, die gezwungen war, sich anderswo eine neue Existenz aufzubauen.»

Er dreht sein Glas zwischen den Fingern und beobachtet dabei gedankenversunken die Bewegung des Wasserspiegels. «Wir alle drei wollten, dass sich die Wogen so schnell wie möglich glätten, darum habe ich mir das Versprechen abringen lassen, Matilda nicht wiederzusehen. Keine Briefe und auch keine Telefonate, denn das hätte den Schmerz nur in die Länge gezogen. Bis du irgendwann auf eigenen Beinen stehst.» Papa zuckt mit den Schultern. «Ich schätze, niemand von uns hat angenommen, dass die Liebe zwischen deiner Tante und mir bestehen bleibt. Sie hat sogar ihre Ehe mit Bruno überdauert.»

«Und das, obwohl ihr euch über all die Jahre nicht gesehen habt und null Kontakt hattet?»

Ein leises Schmunzeln umspielt Papas Mund. «Könnte man so sagen, ja. Wir haben lediglich …»

In diesem Moment geht die Küchentür auf, und Matilda steht vor uns. Mit geröteten Wangen, vermutlich vom Tanzen oder vom Sekt, scheint sie sofort zu begreifen, worüber wir uns unterhalten. Kurz erstarrt sie. Der Mund klappt auf, und ihre Augen vollführen wilde Links-rechts-Bewegungen. Dann sammelt sie sich und sagt: «Wir brechen ab. Neni ist erschöpft, was ich ihr nicht verdenken kann, Gerda hat Sodbrennen, aber ihre Pillen nicht dabei, und Kuddel muss morgen zeitig arbeiten. Er kann alle in seinem Lieferwagen nach Hause bringen.»

«Und was ist mit Sieglinde?», frage ich, weil mir weiter nichts zu sagen einfällt. «Und mit Herrn Dönnerschlach?»

Meine Tante fächert sich kurz Luft zu. «Die liegen beide in meinem Bett und schlafen. Waren wohl 'n büschen duun.» Ihre Stimme bekommt einen resoluten Klang. «Sind aber vollständig bekleidet, die zwei, das habe ich gerade noch einmal überprüft. Sonst hätte ich sie hochkant rausgeworfen.»

Mein Vater erhebt sich, um Matilda in seine Arme zu schließen.

Ich wende mich ab.

«Wenn dein Bett besetzt ist, wie wäre es, wenn du mit zu mir in mein Hotel kommst», höre ich Papa vorschlagen. Und dann schiebt er mit beruhigender Brummbärstimme hinterher: «Keine Sorge, Olivia weiß Bescheid. Du kannst offen sprechen.»

Ich atme geräuschvoll ein und nehme aus dem Augenwinkel wahr, dass sich Matildas Aufmerksamkeit mir zuwendet. Mein flüchtiger Blick streift sie, und ich kann sehen, dass ihre Miene vor schlechtem Gewissen trieft.

«Nein», sagt sie, ohne lange nachzudenken, «ich bleibe hier. Bei Olivia.»

Mir ist das gar nicht recht, meinetwegen können die beiden in ihr Liebesnest abzwitschern, dann habe ich wenigstens meine Ruhe.

Doch ehe ich einen Laut hervorbringen kann, steht nun Kuddel in der Tür. Mit seiner tätowierten Bärenpranke stützt er Neni, die aussieht, als würde sie im Stehen schlafen. «Ihr brecht doch hoffentlich nicht aus Rücksicht auf mich die Feierlichkeiten ab», murmelt sie und gähnt hinter vorgehaltener Hand. «Ich könnte mir ein Taxi rufen. Oder meinen Enkel.»

«Nein, ich muss ebenfalls nach Hause», quengelt Gerda, die nun ebenfalls in die Küche kommt. Sie sieht überanstrengt aus. Ihre Haare kleben ihr im Gesicht, auf der Stirn funkeln Schweißperlen, und ihre Knie zittern. Dann blickt sie sich gierig um. «Ist noch von der Suppe da?»

«Ich denke, du hast Sodbrennen», wird sie von Matilda gerügt. «Als Gegenmaßnahme solltest du besser nach trockenen Haferflocken greifen. Warte, ich sehe nach, ob ich welche dahabe.»

«Danke, aber ich möchte dir nicht das Vogelfutter wegessen.» Gerda winkt ab. Und lehnt sich an Papa. «Darf ich?» Sie plinkert ihn an.

Mein Vater nickt, sieht aber aus, als bereue er es zutiefst, auf diese Veranstaltung geraten zu sein. Nicht nur verzweifelt er gerade an Matilda, er muss sich nun auch noch gegen Gerda zur Wehr setzen. In diesem Moment hat sie stöhnend ihren Kopf auf seine Schulter gelegt.

Ich richte das Wort an Kuddel, der im Begriff ist, mit einem Tablett ins Wohnzimmer zu marschieren. «Lass bitte alles stehen», sage ich zu ihm, «du hast für heute genug geholfen. Ich schmeiße gleich noch schnell den Geschirrspüler an, den Rest erledige ich morgen.»

Bis alle die richtige Jacke, die passende Tasche, Schal und Mütze gefunden und sich wortreich von mir verabschiedet haben, vergeht noch etwa eine halbe Stunde. Mein Vater wirkt zutiefst gekränkt, dass Matilda sich ihm gegenüber dermaßen zurückhaltend verhält. Und von Kuddel ins Hotel gefahren zu werden, schmeckt ihm anscheinend noch weniger. Aber seine stoische Gelassenheit gewinnt die Oberhand, und so beißt er tapfer die Zähne zusammen und macht gute Miene, indem er sich um Gerda und Neni kümmert.

32
Starke Gefühle

Als von Kuddels Wagen nur noch die Rücklichter zu sehen sind, kehren Matilda und ich ins Haus zurück. Schweigend nehmen wir uns jede ein sauberes Sektglas, finden im Kühlschrank eine angebrochene Flasche und gehen damit ins Wohnzimmer. Um uns herum herrscht noch ziemliches Chaos, doch das ist mir einerlei. Auch meine Tante schert sich nicht darum. Nebeneinander lassen wir uns auf die Couch fallen. Ich schenke uns ein.

Von draußen dringen kaum noch Geräusche herein, die Vögel sind lange im Bett, gelegentlich tuckert ein Auto im Schritttempo vorbei.

Ich horche in mich hinein. Warum bin ich so aufgewühlt? Ist es wegen Mama? Bin ich stellvertretend für meine Mutter sauer auf Matilda und Papa? Aufgrund dieses einen Wochenendes vor mehr als fünfzehn Jahren? Oder ist es eher so, dass *ich* mich hintergangen fühle? Weil mir all die Zeit niemand ein Sterbenswörtchen von der Sache gesagt hat. Ich wurde über Matildas Weggehen im Unklaren gelassen und bei meinen Nachfragen abgewimmelt. Alle drei, Mama, Papa und auch meine Tante, teilten ein Geheimnis. Und auch wenn es zu meinem Schutz war, fühle ich mich von ihnen verraten, ausgeschlossen. Der Gedanke versetzt mir einen Stich.

Matilda räuspert sich. «Möchtest du anfangen, oder darf ich?» Sie trinkt einen Schluck und stellt das Glas auf dem Boden ab.

«Bitte, tu dir keinen Zwang an.» Ich merke selbst, wie dickköpfig und kindisch ich mich anhöre, aber ich kann in diesem Moment nicht anders.

Matilda nimmt zum Glück keinerlei Anstoß daran. Sanft, aber trotzdem fest beginnt sie, in ihrem typischen Matilda-Tonfall zu sprechen. «Ich denke, dein Vater hat dir einen Großteil bereits erzählt.» Sie wartet kurz und fährt dann fort: «Doch er kennt nicht die ganze Geschichte.» Als wüsste sie, dass sie sich mit diesen Worten meiner Aufmerksamkeit sicher sein kann, wartet sie, bis ich sie endlich ansehe.

Der Blick in ihre Augen hat etwas Tröstliches, auch wenn ich gerade keinen Zuspruch möchte, schon gar nicht von ihr. Unbeirrt redet sie weiter: «Ich habe mir immer ein Kind gewünscht, doch fand ich leider viel zu spät den richtigen Mann. Aber ich bin niemand, der mit seinem Schicksal hadert. Das Leben wird immer kompliziert sein, man muss lernen, mit dem, was man hat, glücklich zu sein.»

Sie knispelt an ihrem Paillettenumhang. «Und ich war stets guter Dinge. Außerdem stand ich Neuem aufgeschlossen gegenüber. Ich mochte meinen Job, war aber trotzdem positiv überrascht, als Wolfgang und Beata mich für die Kinderbetreuung anfragten. Ich behielt meine Arbeit, kürzte lediglich die Stunden, und deine Eltern zahlten mir den Lohnausfall. Ich genoss diese Zeit und die neue Aufgabe in vollen Zügen. Und ich schaffte den Spagat, nicht nur dir, sondern auch meiner Schwester gerecht zu werden. Denn das ist gar nicht so einfach. Aber wenn mir eins stets bewusst war, dann, dass ich nicht deine Mutter bin. Alle Entscheidungen habe ich mit Beata und Wolfgang abgestimmt und auch dir immer wieder ins Bewusstsein gerufen, dass ich nur das Sahnehäubchen in deinem Leben bin.» Sie seufzt. «Ich wollte mich um jeden Preis korrekt verhalten und habe dann doch einen Riesenfehler begangen.»

Sie beißt sich auf die Lippen. «Deine Mutter war nach diesem Vorfall verständlicherweise wütend und verletzt. Aber sie ist eben auch ein durch und durch pragmatischer Mensch. Nach dem ersten Schrecken nahm sie mich beiseite, und wir sprachen uns aus. Denn dein Vater und ich hegten zwar starke Gefühle füreinander, doch es gab keine Möglichkeit, ein gemeinsames Glück zu finden. Nicht, ohne dass eure Familie daran zerbrochen wäre. Die Entscheidung, Bremerhaven und somit auch dich zu verlassen, habe *ich* getroffen. Nicht Beata. Auch wenn ich glaube, sie hat es damals kaum für denkbar gehalten, dass ich die Sache durchziehe. So kam ich hier auf die Insel ...»

«... um den Kopf freizubekommen», vollende ich den Satz, denn ab diesem Zeitpunkt ist mir die Geschichte bekannt.

Matilda nickt. «Ganz genau. Als ich später Bruno kennenlernte, schien mir das ein Wink des Schicksals zu sein. Er hat mein Herz zwar nicht auf dieselbe Art berührt, wie Wolfgang es vermochte, doch das wusste Bruno von Anfang an. Wir liebten uns auf eine sehr spezielle, eher platonische Art und Weise. Er hatte seine Eskapaden, und ich ...» Sie hebt die Schultern. «Ich trug weiter deinen Vater in meinem Herzen. Nichtsdestotrotz ging es Bruno und mir gut. Es gibt zahlreiche Arten von Beziehungen – solange man sich respektiert und ehrlich zueinander ist, bin ich offen dafür, auch ungewöhnliche Wege zu beschreiten.»

«Aber ...» Eine Sache will mir nicht in den Kopf. «Dass Papa und du ... dass ihr euch heute, nach so vielen Jahren, immer

noch liebt, obwohl ihr euch niemals wiedergesehen habt ...»
Meine Kehle ist auf einmal ganz rau, und ich muss mich räuspern. «Das ist schon krass.»

Meine Tante legt abwägend den Kopf schräg. «Beata und ich haben damals ja beschlossen, dass Wolfgang und ich uns nicht mehr treffen. Schreiben und telefonieren schied auch aus, denn das hätte alles nur noch schlimmer gemacht. Ein klein wenig geschummelt haben dein Vater und ich dann irgendwann aber doch.»

Hä? Ich finde die Geschichte reichlich verrückt. Und sie wird kontinuierlich skurriler. Fragend sehe ich sie an.

«Er kam regelmäßig auf die Insel, so drei-, viermal im Jahr. Nie zeigte er sich, aber immer legte er mir ein Zeichen vor die Tür. Nur eine winzige Geste, die sonst niemandem auffiel.»

«Zum Beispiel?»

«Das war ganz unterschiedlich. Mal war es eine außergewöhnliche Muschel oder ein besonderer Fund im Treibgut. Vorwiegend waren es aber Blumen. Selbst gepflückt.» Sie lächelt mich an. «Die meisten von ihnen hast du auf meinen Keramikschalen bewundern können.»

«Nicht dein Ernst!» Ich reiße erstaunt die Brauen in die Höhe.

«Doch.» Matilda schmunzelt. «Und damit wir uns über die Jahre nicht aus den Augen verlieren, habe ich mich immer am Ersten eines Monats auf die rote Sitzbank an der Promenade von Westerland gesetzt. Dort hängt an einem nahe gelegenen Laternenmast nämlich eine Kamera, die man im Internet aufrufen kann. Und das tat Wolfgang.» Sie lächelt versonnen. «Er war es auch, der die Idee dazu hatte. Süß, nicht?»

Ich staune nicht schlecht. Erst recht, als ich den Rest der Geschichte höre.

«Auf einem winzigen Zettel, den er in einer Muschel versteckt vor meine Haustür legte, notierte er den Vorschlag. Ich weiß heute allerdings nicht mehr, wie es zu dem festen Termin kam. Auch nicht, wer die Uhrzeit bestimmte. Es ist schon so lange her.» Sie massiert ihr linkes Ohrläppchen. «In Bremerhaven gibt es übrigens auch so eine Kamera. Sie ist auf einem Hausdach am Stadtrand montiert. Du weißt schon, an der Grünfläche, auf der die Leute ihre Flugdrachen steigen lassen. Wolfgang war meist Freitagvormittag gegen elf Uhr auf dem Gelände. Er hatte die schönsten und ausgefallensten Segler, das konnte ich sogar auf meinem kleinen Handybildschirm erkennen.»

Ich falle aus allen Wolken. *Das* ist also der wahre Grund für Papas eigentümliches Hobby. Und auf diesem Weg hat meine Tante vermutlich auch seinen Hinkefuß gesehen. So langsam kommt Licht ins Dunkel, und ich bin fast ein bisschen überwältigt angesichts dieser zweifelsohne romantischen Liebesgeschichte. Und ich schäme mich. Also, ich kann zwar nichts dafür, dass Papa und Matilda entschieden haben, mir zuliebe zurückzustecken. Aber für meine egoistischen Gedanken, in denen sich alles um mich und meine Gefühle drehte. Dass ich mich ausgeschlossen gefühlt und wie ein störrisches Kind reagiert habe.

Und plötzlich fällt mir etwas ganz anderes ein. «Heute Morgen, als du draußen herumgestromert bist ...» Ich suche Matildas Blick. «Da warst du nicht beim Briefkasten, stimmt's?»

Meine Tante schmunzelt. «Richtig. Ich hatte auf ein Zeichen von Wolfgang spekuliert. Doch es kam keins. Das hat mir das Herz schwer werden lassen.»

«Aber warum möchtest du dann nicht mit Papa leben?» Ihre Absage an ihn erinnere ich von dem Gespräch, das ich gemeinsam mit Kaj belauschte. «Jetzt steht dem doch nichts mehr im Weg.»

Meine Tante neigt den Kopf. «Wie soll das gehen? Mir wurde gekündigt. Ich kann hier nicht bleiben, will aber unter keinen Umständen zu deinem Vater nach Bremerhaven. Womöglich in Beatas Ehebett.» Matilda schüttelt sich.

«Und wenn du noch einmal mit dem neuen Eigentümer sprichst? Hier wäre auf jeden Fall Platz für Papa ...» So viel zu meiner Überlegung, selbst bei meiner Tante einzuziehen.

«Der Sohn der ehemaligen Vermieter wittert den Profit und will das Haus verkaufen. Der lässt sich nicht von seinem Plan abbringen. Wer soll ihm das verübeln, bei den horrenden Summen, die man heutzutage für eine Immobilie auf Sylt erzielt?»

«Ich verübele es ihm!», sage ich empört. «Gewinn ist doch nicht alles auf der Welt! Außerdem bliebe ihm das Haus ja erhalten, wenn er es weiterhin vermietet. Vermutlich steigt der Wert sogar noch. Was ist das nur für ein schlechter Geschäftsmann, dass er das nicht sieht.»

Ich rege mich dermaßen über dieses dämliche Verhalten auf, dass mir erst ein paar Minuten später klar wird, dass die Geschichte von Matilda und Papa mich nicht mehr fuchst. Sie sind ein Paar. Warum nicht? Mamas Bedingungen wurden erfüllt. Mir zuliebe wurde lange Zeit Familie gespielt. Bis ich aus dem Haus war. Vermutlich hätten meine Eltern sich längst scheiden lassen, doch es gab keinen zwingenden Grund. Matilda war nicht frei, und später war sie in Trauer. Erst jetzt hat Papa sich ein Herz gefasst, um seine große Liebe zurückzuerobern.

Und Mama? Was mich betrifft, kann sie sich beruhigt zurücklehnen, wo auch immer sie gerade unterwegs ist. Seit ich denken kann, ist Mama eine Nomadin. Und es stimmt, was

Papa sagt, dass ich ihr diesbezüglich sehr ähnlich bin. Oder ähnlich war?

Zu Hause war für mich bislang dort, wo mein Laptop stand. Wohin meine Arbeit mich führte. Doch inzwischen glaube ich, mehr nach Papa geraten zu sein. Nicht nur bin ich im Herzen hoffnungslos romantisch, ich wünsche mir eigentlich nichts sehnlicher als eine feste Bleibe. Am liebsten in der Nähe meiner Familie oder der Menschen, die ich gernhabe.

Ich schlucke, und ein schwerer Stein legt sich auf mein Herz. Denn leider wird sich dieser Traum auf absehbare Zeit nicht erfüllen.

In dieser Nacht wälze ich mich unruhig hin und her. Zwar haben mich die Ereignisse des Tages sehr erschöpft, doch kaum habe ich das Licht gelöscht, startet mein Gedankenkarussell und lässt mich keine Ruhe finden. Vieles von dem, das mich in der letzten Zeit stark beschäftigt hat, ist zwar längst in den Hintergrund gerückt – so muss ich beispielsweise über Meike und Martin so gut wie gar nicht mehr nachdenken. Auch der Grund für Papas eigenartiges Verhalten ist mir inzwischen klar.

Stattdessen liegen mir aber neue Sorgen auf der Seele. Allem voran meine Unterhaltung mit Kaj. Was hat er zu mir im Garten gesagt? Ich versuche, mich an den genauen Wortlaut zu erinnern. Ich könnte schwören, es hatte mit meiner Tante zu tun, doch es ergibt leider überhaupt keinen Sinn. Warum sollte ausgerechnet er mit mir über Matilda reden wollen, die beiden kennen sich ja kaum.

Ich stecke mit meinen Überlegungen in einer Sackgasse, darum wandern meine Gedanken automatisch zu meiner Tante und ihrer Zukunft auf Sylt. Ich bin wild entschlossen, für sie zu kämpfen, und möchte morgen oder spätestens übermorgen mit ihrem Vermieter beziehungsweise dessen Anwälten sprechen. Außerdem will ich den Vertrag in Ruhe einsehen und auch mit dem Mieterschutzbund telefonieren. Sicher ist sicher. Ich will nicht die kleinste Möglichkeit ungenutzt lassen, mich für eine Verlängerung ihres Mietvertrags einzusetzen, vorsichtshalber aber auch schon mal Kontakt zu all ihren Bekannten aufnehmen, um eine alternative Bleibe zu finden. Mein Blut gerät in Wallung, wenn ich mir vorstelle, wie Matilda mit Sack und Pack von hier fortmuss.

Irgendwann scheine ich doch vor Erschöpfung eingeschlafen zu sein, allerdings weckt mich meine innere Uhr bereits um sieben in der Früh. Schnell husche ich ins Bad, erledige die Morgenroutine und wähle anschließend ein paar praktische Klamotten, denn heute ist Aufräumen angesagt.

Als ich die Treppe ins Erdgeschoss hinabsteige, schwebt mir aus der Küche appetitlicher Kaffeeduft entgegen. Neugierig öffne ich die Tür und sehe Sieglinde und Jonte Dönnerschlach plaudernd am Hochtisch sitzen. Ringsherum ist alles blitzblank gewienert, der Geschirrspüler läuft, und die Sektgläser stehen sauber und zum Abtropfen kopfüber auf einem Handtuch aufgereiht.

«Donnerwetter, habt *ihr* hier aufgeräumt?», entfährt es mir, nachdem ich mich staunend in alle Richtungen umgesehen habe. Der Ruß, den Kuddels Ofenaktion verursacht hat, ist zwar nicht gänzlich verschwunden, vor allem die Wände haben eine sichtbare Nuance ins Gräuliche angenommen, doch so übel wie gestern ist der Eindruck bei Weitem nicht mehr.

«Wir sind Frühaufsteher!» Dönnerschlach strahlt mit der Küche um die Wette und bietet mir an, Platz zu nehmen. Es steht schon ein Becher für mich bereit, den er nun mit Kaffee befüllt. «Milch und Zucker?», will er wissen und schiebt mir beides über die Tischplatte entgegen.

«Nur Milch, danke.» Ich setze mich.

«Kinder, war das ein wunderbares Fest!» Sieglinde schwelgt in Erinnerungen. «Vor allem Matilda wirkte überglücklich.» Sie nimmt einen Schluck Kaffee, spielt nervös an ihrer Bernsteinkette und wendet sich dann mir zu. «Aber habe ich das richtig verstanden? Unsere gute Tilli ist in deinen Vater verknallt?» Sie scheint sich die Rolle des Moralapostels zugeschrieben zu haben und schüttelt fassungslos den Kopf. «Matilda war immer eine anständige Frau, einen derartigen Skandal hätte ich ihr niemals zugetraut.» Beifall heischend blickt sie zu ihrem Verbündeten oder Liebsten oder was auch immer …

Jonte Dönnerschlach will sich nicht einmischen, das sehe ich ihm an der Nasenspitze an, darum springe ich für ihn ein. «*Verknallt* ist möglicherweise nicht der ideale Ausdruck, außerdem sind meine Eltern inzwischen geschieden, von daher …» Ich zucke mit den Schultern und füge möglichst unaufgeregt klingend hinzu: «Ich hatte von der Geschichte ebenfalls nicht die leiseste Ahnung.»

Sieglinde rollt mit den Augen. «De arme Bruno. He dreiht sik in 't Graff üm.»

«Ach Quatsch», fährt ihr nun Jonte Dönnerschlach über den Mund. «Ich kannte Bruno gut. Der hätte seiner Frau den Spaß gegönnt.»

Ich lasse es geschehen, dass die beiden weitere Mutmaßungen über Brunos Reaktion anstellen, bin aber nicht recht bei der Sache, denn hinter Sieglindes Rücken sehe ich durch das Fenster, wie Kaj und Lola von ihrem Morgenspaziergang heimkehren. Beide wirken etwas verfroren und froh, zu Hause zu sein. Kaum sind sie im Flur verschwunden, plingt mein Handy.

Guten Morgen, Olivia! Habe gesehen, dass bei euch schon Licht brennt. Hättest du heute Zeit, für unser Gespräch? Ich bin bis zum Mittag im Haus.
Kaj

Ich springe auf, nur um mich bald darauf wieder zu setzen. Bloß nicht hysterisch werden, denke ich. Seine Worte lesen sich außerdem ziemlich nüchtern. Um mich abzulenken, versuche ich, der Unterhaltung von Sieglinde und Herrn Dönnerschlach meine ungeteilte Aufmerksamkeit zu schenken, doch sosehr ich mich auch bemühe, es gelingt mir nicht. Genauso kann ich mir nicht vorstellen, mich Matildas Papieren zu widmen. Ich muss die Sache mit Kaj aus der Welt schaffen.

Wie wäre es jetzt gleich?, tippe ich darum mit klammen Fingern, ebenfalls grußlos.

Ich muss mich nicht lange gedulden, Kajs Erwiderung folgt auf dem Fuße: der nach oben gereckte Daumen.

«Entschuldigt mich, ich bin kurz drüben», platze ich in die Unterhaltung der beiden. Und ehe mich die neugierige Sieglinde nach Details ausquetschen kann, bin ich im Flur verschwunden, wo ich mir lediglich Schuhe überstreife, dann husche ich aus der Haustür.

Draußen empfängt mich trübes Grau. Der Himmel hängt schwer und konturlos über der verschneiten Landschaft, Wolken und Schnee scheinen aneinander festgefroren zu sein. Bibbernd schlinge ich meine Arme um den Körper und klopfe bei Kaj.

33
Ich hatte auf ein Wunder gehofft

Kaj scheint ähnlich zumute zu sein, denn als er die Haustür öffnet, hält er das Kaminbesteck in den Händen. «Hej», sagt er und lächelt mich ein wenig verkrampft an. Doch in seinen Augen blitzt etwas auf, das mir Mut macht. Er tritt zur Seite, damit ich eintreten kann. «Schön, dass du so spontan Zeit hast.»

Während ich mich an ihm vorbeilaviere, nehme ich den männlichen Duft seiner Haut wahr und merke, wie ich nun doch nervös werde. «Guten Morgen», grüße ich zurück und beginne, planlos drauszuplappern. «Ich wollte gerade drüben beim Aufräumen helfen, aber es war bereits alles erledigt. Spiegelblank sieht es aus, das glaubst du nicht. Jonte Dönnerschlach hat bei uns übernachtet, und gemeinsam mit Sieglinde, der Freundin meiner Tante, ist er ...»

Ich breche ab, weil ich selbst realisiere, dass ich mich reichlich überdreht anhöre. Aber auch weil Kaj mich aus seinen olivfarbenen Augen dermaßen intensiv ansieht, dass es mir für einen kurzen Moment den Atem raubt. «Jedenfalls ... habe ich gerade Zeit», japse ich, «und als deine Nachricht kam ... passte das perfekt.» Mit meinem Pulloverärmel fächere ich mir unauffällig Luft zu.

«Wunderbar. Komm rein.» Dieses Mal wirkt das Lächeln

auf Kajs Lippen entspannt. Kurz verschwindet er im Wohnzimmer, um das Kaminbesteck abzulegen. Instinktiv schaue ich ihm hinterher und bemerke dabei, dass kein Feuer brennt. Ein Mülleimer wurde seitlich des Ofens aufgestellt. Offenbar war Kaj bei meinem Eintreffen im Begriff, die verkohlten Holzreste und die Asche zusammenzukehren. Erst auf den zweiten Blick sticht mir der schwarze Koffer ins Auge, der reisefertig neben der Wohnzimmertür steht.

«Brichst du auf?», entfährt es mir, als er wieder vor mir steht. Fragend sehe ich ihn an. Das kann ja eigentlich nicht sein, denke ich. Wir haben doch gerade … also, unser Kuss und die Art, wie er mich in seinen Armen gehalten hat. Er *kann* nicht wegfahren.

«Hm-m», Kaj blinzelt mich schräg von der Seite an. Er guckt wie ein geprügelter Hund, und auf seinem Gesicht erkenne ich plötzlich die mir inzwischen bekannte Traurigkeit. «Komm doch erst mal in die Küche und setz dich», sagt er und marschiert voraus. «Kann ich dir etwas anbieten? Kaffee oder Tee?»

Mir hat es nun vollends die Sprache verschlagen. Und den Appetit sowieso. Mein Magen fühlt sich an wie zugeschnürt. Nicht mal ein winziges Tröpfchen Tee kann ich mir vorstellen herunterzubringen. «Nein danke», schaffe ich schließlich zu sagen und stakse zum Tisch. «Was … ist denn geschehen?» Mit dem Kopf deute ich in Richtung Wohnzimmer, wo der Koffer steht. Könnte Kajs Abreise das Thema sein, über das er die ganze Zeit mit mir sprechen wollte? Andererseits behauptete er doch, es habe mit meiner Tante zu tun. Ich nehme am Küchentisch Platz und vergesse dabei sogar, Lola zu begrüßen, die in ihrem Körbchen neben der Heizung liegt und mir erwartungsvoll ihren Bauch entgegenreckt.

«Ich setze trotzdem mal Wasser auf», informiert mich Kaj,

der nun auch ein wenig nervös wirkt. Hektisch macht er sich an den Schränken zu schaffen.

Gedankenverloren lasse ich meinen Blick über die Tischplatte schweifen. Sie ist übersät von Papieren, und ich versuche, aus Pietät nicht so genau hinzusehen und auch nichts herunterzuwerfen. Hier und da erblicke ich dennoch einen Briefkopf, offenbar von Kajs Firma. Sein Name, den ich noch gut erinnere, weil er sich bei unserem Spaziergang meinem Vater so offiziell vorgestellt hat, prangt unter einem Logo. Kaj Johannsen.

«Entschuldige die Unordnung», kommentiert er meinen Blick, «aber ich habe ein Angebot gesucht, das ich korrigieren will. Außerdem ein paar andere Unterlagen, die vor meiner Abreise noch abgeschickt werden müssen.» Er gießt das heiße Wasser in eine Kanne, hängt ein Teenetz hinein und stellt sie anschließend auf den Tisch. Zwei Becher folgen, dann setzt Kaj sich zu mir. «Ich denke, es wird Zeit, dass ich dir einiges erkläre.»

Mir wird immer mulmiger zumute, denn was er mir auch zu sagen hat, unterm Strich bleibt, dass er aufbrechen möchte. Diese Tatsache trifft mich mitten ins Herz. Wie tausend Nadelstiche fühlt sie sich in meinem Brustkorb an, und ich mag gar nicht mehr tief durchatmen, weil dann der Schmerz nur umso schlimmer wird.

Um Kaj nicht ansehen zu müssen und dabei womöglich die Fassung zu verlieren, starre ich weiter vor mich auf die Tischplatte. Meine Augen wandern ziellos über das Tohuwabohu, vor ihnen schwimmen Logos, Eingangsstempel und Begrüßungsformeln. Bis plötzlich ein mir bekannter Name in mein Blickfeld rückt und meine Pupillen sich vor Schreck weiten. Matilda Thomsen. Der Name meiner Tante! Sie trägt noch ihren Familiennamen, denselben wie Mama, ehe sie meinen Vater heiratete.

Wie in Trance greife ich nach dem Papier, an das eine zweite Seite geheftet ist. Ich überfliege den Brief – und erstarre. Es ist ein Anwaltsschreiben, das an Kaj gerichtet ist mit der Bitte um Kenntnisnahme. Betreff: Kündigung des Mietverhältnisses Dünenpfad 3a, Mieterin: Matilda Thomsen. Ein eiskalter Schauer läuft mir über den Rücken. Ohne Kaj um Erlaubnis zu fragen, blättere ich um und erfasse mit meinen Augen dasselbe Schreiben, das ich gestern im Papierwust meiner Tante entdeckt habe.

Es dauert einen Moment, ehe ich die Zusammenhänge begreife. Matildas Vermieter. Er stammte aus Esbjerg, das liegt in Dänemark. *Hej. God morgen.* Mir rauscht das Blut durch die Adern, wie bei einer Achterbahnfahrt. «Bist du …? Hast du …?» Ehe ich mich traue, meine Gedanken in Worte zu fassen, unterbricht mich Kaj.

«Olivia, lass es mich dir erklären …», setzt er an, verstummt aber, als mein böser Blick ihn trifft.

«Bist *du* Matildas Vermieter?», presse ich schließlich heraus. Meine Hände zittern, als ich mit dem Zeigefinger auf ihn deute. Nach und nach, wie bei einem Tetris-Spiel, fallen die Bausteine an ihren Platz und ergeben schlussendlich ein klares, eindeutiges Bild. «*Du* bist der Erbe und damit auch der neue Eigentümer dieses Hauses», bringe ich es auf den Punkt. «*Du* willst meine Tante nach all den Jahren auf die Straße setzen, *du* bist der raffgierige Typ!»

Ich fühle, wie eine Woge Adrenalin in mir aufwallt und mich immer wütender werden lässt. *Zu* wütend. Denn ich kann mich nicht mehr bremsen. «Ohne Rücksicht auf andere strebst du nur nach deinem eigenen Profit. Meine Tante ist dir scheißegal, auch dass sie nicht genügend Geld hat, um sich auf Sylt ein neues Zuhause zu suchen. Du vertreibst sie von hier!» Meine Augen sprühen Funken. «Hast du kein Gewissen?»

Tief in meinem Inneren ist mir natürlich bewusst, dass er, als Eigentümer, mit seinem Haus machen kann, was er will.

Sofern er sich an ein paar Spielregeln hält.

«Du kannst meine Tante nicht so einfach rauswerfen», sage ich und fixiere ihn eindringlich. «Als Mieterin hat sie Rechte. Das musst du berücksichtigen!»

Trotz aller Aufruhr schaffe ich es für eine Sekunde, in mich hineinzuhorchen. Dass ich dermaßen aus der Haut fahre, hat nicht allein mit Matilda zu tun. Sondern auch mit uns, mit Kaj und mir. Die ganze Zeit hat er mir etwas vorgemacht. Hat nichts von seinem Erbe erzählt und auch nicht reagiert, als ich ihn in meine Pläne, nach Sylt zu ziehen, eingeweiht habe.

Ich springe auf und marschiere im Raum umher. «Wie konntest du mir so lange Lügen erzählen», fauche ich ihn an. «Sogar vor den Schlüters hast du dich gewunden. Vermutlich wissen Sie, dass Matilda in eurem Haus wohnt, und hätten dich verraten, sofern du mich vorstellst.» Ich stoße ein hysterisches Lachen aus. «Anhaltermädchen, pah! Immerhin hattest du so viel Rückgrat, dich nicht von meiner Tante und mir zum Resteessen einladen zu lassen.» Sein Herumgedrucke habe ich noch bildlich vor Augen.

Aufgebracht starre ich ihn an. Im selben Moment wandelt sich Kajs Miene. Hatte er gerade noch voll schlechtem Gewissen meinem Ausbruch gelauscht, wird er nun zusehends abgeklärter. «Glaub mir, Olivia, ich kenne meine Rechte», sagt er mit erzwungener Ruhe in der Stimme, «ebenso weiß ich um die deiner Tante.»

Kurz beobachtet er mich beim Hin-und-her-Laufen, dann

wendet er sich ab und schaut aus dem Fenster. «Meine Eltern haben mir dieses Haus übertragen, als sie noch lebten, und damit auch die Verantwortung. Mehrmals habe ich deine Tante angeschrieben», erinnert er sich. «In meinem ersten Brief habe ich mich Matilda vorgestellt und sie sehr freundlich um eine Stellungnahme bezüglich ihrer Rückstände gebeten. Zu dem Zeitpunkt hatte sie bereits über ein halbes Jahr lang keine Miete mehr gezahlt. Meine Eltern haben es stillschweigend hingenommen.» Er dreht sich wieder zu mir und sieht mich mit aufmerksamen Augen an. «Ihnen war es wichtig, dass es keinen Streit gibt und man sich fair und auf Augenhöhe begegnet. Nichtsdestotrotz brauchten sie die Mieteinnahmen, damit sich zumindest die Kosten selbst tragen. Du weißt schon, Grundsteuer, Müllabfuhr und so weiter.»

Ich nicke, sage aber kein Wort.

«Das größte Problem war eigentlich, dass deine Tante sich nicht mehr an die Abmachung hielt und die Vermietung der anderen Haushälfte schleifen ließ. Meine Eltern hatten gerade erst Geld in die Renovierung gesteckt, die sich nun auszahlen sollte. Aber deine Tante reagierte offenbar nicht mehr auf Mietanfragen, obwohl diese Aufgabe ja Teil des Abkommens war, das sie mit meinen Eltern getroffen hatte. Dummerweise wurde das nie schriftlich festgehalten.»

Seine Stimme klingt eindringlich, und sein Blick ist ernst, als er fortfährt: «Ich bekam auf keines meiner Schreiben eine Antwort. Auch nicht auf die folgenden zwei Briefe. Also schickte ich deiner Tante eine Mahnung. Auch darauf erhielt ich null Reaktion. Als meine Eltern nicht mehr da waren, habe ich die Angelegenheit einem Anwalt übergeben, weil ich andere Sorgen hatte. Wohlgemerkt geschah auch dies unter der Prämisse, dass Matilda, als eine Freundin des Hauses, weiterhin eine Sonderbehandlung erfährt. Sofern sie sich wenigstens einmal äußert. Doch auch den Juristen hat sie jeglichen Kontakt verwehrt. Also nahm die Sache ihren Lauf.»

Sein Blick spiegelt die unterschiedlichsten Emotionen: Mitgefühl, Betroffenheit, aber auch Entschlossenheit. «Glaub mir, Olivia, ich bin kein raffgieriger Typ, der auf Profit aus ist. Aber ich möchte mit dieser Insel abschließen. Ein für alle Mal.»

Ich bin erschüttert. Und ein bisschen nimmt er mir mit seinen Worten den Wind aus den Segeln. So lange hat meine Tante keine Miete gezahlt? Über ein halbes Jahr? Das hätte kaum ein Vermieter akzeptiert. Vermutlich hat sie Kajs Briefe nicht einmal gelesen, sonst wäre sie inzwischen sicherlich über seinen Namen gestolpert.

Mir wird ganz schlecht, denn ich bin sauer auf Matilda, wie konnte sie nur so nachlässig sein? Und gleichzeitig auf mich, weil ich knietief in der Zwickmühle stecke. Durch meine verdammten Stöbereien, aber auch weil mir nicht nur Matilda und Sylt inzwischen viel bedeuten. Sondern auch Kaj.

Nebenbei stellen sich mir ein paar Fragen: «Und warum bist du nun hergekommen? Wolltest du meine Tante höchstpersönlich vor die Tür setzen oder ein paar deiner guten alten Beziehungen auffrischen? Sicher kennst du ein paar harte Jungs, die das für dich erledigen.» Ich merke, dass ich unfair werde und wie ein verwundetes Tier um mich schlage, doch ich kann nicht mehr zurück. Dass Kaj sich inkognito nebenan einquartiert und uns alle zum Narren gehalten hat, schlägt dem Fass den Boden aus. Und mir fällt noch etwas ein. «Also ist meine Tante *die eine Sache, die du hier noch abzuwickeln hast*», wiederhole ich seine Worte in eisigem Tonfall.

«Erstens», setzt Kaj an, und seine Stimme ist beinahe ebenso frostig und zudem noch energisch. Selbst Lola hebt erschreckt den Kopf. «Erstens hatte ich dir erklärt, dass ich auf der Durchreise bin, um den Hund zu holen. Dass nebenbei ein paar Businesstermine abzuhaken waren, wirst du mir kaum vorwerfen wollen. Auch nicht, dass ich in meinem eigenen Haus logiere, um wenigstens hier mal nach dem Rechten zu sehen.» Er sieht mich entwaffnend an. «Ich weiß nicht, wann das letzte Mal jemand in diesen Räumen gewohnt hat. Ich musste eine verdammt dicke Staubschicht von den Möbeln entfernen. Und die Geschichte mit der Heizung hast du sicher noch in Erinnerung. Weder wurde die Technik gewartet noch der Kamin kontrolliert.»

Er schüttelt erbost den Kopf. «Um mich überhaupt hier einmieten zu können, habe ich behauptet, über ein Internetportal gebucht zu haben. Deine Tante war zwar entsprechend überrascht, da sie keine E-Mail bekommen hat, hat mir aber geglaubt.»

«Dann hättest du die Gelegenheit nutzen und das Gespräch mit Matilda suchen müssen», übergehe ich seinen Einwurf, «wenn du wirklich, wie du behauptest, auf eine friedliche Lösung aus bist.» Ich kämpfe auf verlorenem Posten, das ist mir bewusst, und ich schäme mich dafür. Aber ich fühle mich gerade von allen hintergangen.

«Ehe du angereist bist, hatte ich bereits mehrfach geklingelt, doch deine Tante hat sich regelrecht verschanzt. Erst als du mir begegnet bist, habe ich neue Hoffnung geschöpft.» Ein kaum wahrnehmbares Lächeln huscht über sein Gesicht. «Auch wenn ich zu dem Zeitpunkt mit meiner Geduld und meinem Verständnis eigentlich schon ziemlich am Ende war.»

Ich sehe ihn an. Ein Sonnenstrahl, der sich durch die Wolkendecke gekämpft hat, dringt durch die Fensterscheibe und fällt für einen kurzen Moment auf Kajs linke Gesichtshälfte.

Alles, was er gesagt hat, ist für mich nachvollziehbar. Nichtsdestotrotz ist mir das Herz schwer. «Du hättest es mir eher erzählen müssen», sage ich. «Nicht erst jetzt, wo du gehen möchtest. Und ...», ich flüstere, weil sich mein Hals so eng anfühlt, «nachdem wir uns geküsst haben.»

Kaj wird blass. Er reibt sich über das Gesicht, als er mich wieder ansieht, ist der Lichtstrahl verschwunden. «Bei unserer ersten Begegnung», sagt er und macht eine nachdenkliche Pause, «hast du mich umgehauen. Mit deiner Art, deinem Lachen, aber auch mit deinen Tränen. Du hast Humor, bist temperamentvoll und zugleich sensibel. Wenn du sprichst oder schreibst, scheint es aus tiefstem Herzen zu kommen.» Er vollführt eine hilflose Geste mit der Hand. «Ich habe gewusst, dass genau das hier geschieht. Dass ich ein Gespräch führen muss, das ich nicht führen möchte. Über mein Erbe, meine Eltern, meinen Kummer. Dass ich mich rechtfertigen muss. Und dass du sauer werden würdest. Den Moment wollte ich hinauszögern ... So lange wie möglich. Ich glaube, ich habe auf ein Wunder gehofft.»

Ich atme schwer. Kajs Worte gehen mir unter die Haut. In seinen Augen lese ich, dass es ihm ernst ist. Der Funke zwischen uns existiert, ich habe ihn mir nicht eingebildet. Doch er ignoriert ihn und schmeißt einfach alles hin.

Ich senke meinen Blick zur Tischplatte. «Also bleibt es dabei?», frage ich, ohne aufzusehen. «Du verkaufst das Haus und gehst fort?»

Er antwortet nicht sofort. Als er es tut, ist seine Stimme entschlossen und lässt keinen Zweifel an seiner Entscheidung aufkommen. «Ja», sagt er. «Sylt lässt mich nicht zur Ruhe kommen. Ich kann hier nicht bleiben. Und ich will auch nichts mehr mit dieser Insel zu tun haben.»

Wieder schweigen wir. Dann erhebe ich mich. Ich habe hier nichts mehr verloren. «Weißt du, wen du am allermeisten beschwindelst?», sage ich mit bebender Stimme, ehe ich aus der Küche in den Flur trete. «Dich selbst. Deine Flucht vor Sylt ist nur eine Flucht vor deinen Gefühlen. Du musst die Trauer zulassen und sie verarbeiten, sonst wirst du nirgendwo auf der Welt unbeschwert leben können. Sie wird dich überall aufspüren und deinem Glück im Weg stehen.»

Ich sehe ihn über meine Schulter hinweg an. Kajs Augen haben jeglichen Glanz verloren. Dunkel und traurig scheinen sie mit dem trüben Grau des Tages übereingekommen zu sein.

34

Die ganze Wahrheit

Ohne mich von Lola zu verabschieden, presche ich aus dem Haus. Mein erster Impuls: Ich will ans Meer. Gerade sausen mir tausend Gedanken durch den Kopf, und die müssten sortiert werden. Gleichzeitig verspüre ich das dringende Verlangen, mit meiner Tante zu sprechen. Was Kaj über sie erzählt hat, klingt ungeheuerlich. Und je länger ich darüber nachdenke, umso weniger kann ich es nachvollziehen, dass Matilda einfach den Kopf in den Sand steckt in der Annahme, dadurch ihren Problemen aus dem Weg zu gehen.

Am Ende überwiegt der Umstand, dass ich keine Jacke dabeihabe. Außerdem bemerke ich, dass Sieglindes Wagen fort ist. Offenbar hat ihn jemand zum Laufen gebracht, oder aber er wurde abgeschleppt, auf jeden Fall könnte das bedeuten, dass Matilda wieder allein zu Hause ist. Für meine Zwecke perfekt.

Ich schließe die Haustür auf, schlüpfe aus den Schuhen und mache mich auf den Weg in die Küche. Ich muss mich zwingen, meine Gefühle im Zaum zu halten, als ich den Raum betrete. Matilda sortiert gerade den Geschirrspüler aus. Ich räuspere mich.

«Olivia!» Sie fährt herum und eilt auf mich zu. «Schätzchen, ich möchte mich noch einmal für den wundervollen Abend bedanken. Alle waren begeistert.» Sie nimmt mich in den Arm und drückt mich. «Hast du schon gefrühstückt, oder magst du wieder nur einen Kaffee?» Sie zwinkert mir wissend zu. Dann runzelt sie die Stirn. «Wo hast du denn so früh schon gesteckt?»

Ich kann nicht fassen, dass sie es dermaßen gut hinbekommt, das ganze Drama, das sich um sie herum abspielt, zu ignorieren. Energisch nehme ich meine Tante bei der Hand, ziehe sie hinter mir her bis zum Tisch und drücke sie dort auf einen der Barhocker, wie Papa es gestern mit mir gemacht hat.

«Ich war nebenan bei Kaj», erkläre ich, während ich mich ihr gegenüber an den Tisch setze. Mein Herz rast, und ich bin angespannt, als ich ihre Aufmerksamkeit suche. «Er hat mir ein paar Dinge erzählt, von denen ich gern wüsste, ob sie wahr sind.»

Matilda sieht mich mit bangem Gesicht an. Ganz offensichtlich hat sie nicht die ganze Wahrheit gesagt.

«War dir klar, dass er dein neuer Vermieter ist?», frage ich ohne Umschweife. Meine Tante lasse ich dabei keine Sekunde aus dem Blick. «Bist du ihm darum jedes Mal aus dem Weg gegangen, wenn er an der Tür geklingelt hat?»

In Matildas Augen blitzt ein Funken des Begreifens auf, und sie reißt voller Entsetzen die Brauen in die Höhe. «Er ist … wie bitte?» Sie wirkt dermaßen überrascht, dass ihr für einen Moment die Worte fehlen. «Kaj ist der Sohn von Marta und Hannes?», stammelt sie mit brüchiger Stimme. Ich kann sehen, wie ihr Hirn versucht, die Information zu verarbeiten. «Das ist … unfassbar. Er sieht seinen Eltern auch gar nicht ähnlich.»

«Na ja», helfe ich, ihre Gedanken zu sortieren. «Ihr hattet euch doch aber vermutlich seit einer Ewigkeit nicht mehr gesehen, oder?»

Meine Tante nickt, noch immer sichtlich bewegt. «Früher haben wir oftmals telefoniert. Aus Freundschaft, aber natürlich auch wegen des Hauses. Irgendwann stand man sich aber nicht mehr so nahe, und die beiden sahen ja auch, dass alles gut lief. Als sie dann eines Tages beschlossen, nach Dänemark, in Hannes Heimat, umzusiedeln, schienen sie damit vollkommen beschäftigt zu sein. Von ihrem Sohn erwähnten sie so gut wie nichts.» Matilda wird stetig kleiner auf ihrem Stuhl. «Eventuell habe ich manches Mal auch nicht so genau zugehört.»

«Und dann kam Brunos Tod und mit ihm vermutlich die Phase, in der du in Deckung gingst», versuche ich den Gesprächsfaden weiter voranzutreiben. Es war überfällig, dass wir mal offen sprechen. «Stimmt es, dass vor der Kündigung zahlreiche Mahnungen gekommen sind und du sie allesamt ignoriert hast? Sicher haben sie es auch telefonisch versucht?»

Matilda wirkt noch immer gänzlich neben der Spur, als sie kleinlaut den Kopf senkt. «Was hätte ich denn tun sollen?», piepst sie so leise, dass ich sie kaum verstehen kann. «Ich konnte ihnen ja keinen Cent anbieten. All mein Geld, meine komplette Rente, brauchte ich, um Schulden abzuzahlen.»

Okay, denke ich. Es war die falsche Taktik, einfach abzutauchen, aber daran lässt sich nun nichts mehr ändern. Ich greife über der Tischplatte nach ihrer Hand. «Was sind das für Beträge?»

Matilda atmet tief ein und stößt dann einen ausgedehnten Seufzer aus. Als würde sie eine imaginäre Tischdecke glatt streichen, fährt sie abwechselnd mit linker und rechter Handinnenfläche über die hölzerne Platte. «Du weißt ja, dass Bruno gerne kochte», setzt sie schließlich an. «Im Sommer standen hier stets die Türen zur vorderen Terrasse offen, und er lud Gott und die Welt auf ein Mittagessen ein. Das war anfangs nett und lustig und lief irgendwann aber so gut, dass er beschloss, Geld zu nehmen. Nicht viel, es war eher als eine Art Unkostenbeitrag gedacht.» Sie atmet schwer. «Die Suppenküche wurde recht schnell zu einem sogenannten Geheimtipp. Man rannte uns förmlich die Bude ein, und Brunos Idee zu dem Laden wurde geboren. Er wollte ihn ganz groß aufziehen.»

Sie kratzt sich am Kopf. «Im Nachhinein weiß ich, dass ich mich zu dem Zeitpunkt bereits hätte einmischen müssen. Ihn fragen, ob die Finanzierung gesichert ist. Und ob er auch sonst an alles gedacht hat.» Meine Tante schaut kurz zu mir, ehe sie den Blick erneut auf ihre Hände senkt. «Obwohl wir verheiratet waren, hatten wir jeder unser eigenes Konto. Wir wollten eigenständig bleiben, uns auch mal mit einem Geschenk überraschen können und überhaupt …» Sie macht eine hilflose Geste. «Leider hat das dazu geführt, dass ich nicht mitbekam, dass Bruno sich hoffnungslos verschuldete.»

Sie streicht sich eine Haarsträhne aus dem Gesicht. «Spätestens als das Amt kam, hätte ich aufwachen müssen», gesteht sie. «Ich scheute aber den Konflikt. Bruno war ein erwachsener Mann, der nicht bevormundet werden wollte.»

Ich horche auf. «Das Amt? Was meinst du damit?»

«Du hast ja die Waren gesehen, die er bestellt hat.» Meine Tante schüttelt in stummer Verzweiflung den Kopf. «Nur leider fehlte jegliche solide Planung. Dass man so etwas genehmigen lassen muss, kam ihm nicht in den Sinn. Weder besaß er ein Gesundheitszeugnis, noch hatte er für den Verkauf ein Gewerbe angemeldet.» Sie sieht mich entwaffnend an. «Ich hatte davon ja auch keine Ahnung. Und wer weiß, vielleicht war der daraus resultierende Stress letztendlich die Ursache für den Infarkt.»

In ruhigem Ton spricht sie weiter. «Als Bruno starb, war ich für eine Weile wie gelähmt. Ich stand unter Schock, vermisste ihn und brauchte Zeit, um mit der Situation klarzukommen. Dummerweise verpasste ich dadurch die Zeitspanne, in der ich zumindest einen Teil der Artikel noch hätte zurückgeben können. Denn auch nach Brunos Tod trafen hier weiterhin Pakete ein.»

Ich weiß gar nicht, was ich sagen soll. Natürlich hatte Matilda in ihrer Trauerphase keine Kraft, um sich um die Geschäfte zu kümmern. Mir wäre es kaum anders ergangen.

«Irgendwann, als ich aus meiner Schockstarre erwachte, rief ich ein paar der Firmen an. Es war aber nicht mehr viel zu machen. Die Fristen waren verstrichen, und die Schulden gingen auf mich, als Brunos Ehefrau, über. Zumindest den blöden Esstisch habe ich inzwischen abbezahlt.»

Sie ringt sich ein gequältes Lächeln ab, das so unbeholfen rüberkommt, dass ich spontan aufstehe und den Tisch umrunde, um Matilda in den Arm zu nehmen. «Warum hast du denn die ganze Zeit nichts gesagt?»

Meine Tante stößt einen langen Seufzer aus. «Ich wollte niemanden um Geld bitten. Schon gar nicht Beata oder Wolfgang. Nicht nach dem, was damals geschehen ist.»

Und stattdessen steckst du den Kopf in den Sand, möchte ich sagen, denn so kommt es mir vor. Glaubt man Kaj, hätten seine Eltern und er Nachsehen mit Matilda gehabt, doch nun, da die Sache einem Anwalt vorliegt und er mit Sylt abschließen will, fürchte ich, dass jedes Handeln zu spät ist. Ich drücke meine Tante noch einmal kurz, schlurfe nachdenklich zum Geschirrregal, schnappe mir einen Becher und lasse mir Leitungswasser einlaufen. Gierig trinke ich ein paar Schlucke und setze mich mit dem Becher wieder an den Tisch.

«Okay», sage ich und sehe meiner Tante entschlossen ins

Gesicht. «Lass uns gemeinsam retten, was noch zu retten ist.»
Ich atme tief durch. «Du möchtest auf Sylt bleiben, richtig?»

Matilda nickt. «Ja. Aber die Kosten, meine Schulden ...»

Ich halte mir den Zeigefinger vor die Lippen, um sie am Weitersprechen zu hindern. «Wenn wir eine Lösung finden wollen, dürfen wir uns gedanklich nicht im Kreis bewegen, sondern müssen nach neuen Impulsen suchen», erkläre ich ohne eine Ahnung, welche das sein könnten. «Erinnerst du dich an deine Worte? Die Karten wurden neu gemischt. Du hast jetzt ein anderes Blatt auf der Hand. Wenn du den Mut findest, daraus eine Lehre zu ziehen und deinem Leben eine neue Richtung zu geben, kommt am Ende alles wieder ins Lot.»

Matilda wirft mir einen ebenso zweifelnden Blick zu, wie ich es ihr gegenüber vermutlich vor sechs Tagen getan habe.

«Als Erstes wäre es schlau, deine Verbindlichkeiten und die Einkünfte aufzulisten», fahre ich unbeirrt fort. «Danach sehen wir klarer und wissen, welche Forderungen am dringlichsten bezahlt werden müssen und mit wem wir ein Abkommen finden können. Wenn das erledigt ist, sollten wir eine Schuldenberatung oder einen Anwalt zurate ziehen. Dort wird man uns nahelegen, ob eine Privatinsolvenz für dich infrage kommt. Oder ob es nicht doch eine Lösung wäre, sich irgendwo Geld zu leihen.»

Matilda will Einspruch einlegen, doch ich hebe abwehrend die Hände. «Ich denke nur laut. Möglicherweise wird man uns zu etwas anderem raten.» Ich überlege weiter. «Und du solltest deine Freunde mit ins Boot holen. Gerda und Sieglinde, aber auch Kuddel und den Dönnerschlach. Sie alle leben hier auf der Insel und haben Kontakte. Sie könnten sich für dich umhören und dir bei der Suche nach einem neuen Zuhause helfen. Weißt du, manchmal liegt das Gute erstaunlich nah. Aber du *musst* über deinen Schatten springen und mit ihnen sprechen. Auch mit Papa.»

Ich kann sehen, wie es gedanklich in meiner Tante arbeitet. Nachdenklich kaut sie auf ihrer Unterlippe und – schüttelt dann den Kopf. «Nein», sagt sie. «Ausgeschlossen.»

Perplex starre ich sie an. «Du willst doch hierbleiben, oder?»

«Und dann weiß jeder, dass ich pleite bin? Du ahnst ja nicht, wie hier geredet wird.» Meine Tante schüttelt erneut den Kopf. «Niemals. Eher gehe ich von hier fort und …» Sie bricht ab, weil sie wohl ihre Chancen, irgendwo anders eine Wohnung zu finden, realistisch einschätzt. Sie tendieren gen null, wenn sie Hilfe ablehnt. Matilda vergräbt das Gesicht in den Händen. Auch ich könnte heulen angesichts ihrer Scham und ihres Sturkopfes.

Mit meinen Fingern fächere ich mir Luft zu. Mit Matilda gemeinsam nach Berlin zu ziehen und dort eine WG zu gründen, wäre die allerletzte Option, die mir im Moment einfällt. Doch ich weiß jetzt schon, was sie dazu sagen wird. Bei dem Gedanken an Matilda in der Hauptstadt sträuben sich sogar mir alle Haare. Nein, Berlin darf nicht die Lösung sein, unter keinen Umständen!

Ehe ich weiter nachdenken kann, klopft es von außen gegen die Scheibe. Gerda steht davor, dick eingemummelt in ihren Wintermantel. In der Hand schwenkt sie einen Kuchenteller, den sie offenbar gestern mitgenommen hat. Ehe meine Tante aufsteht, um ihr zu öffnen, fliegt ihr Kopf zu mir herum. «Bitte», sagt sie und schaut mich flehentlich an, «kein Wort über meine Schulden. Versprich es mir.»

«Aber …»

«Bitte!»

Erst nachdem ich mir ein Kopfnicken abgerungen habe,

schlurft Matilda zur Tür, wo sie sofort in eine lebhafte Plauderei über den gestrigen Abend verwickelt wird. Während ich Matildas Freundin begrüße, ihr den Mantel abnehme und über einen der Barhocker werfe, überkommt mich plötzlich ohnmächtige Wut. Wie lange will meine Tante so weitermachen? Will sie warten, bis der Gerichtsvollzieher kommt und sie heraufträgt? Glaubt sie, dass eine solche Aktion *nicht* zu Gerede führt?

«Ich habe oben noch etwas zu erledigen», informiere ich die Damen, schnappe mir meinen Becher und verlasse die Küche, ehe man mich aufhält. Als ich in meinem Zimmer ankomme, schlägt mir das Herz bis zum Hals. Vom hastigen Treppensteigen, aber auch vor Empörung. Ich will für Matilda da sein, aber wie kann ich das bewerkstelligen, wenn sie es nicht zulässt? Auch frage ich mich, was sie meinem Vater erzählen wird, der todsicher ebenfalls bald hier auf der Matte steht und Zukunftspläne schmieden möchte. Will sie ihn nach all den Jahren, die die beiden aufeinander gewartet haben, fortschicken, weil sie zu stolz ist, ihm die Wahrheit zu sagen?

Reichlich in Fahrt, lasse ich mich auf mein Bett fallen und starre an die Decke. Dass Matilda mich wegen ihrer Keramik hierher nach Sylt eingeladen hat, war, davon bin ich noch immer überzeugt, ein stummer Hilferuf. Doch dann, als ich die Brücke zu ihren Freundinnen geschlagen habe und es so richtig nett wurde, muss es sie innerlich zerrissen haben. Weil sie sich im Geiste bereits von allen verabschiedet und darum zurückgezogen hatte.

Verdammt! Aber wie hätte ich das ahnen können? Ich ziehe mir die Bettdecke über den Kopf und könnte vor Frust in sie hineinbeißen. Denn zu allem Überfluss schiebt sich nun auch noch das Bild von Kaj vor mein geistiges Auge und lässt mich vor Verzweiflung beinahe zerspringen. Ich konnte diesen Funken zwischen uns die ganze Zeit spüren, doch offenbar ist Sturheit eine Sylter Spezialität. Dass auch er keinen Millimeter von seinem Standpunkt abweichen will und nicht sieht, dass er in letzter Konsequenz vor allem sich selbst schadet, macht mich wahnsinnig. Und es verletzt mich. Eine Weile bleibe ich unter meiner Decke liegen und habe die Hoffnung einzuschlafen, damit sich nach meinem Aufwachen die gesamte Misere als übler Traum entpuppt. Doch der Schlaf will nicht kommen.

Also stehe ich irgendwann auf und fange an, meine Sachen zu packen. Ich habe nur eine Wahl, denke ich: Ich muss hier weg, um die Dinge neu und aus einiger Entfernung betrachten zu können. Ich muss allein sein. Viel habe ich ja zum Glück nicht dabei, meine Reisetasche ist schnell befüllt. Auf die Rückseite eines herumflatternden Einkaufszettels schreibe ich meiner Tante eine Nachricht: *Ich muss nachdenken. Mach dir keine Sorgen.* Mehr fällt mir nicht ein.

Ich deponiere das Papier auf der Bettdecke und will mich gerade dem Reißverschluss meiner Tasche widmen, da fällt mein Blick auf den Becher, der auf meinem provisorischen Nachtschränkchen steht. Ich schnappe ihn mir und drehe ihn einen Moment in den Händen, dann stürze ich den letzten Schluck Wasser herunter, wickele die Keramik in eins meiner T-Shirts und schließe endgültig die Reisetasche.

Auf Zehenspitzen schleiche ich die Treppe hinunter. Matilda und Gerda sind in ein plattdeutsches Streitgespräch über die Zubereitung von Weißbrot verwickelt. Vorsichtig greife ich mir meine Jacke, ziehe mir die Schuhe an und werfe mir die Tasche über meine Schulter. Ich trete aus der Tür, beschleunige meinen Schritt und passiere von allen unbemerkt den gepflasterten Weg Richtung Gartentor, schlüpfe hindurch und stehe an der Straße.

Mein Ziel ist der Westerländer Bahnhof. Und dann nach Hause, nach Bremerhaven. Da Papa gerade hier auf Sylt weilt und Mama zur Weihnachtszeit stets zu Freunden nach Südafrika reist, freue ich mich darauf, das Haus für mich zu haben. Und auf Ruhe, zum Nachdenken. Und wer weiß, vielleicht wird Matilda in der Zwischenzeit meinen Vorschlag überdenken und zur Besinnung kommen.

Mein Kontostand ist mittlerweile reichlich geschrumpft, darum verwerfe ich den kurzen Gedanken an ein Taxi und nehme den Bus. Noch während wir durch Rantum tuckern, fange ich an zu weinen. Ich sitze auf meinem Platz, starre aus dem Fenster und lasse die Tränen über mein Gesicht laufen. Ich kann so gut nachvollziehen, dass Matilda hier nicht fortmöchte. Mir selbst geht es nach der kurzen Zeit, die ich auf Sylt verbringen durfte, nicht anders. Was würde ich dafür geben, hier einen Neustart zu wagen.

In Westerland angekommen, ist es mir egal, dass mich ein Pulk Teenager wegen meiner verheulten Augen anstarrt und offenbar zum Gesprächsthema macht. Ich kaufe eine Fahrkarte und steige, ohne mich noch einmal umzudrehen, in den nächsten Zug aufs Festland. Hauptsache, weg hier.

Obwohl die Luftlinie zwischen Sylt und Bremerhaven gar nicht mal so weit ist, beträgt die Strecke, die der Zug nimmt, vermutlich das Zehnfache. Jedenfalls kommt es mir so vor, als ich in meinem Abteil sitze und trübsinnig den Fahrplan zwischen meinen Fingern rolle. Vielleicht, weil ich so oft umsteigen muss. Regional-Express, ICE und schließlich Regio-S-Bahn, und das die überwiegende Zeit im Dunkeln. Reisen im Winter fühlt sich furchtbar an. Oder ist es meine Stimmung?

Erst als ich um achtzehn Uhr im Bus sitze, der mich in die Nähe meines Elternhauses bringt, hebt sich meine Laune ein klein bisschen. Während der Fahrt klingelte unentwegt mein Handy. Papa und Matilda versuchten, mich zu erreichen. Doch weder möchte ich mich für meine Abreise rechtfertigen müssen, noch mag ich mit irgendjemandem sprechen. Ich brauche Ruhe, also schalte ich das Telefon stumm.

Als ich mit meiner Tasche über der Schulter in die Straße zu unserem Haus einbiege, weiß ich, die richtige Entscheidung getroffen zu haben. Das Häuschen ist nicht außerordentlich groß und bereits etwas in die Jahre gekommen, aber es weckt schon von Weitem Heimatgefühle in mir. Voller Wohlwollen betrachte ich das Gebäude im Schein der Straßenlaternen. Es verfügt über zwei Etagen, und längsseitig gibt es einen spitzgiebeligen Erker, den ich sehr mag, weil meine Freundinnen und ich in unserer Kindheit dort Prinzessin gespielt haben.

Während ich mich darauf freue, nur noch heiß zu duschen und anschließend vor irgendeiner lahmen Unterhaltungsshow vor dem Fernseher einzuschlafen, erkenne ich plötzlich, dass im Haus Licht brennt. Im Flur, im Wohnzimmer, und sogar das obere Stockwerk ist hell erleuchtet. Ein wenig irritiert und mit dem Handy in der Hand, um notfalls Hilfe rufen zu können, stecke ich meinen Schlüssel ins Schloss der Haustür.

35
Butter bei die Fische

«Was machst du denn hier?», rufe ich perplex, als ich den Flur betrete und meine Mutter dort erblicke. Mama trägt ihren hellblauen Sportdress und glänzt vor Schweiß. Ihr Gesicht ist dunkelrot wie eine sonnengereifte Tomate.

«Ich wohne hier», erinnert sie mich und schwingt lächelnd ihren Fuß über das Treppengeländer, um mit ein paar Dehnübungen abzuschließen. «Südafrika fällt dieses Jahr aus. Aber erzähl mir lieber, was du hier tust, Olli. Wolfgang sagte, dass du Matilda auf Sylt besuchst.» Ihr fragender Blick ruht auf mir. «War es nicht nett dort?»

«Tja ...», beginne ich und kann nicht verhindern, dass meine Stimme anfängt zu zittern, als ich ausführe: «Es lief zum Schluss leider etwas ... schwierig.»

Mama hat das zweite Bein fertig gedehnt und mustert mich mit kritischem Blick. Sie schüttelt ihre Gliedmaßen und sagt, ohne mich aus den Augen zu lassen: «Was hältst du davon, wenn ich schnell unter die Dusche springe und du zwischenzeitlich eine heiße Schokolade kochst? Dann erzählst du mir in Ruhe, was passiert ist.»

Ich nicke. «Gern.»

Während meine Mutter in der oberen Etage verschwindet, bleibe ich im Erdgeschoss und bereite in der Küche Kakao zu.

Es ist schön, zu Hause zu sein. Und sosehr ich mich einerseits gefreut hatte, hier Ruhe zum Nachdenken zu finden, so sehr fühle ich mich nun doch erleichtert, Mama anzutreffen. Allein wäre ich bestimmt bald in Selbstmitleid versunken. Kaj hat sich seit unserem Gespräch nicht bei mir gemeldet, und was das zu bedeuten hat, muss ich mir nicht lange überlegen. Er hat mich samt seiner verhassten Insel abgeschrieben.

Mit einem Stich im Herzen schiebe ich alle Gedanken an Sylt von mir und konzentriere mich darauf, Milch heiß werden zu lassen und Schokoladenpulver einzurühren. Ich gebe noch Zimt und Kardamom hinzu und atme tief ein. Ein zarter, beinahe tröstlicher Duft breitet sich in der Küche aus. Dann schnappe ich mir aus dem Schrank über der Spüle zwei Becher, stelle allerdings einen wieder zurück und krame stattdessen Matildas Keramikbecher aus meiner Reisetasche hervor. Ich spüle ihn unter fließendem Wasser ab und befülle anschließend beide Becher mit heißem Kakao. In der Vorratsschublade finde ich eine Packung Lebkuchenherzen. Ich balanciere alles auf einem Tablett ins Wohnzimmer, deponiere es auf dem Couchtisch und widme mich dem Kamin.

Er ist bei Weitem nicht so schick wie der von Kaj, sondern besteht aus naturbelassenem, rotem Klinker. Mama hat Streichhölzer und Papier bereitgelegt, aber das Feuer noch nicht entzündet, sodass ich die Aufgabe nun übernehme. Einen Moment dauert es, doch als meine Mutter kurze Zeit später in ihrem fliederfarbenen Hausanzug in der Tür erscheint, lodern die Flammen.

Wir lassen uns nebeneinander in die gemütliche Sofaecke sinken.

«Papa ist ebenfalls auf Sylt», falle ich mit der Tür ins Haus.

«Ich weiß», sagt sie und greift sich ihren Becher. Ich habe

ihr Matildas Exemplar hingestellt, entsprechend verwundert dreht sie das Teil einen Augenblick in ihren Händen.

«Den hat Tante Tilda gemacht.»

Interessiert hebt Mama eine Augenbraue. Kunst ist für sie erst ab dem Moment interessant, wo diese in Galerien ausgestellt wird und beim Verkauf einen fünfstelligen Betrag erzielt. Umso erstaunter bin ich, dass sie jetzt ein mehr als gnädiges Urteil fällt: «Hübsch.»

«Finde ich auch. Sie töpfert ganze Services und sogar Vasen. Alles sehr geschmackvoll.» Ich bin mir darüber im Klaren, dass es in unserem Gespräch nicht um Matildas Töpfereien gehen wird. Aber ich weiß nicht, wie ich beginnen könnte. Soll ich etwa sagen, dass mein Vater seit Jahren die Blumenvorlagen für Tante Tildas Kunstwerke liefert?

Meine Mutter zieht ihre Füße an und sitzt nun lässig zur Seite gelehnt da, während sie vorsichtig fragt: «Haben Papa und Matilda dir die Geschichte erzählt?» Sanft pustet sie in ihren Becher, lässt mich über dem Tassenrand aber nicht aus den Augen.

«Ja.» Ich nicke, und mein Herz beginnt zu rasen. Mir ist sofort klar, auf welche *Geschichte* sie anspielt. Ich traue mich aber nicht, mehr dazu zu sagen.

Doch Mama legt besonnen ihren Kopf schief und schaut in das knisternde Feuer. «Es war Zeit, dass du es erfährst.»

Einen Moment schweigen wir. Dann stellt meine Mutter ihren Becher auf dem Tisch ab und sagt: «Weißt du, Olli, ich habe viel falsch gemacht. Ich habe zu spät gemerkt, dass ich nicht der fürsorgliche Typ bin und Kindererziehung mir nicht liegt. Eine Weile habe ich es versucht, als du ein Baby warst, doch es gipfelte in einer Katastrophe. Ich war unglücklich, und wenn eine Mutter unglücklich ist, geht es dem Kind auch nicht gut. Dass Matilda sich um dich gekümmert hat, war ein Segen. Sie hat dir alle Liebe und Geborgenheit gegeben, die du brauchtest.»

Mama schaut mich voll schlechtem Gewissen an. «Ich war kaum da, und wenn doch, dann nicht mit ganzem Herzen. Matilda und dein Vater haben das Familienleben gelebt, das nicht zu mir passte. Und irgendwann war es im Grunde kein Wunder, dass dein Vater sich in Tilda verguckt hat. Das habe ich schlussendlich eingesehen.»

Meine Mutter nimmt einen weiteren Schluck Kakao und fährt mit den Fingern über die geprägte Hortensie auf dem Becher. «Das Arrangement, das wir daraufhin zu deinem Wohl getroffen haben, wäre ohne Matildas Zustimmung nie durchzusetzen gewesen. Es war ein weiser, aber vor allem starker Entschluss von ihr, sich zurückzuziehen.»

Ich starre meine Mutter an. Auch wenn ich inzwischen über alles Bescheid weiß, ist es noch mal ein Schock, es aus ihrem Mund zu hören. Und dann noch so abgeklärt. Andererseits passt es zu ihr, so war sie schon immer.

Meine Mutter setzt sich aufrecht hin und sieht mich liebevoll an. «Aber jetzt will ich mehr von dir und deiner Zeit auf Sylt erfahren. Und von meiner Schwester – wie geht es ihr denn?»

Ich werfe ihr einen entwaffnenden Blick zu. Wo soll ich anfangen? Bei Kaj? Bei Matildas Angst, Sylt verlassen zu müssen?

Über Kaj kann ich nicht sprechen, aber über Matilda. Im Stillen habe ich bereits entschieden, dass mein Versprechen, das ich ihr gegeben habe, nur in Bezug auf ihre Freundinnen gilt. Mama *muss* die Wahrheit erfahren. Sie ist ein Zahlenmensch. Ich kann mir niemanden vorstellen, der besser geeignet wäre, nach einem Ausweg aus der Schuldenfalle zu suchen. Ich atme tief ein und lege los: «Matildas verstorbener Ehemann, Bruno, hat ihr Schulden hinterlassen. Und zwar nicht zu knapp. Ich habe keine Zahlen gesehen, aber die Summe scheint für Tante Tilda allein nicht zu bewältigen zu sein.» Mit aufkommender Verzweiflung sehe ich meine Mutter an. «Außerdem sind ihre Vermieter gestorben, ihr Sohn will das Haus verkaufen. Mit ihm ist aber nicht zu reden.» Ich gebe einen weiteren Seufzer von mir. «Leider.»

Mama sieht mich mit gerunzelter Stirn an. «Das ist heftig. Davon hatte ich keine Ahnung.» Sie wirkt vollkommen geplättet. «Und wo steckt dein Vater? Wieso unternimmt er nichts?»

Ich schaue betreten auf meine Hände. «Er weiß es ebenfalls noch nicht. Matilda will verhindern, dass jemand von ihren Schulden erfährt. Du kannst dir nicht vorstellen, wie stur sie in dieser Hinsicht ist.»

«Oh doch!», ruft Mama aus. «Glaub mir, Olli, das kann ich. Ich kenne meine Schwester.» Sie wird wieder ernst. «Von welcher Summe wir sprechen, weißt du also nicht?»

Ich schüttele den Kopf. «Nein. Aber ich habe ein paar unbezahlte Rechnungen gefunden, und die Miete, die zugegebenermaßen echt günstig war, hat sie, soweit ich weiß, seit mindestens einem halben Jahr nicht beglichen.»

Mama lehnt sich in der Couch zurück, schaut einen Moment in die Flammen und sagt schließlich: «Eigentlich stehe ich haushoch in Matildas Schuld. Sie hat einen sehr großen Teil dazu beigetragen, dass du so ein wunderbarer Mensch geworden bist.» Entschlossen wendet sie sich mir zu. «Ich werde ihr helfen.»

Ich bin baff, nach diesen Worten fällt mir ein riesengroßer Stein von der Seele. «Oh Mama …», ich weiß gar nicht, was ich sagen soll. «Das wäre fantastisch!» Doch im selben Moment erstirbt meine Euphorie. «Ich fürchte allerdings, dass Matilda kein Geld von dir annehmen wird. Sie hat es mir explizit gesagt: nicht von dir und auch nicht von Papa. Außerdem wird es ihren Vermieter leider nicht mehr umstimmen.»

Meine Mutter will etwas entgegnen, doch dann läutet ihr Handy. Ich hatte mich fast schon gewundert, denn normalerweise vergeht kaum ein Essen oder ein Fernsehabend, an dem sie nicht von Kollegen oder Kunden angeklingelt wird.

«Ich bin kurz auf der Toilette», signalisiere ich, «lass dir Zeit.»

Als ich zurückkehre, stöbert meine Mutter in einem Schwung Bestellzettel von diversen Lieferservices. «Das war dein Vater», sagt sie, blickt auf und schenkt mir ein Lächeln, das so warm, zuversichtlich und herzlich ist, wie ich es selten zuvor an ihr gesehen habe. Fast ein bisschen geheimnisvoll kommt es mir vor.

«Was wollte er?», frage ich. «Wie geht es ihm? Und hat er was von Matilda berichtet?»

Doch Mama winkt ab und scheint nichts über das Gespräch erzählen zu wollen. Stattdessen hält sie einen der Zettel in die Höhe: «Pizza?»

Es vergehen drei Tage, an denen nichts geschieht. Nichts, was mich tröstet. Ich durchleide tagtäglich Wechselbäder der Gefühle, sodass ich mir Mamas Wagen leihe und Ausflüge in die Umgebung und sogar nach Hamburg unternehme. Dort ist es ohne Frage schön, und es gibt Ablenkung zur Genüge. Obwohl ich merke, dass so eine trubelige Großstadt mich nicht mehr so begeistert wie früher.

Dann wieder bestimmt meine Sorge um Matilda den Tag. Wenn ich zu Hause bei Mama bin und mich in der Küche austobe, suche ich nebenbei nach einer Lösung, wie es mit meiner Tante weitergehen könnte. Auch während ich haufenweise Plätzchen backe, sodass Mama schon plant, die Nachbarschaft damit zu versorgen, kommt mir keine zündende Idee.

In Momenten, in denen ich richtig schlecht drauf bin, lasse ich meine Gedanken um Kaj kreisen. Obwohl wir bislang nur wenig Zeit gemeinsam verbracht haben, ist er mir so nahegekommen wie schon lange kein Mann mehr. Sein Humor, was er sagt und seine tiefgründigen Blicke – ich hätte so gern mehr von ihm kennengelernt. Und von seinen Küssen möchte ich gar nicht erst anfangen. Mir will partout nicht in den Kopf, dass ich mich dermaßen in ihm getäuscht haben soll.

Der einzige Lichtblick in diesen Tagen ist mein Zusammenleben mit Mama. Sie arbeitet momentan von zu Hause aus und verbringt entsprechend viel Zeit in ihrem Arbeitszimmer. Doch die Mahlzeiten hält sie für mich frei, und gestern hat sie mir sogar ihren neuen Freund vorgestellt.

Wir waren gemeinsam auswärts abendessen, und ich muss sagen: Die zwei passen zusammen wie Topf und Deckel. Beide scheinen besessen von ihrer Arbeit, von Zahlen und Paragrafen, sie mussten sich merklich zwingen, mir zuliebe Small Talk zu betreiben. Und sich nicht andauernd zu küssen. Sie waren ganz offensichtlich ziemlich verknallt. Es war ein lustiger Abend, und ich freue mich für meine Mutter, dass sie ein neues Glück gefunden hat.

Ansonsten versuche ich, mich dadurch abzulenken, dass ich im Internet nach einem passenden Job und auch nach einer Bleibe Ausschau halte. Doch immer wieder erlahmt mein Aktionismus, wenn ich mir bewusst mache, dass Sylt ganz sicher nicht mein Zielort wird. Häufig schnappe ich mir dann meinen Parka und gehe raus durchatmen, laufen, den Kopf freikriegen. Leider ohne Sylter Küstenwind und ohne Rantum, das ich so lieb gewonnen habe. Na ja, und ohne Lola. Den kleinen Fluffi vermisse ich schrecklich.

Gestern bin ich Spaziergängern mit einem ähnlichen Hund begegnet und habe schnell meinen Schritt beschleunigt, um ihnen nicht zu nahe zu kommen. Die Versuchung, ihn und sein flauschiges Fell zu knuddeln, war einfach zu groß, und ich wäre dabei höchstwahrscheinlich in Tränen ausgebrochen.

Als ich heute von meinem täglichen Fußmarsch zurückkehre, steht meine Mutter ohne erkennbaren Grund im Flur. Sie scheint auf mein Eintreffen gelauert zu haben. «Hast du kurz ein paar Minuten? Ich möchte dir etwas zeigen.» Unter dem Arm trägt sie ihren zusammengeklappten Laptop.

«Geht es um einen Job?», frage ich und mustere sie neugierig.

Doch Mama schüttelt schweigend den Kopf. Sie bedeutet mir, ihr ins Wohnzimmer zu folgen, wo sie sich auf einem der Sofas niederlässt und auf den Platz neben sich klopft. Mit flinken Fingern drückt sie ein paar Knöpfchen auf der Tastatur, startet den Internetbrowser und fummelt im Anschluss kurz an ihrem Handy herum. Ich schaue diskret zur Seite, doch Mama lenkt meine Aufmerksamkeit gleich wieder zurück auf den Bildschirm, wo in diesem Moment ein Bild erscheint. Erst wirkt es ein wenig pixelig, doch recht bald bessert sich die Tiefenschärfe. Ich erkenne einen geteerten Weg, eine Parkbank und einen Hund, der kurz durchs Bild flitzt.

«Ein Film?», frage ich und werfe meiner Mutter einen irritierten Blick zu. Fernsehen um die Mittagszeit? Doch sie schüttelt den Kopf und signalisiert mir, mich dem Computer zu widmen.

Und dann, als ich erneut auf die Szene schaue, beginnt in meiner Erinnerung etwas zu klingeln. Die Webcam kommt mir in den Sinn, die von Papa und Matilda. Ihre romantische Liebesgeschichte. Allerdings halte ich es für unwahrscheinlich, dass Mama mich darauf hinweisen möchte. Konzentriert blinzle ich mit den Augen und nehme die Umgebung näher unter die Lupe. Die Bank könnte im Grunde überall stehen, im Hintergrund drängen sich Büsche zu einer Hecke. Teerosen? Bisschen weit weg, um das zu beurteilen. Der Himmel ist wolkenverhangen, keinesfalls so sonnig, wie es heute bei uns in Bremerhaven der Fall ist.

Ich entdecke zudem Schneereste und plötzlich eine Person, die durchs Bild huscht und Anstalten macht, sich auf die Bank zu setzen. Sie trägt einen dicken Wintermantel und auf dem Kopf eine lila Mütze. Ich schnappe nach Luft. Es ist Gerda! Mir fallen fast die Augen aus dem Kopf. Unter dem Arm hat sie eine Wolldecke klemmen, außerdem einen undefinierbaren Packen Papiere, vermutlich Zeitschriften.

Zunächst deponiert sie die Decke auf der Bank, legt die Magazine darauf ab und lässt sich anschließend obendrauf nieder. Dann lächelt sie breit in die Kamera. Wie eine Nachrichtensprecherin sitzt sie da, wirft ihre Haare zurück und zerrt irgendwann unter ihrem Po eine der mitgebrachten Unterlagen hervor, bei denen es sich, wie sich nun herausstellt, nicht um Zeitschriften handelt, sondern lediglich um dicke Pappen.

Gerda hält das Exemplar in die Kamera, die inzwischen näher rangezoomt hat. Ich staune über die heutigen Webcams, können die so was? Leider positioniert Gerda die Pappe dermaßen dicht vor der Kamera, dass man ihr Gesicht und auch ansonsten nichts mehr erkennen kann. Offenbar bemerkt sie ihren Fauxpas, denn nun schiebt sie die Pappe ein Stückchen tiefer vor ihre Brust.

Jemand hat etwas mit schwarzem Edding daraufgeschrieben: «Ich habe das mal in einem romantischen Spielfilm gesehen», lese ich laut vor und halte verdutzt inne. Es dauert einen Moment, ehe bei mir der Groschen fällt: *Tatsächlich Liebe* heißt der Blockbuster, in dem ein junger Mann auf diese Art seine Gefühle gesteht.

Vor der Kamera zieht Gerda nun die nächste Papptafel unter sich heraus und schiebt sie vor die alte. *Keiner hatte eine bessere Idee, also kopieren wir sie*, lese ich weiter. Sekundenschnell schaue ich zu meiner Mutter, die mit einem breiten Grinsen auf dem Gesicht ähnlich gespannt wie ich bei der Sache ist. Eilig widme ich mich wieder dem Bildschirm. *Einer muss ja Butter bei die Fische geben*, kann ich gerade noch entziffern, ehe Gerda das Schild wegsteckt und … Sieglinde im Bild erscheint!

Ebenfalls mit Wolldecke und einem Stapel Pappen bewaffnet, setzt sie sich neben Gerda. Nun hält sie ihre Botschaft in die Kamera. *Du kannst uns ja nicht hören, darum haben wir die Schilder gemalt*, steht daraufgeschrieben. Und auf dem nächsten: *Wir möchten dir unbedingt etwas sagen.*

Ich bin so unfassbar erstaunt, dass ich es überhaupt nicht hinterfrage, wieso die beiden auf dieser Bank sitzen und Mama davon weiß. Voller Neugierde warte ich, wie es weitergeht. Gerda und Sieglinde scheinen allerdings zwischenzeitlich selbst den Faden verloren zu haben. Ratlos tauschen sie Blicke aus. Schließlich holt Sieglinde tief Luft und scheint etwas zu rufen.

Sekunden später erscheint Matilda auf der Bildfläche mit ähnlichen Utensilien unter dem Arm. Meine Tante quetscht sich auf den freien Platz neben Sieglinde. Sie lächelt verschämt in die Kamera, als sie ein Schild in die Höhe hält: *Es tut mir leid, dass ich so stur war.* Dann folgt das nächste, mit einem längeren Text: *Dank deiner Hilfe und der meiner Freundinnen habe ich eine Lösung für mein Problem gefunden.* Und als hätten die drei Frauen es geahnt, dass ich gerade extrem ungläubig gucke, nicken nun alle im Einklang und verziehen dabei dermaßen drollig das Gesicht, dass ich laut lachen muss.

Dann ist Gerda wieder an der Reihe. *Und wir haben auch eine Lösung für DEIN Problem.*

36
Das Wunder der Technik

«Für mein Problem?», überlege ich laut und richte mein Augenmerk auf Matilda, die offenbar kein Schild mehr unter ihrer Decke finden kann und darum verzweifelt eine Person fixiert, die für mich unsichtbar im Off steht. Während ich mich noch wundere, wie das bei einer Webcam sein kann, bekommt Matilda ihre fehlende Pappe aus dem Hintergrund gereicht. Lächelnd präsentiert sie ein gemaltes Herz in die Kamera.

Fragend fliegt mein Blick zu meiner Mutter, die wieder hektisch auf den Bildschirm deutet, sodass ich mich flugs dem Laptop zuwende. Gerade noch rechtzeitig, denn in diesem Moment erheben sich die drei Freundinnen, sammeln ihre Sitzdecken ein und klemmen sich leicht chaotisch die Pappen unter die Arme, sodass einige auf dem Boden landen. Nachdem sie alles zusammengeklaubt haben, ist die Bank im Anschluss für einen kurzen Augenblick leer.

Dann tritt Kaj ins Bild, und mir stockt der Atem. Auch er hat Schilder und eine Decke unter seinem Arm, die er sorgfältig ausbreitet. Aus dem Off bekommt er Lola gereicht, die er neben sich platziert. Die beiden wiederzusehen, lässt mein Herz vor Freude beinahe zerspringen.

Als würde sie ahnen, was in mir vorgeht, legt meine Mutter

kurz beruhigend ihre Hand auf meinen Oberschenkel. Dann erhebt sie sich. Ich schätze, um mich mit Kaj allein zu lassen.

Schon präsentiert er seine erste Botschaft: *Wir vermissen dich*, steht daraufgeschrieben, und mit einer lustigen Grimasse deutet Kaj auf Lola an seiner Seite. *Unendlich*, steht auf dem nächsten Schild. In mir steigt Hitze auf. «Ich vermisse euch auch», flüstere ich in Richtung Laptop. «Auch unendlich.»

Das Haus wird nicht verkauft, und ich fliehe auch nicht länger vor meinen Gefühlen, lese ich auf der folgenden Pappe. Ich spüre, wie sich eine Gänsehaut auf meinen Armen ausbreitet. Träume ich? Ich würde mich am liebsten kneifen, doch ich habe Angst, etwas zu verpassen. Denn just hält Kaj eine weitere Botschaft in die Kamera: *Nicht vor der Trauer, aber auch nicht vor meinem Glück.*

Voller Rührung schlage ich mir die Hände vor das Gesicht. «Oh mein Gott», schluchze ich auf und bin in dieser Sekunde dankbar, dass meine Mutter mich nicht so sieht. Wie gebannt starre ich auf den Bildschirm, wo Kaj Lola auf den Schoß nimmt und in die Kamera winkt. Die beiden sind mir so vertraut, dass ich mir einbilde, Kajs Duft wahrnehmen zu können.

Für einen Moment sitze ich einfach nur da, unfähig, mich zu rühren. Als jemand von hinten meine Schulter berührt, schrecke ich zusammen. «Hej», sagt eine mir bekannte Stimme, «offenbar ist es mein Schicksal, dich zum Weinen zu bringen.» Ich fahre herum und erblicke, halb stehend, halb auf der Sofalehne sitzend, Kaj. Mit scheuem Lächeln blinzelt er mich an.

Ich springe auf. «Wie ... wo kommst du denn her? Du warst doch eben noch ... auf Sylt?» Kaj beugt sich wortlos zum Computer und tippt auf eine Taste. Anscheinend die Stopptaste. Dann drückt er an anderer Stelle, und das Bild spult zurück, und alles startet von Neuem mit Gerda. Ich starre ihn an. «Das verstehe ich nicht», stammele ich, «ist das denn nicht das Bild der Westerländer Webcam?»

Kaj klappt den Laptop zu, baut sich vor mir auf und fasst mich an den Händen. Seine sind so warm und weich, dass eine Welle Glücksgefühle durch meinen Körper strömt. Wir stehen so dicht voreinander, dass ich winzige Kräuselbewegungen seiner Lippen wahrnehme, die sein Lächeln ankündigen. Er sieht mir in die Augen, es ist ein fragender Blick, denn im selben Moment schlängeln sich seine Arme um meine Taille, was ich nur zu gern geschehen lasse. Er zieht mich zu sich heran, und ich nehme einen tiefen Atemzug von dem wunderbaren Duft seiner Haut.

«Wir wollten in der Tat die Webcam für unsere Botschaft benutzen», klärt er mich auf, «darum die Idee mit den Schildern. Wir haben einen Tag daran getüftelt, knappe, vielsagende Sätze zu malen. Matilda hatte die Idee mit den Decken, und Wolfgang übernahm freundlicherweise die Regie. Doch dann machte uns das Wetter einen Strich durch die Rechnung. Es fing nämlich mal wieder an zu schneien.»

Seine Arme halten mich noch immer, und ich bin darüber froh, denn langsam wird mir ganz schwummrig vor Glück. «Ein Live-Auftritt vor der Webcam erschien uns außerdem zu riskant. Auch weil wir nicht wussten, ob du in dem Moment zu Hause bist und Zeit zum Gucken hast. Dein Vater schlug vor, ein Video zu drehen.» Er muss kurz grinsen. «Den fertigen Film haben wir deiner Mutter zum Download bereitgestellt. Sie hat ihn dir gerade vorgespielt.»

«Aber …», so ganz begreife ich es noch nicht, «wann war denn die Aufzeichnung?»

«Gestern. Heute Morgen bin ich hergefahren.»

Dann sagt er leise: «Es tut mir unendlich leid. Ich habe mich wie ein Idiot benommen.» Kleinlaut senkt er den Kopf. «Ich war so voll von Kummer, Wut und Selbstvorwürfen und hatte nur den einen Plan vor Augen: auf Sylt die Zelte abzubrechen. Für immer. Doch dann kamst du», er hebt den Kopf und sieht mir direkt in die Augen, «und ich habe mich verliebt.»

Mir saust ein heißes Kribbeln durch den Körper. Mein Herz scheint ein paar Extratakte einzulegen und versorgt mich mit frischem Sauerstoff. Dem Himmel sei Dank, sonst würde ich spätestens jetzt in Kajs Armen ohnmächtig werden.

«Ich wollte mir meine Gefühle nicht eingestehen, weil ich es für unangemessen hielt, Trauer und zugleich Freude zu empfinden. Doch dann wurde mir klar, was meine Eltern dazu gesagt hätten.» Er atmet tief ein und wieder aus. «Sie wären ganz sicher nicht dafür, dass ich mir mein Glück durch die Finger rinnen lasse.»

Wir sehen uns tief in die Augen. Ich bilde mir ein, Kaj bis auf den Grund seiner Seele schauen zu können. Obwohl er von seinen Eltern spricht, mit leiser, rauer Stimme, fehlt der traurige Ausdruck in seinem Blick. Stattdessen erkenne ich etwas anderes: Zuversicht. Und Zuneigung.

«Noch etwas wurde mir nach deiner Abreise klar.» Er räuspert sich. «Nie und nimmer hätten meine Eltern es gutgeheißen, wenn ich das Haus verkaufe. Es ist meine Altersvorsorge. Und Matilda vor die Tür zu setzen, wäre ganz sicher auch nicht in ihrem Sinne gewesen.» Sein Tonfall wird lauter, als er noch einmal wiederholt: «Ich war so ein Idiot.»

«Stimmt», sage ich grinsend. Aber dann ergänze ich voller Mitgefühl: «Nein, du warst nur durcheinander. Weil du auf der Insel mit schmerzenden Erinnerungen konfrontiert wurdest. Und Schmerzen versucht man nun mal zu vermeiden und der

Ursache aus dem Weg zu gehen. Das kann ich sehr gut verstehen.»

Kaj zieht mich fester zu sich heran. «Zum Glück hast du mir rechtzeitig die Augen geöffnet», flüstert er in mein Ohr. Und dann küsst er mich. Endlich.

Epilog

Sechs Monate später

«Kaj ist gerade angekommen», informiert mich Matilda schnaufend am anderen Ende der Leitung. Ich höre sie geschäftig hin und her laufen. «Es ist noch Fischsuppe vom Mittag übrig, ich stelle ihm gleich einen Teller hin. Gemeinsam mit deinem Vater schmiedet er gerade Pläne für die Renovierung des Wohnzimmers. Stell dir vor», sie holt tief Luft, ehe es aus ihr herausplatzt: «Ich bekomme auch einen Kamin!»

Die Stimme meiner Tante quillt förmlich über vor Glück. Ich wusste gar nicht, dass sie sich so dringend einen Kamin wünscht, und schätze, ihre Aufregung rührt nicht allein von der bevorstehenden Modernisierung her.

«Wir kochen hier gleich Brunos Bouillabaisse», antworte ich fröhlich. «Ich muss noch einmal alles überprüfen, dann komme ich kurz rüber. Sag Kaj aber nichts!»

Ich lege auf und schaue mich um. Alle Lebensmittel stehen bereit, ebenso die Kochutensilien und sechs Kochschürzen, die neben den Tellern auf einem festlich gedeckten Tisch bereitliegen. Ein Blick auf die Uhr verrät mir: In einer Viertelstunde treffen meine Kochschüler ein, also muss ich mich beeilen.

Es ist nämlich so, dass ich inzwischen fest auf Sylt wohne, und zwar gemeinsam mit Kaj, hier, in seiner Haushälfte. Matilda und Papa leben nebenan. So weit zumindest die Theorie. In der Praxis läuft es oftmals anders: Da ich erst seit Kurzem Koch-Events veranstalte, habe ich noch keine feste Location dafür. Daher finden die Abende in Kajs Küche statt. Bis ich mir sicher sein kann, dass mein Vorhaben funktioniert, rücken wir alle ein wenig zusammen, wenn es nottut.

Ich binde mir die Kochschürze ab und werfe einen schnellen Blick in den kleinen Spiegel neben der Garderobe. Knapp eine Woche war Kaj auf Geschäftsreise in Dänemark, ich freue mich sehr, ihn gleich in meine Arme schließen zu können. Solange meine Koch-Truppe heute hier ist, findet er nebenan Unterschlupf.

Um ehrlich zu sein, genießen es alle – Matilda betüdelt Kaj wie einen Sohn und bekocht ihn mit den Köstlichkeiten, die auch ich früher schon so geliebt habe. Mein Vater ist ebenso begeistert: Er nutzt jede Gelegenheit, Kaj in Fachgespräche über energetische Sanierungen zu verwickeln. Wohl Papas neues Steckenpferd, seit er keine Flugdrachen mehr bastelt.

Manchmal ziehen Kaj und ich sogar komplett in mein ehemaliges Zimmer und schauen abends zusammen auf die blinkende Lichterkette am Balkon. Denn ab und zu kommt tatsächlich Mama mit ihrem neuen Freund vorbei – und auch wenn die beiden sich mit Matilda und Wolfgang verstehen, unter einem gemeinsamen Dach wollen alle dann doch nicht schlafen. Irgendwie verständlich.

Ansonsten führt Mama weiterhin ihr Nomadendasein und jettet mit dem Laptop unter dem Arm von Kunde zu Kunde. Ganz im Gegensatz zu mir. Ich fühle mich pudelwohl auf Sylt und vermisse Berlin, das WG-Leben und die ständige Social-Media-Arbeit kein Stück. Von Martin und Meike habe ich eine E-Mail bekommen, dass ihr Baby da ist. Ich habe ihnen gratuliert, aber mehr aus Anstand und um der ganzen Geschichte einen angemessenen Abschluss zu geben. Denn letztendlich hatte diese Geschichte ja etwas verdammt Gutes: Sie hat mich nach Sylt geführt.

Und damit nicht nur zu den Menschen, die ich liebe, sondern auch zu dem orangen Flokati, den ich ebenso fest in mein Herz geschlossen habe. Inzwischen gehe ich jeden Tag mindestens eine Stunde mit Lola spazieren und stecke dabei mein Handy bewusst tief in die Tasche. Ich genieße es, mich voll und ganz auf meine Umgebung und den Hund einzulassen, denn die kleine Maus gibt mir so viel, dass ich mir nichts entgehen lassen möchte.

Schnell schlüpfe ich in meine Sneaker, eile aus der Haustür und husche an ein paar Pfingstrosen vorbei rüber in die 3a. Die Tür hat Matilda offen stehen lassen, sie genießt die ersten lauen Winde, sagt sie. Ich schleiche hinein und sehe Kaj und Papa Schulter an Schulter vor der Wohnzimmerecke stehen, in die offenbar der Kamin eingebaut werden soll. Gerade fachsimpeln sie über die Wanddämmung und den Abzug.

«Hej!», rufe ich fröhlich, und beide fahren herum.

Ein Strahlen macht sich auf Kajs Gesicht breit, er kommt auf mich zu und nimmt mich zärtlich in die Arme. «Hej, ich habe dich vermisst.» Wir versinken in einer innigen Umarmung samt Kuss. So lange, bis mein Vater sich räuspert.

«Werde ich auch begrüßt, oder bin ich hier nur noch Statist?», sagt er mit gespieltem Vorwurf in der Stimme.

«Wie könnte ich dich vernachlässigen, wo du hier so schwer schuftest.» Ich drücke ihm einen Kuss auf die Wange.

In der Tat ist mein Vater im Begriff, sich im Haus unentbehrlich zu machen. Und zwar nicht nur, weil er einkauft, beim Putzen hilft oder kleinere Hausmeisterarbeiten übernimmt, sondern vor allem, weil er mit der für ihn typischen Akribie Matildas Bestellungen annimmt. Er verpackt und verschickt ihre Keramik, beantwortet Fragen, die via E-Mail eintreffen, und bearbeitet die Retouren. Und er korrespondiert mit den Behörden. Denn dieses Mal geht Matilda alles nach Vorschrift an.

«Stell dir vor, Schätzchen, wir haben einen neuen Kunden», jubelt Papa. Sein stolzer Blick gleitet in Richtung Küche, wo Matilda von unserer Unterhaltung vermutlich nichts mitbekommt, da sie mit Kochen beschäftigt ist. «Ein kleines Hotel, das deine Mutter akquiriert hat …» Er bricht ab und kratzt sich kurz am Kopf. «Wie nennt man diese Häuser noch einmal, wenn die so heißen wie ein Modegeschäft?»

Über meinem Kopf schwebt ein Fragezeichen. «Äh … ein Boutique-Hotel?»

Mein Vater nickt. «Genau. Die sind aufgrund eines Bechers, den Beata in ihrem Reisegepäck hatte, auf uns aufmerksam geworden. Ein komplettes Frühstücksgeschirr wünschen sie sich jetzt von Matilda.» Sein Lächeln ist dermaßen glückselig, dass mir ganz warm ums Herz wird. Und dass Mama sich nicht zu schade ist, wie eine Vertreterin mit der Keramik ihrer Schwester im Gepäck zu verreisen, finde ich erst recht großartig.

«Super», freue ich mich mit meinem Vater und füge augenzwinkernd hinzu: «Ich fürchte allerdings, dass du dementsprechend viele Blumen sammeln musst, damit Matilda ausreichend Vorlagen für ihre neuen Kreationen hat.»

Mein Vater zwinkert zurück. «Ich werde sie damit überhäufen.»

Ich streiche ihm wohlmeinend über den Arm, dann lasse ich die Männer allein, um meine Tante aufzusuchen. Sie steht am Herd und rollt Hefeklöße, Papas Lieblings-Nachspeise. Ich schlinge meinen Arm um ihre Taille und betrachte die Teigklöße, die darauf warten, in kochendes Wasser gelassen zu werden.

«Kann ich dir irgendwie helfen?», biete ich an, obwohl ich im Grunde selbst keine Zeit habe. Doch meine Tante soll wissen, dass ich für sie da bin.

«Entspann dich, Schätzchen», sagt sie mit ihrer sanften, aber festen Matilda-Stimme, «ich hatte zwei Jahre, um mich auszuruhen. Ich kann dir sagen, dass diese Tage sich manchmal anstrengender anfühlten, als nonstop beschäftigt zu sein.»

Ich weiß, was sie meint. Einsame Tage ohne Aufgabe oder Zukunftsperspektive können erschöpfend sein. Zum Glück wird Matilda aber nicht nur von Papa unterstützt, auch Gerda und Sieglinde stehen treu an ihrer Seite. Die beiden hatten insgeheim schon geahnt, dass es Tilda finanziell nicht gut geht, waren aber ebenso verklemmt wie meine Tante und haben sich nicht getraut, ihre Hilfe anzubieten. Inzwischen platzen sie beinahe vor Stolz, da sie mit meiner Tante eine fast prominente Freundin haben. Denn *Tildas Pöttery* hatte bereits eine Erwähnung in der Sylter Tageszeitung, und eine Frauenzeitschrift hat sich für ein Interview im Juli angekündigt. Überdies plant Gerda eine Versteigerung von Matildas Werken zugunsten der Sylter Tafel, darauf freuen sich die Damen schon besonders.

Meine Tante schlängelt sich aus meiner Umarmung und nimmt mich bei den Händen. Ihre Augen sind verdächtig feucht, als sie mich ansieht und sagt: «Wie könnte ich mich beschweren, ich bin so glücklich wie lange nicht. Und das habe ich dir zu verdanken.»

Ich bin gerührt. «Dafür bin ich nicht allein verantwortlich. Viele Leute haben einen Beitrag geleistet, damit unser beider Leben diese wunderbare Wendung nehmen konnte.»

In der Tat wurden uns von überall helfende Hände gereicht, nachdem Matilda sich endlich ein Herz gefasst und ihren Freundinnen die Wahrheit über ihre finanzielle Misere erzählt hat. Es muss sie unendlich viel Kraft gekostet haben, doch wie ich es angenommen hatte, zögerten Gerda und Sieglinde nicht eine Sekunde, meine Tante zu unterstützen. Als dann auch noch Kaj – der auf der Suche nach mir bei Matilda klingelte – die Bombe platzen ließ und seinen Entschluss, das Haus nicht zu verkaufen, mitteilte, haben die vier noch Papa ins Boot geholt und gemeinsam ihre Köpfe zusammengesteckt, um eine Lösung für die Schulden zu finden. Und sie haben diesen wunderbaren Plan ausgeheckt, um mich zurückzuholen. Papa hat sich dann noch um Rückzahlungsvereinbarungen bemüht und dafür meine Mutter als Beraterin und Geldgeberin hinzugezogen. Sie hat die ausstehenden Mieten bezahlt, die Matilda nun peu à peu abstottert. Kaj, der das Geld insgeheim schon abgeschrieben hatte, steckt es jetzt in die Renovierung von Matildas Haushälfte.

«Ich muss wieder rüber», sage ich und drücke Matildas Hände noch einmal ganz fest.

Draußen vor der Tür lasse ich es mir nicht nehmen, ein paar tiefe Atemzüge der sommerlichen Sylter Luft zu inhalieren. So ziemlich überall auf der Insel kann man, je nach Windrichtung, eine salzige Brise Seeluft erschnuppern. Ich liebe es. Nicht zuletzt, weil sie mich für immer an Brunos Bouillabaisse erinnern wird.

Brunos Bouillabaisse

300 g Fisch nach Wahl (am besten Filet, zum Beispiel Rotbarsch, Dorsch, Skrei, Lachs oder Leng)
250 g Meeresfrüchte (nach Wahl: Garnelen, Muscheln oder auch Flusskrebse)
1 kleine Stange Porree
1 kleine Fenchelknolle
1 rote Paprika
1–2 Möhren
1 TL Thymian (frisch oder getrocknet)
1 TL Bohnenkraut (frisch oder getrocknet)
3 Schalotten
3 Knoblauchzehen
4 EL Olivenöl
Tomatenmark (ein gut gehäufter Teelöffel)
6 cl Küstennebel
1 Glas Weißwein (200 ml)
600 ml Fischfond
400 g stückige Tomaten (zum Beispiel aus der Dose)
¼ TL Safran
1 Lorbeerblatt
Salz, Pfeffer
Nach Geschmack: Sahne

Das Fischfilet und die Meeresfrüchte vorbereiten, ggf. säubern, häuten und in mundgerechte Stücke schneiden. Bereits geöffnete Muscheln aussortieren. Alles zunächst beiseitestellen.

Porree, Fenchel und Paprika waschen. Porree in Ringe schneiden, Fenchel und Paprika halbieren und in Streifen schneiden. Möhren schälen und in feine Scheiben schneiden.

Thymian und Bohnenkraut waschen (falls es frisch verwendet wird), die Blätter von den Stielen abstreifen und hacken.

Schalotten und Knoblauch schälen und fein würfeln.

Olivenöl in einem Topf erhitzen. Zwiebeln und Knoblauch zugeben und zwei Minuten bei mittlerer Hitze im geschlossenen Topf glasig dünsten. Tomatenmark hinzufügen und kurz mitrösten.

Dann die Temperatur wieder erhöhen, Fenchel, Möhren und Paprika dazugeben und ohne Deckel unter Rühren anschwitzen. Mit Küstennebel ablöschen. Alles mit Wein und Fischfond aufgießen. Dosentomaten, Kräuter, Safran und Lorbeerblatt zufügen und alles für eine halbe Stunde köcheln lassen.

Fischstücke und Meeresfrüchte hinzufügen, auf Wunsch mit Sahne aufgießen. Bei mittlerer Hitze etwa zehn Minuten garen lassen. Zum Schluss mit Salz und Pfeffer abschmecken und in vorgewärmten tiefen Tellern servieren.

Laat jo nich lang nödigen!